魯迅と世界文学

まえがき

魯迅を抜きにして現代中国は語れない、日本人は魯迅を国民作家として受容してきた、魯迅は東アジア共通の文化遺産でありモダン・クラシック――と前置きして『魯迅と日本文学――漱石・鷗外から清張・春樹まで』を出版したのは二〇一五年のことでした。本書『魯迅と世界文学』は、グローバルな時空で魯迅文学および東アジア作家による魯迅読書体験を読み解こうとする試みです。

第一部「魯迅と世界文学」は魯迅（ルーシュン、ろじん、一八八一～一九三六）と直接的影響関係を持つ世界文学の作家たちを取り上げています。

芥川賞作家としてのデビュー当初は私小説風の作品を書いていた松本清張（一九〇九～九二）が魯迅の短篇「故郷」への反発から反「故郷」小説を書き、続けて犯人帰郷を追う短篇「張込み」へと展開し、ミステリー作家へと変身したことは『魯迅と日本文学』で詳述しました。清張は東アジア・ミステリーの開祖でもありまして、中国でも改革・開放経済体制下で大流行しております。初期代表作『眼の壁』（一九五八）が中国で一九八一年に翻訳出版された際、初版二八万冊という驚異的部数でした。それから十余年後、莫言（モーイエン、ばくげん、一九五五～）が共産党幹部たちによる幼児常習食人事件捜査の物語『酒国』を執筆する際に参考にした二冊の小説のひとつが『眼の壁』だったのです。第一章「東アジアのミステリー／メタミステリーの系譜」では、このような清張から莫言への影響の原点が魯迅のミステリアスな物語「狂人日記」（一九一八）であることも指摘しています。

魯迅の一九二〇年代の連作帰郷小説に「故郷」「祝福」「酒楼にて」の三篇があります。清張が反「故郷」小説を書いたように、莫言も八〇年代に短篇三作で魯迅とは異なる農村女性たちを描いています。第二章「莫言が描く中国の村の希望と絶望」は、トルストイの不倫小説『アンナ・カレーニナ』に対する魯迅・莫言両者の異なる向き合い方を手掛かりに、二人の帰郷小説の系譜関係を読み解きます。

張愛玲（チャン・アイリン、ちょうあいれい、一九二〇～九五）は魯迅と並ぶ現代中国文学の大作家で、彼女の代表作「傾城《けいじょう》の恋」は上海・香港を舞台とするラブストーリーです。そしてこの恋の二都物語が、①日中戦争による日本軍占領下で衰退する上海と、上海の栄光を継承して繁栄する英国植民地下の香港という中国史の一コマ、②家父長制下で虐げられてきた女性の自立という近代中国のフェミニズム的課題、この二つの大きなテーマを語るものでもあるのです。第三章「俯く女たちの〝家出〟」は、英国育ちの華人資産家と上海の没落名家のバツイチお嬢様とのゴージャスにして計略に富む恋愛ゲームである一方、太平洋戦争開戦後の日本軍侵攻下の香港における二人の真摯な愛を描く際に、愛玲が魯迅の悲恋小説「愛と死」およびバーナード・ショーの恋愛喜劇『傷心の家』の二作を継承していた点を明らかにします。

魯迅は美術と映画に関しても造詣が深く、晩年の一〇年を〝映画の都〟上海で過ごした時には、ターザン・シリーズなど大量のハリウッド映画を見ていました。そして劉吶鷗（リウ・ナーオウ、りゅうとつおう、一九〇五～四〇）は、台湾・台南の大地主の長男として生まれ、東京・青山学院高等学部で英文学を専攻、上海に渡り新感覚派の旗手として活躍した後、一九三六年には映画製作を始めております。第四章「魯迅と劉吶鷗」は三〇年代上海文化界に大きな足跡を残したこの両作家が、中国少数民族を描いたエンターテインメント系映画『猺山艶史《ようざんえんし》』と左翼プロパガンダ映画『春蚕《しゅんさん》』をめぐって戦わせた論争を考察します。

伝統中国では女性は精神と肉体において大きく差別され、基本的に読み書きの学習を禁じられ、纏《てん》足《そく》を強制され、結婚とは家父長制度下の家同士の女性交換でした。中華民国期（一九一二～四九）の若い男女は自由恋愛により家父長制を乗り越えようとしますが……本書第二、三両章での魯迅文学における「婦人問題」の分析に加えて、第二部「恋愛世界」では魯迅と同時代人である胡適（フー・シー、こてき、一八九一～一九六二）による留学先ニューヨークにおける自由恋愛の理論化と実践挫折や、魯迅と系譜関係を有する張愛玲、莫言、村上春樹（一九四九～）が描く政治的危機と不倫のテーマを考察します。その際にはブルジョア夫人の家出を描いたイプセン『人形の家』、普仏戦争（一八七〇～七一）によるプロイセン占領下のフランス人娼婦を描くモーパッサンの「脂肪の塊」などの古典的ヨーロッパ文学が召喚されます。

村上春樹が戦後生まれの日本作家の中でも特に深く魯迅の影響を受けたのは、彼の父親の日中戦争期における従軍体験によるものと思われます。最近のエッセー『猫を棄てる』（二〇二〇）は、中国人捕虜の斬首という父の青春体験を語ると同時に、父の罪をどのように受け止めてきたかという村上自身の人生体験を告白しています。第三部「村上春樹における家族の不在と戦争の記憶」は、「藤野先生」など魯迅文学における贖罪のテーマに深く共鳴する村上文学における家族と戦争をめぐる物語を考察しました。第一〇章「村上春樹の中の「南京事件」」は付記的なエッセーですので、「あとがき」に『猫を棄てる』についての感想を加筆したいと思います。

目次

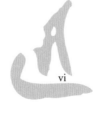

第一部　魯迅と世界文学

I

第一章　東アジアのミステリー／メタミステリーの系譜
――松本清張『眼の壁』と莫言『酒国』および魯迅「狂人日記」

（一）はじめに

東アジアの文学には、『坊っちゃん』↓「阿Q正伝」↓『1Q84』という「阿Q像の系譜」が存在する。夏目漱石の半ば懐旧的にして半ば国民性批判の小説『坊っちゃん』の主人公の無名（彼の氏名は不明であだ名すらなく、「坊っちゃん」さえも彼の自称にすぎない）、孤独、自尊を継承しながら、魯迅（ルーシュン、ろじん、本名は周樹人、一八八一～一九三六）は通常の名前を持たず、家族から孤立し、旧来の共同体の人々の劣悪な性格を一身に集めて読者を失笑苦笑させたのち犠牲死して、旧共同体全体の倫理的欠陥を浮き彫りにし、読者を深い省察に導く人物、阿Qを創造した。この阿Q像は太宰治『人間失格』（一九四八）の大庭葉蔵、大江健三郎『われらの時代』（一九五九）の南靖男らを経て村上春樹『1Q84』（二〇〇九～一〇）の第三の主人公牛河へと展開しているのである。[1]

魯迅は辛亥革命（一九一一）後の中国の変革期に阿Q像を創造し自らの肺腑を抉るようにして国民性批判を行い、旧時代と共に消えていくべき人々を鎮魂した。日本の作家たちは、あるいは敗戦、あるいはポストモダン社会到来という変革期に「阿Q」像を描き、魯迅と同じく旧時代の国民性を批判してきた。一方、現代中国文学ではノーベル文学賞作家の莫言（モーイエン、ばくげん、一九五五〜）の長篇小説『酒国』に魯迅の影響、特に「狂人日記」の影響が指摘されている。

本稿では莫言『酒国』に対する松本清張ミステリーの初期代表作『眼の壁』の影響を考察して、魯迅→松本清張→莫言というもう一つの系譜的関係を構想したい。

（二）『酒国』に対するバルガス＝リョサの影響

莫言は一九九九年日本における講演で自作『酒国』をめぐり、次のように語っている。

中国ではこの長篇はほとんど誰にも知られておりませんが、私はこれこそ私の今に至るまで最高の長篇だと考えておりまして、私の自信作でございます(2)。

この莫言の自信作である『酒国』とは三層の物語で構成された迷宮のような小説である。物語は中国のある省の高等検察庁に送られた投書から始まる。投書によると、酒国という人口二〇〇万人の炭坑都市で、共産党幹部が夜な夜な大宴会を開き珍味を追求し、幼い男児の丸焼きを食しているという。その真偽をつかむために腕利きの検事丁鈎児《ティン・コウアル》が酒国市に調査に向かい、国有企業の大鉱山から着手するが、巧妙な誘いにより宴席に導かれ、泥酔させられ、男児もどきと称される酒国名物料理を飽食してしまい、しかも野性的美女である鉱山トラック運転手による美人局にはめられ、最後には追う者から酒国の人々に追われる者へと変じて破滅してしまう、というミステリー仕立ての話が第一層となっている。

これと並行する第二層は、酒国市にある醸造大学混成酒専攻に在籍する李一斗《リー・イートウ》という小説家志望の博士課程大学院生から、小説家「莫言」すなわち『酒国』の著者に送られてくる手紙である。彼と「莫言」との手紙のやり取りを通じて、酒国市の各種の噂話やスキャンダルが語られていく。

第三層は、李が手紙と共に送ってくる彼の自作小説九篇の原稿で、その内容は酒と珍味、そして酒国にまつわる怪談・奇談・都市伝説である。

入れ替わり立ち替わりに三層の物語を展開させるこの『酒国』をめぐり、アメリカ文学者の風間賢二氏は次のように評している。

> メタミステリに始まって、書簡体小説、そして様々なスタイルの短編群からなる本書は、まさに〈物語の交響楽〉にして〈物語の酒宴／乱痴気騒ぎ〉なのである。いわば小説の無礼講＝カーニヴァル。伝統的価値観を転覆し、境界性を侵犯し、過剰にして逸脱した語りによって表象された幾つもの嘘やイリュージョンを積み重ねていくことで現実＝真理に対する小説自身の関係を問題視した極めて自己照射的な長編である。(3)

莫言は一九八一年に短篇小説「春の雨降る夜に」を人民解放軍の文芸誌に発表し、八五年に短篇「透明な人参」で一躍中央文壇に登場、八六年に長篇小説『赤い高粱』の公刊を開始して、世界の注目を集めるようになるのだが、小説の舞台を一貫して農村に定めていた。(4) その彼が一九九三年に突然、当時の中国では中規模に相当する架空の都市を舞台として、「小説の無礼講＝カーニヴァル」を刊行したため、莫言によれば「口を開けば新基軸と騒いで」いた「ペラペラ話好きの批評家」が、「本当の新基軸が現れると」「皆さん沈黙して」しまったという。(5)

二〇一八年の中国では、この「新基軸」小説『酒国』がペルーの作家で二〇一〇年ノーベル文学賞受賞作家のバルガス＝リョサ（一九三六〜）の作品『フリアとシナリオライター』（以下『フリア』と略す）の影響下で成立したことを論証した陳暁燕論文が発表されている。陳氏は莫言自身が二〇〇六年から二〇一一年にかけて長篇小説における構造重視など三度リョサから受けた影響について明言している点、一九七七年刊行のリョサの長篇小説『フリアとシナリオライター』（中国語版題『胡利婭姨媽与作家』）が中国でも一九八二年に趙徳明訳で雲南人民出版社より刊行されていることを指摘した上で、『フリア』の入れ子型物語構造を次のように指摘して『酒国』の構造との共通性を述べるのである。

小説全二〇章の内、奇数章は文学愛好家のマリオとラジオドラマ作家のペドロとの交流およびマリオとフリア叔母さんの愛情物語を語り、偶数章はラジオドラマ作家ペドロが創作する九篇のラジオドラマのテクストから構成されており、これらのラジオドラマのテクストは分散して配置され、各篇が不思議な俗世の物語を語っており、奇数章のマリオの暮らしとは無関係である。以上『フリア』には「入れ子型」構造が隠されているのが見てとれよう——大学生のマリオとラジオドラマ作家ペドロの文学的交流とマリオとフリア叔母さんとの愛情物語は同じ入れ子の中の二つのプロットを構成し、マリオとラジオドラマ作家ペドロの九篇のラジオドラマは小説の次の入れ子の現実を構成するのである。(6)

その上で陳氏は『酒国』の『フリア』に対する独自性を、「第一、中国文化のテーマの重視」「第二、「えぐい」味わいの語り、莫言の個性的語り」「第三、各種の文体の寄せ集め」の三点から分析している。たとえば「第一、中国文化のテーマの重視」に関しては次のように述べている。

『酒国』は『フリア』のように、社会的コラージュを基礎として人目を引く愛情物語を展開せず、「資本主義社会の階級的抑圧と偏見および罪なき大衆に対する危害」を告発する（趙徳明「バルガス＝リョサの文学創作の道」『ラテンアメリカ研究』第五号、一九八七年、四九頁）こともないが、さらに深い省察である〝嬰児人肉嗜食〟事件を描いている。李一斗の九篇の小説が完成するコラージュは、中国社会の食べざるものなしという文化的悪習を基礎として、詳細に嬰児の調理、人肉嗜食の過程を述べており、その惨状は、正視するにしのびない。〔中略〕奇妙なことに、李一斗の小説が嬰児の売買、飼育、調理の過程を細かく描く度合いと文章の雰囲気は共に「嬰児食い」の真実性を明らかに示しているのだが、「莫言」の長篇小説は常に「嬰児食い」の真実性を否定しており、この二つの共存する文学テクストは共に「嬰児食い」の叙述を自らの使命とし、しばしば自らの真実性を公示する一方で相手側の真実性を否定しており、両者の対立矛盾はむしろ嬰児食いの事件の真実性を一枚の虚虚実実のヴェールで覆うため、真実か否かの判断は難しく、ほとんど荒唐無稽な対抗的叙述の内に小説の象徴的意味を培養している。これこそ作家が目指す芸術的効果なのである。「『酒国』は写実の方法を用いることなく、物語を寓話化して、象徴として書いております。その中の事件・人物は、実際にはすべて象徴と見なすことができます。」（莫言『莫言の文学とその精神　中国と語る講演集』東方書店、二〇一六年、二二〇頁）ここにおいて『酒国』と『フリア』は題材においても書き方においてもお互い大変遠く離れていることが見て取れる。〔中略〕『酒国』の中の「嬰児食い事件」の叙述も酒国の社会的同化力の描写も、「魯迅の「食人」に関するテーマを全面的に展開したもの」（羅興萍「莫言『酒国』の魯迅精神継承に関する試論」『安徽師範大学学報（人文社会科学版）』第六期、二〇〇二年、六三頁）なのである。[7]

陳氏は「「莫言」の長篇小説は常に「嬰児食い」の真実性を否定しており」と述べるが、正確に言えば酒国市共産党幹部たちは男児もどきの料理だと弁明し、蓮根を加工して製造した男児の腕を食べた検事の丁鉤児もその迫真性に感嘆するが、まもなくこの料理は男児の身体を根菜やハムに似せて加工したものではないのか、という疑惑を抱くに至り、捜査を再開している。

陳氏は「『酒国』は一つの文学的標本のようなものであり、莫言が大家に学び「エス」を構築する双方向の努力を記録するものである。『酒国』は一里塚のようでもあり、莫言がその後大家たちの囲いを真に突破して、自らの文学王国の建設を始めることを示すものである。[8]」と『酒国』の独創性を高く評価している。莫言がリョサ『フリア』の入れ子型物語構造を模倣しながら、『酒国』という独自の文学世界を創造したという陳博士の論考に、私は基本的に賛同するものである。

ところで『酒国』の第一層の物語をやや詳しく紹介すると、酒国市立調理学院特別調達所が肉牛ならぬ「肉童」として幼い男児を定期購入し、学院で研究開発した調理法により料理して共産党幹部の宴会に供するという酒国市共産党の組織的犯行の容疑を、丁鈎児という検事が単独調査により暴こうとするものであり、一種の社会派ミステリーといえよう。この単独捜査のミステリーという物語様式も、莫言は外国作家から学んだのではあるまいか。次章では一九八〇年代の中国で大流行した松本清張（一九〇九～九二）の『酒国』に対する影響を考察したい。

（三）清張『眼の壁』と莫言『酒国』の比較

莫言はアメリカでの講演で『酒国』は「一九八九年に書き始めて、一九九二年に完成し、一九九三年に出版いたしました」と語っている。[9]この時期の中国における松本清張ブームについては、清華大学教授の王成氏が次のように指摘している。

一九八〇年代には、清張の推理小説は中国全域において三〇社を超える出版社から、『点と線』、『砂の器』、『ゼロの焦点』、『歪んだ複写』、『眼の壁』など約四〇編もの長編小説が出版された。文芸雑誌も清張の短編小説を多く掲載した。外国文学の紹介がまだ少ないこの時代に、清張の推理小説がもてはやされたのである。たとえば、『歪んだ複写』は初版で一八万部を刷った。／／長いあいだ社会主義リアリズムに慣らされてきた中国の読者は、日本の推理小説の芸術性より、「社会派推理小説」というレッテルに注目した。中国において高く評価されている日本の探偵・推理小説は、松本清張をはじめとする社会派推理小説なのである。それが中国の読者に評価される根本の理由は、社会批判性である。[10]〔「／／」は改行を意味する。以下同〕

莫言自身は管見の限り清張についての文章を記していないが、王氏によれば「あるシンポジウムのパネルディスカッションで、私の「愛読した日本の作家は誰か」という質問に対して、莫言、余華、馬原、格非は口を揃えて、清張作品を愛読したと答えた。」という。[11] 余華、馬原、格非は莫言と同世代の著名作家である。「この時期、清張ミステリーの読者は幅広い層から形成されていた。言うまでもなく、清張ミステリーの手法も中国現代作家にとって学ぶ対象だった。」とは、王氏の指摘の通りであろう。

松本清張は一九五七年二月から『点と線』を、四月から『眼の壁』の連載を開始しており、「翌年二月、この両長編が単行本として出版されると、圧倒的な歓迎を受け、推理作家としての著者の地位を不動にした」[12]。清張の最初期の代表的推理小説である『眼の壁』は、中国では高慧勤訳「隔墻有眼」という訳題で一九八一年四月刊行の『外国現代スリラー小説選第三集　隔牆有眼（原題：外国現代驚険小説選　第三集　隔牆有眼）』（広東人民出版社、定価一・八〇元）に収録された。同書は全七三八頁、その内『眼の壁』は二八七頁から五八〇頁で同書の約四割の紙幅を占めている。同書奥付によれば初版部数は二八万六〇〇〇冊という厖大な部数であった。

『松本清張事典』は『眼の壁』のあらすじを以下のようにまとめている。

昭和電業の会計課長関野は、三千万円の手形詐欺にあった責任を感じ、湯河原山中で自殺する。会社のために奔走していた善良な上司を死に追いやったパクリ屋に怒りを覚えた次長萩崎竜雄は独自の調査を開始し、背後に新興右翼舟坂が存在することを知る。一方、社長の依頼で弁護士瀬沼が差し向けた調査員が射殺され、瀬沼も何者かに拉致されて行方不明となる。数か月後、瀬沼とパクリ屋堀口の死体が別々に発見される。友人の新聞記者田村の協力を得て、犯人の身辺を洗っていた萩崎は、瀬沼の殺害に擬装された形跡があることから、警察の断定した堀口の死亡時期にも疑問を抱き、薬品を用いたトリックを見破る。思いを寄せる謎の女、上崎絵津子の身の危険を察知した萩崎は、田村らと一味のアジトである精神病院に乗り込んで、舟坂の正体をつき止めるが、その直後、警察隊を目にした舟坂は、自ら壮絶な死を選ぶ[13]。

自殺した電気会社会計課の課長は、つなぎ資金を調達するため、裏日歩を払う条件で約束手形を振り出して詐欺にあったので、会社は信用を守るために警察への被害届提出を断念する。『眼の壁』の主人公萩崎竜雄はこの会社の二九歳の若き会計課次長であって、検察官でも刑事でもないが、自殺した上司の無念を晴らすために、休職して独自の調査を行おうと決意するのである。

> 彼は〔課長の〕関野からずいぶん信頼されていた。その恩義を返すというのは、今どき古風かもしれないが、不条理にたいする憤怒の感動はどうにも処理がつかなかった。警察に頼めないなら仕方がない。単独でも、この事件の奥を追跡してみようと決心した。[14]（〔　〕内引用者、以下同）

ちなみに一九五七年当時の小学校教員の初任給が八〇〇〇円なのに対し、二〇一八年四月現在の同初任給が二一万八一五〇円であることを考えると、手形詐欺の被害額三〇〇〇万円とは現在の約八億円に相当するだろう[15]。

萩崎の調査は主犯の舟坂の愛人がマダムを務める西銀座のバーへの潜入から始まり、マダムや謎の秘書上崎絵津子が乗るタクシーを調査して共犯の飛行機による名古屋への逃亡を割り出し、北アルプス山中の殺人現場を実検し、最後には変名経歴詐称を重ねる舟坂の正体を暴くために、彼の故郷の村の古老を連れて舟坂が潜伏する岐阜県の小さな町の精神病院へと乗り込んでいくのである。

このような独自調査の過程で、萩崎は恐怖を覚える。

この詐欺には奥行があった。にわかに、それは層々とした積み重ねをもって竜雄に感じられた。右翼という途方もない暴力体の組織がはい出している。／／竜雄は逡巡を覚えた。このためらいは畏怖に通じている。居丈高な、野蛮な白刃が視界に一瞬に映じた。／／深入りしたら危ない。行動を放擲しようかと考えた。(16)

それでも彼が真相究明を諦めなかった理由は、「関野課長を自殺に追いつめた一味の究明にあった(17)」が、もう一つの理由がこの事件に深く関わる金融業者社長秘書である謎の「上背のある若い女(18)」への憧憬であった。清張は彼女を次のように描いている。

一つの興味が彼をとらえた。すんなりした姿が眼に揺曳している。上崎絵津子という名の女だった。あの金貸しの事務所でも見たし、自動車からも見た。きらりと光る瞳が特徴的だった。細くとおった鼻筋と、おさないくらいにあどけない唇をもっていた。頬が、内側に光線を透かしたように輝いていた。(19)

莫言は『眼の壁』における萩崎の単独調査にヒントを得て、『酒国』における丁鈎児の単独捜査というプロットを考案したのではあるまいか。もっとも萩崎には新聞社の敏腕記者である友人田村がおり、政界の情報などを提供し、素人の萩崎に代わって聴き取り調査などを行っている。これに対し莫言が丁鈎児に与えたのが拳銃なのだろう。彼はこの拳銃を肌身離さず持ち歩いて――美人局での情事でパンツを失った後でも――数々の難関を突破せんとする。

『眼の壁』では萩崎と警官隊に追い詰められた主犯舟坂は、地下室へと飛び込んでいく。

竜雄と田村がドアを突きとばしてつづいたとき、水音と人間の絶叫が起こった。妙に鈍い水音だった。生臭いにおいが鼻にきた。／／「危ない！」／／竜雄は、勢いこんですべりそうな田村を、抱くようにとめた。／／浴室だった。白いタイル張りだ。二人くらいはいっしょにはいれそうな四角い浴槽が片隅に見えた。黒っぽい水が満々と中に張ってあった。／／詰襟服の男は、その黒い水の中に落ちて動いていた。黒い水は男の体を沈め、無数の泡と白い煙を勢いよくあげていた。泡は花火のように沈んだ男の周囲から壮烈にふいた。[20]

舟坂は従犯の美人秘書を口封じのために殺害せんとして用意していた濃クローム硫酸の中に、わが身を投じたのである。一方、丁鈎児は女性運転手らを銃殺して逃げ回る内に、川に浮かぶ遊覧船に食人事件主犯容疑者の金剛鑽らを――あるいは彼らの幻影を――再び発見して追い掛けて行くが……

「俺は許さんぞ――」丁鈎児はこう叫ぶと、最後の力を振り絞って、遊覧船へと突進した。しかし彼はつまずいて露天の肥溜めに落ちてしまった。ドロリとした液体の中では、酒国の人間が嘔吐した酒と肉に排便された肉と酒とが発酵し、膨れ上がったコンドームをはじめありとあらゆる汚物が漂っている。ここはあらゆる病毒と細菌と微生物が繁殖する沃土であり、蝿の天国であり、蛆虫の楽園であった。ここが自分の終着地であってはならないと思った特捜検事は、生温い粥状のものが彼の口に流れ込んできたとき、必死の叫びを上げた。「俺は許さんぞ、俺は――」汚物は遠慮会釈なく彼の口を封じ、地球の引力はあらがう余地もなく彼を奈落へと吸い込み、数秒後には、理想も正義も尊厳も栄誉も愛情もあらゆる神聖なるものが、数限りない苦難を経てきた特捜検事とともに、肥溜めの最低部へと沈んで行った……(21)

『眼の壁』では主犯が、『酒国』第一層の物語では検事がそれぞれ結末部で死に至るが、液体中での凄惨な死という点では共通するものがある。

そして『眼の壁』に登場する謎の秘書は、冒頭部で萩崎と一度だけ事務的な会話を交わすだけである一方、『酒国』に登場する女性運転手は丁鈎児とポルノ映画まがいのワイルドな性交を行ったのち、酒国市の新興資本家の情婦でもあることを丁に知られて銃殺される。二人の女性は対照的な性格・役柄ではあるが、「探偵」たちが究明せんとする凶悪犯罪に深く関わり、探偵たちを事件の核心へと導く重要な役割を果たしている点では共通している。探偵を魅了する謎の美女も莫言は『眼の壁』からヒントを得たのではあるまいか。

以上述べたように、入れ子型の物語構造をバルガス＝リョサから借用した莫言が、三層構造の基層部の創作に関しては、探偵による独自調査とそれに深く関与する謎の美女という様式などを松本清張『眼の壁』から学んだものと考えられよう。

先に引用した陳暁燕論文は莫言の「『酒国』は写実の方法を用いることなく、物語を寓話化して、象徴として書いております……」という言葉を紹介している。これは莫言が二〇〇六年一一月に深圳市で行った講演「現代文学創作における十大関係をめぐる試論」において、十大関係中の第二の関係である「文学と政治」を語る部分の一節なのである。この講演で莫言は、陳論文引用部分をはさんで以下のように語っている。

『酒国』という小説でも、政治に対し鋭い批判を行いました。この小説は、腐敗現象に対する私の深い憎悪の念を表現しており、ポスト文革期文学の中でも早期の反腐敗小説なのですが、なぜか「主旋律」の部類には入らないのです。この小説はその後の「主旋律」反腐敗小説よりも多少は優れていると思います。『酒国』は写実の方法を用いることなく、物語を寓話化して、象徴として書いております。その中の事件・人物は、実際にはすべて象徴と見なすことができます。このような曲筆した描き方をしたのですが、骨の部分はやはり私の社会的腐敗現象に対する、腐敗官僚に対する、深い怒りを表現しているのです。(22)

莫言が小説により反腐敗の「政治批判」を行おうとする際、松本清張の社会派ミステリーから多くのことを学べたことであろう。

（四）清張のミステリーから莫言のメタミステリーへの展開

新潮文庫版『眼の壁』の解説で中島河太郎氏が指摘するように、[23]松本清張は推理小説におけるリアリティと犯罪動機の重視を力説して、次のように述べている。

動機を主張することが、そのまま人間描写に通じるように私は思う。犯罪動機は人間がぎりぎりの状態に置かれた時の心理から発するからだ。それから、在来の動機が一律に個人的な利害関係、たとえば金銭上の争いとか、愛欲関係におかれているが、それもきわめて類型的なものばかりで、特異性がないのも不満である。私は、動機にさらに社会性が加わることを主張したい。そうなると、推理小説もずっと幅ができ、深みを加え、時には問題も提起できるのではなかろうか。

推理小説はもともと異常な内容をもっている。いわば人間関係が窮極におかれた状態である。だからこそ、推理小説はもっとリアリティが必要なのである。サスペンスもスリルも謎も、リアリティのないものには実感も感興も湧かない。ことに、現代のように、人間関係が複雑となり、相互条件の線が錯綜したり切断されたりして、人間がある意味において個として孤立している状態では、推

理小説の手法はもっと活用されてよい。その場合にはリアリティの付与がますます必要だと思うのである。(24)

莫言の『酒国』も「異常な内容」を有し、「人間関係が窮極におかれた状態」をリアリティを以て描いている。しかし物語第一層の主人公丁鈎児は食人容疑を最後まで立証できず、「嬰児の丸焼き」料理とは各種の食材を特殊加工した酒国市が特許を有する合法的名物料理であるという容疑者側の無罪の主張を崩すことができない。その一方で、前述のとおり物語第三層の李一斗創作の短篇小説群は、「肉童」の売買から買取り先の酒国市調理学院特別調達所における幼児たちの反乱や調理学院実習室における「肉童」調理実習まで、恐るべき世界をリアリティたっぷりに描いている。そして物語第二層における「莫言」と李一斗との往復書簡および『酒国』第一〇章における「莫言」による酒国市訪問記は、小市民的な論理・感情・暮らしを描いており、食人宴席という異常事態が全くの虚構であることを示唆する内容となっている。

このように『酒国』は三層構造により食人をめぐる終わりのないサスペンス（宙吊り感覚）を提示しているのである。セクシーな謎のトラック運転手にしても、嫉妬で理性を失った丁鈎児により射殺されたのか、射殺は彼の幻覚なのか、その真相は宙吊り状態である。

清張『眼の壁』のサスペンスは、探偵役萩崎による犯罪のトリック・動機の謎解きにより解消され、萩崎が謎の秘書への愛を確信するに至って物語は大団円を迎えている。莫言はこの古典的社会派推理小説に学びながら、作風を大いに異にするメタミステリー『酒国』を創造したのである。

（五）ミステリーとしての魯迅「狂人日記」

ところで周知の通り、一九一八年の作品「狂人日記」は近代中国文学の父とも言うべき魯迅最初の口語小説であった。同作について私は文学史で次のように解説したことがある。

「狂人日記」の主人公は三〇代男子で父母はすでに亡く、彼の兄が家を取り仕切っている。作品冒頭「序」の節で、語り手が日記の書き手の病を「迫害狂」と鈎括弧付きで記しており、主人公は自分を兄や隣人たちが食べようとしていると考え、人食いを止めるようにと彼らを説得するが、やがて五歳で死んだ妹も兄に食われており、自分も知らずに妹の肉を食べさせられていたと日記に書くに至る。食人社会にあって人は他人を食いたいが他人に自分が食われると恐れてもいる——魯迅は旧社会の矛盾を「迫害狂」者の日記を借りて表現したのだが、矛盾が露呈する場として父亡きあとの家を選んだのは、多分に皇帝不在の分裂中国を示唆するものでもあったろう。「狂人日記」は短編でありながら、国家の縮図としての家、国家と家とを支えてきた儒教イデオロギーの暗部を鋭く指摘することにより、五・四時期の知識人の内面を描いたのである。(25)

実は魯迅の弟周作人（チョウ・ツオレン、しゅうさくじん、一八八五〜一九六七）は、「狂人日記」の主人公の形象をめぐる一九四八年と一九五〇年発表の二篇のエッセー等で、魯迅がイタリアの精神病学者で犯罪人類学を創始したチェーザレ・ロンブローゾ（一八三五〜一九〇九）の主著『天才論』を参考にしていること、さらには「狂人日記」の主人公のモデルであった親戚と『シャーロック・ホームズシリーズ』の登場人物で高い知的能力を有する数学者兼悪党一味の首領であるモリアーティとの類似性に触れている。これに基づき大胆な仮説を立てれば、「狂人日記」の主人公は彼の兄や近隣の人々を食人家として執拗に糾弾する文字通りの「迫害狂」であったため彼らから嫌悪され殺害されており（あるいは食べられており）、彼の兄は弟が父親から相続すべき財産を横領し、村外の友人たちには弟が健在であるかのように擬装している、という推理小説として読むことも可能であろう(26)。

また魯迅の代表作「故郷」（一九二一）には、語り手の「僕」が幼馴染みの農民閏土《ルントウ》に与えた肥料用のわら灰の山から碗や皿が発見され、隣人の「豆腐西施」こと楊《ヤン》おばさんがこれを閏土の仕業と推理する一場がある。この楊おばさん自身が「僕」の家の衣類や道具類を勝手に持ち去る常習犯であり、「僕」も彼の母も真犯人推理への意欲を見せることはなく、碗皿盗難の小事件にこだわる読者にとってはサスペンスは永遠に続いているのである。その意味では「故郷」の中にメタミステリーの萌芽が潜んでいるといえよう。

魯迅「故郷」と言えば、芥川賞作家としてデビュー後の数年間は歴史小説や私小説を書いていた清張はこの作品に反発し、アンチ「故郷」の私小説「父系の指」を書き、続けて一種の帰郷ものである短篇小説「張込み」（共に一九五五）を発表してミステリー作家へと転じていった。[27] 莫言もまた初期の農村物語において魯迅の「故郷」ほか一連の帰郷物語より大きな影響を受けている。[28]

『酒国』が『眼の壁』の影響も受けて成立したとするならば、現代東アジアを舞台とする魯迅↓松本清張↓莫言という一つのミステリー／メタミステリーの系譜が認められることであろう。この系譜は言うまでもなく、本稿冒頭で述べた漱石↓魯迅↓村上春樹という阿Qの系譜にも連なるものである。

それにしてもなぜ莫言はメタミステリーとして『酒国』を構成したのであろうか。バルガス＝リョサの入れ子型構造を模倣して三層構造を創造したのも、そもそも入れ子型がメタミステリーの構成に有用であったからではないだろうか。中国社会の悪しき側面を食人行為に象徴させる――魯迅が「狂人日記」で採用したこの国民性批判の戦略を、莫言は『酒国』において継承したのではあるまいか。

「狂人日記」は主人公が自らも知らぬ間に妹の肉を食べていたことを自覚するに至り、「人食いをしたことのない子供は、まだいるだろうか？／／子供を救って……」と自問自答して終わる。冒頭序文風の一段に記されている「すでに快復」の一句を素直に信じるのか、それとも主人公は「子供を救」う具体的行動に出る前に殺されたとミステリー風に解釈するのか、意見の分かれるところである点はすでに述べた通りである。『酒国』のメタミステリー風の読解は、中国社会の悪しき側面が今も解決してはいないことを読者に強く意識させる。その意味で莫言は魯迅「狂人日記」の国民性批判と、清張ミステリーの社会性重視を十分に継承して、社会派メタミステリーとしての『酒国』を書き上げたといえよう。

【注】

（1）魯迅をめぐる「阿Q像の系譜」に関しては拙著『魯迅と日本文学――漱石・鷗外から清張・春樹まで』（東京大学出版会、二〇一五年）を参照。

（2）莫言「黒い少年――私の精霊」（京都大学における講演、一九九九年一〇月）『莫言の思想と文学　世界と語る講演集』（莫言、林敏潔編、藤井省三・林敏潔共訳、東方書店、二〇一五年）五頁。

（3）風間賢二「物語の酒宴／小説の無礼講」『文學界』一九九七年三月号、二三四、二三五頁。

（4）莫言の農村小説に関しては拙稿「莫言が描く中国の村の希望と絶望――「花束を抱く女」等の帰郷物語と魯迅および『アンナ・カレーニナ』」（本書第一部第二章）を参照。

（5）莫言「アメリカで出版された私の三冊」（コロラド大学ボルダー校における講演、二〇〇〇年三月）前掲注（2）『莫言の思想と文学　世界と語る講演集』六八、六九頁。

（6）陳暁燕「両個〝魔盒〟，不同風景――莫言《酒国》与略薩《胡利婭姨媽与作家》比較」『中国比較文学』二〇一八年第一期、一七四頁。

（7）前掲注（6）「両個〝魔盒〟，不同風景」一七八、一七九頁。

（8）前掲注（6）「両個〝魔盒〟，不同風景」一八二頁。

（9）莫言「アメリカで出版された私の三冊」前掲注（2）『莫言の思想と文学　世界と語る講演集』六八頁。なお『酒国』は一九九二年にまず台湾の洪範書店から出版されており、翌年の中国の湖南文芸出版社版は台湾・洪範書店版の改訂版である。

（10）王成「高度経済成長期の中国における松本清張の受容」石川巧ほか編『高度成長期クロニクル　日本と中国の文化の変容』玉川大学出版部、二〇〇七年、三〇頁。

（11）王成「清張ミステリーと中国――映像メディアの力」『松本清張研究』第一四号、二〇一三年三月、一六四頁。
（12）中島河太郎「解説」『眼の壁』新潮文庫、新潮社、一九七一年発行、二〇〇九年、七六刷改版五一〇頁。
（13）志村有弘、歴史と文学の会共編『松本清張事典』勉誠出版、二〇〇八年、二七五頁。
（14）『眼の壁』『松本清張全集』第二巻、文藝春秋、一九七一年、三一頁。文庫版六二頁。
（15）週刊朝日編『値段の明治・大正・昭和風俗史　上』朝日文庫、朝日新聞社、一九八七年、五七七頁。総務省『平成三〇年地方公務員給与之実態――平成三〇年四月一日地方公務員給与実態調査結果』「第二表之一　団体区分別、男女別、職種別、学歴別、経験年数別職員数以及平均給料月額（三）指定都市　小・中学校教育職（http://www.soumu.go.jp/main_sosiki/jichi_gyousei/c-gyousei/kyuuyo/pdf/h30_kyuyo_1_02.pdf、二〇一九年一〇月一八日アクセス）
（16）前掲注（14）『眼の壁』『松本清張全集』第二巻、四〇頁。文庫本八〇頁。
（17）前掲注（14）『眼の壁』『松本清張全集』第二巻、四〇頁。文庫本八一頁。
（18）前掲注（14）『眼の壁』『松本清張全集』第二巻、二九頁。文庫本五七頁。
（19）前掲注（14）『眼の壁』『松本清張全集』第二巻、四〇頁。文庫本八一頁。
（20）前掲注（14）『眼の壁』『松本清張全集』第二巻、二二九頁。文庫本四四八、四八九頁。
（21）莫言、藤井省三訳『酒国』岩波書店、一九九六年、二六八、二六九頁。
（22）莫言「現代文学創作における十大関係をめぐる試論」『莫言の文学とその精神　中国と語る講演集』藤井省三・林敏潔共訳、東方書店、二〇一六年、二二〇頁。
（23）前掲注（12）「解説」『眼の壁』五〇九頁。
（24）『随筆　黒い手帖』中央公論社、一九六一年、一八頁。『松本清張全集』第三四巻、文藝春秋、一九七四年、

三八三頁。「推理小説時代　スリルと刺戟を求める女性読者たち」。初出が『婦人公論』一九五八年五月号、二三一頁であること、およびその内容が全集版とは一部異なる点については北九州市立松本清張記念館学芸員の柳原暁子氏よりご教示いただいた。

(25)藤井省三『中国語圏文学史』東京大学出版会、二〇一一年、四六、四七頁。

(26)周作人「『吶喊』索隠」『子曰』叢刊三輯一九四八年八月三一日掲載、および「狂人日記里的人」『亦報』一九五〇年六月二八日掲載。両作は各々周作人、陳子善・張鉄栄共編『周作人集外文　上下冊』海口・海南国際新聞中心、一九九五年九月第一版、下冊六六三～六七〇頁および周作人『知堂集外文・『亦報』随筆』岳麓書社、一九八八年一月第一版、三四九、三五〇頁に収録。周作人のエッセー「『吶喊』索隠」「狂人日記里的人」については北京・中国人民大学副教授の宋声泉博士およびシンガポール・南洋理工大学副教授の関詩珮（Uganda KWAN）博士のご教示による。また樽本照雄『漢訳ホームズ論集』（汲古書院、二〇〇六年）は「周作人は、東京に留学している兄周樹人（魯迅）にいわれて、わざわざ『続包探案（藤井注：ホームズ探偵事件続篇）』を購入した。〔中略〕同書は日本にいる周樹人が読みたがるほどに、話題になっていた。」と指摘している（樽本著、一〇三、三一七頁）。なお「狂人日記」主人公のモデルとされる魯迅の従兄阮久蓀については、汪国泰「〝狂人〟原型——阮久蓀及其家世」『野草』二〇〇五年第六期、六一～六三頁および魯迅『故郷／阿Q正伝』（拙訳、光文社古典新訳文庫、光文社、二〇〇九年）所収の「訳者あとがき」三三七、三三八頁を参照。

(27)魯迅「故郷」と松本清張「父系の指」「張込み」との影響関係については拙稿「松本清張の私小説と魯迅「故郷」——「父系の指」から「張込み」への展開をめぐって」（『文學界』〈六六巻第六号〉二〇一二年六月号掲載（前掲注（1）『魯迅と日本文学——漱石・鷗外から清張・春樹まで』収録））を参照。

(28)拙稿「莫言が描く中国の村の希望と絶望——「花束を抱く女」等の帰郷物語と魯迅および『アンナ・カレーニナ』」

（本書第一部第二章）を参照。

第二章　莫言が描く中国の村の希望と絶望
――「花束を抱く女」等の帰郷物語と魯迅および『アンナ・カレーニナ』

（一）莫言と魯迅

莫言（モーイエン、ばくげん、本名は管謨業、一九五五～）は少年時代から魯迅（ルーシュン、ろじん、一八八一～一九三六）を愛読しており、これまでも魯迅から受けた影響をめぐり、繰り返し語っている。その中でも「莫言孫郁対話録」は、二〇〇六年一二月一九日の北京魯迅博物館訪問時に、孫郁館長（当時）との間で交わされた対話であり、特に興味深い。孫氏は著名な魯迅研究者にして優れた莫言批評家で、このような恰好の対談相手に、莫言は自らの魯迅観を一四頁にわたり語っているのである。

この対話によれば、莫言の文学読書歴は七、八歳から始まり、最初は小学校の先生たちから『呂梁英雄伝』など、毛沢東時代を風靡した人民文学の名作を借りては読んでいたという。[1] そんな莫言少年が最初に魯迅を読むのは小学三年の時だった。

私の兄は自宅に一冊の魯迅小説集を置いていまして、表紙には魯迅の横顔、彫刻のような像がありました。私は当時あまり漢字を覚えていなかったので、魯迅を読むのは難しかった。私の当時の読書とは声を出す朗読でして、小学校の先生が教えて下さったもので、先生がおっしゃるには声を出して朗読してこそ本当の読書だというのです。知らない漢字を、私は「ナニナニ」と読み替えていたので、傍で聞いていた母はこう言ったものです。「おまえね何が「ナニナニ」だい、「ナニナニ」なんてやめて羊に草を食べさせておいで」。こんな読み方でしたが、「狂人日記」と「薬」はそれでも私に深い印象を与えました。幼年期の印象はいつまでも残り、しばしば成人後にもふとした機会に飛び出して、人を驚かすことがあります。「薬」には多くの隠喩があり、当時の私はあれこれ連想しましたが、今思うと、その連想は正しかったのです。私は「薬」を読む時、小栓の母が竈から例の蓮の葉に包んだ饅頭《マントウ》（蒸しパン、餡なしの肉マン）を取り出してパリパリと剝がす時、その饅頭の奇妙な匂いを嗅いだような気がしました。その時の私は小栓がこの饅頭を食べて、病気が治るといいと思っていましたが、小栓が生きられないことも分かっていました。小説の結末まで読むと、二人の老女がぼんやりと墓の上の赤い花環を眺めており、限りない悲しみを覚えました。その時の私はもちろん文学理論など知りませんが、魯迅の小説は、それらの「赤い正典」とは全く異なる、と感じていたのです。(2)

『呂梁英雄伝』は『水滸伝』や『三国志演義』などと同様の章回小説という伝統的形式を用いて、中国共産党指導による抗日戦争讃美というテーマを描いた人民文学で、政治的大衆文学と称することも可能であろう。そのような人民文学と、現代中国文学の起源とされる「狂人日記」「薬」との差を、莫言は小学三年にして直感していたのである。莫言には一二歳年長の長兄管謨賢氏がおり、彼が一九六二年に上海・華東師範大学中文系に入学したのちは[3]、自宅にも村にも本が少ない環境で、莫言は長兄の中学・高校時代の国語教科書を読んだのであった。

当時の高校教科書はたくさんの魯迅作品を収録しており、小説には『故事新編』の「復讐の剣」、雑文には「フェアプレーは早すぎる」がありました。私が一番好きだったのは「復讐の剣」で、その怪しさが大好きだったのです。〔中略〕私は「復讐の剣」には現代小説のあらゆる要素が含まれていると思うのです――ブラックユーモア、意識の流れ、魔術的リアリズムなどのすべてが[4]。

「復讐の剣」（原題：鋳剣）には「現代小説のあらゆる要素が含まれている」と明白に認識したのは文学理論を学んだ後年のこととしても、一〇歳前後で同作に魅入られたというのは、魯迅と莫言との間に緊密な感性的親和性が存在していたからであろう。

また莫言は小学三年で国語教科書に一部収録された魯迅「故郷」を読んでおり、その体験を次のように述べている。

先生のあとについて大声で斉読したのちは、暗記です。すると眼の前に、深い藍色の空には金色の満月が掛かり、という風景が現れるのです——その下は海辺の砂地で、見渡す限り緑のスイカが植わっており、その中に十一、二歳の少年が立ち、銀の首輪をかけ、手に鉄の刺叉を握って、一匹の猹《チャー》めがけて思いきり突くのだが、その猹は身をよじるや、少年の股をくぐって逃げてしまう……魯迅と言えば、天才という言葉でしか説明できません。特に彼の自筆原稿を見たあとには。かくも短き創作人生で、これほどたくさんの作品を書いており、さらに大事な仕事を数多く成し遂げたのですから、実に普通の人間にできることではありません。(5)

このように少年期から広く深く魯迅文学を読み込み、作品の一部を暗誦していた莫言は、自らの創作に際し、魯迅文学に深い影響を受けたことであろう。なお「猹」については後年魯迅は「私自身も存じません〔中略〕アナグマだったかもしれません」と説明している。「白い犬とブランコ」「金髪の赤ちゃん」「花束を抱く女」など初期短篇小説群は、魯迅の「故郷」「祝福」「酒楼にて」と主人公男性の帰郷のテーマという共通点を有している。そのいっぽうで、孫郁の「たとえば「孤独者」や「酒楼にて」などは、お好きですか」という問い掛けに対し、莫言は「大好きでして、ほかにも「愛と死」(原題：傷逝)が好きです。〔中略〕これらの小説は、彼の「祝福」や「薬」と比べるとさらに深刻さを加えており、現在流行の用語を使えば、「薬」「祝福」などの小説は「底層への関心」ですが、「孤独者」や「愛と死」は自我への関心であり、自分の内心の見詰めるものであり、魂の拷問のような面もあります。(6)」と答えている。さらに孫郁の「私には魯迅があなたの作品に内面化されている、何気なく彼の影響を受けているという感じがするのですが、影響はどの作品から始まったのでしょうか」という問いに対しては「集中的に現れているのは『酒国』と「涸れた河」です。子供が殴り殺されるというプロットは、魯迅を読んだことと関係があります。「薬」と「狂人日記」とは『酒国』に影響しています。[7]」と「狂人日記」「薬」両作からの莫言の代表作『酒国』に対する影響を認めている。

それにしてもこの問答の中で莫言が帰郷物語の「祝福」をさりげなく斥けているのは、彼が魯迅帰郷ものに対して懐くある種の不満によるものではなかったろうか。「底層」に注目した「祝福」を斥け、「魂の拷問」への共感を語る莫言は、魯迅の帰郷物語とは異なる自らの独自の物語を創出しようと試みたのではあるまいか――帰郷物語でありながら、「自我への関心であり、自分の内心の見詰めるものであり、魂の拷問」でもある帰郷物語を。

（二）莫言とトルストイ『アンナ・カレーニナ』

ところで莫言の小説には、しばしばレフ・ニコラエヴィチ・トルストイ（一八二八～一九一〇）の長篇小説『アンナ・カレーニナ』（以下適宜『アンナ』と略す）の影が差している。たとえば「お下げ髪[8]」は、一九八九年後半から九〇年の前半にかけての県都[9]クラスの都市を舞台とし、幼子のいる共働き夫婦の危機と夫の不倫を描いた短篇小説だが、その冒頭部で当時の中国の典型的中産階級の家庭を次のように描いている。「三〇代前半、大卒級の学歴で、文章力に富み、すらりと細身の体型」の「政府機関で大過なく一〇年勤めて〔中略〕中間管理職」となるような男性と、「まあまあ美人で、やさしく、清潔で、礼儀正しく、人に良い印象を与える」妻、そしてその二人の間に生まれる「頭が良く、言葉遣いがきれいで〔中略〕エレクトーンが弾けない場合は、お絵描きが上手だったり結構難しいバレエが踊れたり〔中略〕最悪でも唐詩の何首かはそらんじていて客の前で朗誦し、拍手喝采を受ける」きれいな女の子、「要するに、こういう女性、こういう子ども、こういう男性が一つのユニットに住めば、ある種のものを分泌する。人呼んでこれを幸福という。(10)」この一節から『アンナ』冒頭の一行「幸福な家庭はすべてよく似よったものであるが、不幸な家庭はみなそれぞれに不幸である。」を連想するのは、果たして深読みであろうか。(11)

莫言は二〇〇六年の長篇小説『転生夢現』（原題：生死疲労）で、直接『アンナ』を引用してもいる。同作は人民共和国建国時の土地改革で銃殺された高密県の地主・西門鬧《シーメンナオ》が、その恨みにより一九五〇年から二〇〇〇年までの五〇年間にわたり、ロバ、牛、豚、犬、猿と転生を続ける物語である。第三部は西門鬧が豚に転生中の物語で、その最終章の第三六章末尾で、春の河の氷が突然融け出し、川遊びをしていた子供たちが溺れそうになると、豚の西門鬧は必死で救助し、やがて力つきて溺死してしまう。その時の心境を西門鬧は次のように語るのだ。

そのときのわしは豚ではなく、人間だったし、英雄などではなくて、心優しい為すべきことを為す人間だった。氷の河に跳び込んだわしは、女の子の服を口で咥えて――咥えたからというて、豚ではなかったぞ――まだ陥没していない氷の辺りまで泳ぐと、持ち上げた子供を放り上げた。〔中略〕わしは自分とさまざまなかかわりのある子を選んで救助するようなマネはせず、手当たり次第に助けた。そのときの頭の中は真っ白どころか、いろんなことを次々と思っていた。わしは、いわゆる「白痴叙述」の類には異を唱えたい。トルストイの『アンナ・カレーニナ』でアンナが鉄道自殺する直前よりは多くのことを考えた〔後略〕(12)。

これは莫言が『アンナ』に深い関心を寄せていることの有力な証左といえよう。なお「白痴叙述」に関しては、同書日本語版訳者の吉田富夫氏は「ドストエフスキーやフォークナーなどを承けて、知恵遅れの人物の独白を多用する風潮が現今の中国文学界にあることへの皮肉」という訳注を付している。この訳注は原作者莫言に問い合わせた上で作成されたものと推定される。

そして莫言の帰郷物語の中でも最も難解とされる「花束を抱く女」には、まさに「トルストイの筆が描く貴族の女たちが履いている靴(13)」、すなわち『アンナ』のロシア貴族の女性が愛用する赤色系統の革靴を履いた女性がヒロインとして登場するのである。「花束を抱く女」の中の『アンナ』については、第八節で詳述するとして、本節ではロシア文学者の原卓也氏によるトルストイの代表作『アンナ』のあらすじを引用しておきたい。

一八七五～七七年発表。はるかに年上の高級官僚カレーニンに嫁いで、平和な生活を送ってきた美しいアンナは、兄オブロンスキーの家庭のもめごとを解決しにきて知り合った青年将校ヴロンスキーと激しい恋におち、ついに夫も子供も捨てて彼のもとに走る。ヴロンスキーをひそかに愛していた清純な娘キティは、絶望のあまり病気になるが、やがてレーヴィンと結婚し、農村での平和な生活に心の安らぎを見いだす。一方、ヴロンスキーに対するアンナの愛情は、日増しにエゴイスティックなものとなってゆき、夫の心が離れはせぬかと絶えず恐れるようになる。そして最後には夫に捨てられたと思い込み、絶望して鉄道に身を投じ、悲劇的な死を遂げる。レーヴィンはキティとの生活の中で、人生の意義や目的、神や信仰について疑問を抱くようになり、深刻に思い悩むが、民衆にとっては信仰が生活の基礎をなしていることを知り、自己の霊を救うには神の意志に沿って生きることが必要であるという心境に達する。トルストイの作品中、芸術的完成度の最も高い小説といってよい(14)。

『アンナ』の物語は、次のようにも言い替えられるだろう——一八六一年の皇帝アレクサンドル二世による農奴解放令を契機とするロシア資本主義の急成長期を背景とする(15)、アンナという貴族高級官僚の妻によるモスクワ・ペテルブルクという大都市を舞台とする不倫の恋と、キティーという一八歳の公爵令嬢(16)による農村の地主貴族の家を舞台とする結婚生活という二つの対照的な人生。アンナには八歳の愛息がいるので(17)、彼女の年齢は二七、八歳であろうか。

魯迅は青年時代からトルストイに深い関心を寄せており、日本留学時代の論文「破悪声論」（一九〇八年一二月発表）で当時の中国文化界を覆っていた「悪声」と比べると、トルストイの『懺悔』には心声が溢れている、と共感を語って以来、「藤野先生」（一九二六年一〇月執筆）などの作品でトルストイに言及している。一九二八年には自らが主編を務める文芸誌『奔流』一二月号でトルストイ生誕一〇〇周年特集を組んでロシア・欧米の当時最新のトルストイ論を主に日本語訳からの重訳で紹介し、長文の「編校後記」を付してもいる。(18) この「編校後記」は、世界各地での生誕一〇〇周年記念日のようすに触れる際に、知人の趙景深の手紙に基づき、フランスでは『アンナ』が戯曲化上演されたこと、小説自体のフランス語訳は一八八五年に刊行されていることを紹介してもいる。

この「編校後記」によれば魯迅は日本で刊行された『トルストイ全集』全六一巻（トルストイ全集刊行会、一九二四年刊行開始）の内の六巻を購入していたもようで、その六巻とは魯迅蔵書目録によれば第二八、三〇、三九、四一、五〇、五三の各巻である。(19) そしてこの全集の第二五～三〇巻の六巻を『アンナ・カレニナ〔原文ママ〕』が占めている。魯迅は日本語訳一九二四年版『トルストイ全集』では『アンナ・カレーニナ』を飛び飛びに三分の一しか読めなかったわけだが、日本では同全集刊行以前にも、瀬沼夏葉・尾崎紅葉訳「アンナ　カレーニナ」が雑誌『文藪』に一九〇二年九月から〇三年二月まで連載されたのを皮切りに、多数の翻訳、部分訳、抄訳が刊行されており、(20) 魯迅がこれらの内の一点ないしは数点を読んでいた可能性も少なくないであろう。

実際に魯迅は晩年の二通の書簡で、『アンナ』をめぐり次のように語っている。第一の書簡（一九三四年一〇月三一日）は翻訳家の孟十還宛てである。

　前回の手紙で、私は一件お答えするのを忘れていました。卜翁の『アンナ・カレーニナ』は、中国ですでに訳した人がおり、全く良くないのですが、中国の出版界では誰も再版する者はおりません。ですからA.T.の『ピョートル一世』を訳した方が良いのでして、この本も有名ですが、私は見たことがありません。長さはどのくらいでしょうか？　長いと、出版しようにも方法がありません。[21]

『魯迅全集』注によれば、『アンナ』の「全く良くない」中国語訳とは一九一七年八月上海・中華書局出版の陳家麟・陳大鐙訳『婀娜《アナ》小史』のこと、A.T.とはアレクセイ・ニコラエヴィッチ・トルストイ（一八八三～一九四五）のことである。第二の書簡（一九三六年五月四日）は青年版画家の曹白宛てである。

　『死せる魂百図』をお買いになったとは、急ぎすぎでして、ほかに白紙のがあり、もっときれいな印刷で、現在装丁中ですので、一冊送りましょう。〔中略〕中国には名印刷工がいないので、こんな有様になってしまいます。彫り方については、今は参考にするだけで、真似はできません。この本はすでに五〇〇冊売れており、全部売れたら、元手回収ですので、トルストイの『アンナ・カレーニナ』を出すかもしれませんが、それは版画ではありません。[22]

魯迅最晩年の翻訳にロシア作家のゴーゴリの代表作『死せる魂』があり、それは日本語訳を参照しながら、ドイツ語訳から重訳したものである。魯迅はこの訳業を一九三五年二月に開始し、第一部を同年五月に刊行、続けて第二部翻訳中の翌年一〇月に逝去した。ロシアでは同作の版画挿絵集『死せる魂百図』が刊行されており、魯迅は同書覆刻版の並製本を三六年四月に、同上製本を五月に自費出版している。未確認ではあるが、両版の奥付には一九三六年七月と記されているためか魯迅年譜などでは同書は七月刊行とされている。この曹白宛ての手紙によれば、魯迅はゴーゴリ『死せる魂』の挿絵集に続けて、一九一四年モスクワ刊行『アンナ』の挿絵集も自費出版しようと考えていたのである。

さて一九三四年の翻訳家宛ての手紙で、一七年前の中国語訳『婀娜小史』が「全く良くない（原文：幷不好）」と述べるからには、魯迅は『婀娜小史』のみならず日本語訳あるいはドイツ語訳の『アンナ』を読んでいた可能性が高い。ロシアで刊行された『アンナ』の挿絵を覆刻したいと言うからには、小説自体も高く評価していたと考えられよう。その挿絵とはちなみに日本では一九一八年に『婦人之友』に一九一八年一月から一二月まで「アンナ・カレニナ絵物語」が連載されている。

魯迅も『アンナ』にそれなりの関心を寄せてはいるものの、彼の作品からは同作の影響の跡はほとんど見当たらない。この点が莫言と魯迅との大きな差違であるのだが、そのいっぽうで、前述の通り二人は帰郷のテーマを同じくする短篇群を書いてもいる。まずは魯迅と莫言との帰郷物語を比較してみたい。

(三)　魯迅帰郷物語の中の女性たち——「故郷」の「豆腐西施」と「酒楼にて」の阿順

魯迅の帰郷物語群において、語り手は常に故郷で思い出深い女性と再会する。

第一創作集『吶喊』(一九二三年八月刊行)収録の「故郷」(一九二一年一月から二月にかけて執筆)に登場する女性楊二嫂《ヤンアルサオ》は語り手よりも一〇歳年長で、彼は再会時の印象を「頬骨の張った、唇の薄い、五十がらみの女性[23]」であり、「両手を腰にあて、スカートなしのズボンだけの姿で足を広げているようすは、まるで製図用の脚の細いコンパス」と述べる。そして彼の老母の「筋向かいの楊《ヤン》おばさんさ。お豆腐屋さんの……」という紹介により、三〇年前に彼女の婚家の豆腐屋が商売繁盛していたのは彼女のおかげで、春秋時代の越の国の美女である西施に比して「豆腐西施」というあだ名が付くほどだったことを思い出す。

ここで語り手が「だがおそらく子供だったからだろう、僕はまったく関心がなく、こうしてすっかり忘れてしまっていた」と読者に向かって弁解するのはなぜだろう。三〇年の歳月を経て、楊二嫂が「豆腐西施」から製図用コンパスに変わり果てていたため、彼女を認識できなかったとしても不思議はなかろう。しかし、語り手の「豆腐西施」に「まったく関心がな」かったという言葉は、「豆腐屋の商売繁盛も彼女のおかげ」という噂に関する彼の記憶と矛盾する。お嫁さんに関心がなければ、美人のおかげで商売繁盛という噂を覚えるはずがないからである。このような語り手の矛盾した回想により、「故郷」

の作者は少年時代の語り手の「豆腐西施」に対する特別な感情を浮き彫りにしているのではあるまいか。

「故郷」の語り手は、「三〇年近く昔」の「まだ十いくつのころ」に、少年農民の閏土《ルントウ》と出会って仲良しとなり、二〇年前に離郷するまでの一〇年間、閏土のことを想い続けていた。その一方で彼は一〇代の思春期一〇年間、「筋向かいの豆腐屋」の若奥さんである楊二嫂に特別な感情を抱いていたが、それが思慕であったとすれば、決して口に出せなかったに違いない。彼が一〇代に抱いた「豆腐西施」イメージが余りに鮮烈であったために、離郷から二〇年後に製図用コンパスへと激変した楊二嫂に再会した際、直ちに同一人物であると納得することができなかったのである。そして「豆腐西施」の美貌を想起した時には、少年期の自分は彼女に対し無関心であったと語って、かつての特別な感情を隠し続けたのであろう。

「故郷」末尾の離郷場面では、「例の豆腐西施の楊おばさんは、わが家の荷造りが始まると、毎日必ずやって来たが、一昨日に彼女は灰の山の中から、十数個ものお碗やお皿を掘り出し、議論の末、これは閏土が埋めたもので、灰を運ぶとき、いっしょに持ち帰るつもりなのだ、という結論に達した」という話が、母から語り手に伝えられる。語り手は「あのスイカ畑の銀の首輪の小さな英雄のイメージは、これまではとてもはっきりしていたというのに、今では急にぼやけてしまい、それも僕をひどく悲しませた」と語っている。ここでも彼は少年閏土イメージ消滅の悲哀についてのみ語っており、「豆腐西施」に関する新たな感慨を語ろうとしない。実は語り手は思いもよらぬ楊二嫂の行動について、母から次のように聞かされているのだ。

楊おばさんはこの発見を、自分でもたいそうな手柄だと思い、犬じらし〔中略〕を取ると、飛ぶように駆け出したが、彼女は纏足《てんそく》の小さな足に高底の靴を履いているというのに、実に速く走ったそうだ。

この一文は原文で五〇字もの長文であり、domestication（土着化）翻訳あるいは意訳を多用する竹内好訳は、この長文に句点を加えて「飛ぶように走り去った。」と二つに分節している。(24) しかし魯迅の各作品の語り手たちは、屈折した心境を語る際には語りを長文化する傾向が強く、これを分節してしまうと語り手の心理的屈折は見失われてしまう。拙訳を見てもお分かりのように、語り手はわずか一文の中で「飛ぶように駆け出したが……実に速く走ったそうだ。」と駆ける、走ると二度にわたって強調している。当初、彼は若き日の「豆腐西施」を回想する際に「一日中、座っていたから、僕はこんなコンパス風の姿を見たことがない」と語っていた。その往年の若奥さんが「コンパス」と化しただけなく、公然と養鶏用農具を盗み、高底の靴を履いた纏足で飛ぶように逃走する姿に、三〇年前から一〇年続いた清楚なる美女イメージも崩れ去ったことであろう。

続けて語り手が「古い家はますます遠くなった。〔中略〕僕は少しも名残り惜しいとは思わなかった。ただ僕のまわりに目に見えぬ高い壁ができて、僕一人が隔離されている気分で、ひどく落ち込んでいた。」と語る時、彼は閏土だけではなく、楊二嫂からも「隔離されている」と思い「ひどく落ち込んでいた」ことであろう。彼は「スイカ畑の銀の首輪の小さな英雄のイメージ」と共に「豆腐西施」という美女イメージも喪失するという二重の喪失感を味わっているのである。

　続けて語り手は、甥の宏児《ホンアル》と閏土の息子の水生《シュイション》が「二度と僕のように、みんなから隔てられぬことを希望したい……」と長文で自らの希望を語る。「だがそのいっぽうで彼らが仲間同士でありたいがために、僕のように苦しみのあまりのたうちまわって生きることを望まないし、彼らが閏土のように苦しみのあまり無感覚になって生きることも望まず」と、語り手は自らと閏土とに触れているのだが、この二句に続く第三句では、「そして彼らがほかの人のように苦しみのあまり身勝手に生きることも望まない。」と具体的な名を挙げずに「ほかの人」と曖昧に語っている。作品「故郷」の中で「身勝手に生きる」「ほかの人」を求めれば、楊二嫂しかいないのだが[25]、ここでも作者は語り手をして彼女の名前を隠させているのである。

　「故郷」の語り手は、閏土が碗と皿を盗んだ〝犯人〟であるのか、〝犯人〟だとしたら動機は何か、〝犯人〟でないとしたら、なぜ楊二嫂の推理を母たちは否定しないのか、等々のことを考えようとはしない。語り手はひたすら自らの内面の傷と自らの希望とを語るばかりである。彼を周囲から「隔離」する「目に見えぬ高い壁」とは、彼自身が造っているのだ。その壁の内側に閉じこもった語り手は、少年時代の特別な感情を楊二嫂に伝えないだけでなく、再会から別離に至るまで思慕自体を読者にも隠し続けるのだ――語り手の胸の内には「スイカ畑の銀の首輪の小さな英雄」に勝るとも劣らぬ鮮烈な「豆腐西施」イメージが存在し続けているのかも知れないのだが。魯迅はいかに『アンナ』に関心を寄せようが、「故郷」の作者として同作で『アンナ』的不倫の萌芽さえも設定することはなかったのである。

「故郷」執筆から三年後の一九二四年二月、魯迅は九日の間に帰郷物語の第二作「祝福」と第三作「酒楼にて」とを連作したもようである。「酒楼にて」の語り手は帰郷の際に、「故郷から一五キロしか離れて」いないS市[26]――同市で彼は一〇年ほど前に一年間教員をしたことがあった――に立ち寄り、昔行きつけの酒楼（料理屋）の二階に上がったところ、偶然にも学生時代の友人で教員時代の同僚でもあった呂《リュイ》緯甫《ウェイフー》と一〇年ぶりに再会し、呂のS市帰郷体験を聞くことになる。[27]こうして帰郷をめぐる第二の語り手が登場し、劇中劇的展開となるのだ。呂緯甫の帰郷の目的は、母の言い付けに従い、夭逝した弟の墓を移転し、昔の家の東隣の船頭の長女阿順《アーシュン》に花簪《はなかんざし》を届けるためだった。しかし弟の墓では一片の骨も見付からず、船頭の家では阿順は肺結核らしき病で亡くなっていた。

呂緯甫によれば、阿順は「美人になったわけでもなく、平凡な痩せた瓜実《うりざね》顔」とはいうものの、「目だけは特別大きく、眉毛も長く、白目も晴れた夜空のよう、しかも北方の風のない日の晴天であって、こちらではあれほど澄み切ってはいない。」という。魯迅作品において阿順は最も美しく目許を形容された女性である。しかもしっかり者なので、彼女を嫁に欲しがる男性も多かったのだろう。近所の薪屋店主の母親によれば、阿順には「本当に善人」の婚約者がおり、その男性が「人生の半分船を漕ぎ続け、懸命に倹約しお金を貯めて」多額の結納金を阿順の父に支払っていた。この婚約は、当時の習慣に従い親が家の釣り合いを考えて決めたものであり、多額の結納金を支払うという点では、「祝福」の賀老六と祥林嫂との売買婚と同様である。そして当時の倫理に従い、夫は阿順と婚礼の日までひと目会うことも許されなかったろう。

実は呂は故郷から「きれいさっぱり引き払」うため、一昨年、母を迎えに帰郷した際、船頭に自宅に招かれ、阿順の作った蕎麦がきをご馳走になったことがある。しかしそれが阿順の婚約以前か以後かについて、呂は何も語っていない。それはともかく呂は蕎麦がきを初めて食べたのだが、白砂糖がたっぷりかかった蕎麦がきは異常に甘い上に量も多く、呂がお義理で二、三口食べてやめようと思ったものの、「無意識に、ふと遠くの隅に立っている阿順を見かけた」ために、「大口を開けて詰め込むことにした」という——しかも阿順の父と「同じくらいの早さで」。呂によれば彼を見ていた「彼女の表情には、不安と希望とが入り交じっており、調理が下手だったのではと心配しながら、僕たちに美味しく食べて欲しいと多分思っていたんだろう。」というのだが、そのような阿順の姿を彼は果たして本当に「無意識に……見かけた」のだろうか。婚約者同士でさえひと目会うこともできなかった当時の中国にあって、(28)ひと組の男女の互いの姿を見つめ合う視線が交差する時、しかも男性がその女性を抜群の目許美人であると認識している時、そこに恋情は生まれないと考えるのは些か想像力に欠けているのではあるまいか。呂が蕎麦がきを食べる早さを阿順の父と「同じくらいの早さ」としたのは、彼女にとっての自らの位置を彼女の父の位置と「同じくらい」に高めたいという「無意識」の願望ではなかったろうか。だが「酒楼にて」の第一の語り手は、一切疑問を挟まず、呂の話に聞き入っている。「酒楼にて」の作者は二人の間の恋情を示唆するに留め、二人に恋愛させる心づもりはなかったのだろう。

そもそも没落したとはいえ元は地主の息子にして読書人、近代的教育を受けた洋式学校の教師であった呂と、裕福な船頭とはいえ労働者階級の家の娘阿順との間には大きな身分差がある。たとえば呂は失業後に地方有力者の子弟に対し嫌々ながら伝統的教育を授ける家庭教師という「つまらん事」を職業としてはいるものの、彼が手にする「毎月二〇元の収入」とは後述する「祝福」主人公で住み込みメイドの祥林嫂が受け取る月給「五〇〇文」の四〇倍に相当するのだ。

このような身分差に加えて、年齢差も存在した。「十幾つかで母親を亡くした」阿順は、二年前の時点でもまだ一〇代末であったろう。これに対し呂緯甫は魯迅を彷彿させる語り手と同世代であるのだから、四〇歳を超えているであろう。阿順は呂の妻として年齢的にも不釣り合いである。魯迅の妻朱安（チュー・アン、しゅあん、一八七八〜一九四七）が魯迅よりも三歳年長であったように、当時の中国の伝統を重んじる地主階級や都市中産階級では、一般に妻が夫よりも年上であった。

船頭の家で阿順お手製料理の蕎麦がきをご馳走になった夜、呂緯甫が「腹が張って寝付けなくても、悪夢の連続」であったのは、食べ慣れぬ蕎麦がきのためだけではなく、阿順との相思相愛のためでもあったのかもしれない。それでも呂は、身分差と年齢差とを考え、さらには阿順が婚約済みであることも知っていたのか、「やはり彼女一生の幸せを祈り、彼女のためによい世の中になることを願った」。このような第一の語り手である旧友への告白に続く「しかしこんな気持ちも僕の例の古き時代の夢のかけらにすぎず、すぐに自嘲して、そのまま忘れてしまった。」という露悪的注釈は、中年男性の照れ隠しとも考えられよう。いずれにせよ、「酒楼にて」の作者は、呂緯甫と阿順との間に生まれていたかもしれない恋情を巧みに仄めかしながら、『アンナ』的不倫が生じ得ないように物語を設定しているのである。

(四)「祝福」祥林嫂の〝不倫〟問題

短篇小説「祝福」(原題：祝福、一九二四年)の題名は、大晦日に鶏やガチョウ、豚肉などのご馳走を調理し、五更(夜明けの約二時間前)に線香・ロウソクをともして福神たちにお供えし、一年間の平安に感謝する行事のことである。語り手は年末に故郷の小さな町魯鎮(ルーチェン、ろちん)に帰り、地主で叔父の魯《ルー》四《スー》旦那の家に泊まっていたところ、河辺で、山里の衛家山から魯鎮に移住してきたよそ者で今は乞食になった祥林嫂《シアンリンサオ》に出会う。彼女は最初の夫の死後、魯家の下女として働いていたところ、姑の人身売買により再婚させられるが、この二人目の農民の夫も病死し、彼との間に生まれた最愛の幼い息子が狼に食われてしまうという、悲惨な体験を持っていた(29)。一九一二年の中華民国建国以後も、底層社会においては、婚家が息子のいない寡婦を再婚先に売却してしまうという旧弊が残存していた。そのいっぽうで、伝統的儒教的道徳観は「夫に再娶の義有るも、婦に二適の文無し」(後漢の人曹大家『女誡』)と、男性の再婚は子孫を絶やさぬために倫理的に正しいと認めていたが、女性の再婚は倫理に背く不貞として、厳しく戒めていた。これに仏教的俗信が加わって、再婚した女は死ねば地獄に落ちて閻魔大王に鋸《のこぎり》で真っ二つにされ二人の亡夫に分け与えられる、という迷信が流布していたようすである。当時の中国では、男性中心社会が作り出した暴力的制度と、俗習に迎合した宗教体制が作り出した迷信とが、祥林嫂のような善良で勤勉な農村女性を苦しめていたのである。そのいっぽうで伝統的宗教が教える来世における救済は、祥林嫂に夭折した息子との再会という希望も与えていたことだろう。

語り手は、祝福行事の前日に再会した祥林嫂から、死後に魂は残るか、地獄もあるのか、死んだ家族に再会できるか、と問われて答えに窮してしまう。否定すれば、息子との再会という彼女の希望を否定することになり、肯定すれば、閻魔大王の鋸で真っ二つ、という彼女の恐怖を増幅させることになるからだ。翌日の大晦日、「僕」は祥林嫂が行き倒れとなって急死したという知らせを聞き、記憶をたどって彼女の半生をつないでみると……。

語り手は、魯鎮の地主階級で地元社会のリーダーである叔父の魯四旦那とその妻の四嬸《スーシェン》が、利己的に儒教を信仰し、自らの一族の繁栄のみを祈って旧弊迷信を改革しようとしないばかりか、むしろ儒教信仰に忠実であろうとして、結果的に庶民の旧弊迷信に肩入れしている点も見逃さない。小説「祝福」は、一九一一年辛亥革命後の中国の村や町の底層社会を生きた一人の女性が、物質的、肉体的、そして精神的にも、法的、経済的、道徳的、宗教的にも、あらゆる面において差別され、搾取され、尊厳を奪い取られて、困窮死していく悲劇を巧みに描き出した傑作である。そして中華民国期の底層社会の悲惨と、支配階級である地主の冷酷を描いたという点は、人民共和国建国後六〇年が経過し、魯迅作品減少傾向にある国語教科書に「祝福」がなおも留められている理由の一つとして指摘できよう(30)。

そのいっぽうで、武漢市高校教師の姚娟氏によれば、中国二一世紀の高校生は、このような祥林嫂の悲惨に涙しないばかりか、笑い出してしまうという。姚娟氏は魯迅と高校生との間に隔たりが生じている原因を以下の三点にまとめている。

第一、祥林嫂の境遇は悲惨だが、作品はこれを重点的に描いてはいない。
第二、高校生は、二度も夫に死なれ息子も狼に食われてしまうことなど、現実にはあり得ない、と感じてしまう。
第三、高校生は、祥林嫂があまりに軟弱で迷信深くて愚かしい、と考えて彼女に同情はしても、それ以上の好感は持てない。

このような高校生の反発に対し姚娟氏は、魯迅は読者に封建的礼教制度の食人の本質を深く考えさせることを目的とし、底辺の農村女性の苦しみを祥林嫂の一身に集中させて典型化したのであり、祥林嫂とは魯迅が「その不幸を哀れみ、その争わざるを怒る」民衆群像の一人である、と解説している。[31] しかし果たして祥林嫂は「四権」（政権、神権、族権、夫権のこと。若き日の毛沢東が一九二七年の論文「湖南農民運動考察報告」で用いた言葉）の圧迫を受け「軟弱、迷信、愚昧」に生きただけの女性なのだろうか。彼女が主体的に自らの幸福を求め、欲望を実現したことを、「祝福」の語り手は語っていないのだろうか。たとえ語り手が語らずとも、「祝福」の作者は祥林嫂の主体的な選択を描いてはいないのだろうか。

「祝福」は魯四旦那の家に臨時で雇われたもう一人の手伝い女の柳媽《リウマー》を登場させている。柳媽が祥林嫂に、おまえは貞女を装っていても実は不貞の罪の確信犯ではないか、と問いかけるのに対し、祥林嫂が笑って否定する一場がある。なおこの時に柳媽が見ている祥林嫂のこめかみの傷痕とは、再婚を拒否した彼女が、婚礼の日に大暴れして抵抗し「頭から線香台にぶつかって」作った「真っ赤な血がドクドク流れ」出たほどの「大穴」[32]の傷跡である。

「あのねえ、あの時どうしてあとで言いなりになっちまったんだい？」／「あたしが？……」／「あんたが。結局あんた自身が望んだことなんだろう、さもなきゃ……」／「ああ、あんたにはあの人がどんな力持ちか分からないんだよ」／「あたしは信じない。あんたほどの力があって、本当に男に抵抗できなかったなんて信じない。あんたはあとできっと自分から承知したんだ、それなのに男の大力にかこつけてるんだ」／「ああ、あんた……あんたも自分で試してみればいいよ。」と彼女は笑った。[33]

「力持ちで、まったく男並みの働き手」である祥林嫂が、婚礼の儀式の最中に、貞節を守るための自殺的行為は試みたものの、なぜ閨房における二番目の夫によるレイプを実力で拒否できなかったのか、というのが柳媽の疑問なのである。これに対する祥林嫂の反応は「「ああ、あんた……あんたも自分で試してみればいいよ」と彼女は笑った。」というものである。この時の笑いは、祥林嫂が魯四旦那の家での二度目の勤めを始めて以来、初めて浮かべた笑顔であったろう。それまでの彼女は「死人のような顔には終日わずかな笑顔さえ浮かばない」[34]のであった。この初めての笑顔の代わりに、恐怖や怒りの表情を露わにしていれば、柳媽もそれ以上は不貞疑惑を追及しなかったのかもしれない。哀れ二人目の夫に暴力的に従属させられた祥林嫂の不幸を慮って、「鋸で真っ二つ」などという恐るべき迷信を持ち出すことはなかったかもしれない。

笑わぬはずの祥林嫂がレイプ被害体験を笑顔で語るのに対し、「柳媽の皺の寄った顔も笑い出したので、クルミの実のようにクシャクシャになった」ものの、柳媽の「干涸らびた小さな目は祥林嫂のこめかみをひと目見た後、再び祥林嫂の目に釘付けにな」る。顔の傷跡は祥林嫂の貞節のシンボルであるが、貞節喪失を語る際の彼女の笑顔はこの貞節のシンボルと矛盾するものであり、柳媽は釣られて笑いながらも、この祥林嫂の初めての笑顔の背後に、不貞の肯定を鋭く読み取っていたのである。「上には姑もいないし、夫は力持ちで、働き者、家も自分たちのもの」という幸福な家付き核家族の家庭に魅了されて、さらには性的快楽に誘惑されて、祥林嫂は主体的に貞節を破った、不倫の罪を犯したという確証を、柳媽は得たのである。

そもそも祥林嫂の「あんたも自分で試してみればいいよ」という言葉を文字通りに解釈すれば、「柳媽、あなたもあの男にレイプされてみれば、いかに抵抗が難しいか分かる」という意味となり、柳媽の貞節の危機を仮定するものである。このような言葉に対し、柳媽が恐れたり怒ることなく笑ってしまったのだから、柳媽も一瞬とはいえ不貞不倫を肯定したことになりかねない。これは仏教を篤く信仰する柳媽としては失態であり、彼女は即座に「干涸らびた小さな目」を「再び祥林嫂の目に釘付け」にして自らの失態から態勢を立て直し、祥林嫂に対し貞節破りの罪と罰との審判を始めるのである。

このような柳媽の態度硬化に「祥林嫂はたいそう気詰まりに感じて、すぐに笑うのを止め、視線を転じて、雪花の方」を見る。この時に祥林嫂の視線が捉えた雪花は、それから八年後の「暗い雪の日」に困窮死する彼女の運命を予告するかのようである。そのいっぽうで、この祥林嫂の「干涸らびた小さな目」を避ける視線転換を、柳媽は不貞罪意識による心理的動揺と解釈し、いよいよ祥林嫂の不貞罪を確信したのであろう。「柳媽は曰わくありげに話しはじめ」る最初の一句は、「祥林嫂、あんたは本当につまらないことをした」である。柳媽による世間話風の問い掛けと、笑い以後の柳媽による審判裁定とでは、柳媽の表情も語調も一変していたことだろう。笑い以前は、不貞罪に関しそれとなく探りを入れていたにすぎなかったが、笑い以後は自らが「閻魔様」という権威に成り代わって不貞罪を審判しているからである。ここで描かれる柳媽の「干涸らびた小さな目」が、作品「酒楼にて」で呂緯甫により語られる阿順の美しい目とは対照的であることは印象的である。

あんたが将来冥土に行ったら、あの二人の死んだ夫のあいだで取り合いが始まるよ〔中略〕閻魔様は仕方がないからあんたを鋸で真っ二つにして、二人に分けてやるしかない。

そして柳媽が教えてくれた不貞の「罪滅ぼし」の方法とは、「土地神様の廟に行って敷居を寄進し、あんたの身代わりにして、千人に踏まれ、万人に跨《また》が」ってもらうというものだった。「千人に踏まれ、万人に跨が」ってもらうとは、多数の者との性交の象徴的行為であり、土地神様の祠という村落共同体の聖地において、敷居にこの象徴的にして過剰なる性行為を請け負わせることにより、祥林嫂の第二の夫との不貞の罪は贖われる、というのが柳媽の免罪の論理であったのだろう。柳媽による尋問の翌日、祥林嫂がさっそく土地神様の祠に敷居を寄進しようとすると、大銭一二貫という祥林嫂の二年分の給与相当の大金が必要であった。ちなみに祥林嫂の姑が長男没後にこの嫁を山村の賀老六《ホーラオリウ》に売り飛ばした時の値段が八〇貫である。

祥林嫂を手伝い女として魯家に紹介した衛《ウエイ》婆さんは、斡旋《あっせん》業者なので、当然魯家から手数料を貰っていただろうが、柳媽が土地神様の番人から手数料を貰ったか否かは不明である。しかし柳媽が不貞罪救済法を勧めていたのは、純粋な仏教的慈悲心に基づくものではなく、不貞罪の確信性をより強固にするための方便でもあったのではないか。祥林嫂が大金を投じてまで救済を求めるのであれば、彼女には後ろめたさがあり、それは彼女の不貞罪の自白に準じる、とも柳媽は考えていたのではあるまいか。実際に柳媽は祥林嫂の敷居奉納決定直後に、自らの祥林嫂確信的不貞説を町の人々に広めたようすである。これにより祥林嫂の魯鎮における地位は激変するのだ。

魯鎮における祥林嫂の評判は、「二十六、七」歳の寡婦として初冬の魯鎮に現れ、「働き者の男よりも働き者だ」と人々の称讃を博した時期と、二番目の夫および幼子と死別して再び魯家で働き始め、我が子が狼に食われるという悲惨な身の上話により同情を得たリバイバル時期、そしてやがてこの身の上話が飽きられて厭倦の対象へと没落していく第三期とに分けられる。柳媽による確信的不貞罪の暴露は、祥林嫂を懲罰的嘲笑の対象という第三期に追い込むが、そうした変化のようすを、語り手の「僕」は次のように描いている。

彼女が長いこと人と口をきいていなかったのは、阿毛の物語がとっくにみなに嫌われていたからだったが、柳媽とおしゃべりしてからは、すぐまた噂が広まったようすで、多くの人が新たに興味を抱き、彼女をからかいに来るようになった。その話題といえば、もちろん新しいものに替わり、もっぱら彼女のこめかみの傷跡である。

「祥林嫂、あのねえ、あの時どうして言いなりになったんだい?」と一人が言う。／「ああ、残念、ここをぶつけたのも無駄だった」と一人が彼女の傷を見ながら、相槌を打つのだ。／彼女は彼らの笑い声の調子から、自分のことを嘲笑しているのだと分かった〔後略〕。

かつて働き者という評判を博し、その後は狼の被害者として同情を得た祥林嫂が、再び魯鎮の世論の注目を浴びたのは、不貞犯としてであったのだ。このような村八分的虐待に対し、祥林嫂は「終日固く口をつぐんで、みなが恥辱の印と見なすあの傷跡をこめかみにつけて、黙々と走り使いをし、掃き掃除をし、野菜を洗い、米をといだ」そして柳媽の審判から約一年後、祥林嫂は二年分の給与を受け取り、土地神様に敷居を寄進する。そしてこれにより我が不貞罪を贖うことができたと考え、「晴れ晴れとしたようすで、目を輝かせ、うれしそうに」魯四旦那の妻の四嬸に報告するのであった。それは祥林嫂が三二歳の時である。

もっとも柳媽ら魯鎮の大衆にとっては不貞罪はこの種の宗教的儀式により贖われるとしても、地主の魯四旦那のような儒教を奉じるエリート層はこのような民間信仰を敬遠し、再婚歴のある祥林嫂、特に確信犯的に不貞行為を行った祥林嫂をあくまでも「良俗を破った〔中略〕不浄」の女として蔑視し、一人前の手伝い女としては見なさない。こうして衛家山という魯鎮辺境の山里出身の祥林嫂は、中心部の町、魯鎮におけるエリート層の儒教と大衆の民間信仰という二重の差別を受けて、魯鎮という共同体から疎外され、居場所を失って精神を病み、困窮死に至るのであった。

ところで柳媽と祥林嫂との対話「結局あんた自身が望んだことなんだろう」「ああ、あんた……あんたも自分で試してみればいいよ」、およびこの対話の際の祥林嫂の笑顔という情景は、どのようにして語り手に伝わったのだろうか。柳媽が魯鎮の人々にリークし、魯鎮の誰か——おそらく魯四旦那の妻の四嬸——が語り手に伝えたという可能性もあり得るだろう。それでは「柳媽の皺の寄った顔も笑い出したので、クルミの実のようにクシャクシャになった」ものの、彼女の「干涸らびた小さな目は祥林嫂のこめかみをひと目見た後、再び祥林嫂の目に釘付けにな」ったという情景は、誰が語り手に伝えたのであろうか。柳媽に自らの目が見えるはずがないのだ。

小説「祝福」の叙述は終始語り手による一人称叙述で一貫しているのだが、この場では作者が変則的に三人称叙述を行い、語り手の知らないはずの柳媽の「干涸らびた小さな目」について語ってしまった、という可能性も一考に値する。しかし、一九一八年発表の「狂人日記」以来、魯迅は「孔乙己」「小さな出来事」「髪の話」「故郷」「兎と猫」「あひるの喜劇」「村芝居」と八篇に及ぶ一人称叙述の短篇小説を書いているが、途中で叙述方式を変えるという変則的行為を行ったことはない。このため「祝福」の作者がこの場面で突如変則的に三人称叙述を行った可能性は極めて低いといえよう。

祥林嫂が魯鎮の者に語り、それが語り手の耳に届いた、という伝達の可能性も極めて低い。なぜなら柳媽が審問直後に魯鎮の人々に祥林嫂の罪状をリークしたため、祥林嫂は魯鎮の人々から全く孤立していたからである。柳媽審問時の彼女の表情を語り手に伝えたのは、祥林嫂に他ならないであろう。

それではなぜ語り手は、祥林嫂から審問時の柳媽の表情を伝えられた、と語らないのか。それは「祝福」の作者が、語り手の語らぬ話により、彼と祥林嫂との親密な関係を読者に示唆しようとしていたから、と考えられるのである。

（五）語り手と祥林嫂との関係

そもそも語り手と祥林嫂との間には、どのような関係が結ばれているのだろうか。語り手自身によれば、魯鎮は彼の故郷であり、魯四旦那の家は「ご大家《たいけ》」の「学者様」と見なされている。魯四とは魯一族で同世代間における長幼の順である排行《はいこう》が四番目であることを意味する。彼を「四叔《スーシュー》」と呼ぶ語り手もまた魯姓であり、「四叔」の「叔」とは父の弟や従弟など父よりも排行が下であることを、「四嬸」とは「四叔」の妻を意味する。語り手の親は死去したか、「故郷」の語り手や「酒楼にて」の呂緯甫の母親と同様に異郷の地で働く語り手と同居しているのだろう。

語り手は魯鎮における先祖伝来の屋敷や田畑を売却して地主の身分を失ったものの、都市あるいは外国で近代的教育を受け、現在は大都市の教育界に身を置く改革派の人のようでもある。このような語り手の設定は、読者に語り手が魯迅と等身大の男性である、と強く印象付けることであろう。ちなみに語り手が魯鎮を引き払ったのは、「五年前」の可能性が高く、魯迅自身も「祝福」発表より五年前の一九一九年一二月に約ひと月間紹興に帰郷して屋敷売却の雑務を済ませ、母や末弟の周建人、その家族を北京に連れ帰っている。

一八八一年生まれの魯迅は、「祝福」発表の年には四三歳となるのだが、当時の読者は一般に魯迅の生年を正確には知り得なかったであろう。[35]それでも熱心な魯迅文学の読者であれば、「故郷」（一九二一年）の語り手の年齢が四〇歳ほどであること、[36]魯迅の第一短篇集『吶喊』（一九二三年八月）の「自序」が、日露戦争当時に日本の医学専門学校留学生であったと述べていることなどから、彼の年齢を四〇代前半と推定するのは難しくはなかったであろう。

「祝福」は最初、上海・商務印書館が一九二四年三月二五日に発行した『東方雑誌』半月刊（第二一巻第六号）に発表されており、篇末には「一九二四年二月七日（R）」という日付と記号が記されている。「（R）」は魯迅の日本語読み「ろじん＝Rojin」のイニシャルであろうか。それはともかく、「一九二四年二月七日」とは旧暦正月三日に当たり、『東方雑誌』三月二五日号の読者の中には、この物語を前の月の旧暦正月前後に魯迅が体験したこと、と「私小説」風に読んだ者も多かったことだろう。

そのような読者の視点に立ち、祥林嫂の年譜を作成してみよう。その際には彼女が旧暦一二月二九日の夜あるいは翌大晦日、すなわち新暦二月三日ないしは四日に亡くなったと仮定し、一九二四年二月三日に語り手が最後に会った時の祥林嫂は「四〇前後の人」であり、「歳は二六、七」の時に初めて魯鎮に現れたのであるが、便宜上、歳は数え年で計算し、魯鎮初登場時は二七歳として年譜を作成する。

一八八五年前後　出生。
一九一一年初冬　二七歳、一〇歳年少の最初の夫が死亡し、衛婆さんの斡旋で魯四旦那の家の手伝い女となる。
一九一二年二月末から三月頃　二八歳、姑に拉致され、転売され、賀老六と再婚する。
一九一三年二月の旧暦歳末　二九歳、阿毛を出産。
一九一四年二月以前　三〇歳、二番目の夫の賀老六が病死。
一九一五年の春　三一歳、阿毛が狼に殺害され、義兄により亡夫の家産を接収されて、同年の秋に再び衛婆さんの斡旋で魯四旦那の家の手伝い女となる。
一九一六年二月の旧暦歳末　三二歳、柳媽の審問を受ける。
同年一二月二二日の冬至の前　土地神様の祠に敷居を寄進するが、魯四旦那の家での不浄の女の汚名はそそげない。
一九一七年七月頃「髪も半分白くなり、物覚えがいっそう悪くなり、しばしば米とぎに行くことさえ忘れるまでに」なり、四嬸から「あの時雇わなければよかった」と、解雇の警告を受ける。

一九一九年　三五歳、語り手が魯鎮を引き払い、その後に魯四旦那と四嬸は祥林嫂を解雇した可能性が高い。

一九二四年二月三日　四〇歳前後、「五年前の白髪交じりの髪は、今では真っ白になっており、とても四〇前後の人とは見えず、頬はげっそりこけて、黒ずんでおり、しかもかつての悲しげな表情は消え失せて、まるで木像のよう〔中略〕片手に竹籠を提げ、その中には欠け茶碗が一個、それも空っぽで、別の手で自分より背の高い竹竿をついているが、その下端は割れており、彼女はすでに純然たる乞食になっていた。」

同年同月三日〜四日　困窮死。

同年同月七日　魯迅が「祝福」を執筆。

この時期の知識人の一人として、語り手も祥林嫂の貞節問題には深い関心を寄せていたことだろう——ただし柳媽とは逆の女性解放の視点からである。作者魯迅は一九一八年八月に「私の節烈観」（原題：我之節烈観、署名は唐俟）を『新青年』第五巻第二号に発表しているのだ。「節烈」とは中国で伝統的に女性に対し強制されていた倫理観で、辛亥革命から二年余り後の一九一四年にも、袁世凱政権が礼教擁護のため「婦女の貞操節烈」を奨励する条例を公布し、新聞・雑誌が「節婦」「烈女」を称揚する記事や詩文を載せていた。この「節烈」の論理を魯迅は「女性は夫が死んだら貞節を守り続けるか、死んでしまう。レイプされたら（自殺して）死んでしまう。こんな人物をたたえていれば世間では道理も通り人情も篤くなり、中国は救われる」と言っているようなものだと皮肉たっぷりに批判し、「節烈」の実行はきわめて難しく苦しく、自他共に利がなく、社会国家に益がなく、現在では存在価値を失っているると断定している。さらに魯迅はこれまで「節烈」のために犠牲となった女性たちを追悼し、「他人の苦痛を作りだしてこれを楽しむような愚昧と暴力を取り除かねばならない」とも述べている。[37]

この数カ月前に魯迅の弟周作人は同じく『新青年』に与謝野晶子の評論「貞操論」の翻訳を発表しており、これを受けて「私の節烈観」は執筆されたものであろう。魯迅は同作中でも「貞操論」に触れている。[38] 与謝野は女にのみ貞操を強要する旧道徳を批判し、恋愛結婚こそが霊肉一致の結婚の条件だが、恋愛の自由が許されぬ現在では、霊肉一致の貞操を道徳としては期待できないと指摘し、「愛情が合へば協同関係を結び、愛情が破裂すれば別れてしまふ」という新しい結婚観を提示していた。

「現代の結婚は大抵の場合男女の一方が一種の奴隷となり、一種の物質となつて、一方に買はれて居る状態です」「若し生理的関係を云ふなら、女にも性欲衝動のために危険な時期がないとは云へないでせう」という与謝野の言葉は、「祝福」の祥林嫂の再婚と出産に対する女性解放の視点からの擁護論と成り得たであろう。「祝福」の物語において、再婚を強制された祥林嫂が貞節のため自殺的行為まで敢行したものの、二番目の夫にレイプされても自殺することなく、一時は夫とのあいだに息子が生まれ、夫の持ち家で幸せな核家族の暮らしを築いたという噂が流れた時、同作の語り手は少なくとも胸の内で彼女を祝福していたことであろう。そしてその祝福の気持ちを語り手が祥林嫂に、のちに慰めの言葉として伝える機会は、少なくとも一度はあったはずである。それは柳媽が「干涸らびた小さな目」で祥林嫂を不貞罪で審問した、と祥林嫂が語り手に語った時である。

ところで「祝福」冒頭で、祥林嫂が帰郷した語り手に発する第一声は、二〇〇五年版『魯迅全集』によれば、「你回来了?」（お帰りかい）である。[39] ところが「祝福」初出誌では、祥林嫂は「您回来了?」と最初に一度、二人称「你」（あなた）の敬語表現である「您」を使用しており、続けて「你是識字的，又是出門人，見識得多。我正要問你一件事——」（あんたは本が読める、外にも出ている、物知りだ。ちょうどあんたに訊きたいことがあるんだよ——）と二回続けて通常の二人称代名詞の「你」を使っている。初回の「您」が「你」に改められるのは、管見の限り一九五六年版『魯迅全集』[40] 以後のことであり、それまでは単行本『彷徨』各版でも一九三八年版『魯迅全集』でも、初回は「您」、第二、三回は「你」となっている。[41]

特に関西大学増田渉文庫蔵書の『彷徨』（一九三〇年一月第八版）は、中国文学者の増田渉が東京帝国大学文学部支那文学科を卒業後の一九三一年に上海に渡り、一年近く魯迅宅に週二、三回通いながら魯迅より魯迅作品に関する一対一の個人講義を受けた時の教科書である。同書には複数の書体で多数の書き込みがあるが、「您」と「你」の混用に関しては書き込みはない。作者魯迅の意図として、おそらく祥林嫂は初回は「您」と呼び掛けることにより語り手への敬意を表し、二回目三回目は「你」と呼び掛けることにより、親近感を表していたのではあるまいか。[42] 祥林嫂の語り手に対する呼称を「您」から「你」へと変化させることにより、作者は両者の間の潜在的な親近感や信頼関係を表現していたのではあるまいか。

　このように祥林嫂と潜在的に親しい関係にあった「祝福」の語り手は、柳媽や魯鎮の人々が祥林嫂に対して行った「他人の苦痛を作りだしてこれを楽しむような愚昧と暴力」を苦々しく思っていたことだろう。柳媽による祥林嫂に対する確信的不貞罪という審判に対しては、「愛情が合へば協同関係を結び、愛情が破裂すれば別れてしま」い、女性の「性欲衝動」をも是認するという与謝野晶子の新しい結婚観に基づき、不貞罪という概念そのものを糾弾したかったことであろう。

　一九一六年二月の旧暦歳末から一九年の語り手の魯鎮転出までの三年間の内のある日、祥林嫂は「生気のない目」を「急に輝」かせて、「あんたは本が読める、外にも出ている、物知りだ。ちょうど訊きたいことがあるんだよ――」と語り手に対し、柳媽の審判の妥当性について相談したのではなかったか――不貞犯は土地神様に敷居を寄進すれば不貞罪は許され、死後に鋸により真っ二つにされ二人の亡夫に分け与えられずに済むのか否か、と。このような問い掛けは一回限りのことではなく、幾度も繰り返されていたのかもしれない。

　もちろん「あんたは本が読める……」という言葉は、語り手によれば一九二四年二月三日に祥林嫂が五年ぶりに再会した彼に向かって語る一句であり、語り手は「彼女がこんなことを言い出すとは思いもよらず、僕は不審に思って立ち尽くした。」と述べている。語り手が「思いもよら」なかった原因は、祥林嫂の容貌表情が五年前と全く様変わりしており、姿も「純然たる乞食」となっていたことだろうか。それとも全く様変わりしながらも、祥林嫂が五年前と同じ言葉を繰り返しながら相談してきたことであろうか。

それはともかく、もしも語り手が祥林嫂に対して霊肉一致の貞操という新しい結婚観を提示し、彼女の「性欲衝動」を肯定したとしても、売買結婚制度を活用した姑により売られ、同僚の手伝い女に地獄絵で脅されるが如き環境に身を置く祥林嫂には、恋愛結婚制度は理解しがたいものであったろう。語り手による恋愛結婚制度の提唱が超保守的な魯四旦那に知られれば、大いに責められたことだろう。もしも祥林嫂の苦悩に同情し、敷居寄進の件を肯定したとすれば、これもまた魯四旦那の儒教的倫理観に抵触するため「ある程度の責任を負わねばならない」。こうして語り手は、一九一六年から一九年の間の祥林嫂との対話の際にも、魯鎮という共同体が固執する伝統的倫理を憚って、五年後の一九二四年の再会時と同様に、「よく知らない」という「たいへん有用な言葉」を以て回答としたのかもしれない。

柳媽の「干涸らびた小さな目」とは、伝統社会・旧道徳の眼差しに他ならず、この目に祥林嫂自身が呪縛されている限り、語り手は祥林嫂を啓蒙できない。祥林嫂が自らの幸福な家庭や「性欲衝動」を自覚し、「霊肉一致の結婚」を主体的肯定的に語り出さぬ限り、彼女は救われないのである。そして語り手もまた魯鎮にあっては、「干涸らびた小さな目」に怯えているのであり、「教育界」にいる時のように、節婦烈女の顕彰を声高に批判することは憚られたのである。

民国期農村の女性が主体的に生きようとして、強制された再婚を逆手に取って受諾した時、その再婚が不倫不貞として村や町の共同体から批難を浴びる――こうした事情を小説の語り手は熟知しながら、いや熟知しているからこそ、当事者の女性に対して与謝野晶子流の「霊肉一致の貞操」を説かず、共同体の伝統的倫理を黙認せざるを得ない――このような語り手の無力感を描いたのが、魯迅の帰郷物語であった。

このような小説「祝福」に対し、莫言は村の女が語らなければ、村の物語は語られず、帰郷する語り手は不倫を犯してでも、村の女の物語を共に生きるべきだと考えたのではあるまいか。第六節で詳述する「金髪の赤ちゃん」の末尾では、主人公の解放軍将校の老母が、不倫をした嫁に向かい、娘時代に年の離れた商人に妻として売られ家庭内暴力を受けていたが、夫の甥と駆け落ちして主人公を産むことにより、新しい人生を切り開いたことを告白している。祥林嫂を〝不倫の罪〟と幼子を失った悲しみから救えるのは、語り手が彼女と駆け落ちすること、と少年期の莫言は想像していたのであろうか。いずれにせよ、魯迅帰郷物語のテーマを大転換することにより誕生するのが、莫言最初期の作品「白い犬とブランコ」であり、それに加えて『アンナ』のテーマを借用することにより、莫言帰郷物語の集大成である「花束を抱く女」が完成されていくのである。

（六）青年将校の単身赴任と農婦の不倫および嬰児殺害の物語
——莫言「金髪の赤ちゃん」

莫言は山東省高密県の農家の三男に生まれ、父が上層中農であったため社会主義体制下では貧困と差別に苦しんだ。文化大革命（一九六六〜七六）勃発後、小学校を中途退学して牛飼いとなり、一九七六年人民公社の幹部に付け届けを送り、年齢を二歳さば読んで念願の人民解放軍入隊を果たした。小隊長となった八一年、軍の文芸誌に解放軍将校の夫を激励する若い農婦の手紙という形式の小説「春の雨降る夜に」を発表している。(43) そして八四年一一月執筆の「透明な人参」を翌年四月に中国作家協会（略称「作協」）による同年創刊の隔月刊文芸誌『中国作家』（一九八五年第二期、同年四月一一日発行）に発表して、中央文壇にデビューした。

その後も、川端康成の『雪国』に感動して農村を舞台とする短篇小説群を執筆、さらにフォークナー、ガルシア・マルケスらの影響も受けて、中国魔術的リアリズムの傑作長篇『赤い高粱』（原題：紅高粱家族、一九八七）を発表している。また折からの中国における松本清張ブームにも影響されて執筆されたと推定される長篇小説『酒国』（原題：酒国、一九九二）は、大鉱山の街・酒国市で共産党幹部が酒宴で幼児の人肉料理を食べているとの情報を得た特捜検事の潜入物語で、三層のテクストを構築し新境地を開いた。やがて近代史への関心に導かれて義和団事件（一八九九〜一九〇〇）をテーマとする『白檀の刑』（原題：檀香刑、二〇〇一）を書いており、同作は莫言初の歴史小説となった。

さて莫言が本格的デビュー作「透明な人参」執筆から二カ月後の一九八五年一月に「金髪の赤ちゃん」(44)（以下「金髪……」と略す）を、八五年四月に「白い犬とブランコ」(45)を続けて脱稿している点は興味深い。それは両作共に不倫を描く作品であるからだ。最初に考察する「金髪……」とは次のような物語である。

中隊政治指導員（旧日本軍の中尉・大尉クラス）で「容貌才気二つながら備わっている」(46)解放軍政治将校が、新婚後二年間も帰郷しないため性的妄想に苦しむいっぽう、一〇歳ほど年下の妻は甲斐甲斐しく盲目の姑を介護し畑を耕していたが、民間療法に詳しい専業農民の青年赤毛と不倫するに至る。密告の手紙でこれを知った夫は深夜に帰郷して不倫現場を取り押さえ、証拠写真を撮影して赤毛を放逐するが、やがて妻が産んだ嬰児は金髪であった。夫婦はいったんは和解するものの、夫は金髪の嬰児を殺害してしまうのであった。エリート将校の孫天球《スンティエンチウ》が所属する解放軍基地と、妻の紫荊《ツーチン》が農作業と老いた姑の介護をしながら暮らす村の家とを舞台に、物語は同時にあるいは時間軸を前後にずらしながら進行する。

「金髪……」執筆の一九八五年一月が物語の現在だとすると、後述の「花束を抱く女」の主人公王四がおそらく高卒後海軍に入隊し、一五年勤務して中尉となっているので[47]、孫天球の歳は三〇代半ばと推定されよう。妻の紫荊の干支は子《ね》年なので一九六〇年生まれの二四歳[48]、これに対し赤毛は数えで二一歳なので紫荊よりも三、四歳若い。孫天球の母は四年前に突然失明しており、六〇代であろうか。ちなみに莫言の母は一九二二年生まれである[49]。このように老若男女を配した「金髪……」は中篇小説ながら、鄧小平時代前半期の改革・開放経済体制初期の山東省農村の雰囲気をよく伝えているようだ。

「金髪……」が名作であり、問題作である所以はその斬新な心理描写、そしてそれを支える自由奔放な時間と空間の展開にあるといえよう。全編を通じて普通であれば「　」の入るべき会話の部分が、地の文と区別なく書かれている。これなども心理描写の効果を考えた上での表現であろう。

政治部より基地付近の人造湖畔に立てられた裸婦像に群がる兵士を取り締まるようにという通達が下りてきたため、政治指導員の孫天球は監視を強化し思想工作により裸婦像写真を没収したものの、新婚後二年も帰郷していないという「禁欲主義者[50]」の彼自身が妄想にとりつかれてしまい、昼となく夜となく中隊本部の窓から双眼鏡で裸婦を覗き続けることになる。彼が双眼鏡越しに「彼女」と対話し、その肉体を愛撫する描写には、鬼気迫るものがある。

　孫天球の若妻紫荊が、真っ赤な羽の雄鶏を抱きかかえる場面も印象的である。これは失明した姑の治療のため赤毛が連れてきたもので、雄鶏の全身に漲る生命力を感じて、彼女は自らの空虚な内面が急激に満たされていくのを覚える。村に残った青年赤毛との不倫は、この一瞬に決定された、そんな強烈な印象を与えるくだりである。盲目の老婆が見る夢の世界も、摩訶不思議な映像であるとともに、中国農民の心性を確かに感じさせる。

　そして不倫を密告する手紙を受け取った孫天球が、満月の夜、密かに帰郷して不倫現場を襲うに至る一連の描写はどうであろうか。月と言い雲と言い、森と言い花と言い、小麦畑の熟れた実、塀の上を一列となって走り続ける鶏、軒下の籠で鳴くオウムと言い、まさに「天地の万物は狂気と神秘とに化し」（注(10)『透明な人参』二五二頁）嬰児殺しに至るこの悲劇に参与しているのである。

　当時の中国人民解放軍陸軍歩兵編成の最高単位は軍で、以下それぞれ三個単位の師団（人員約一万二七〇〇）・連隊（人員二八二〇）・大隊・中隊（人員約三〇〇）で構成されていた。中隊（隊長は大尉）は陸軍部隊の最小単位で、さらに小隊とその下の分隊とに分かれ、歩兵の基本教育を行う。解放軍は中国共産党の「政治的革命的任務」を遂行するための軍隊であり、中共中央軍事委員会を頂点に、各級軍内委員会と政治委員が配され、軍事指揮員の命令は政治委員の合意が必要であり、これを「両長制」という。「金髪……」の主人公孫天球は、中隊の政治指導員であり、中隊長とともに中隊本部に起居して中隊の指揮に当たっている。

中隊長・政治指導員両名と下士官及び兵士との関係など、解放軍の最小単位である中隊の組織とその軍内生活の描写は、一兵卒から士官までに至るたたき上げの経歴を持つ莫言ならではといえよう。かつては農民の子弟にとり、解放軍入隊は安定した衣食住を保証し、他郷の空気を吸う機会を与えてくれるエリートコースであったが、八〇年代の経済改革により農村の状況が一変、「個体戸」となって蓄財するなどして都市に移動することも不可能ではなくなっていたため、兵卒から士官に至るまで軍人意識の変化も大きかった。日曜のたびに中隊長の服の洗濯をさせられる若い伝令兵が、中隊長の面前で「アホクサイ中隊長なんかなりたくないですよ、故郷に帰ってキャンデー売りでもするほうが、中隊長をやってるよりよっぽどましさ」（注（10）『透明な人参』一九三頁）と声を上げる場面などはその一例である。

いっぽう農村では、中共三中全会（中国共産党第一一期第三回中央委員会総会。一九七八年一二月）以後の農業政策の転換により、人民公社が解体し、小農制へと回帰している。村では大量の「個体戸」が出現した結果、農作業は嫁や老人が担っている。一戸あたりの生産高も増え、孫天球の実家では嫁の農作業だけでも充分暮らすことができ、紫荊は「あの人も送金してくれるけど、一銭も貰わなくたってお金の心配はないし食料も大丈夫だわ」（注（10）『透明な人参』二〇三頁）という経済的に自立した状態である。赤毛のように金儲けよりも土に生き、民間療法を学んで病人や家畜を治療するなど草の根の知識人となることを選択した青年は、例外であったようだ。また赤毛の容貌からは、彼またはその先祖が、欧米白人との混血であることも想像される。

そのいっぽうで隣近所、親戚など旧来の人間関係および社会的法秩序は崩壊に瀕していた。共産党書記は自分の車が孫天球の妹の夫を轢いて足の切断という重傷を負わせても、詫びるどころか尊大にも説教をしている。法が機能していないのだ。紫荊が市場で娘時代の友人に出会うと、彼女はすでに子供が二人いる上に、さらにもう一人産むという。二人産むのだって禁止だし、一人っ子手当が貰えないでしょ、と尋ねる紫荊に、友人は一月六元のはした金などいらない、二人目からは罰金二〇〇〇元払えば戸籍に入れてもらえる、うちの亭主は月に最低五〇〇〇元稼ぐわ、と応じる。一九九〇年代初期の大学教授の月給が約二〇〇元から四〇〇元程度であったことを考えると、経済改革により生じていた社会的激変の一端が想像できよう。

それにしても、四年前には「春の雨降る夜に」のような解放軍将校の夫を激励する若い農婦の手紙という小説を発表していた莫言が、なぜ「金髪……」で不倫と嬰児殺害を描いたのだろうか。

孫天球は「一年中留守している」自分の代わりに母親の介護をさせるため、「このあたり十八か村でも「一番の別嬪」」の紫荊と仲人紹介による見合い結婚をしたのち、この「観音さまのようにきれいな娘」を置き去りにして(51)、軍事基地での暮らしを続けていたのだ。彼は県都郊外にある基地付近の湖畔に裸婦像が立てられたことを契機に、美しい妻への愛情を強く抱くようになり、さすがの「禁欲主義者でも上さんが恋しく」なって帰郷を中隊長に相談したところ、政治部からの風紀強化に関するものと思われる通達を示され、兵士らの裸婦像観賞取り締まりを優先したのであった。(52)それでは孫天球が希望通りの時期に帰郷していたら、妻の不倫もその後の嬰児殺害の悲劇も生じなかったということなのか。いや、そうではあるまい。農村の留守家族においては、実の母でさえもエリート将校の息子よりも、暮らしの知恵に富む明るい若い農村青年の方を好ましく思い始めていたのだ。

いっぽう、妻の紫荊は姑の介護と農作業を一人で負担しており、そんな彼女にとって赤毛という青年農民は、伝統医療から井戸掘り、暴れ豚の飼育まで、「あの赤毛に覆われた頭の中が、すべて蜂の巣のように小部屋に仕切られ、それぞれの小部屋には千や万もの不思議な考えが詰まっている(53)」、年下ながら頼もしい伴侶であった。しかも老母にとっても「タバコ臭くて、氷のように冷たい言葉をぶつけてくる男(54)」にしかすぎない孫天球とは反対に、赤毛は快活で話上手な好青年であった。彼女は二人の不倫に気付いた後も、「必死に息子のことを思い出そうとしたが、どうしても思い出せ」ず、「息子が残した記憶といえば薄汚れた石灰のような影だったが、この影さえどうしてもあの赤い髪の男の子と重なってしまう(55)」のである。不倫という点を除けば、紫荊と赤毛の恋愛は、孫天球の老母さえも認めるお似合いの関係であったのだ。

「金髪……」は孫天球の母の描写と独白で始まる。

夜の闇は深い。彼女はオンドルの上に座り両眼を大きく見開いていたが、何も見えなかった。〔中略〕彼女はもちろん平凡な老女であった――あーあ、わしの人生ときたら――彼女はこの世の辛酸を嘗めつくしてきた。彼女は女がいちばん恐れるもの、いちばん望むものが何であるかよくわかっていた。自分の過去を思い出せば、嫁が嘆くように笑う気持ちをすべて理解できた。紫荊が嫁入りして来て二年になるが、泣くのを一度も聞いたことがないわい。あんな笑いでも涙をたっぷり含んでおるのじゃろうか？[56]

彼女の息子は二年前に帰郷して結婚したが、自分には「氷のように冷たい言葉をぶつけてくる」だけ、一カ月後には嫁に自分の介護を任せて部隊に帰り、そのまま勤務を続けて帰郷していない。孫天球はワーカホリックの政治将校なのだ。嫁の孤閨の寂しさをよく分かるというこの「平凡な老女」は、嫁の紫荊と赤毛との不倫の恋に複雑な心境ながら同情を寄せる「目撃」者でもある。そして物語の終盤に、彼女は紫荊に向かい次のように告白して死んでいく——一八歳で五〇過ぎの行商人に売られ、いつも夫の折檻を受けて身体中傷だらけであったが、夫の留守中に夫の甥で彼女より一つ年下の青年と駆け落ちして、この土地まで逃げてきた、と。こうして物語は老いた姑と若い嫁との二重の不倫劇へと急転換するのだ。

孫天球にとっては妻に似た裸婦像問題の処置による帰郷時期の遅れが、妻の不倫と不倫の子の彼による殺害を引き起こした、ということになるのだが、紫荊にとっては運命のいたずらにより、ワーカホリックで一〇歳年長のエリート解放軍将校との誤った見合い結婚後に、村の暮らしに役立つ知恵と技と力とに溢れた同世代の青年と恋愛し不倫に至ったということになるだろう。そしてもしも若き日の姑に倣って赤毛と駆け落ちしていれば、わが子が夫に殺害されるという悲劇も避けられたのである。

このような「金髪……」に対しては中国でも発表から一年以内に、鍾本康氏が次のように指摘している。

莫言の小説は人生直視を堅持し、しばしば悲劇的色彩を帯びた愛情、婚姻、家庭の物語を通じて、屈折しながら厳粛なる人生問題と社会問題とを反映している。「金髪の赤ちゃん」の中の赤毛は感情的衝動により軍人の妻と姦通し、孫天球は燃え盛る嫉妬に駆られて嬰児を扼殺しており、二人が前後して法を犯したのは、実に理性の稀薄化と理知の喪失とによるものである。しかし登場人物の感覚世界を通じた描写は、作品内容を拡張し、その意義を拡大しており、単純に一点にまとめることは難しい。

指導員孫天球の妻紫荊に対する優しさと情熱との欠如は、すべて彼の本性・本意から出たものではなく（それは彼が裸婦像を覗き見る時に引き起こされる感覚から見て取れる）、主にある種の〝左翼〟的活動と観念とに抑圧され、疎外された結果である。紫荊も意図して夫に背いたのではなく、赤毛の行動も紫荊の境遇に対する同情と真剣な感情に対する発露であった（これは彼らの意識と無意識とから見て取れる）。この小説は人物の現実的関係と彼らの感覚世界とが交叉する中で、人生の運命を決する様々な側面を暴き出すことにより、更に多くの啓示を与えているのだ。(57)

なお人民共和国期の中国で言う「左翼（原文：左）」とは「保守、体制的」を意味することが多い。すでに述べたように、「金髪……」が描く故郷は中共三中全会以後の自由化された村であり、紫荊の嫁ぎ先では舅は亡くなり姑は要介護者、彼女一人の農作業で経済的に自立できるため、紫荊は解放軍将校の妻でありながら自由な農民でもある。赤毛も亡父の旧蔵書を自己流に読み込んで草の根の知識人になろうとしている村の自作農である。孫天球が勤務する中隊も、同僚の蕭中隊長は一見横暴なようだが、実は物分かりが良く、孫に対しては本音を語ってアドバイスしてくれる良き同僚である。ちなみに「金髪……」執筆の一年余後に書かれた短篇小説「蝿・前歯」は、解放軍基地を舞台として全篇に笑いが溢れる作品だが、歩哨当番中にスイカ泥棒をしたり、人民公社社員の奥さんと不倫をしたり、共産党幹部の息子で威張り散らす軍人を懲らしめるなど、縦横無尽に活躍する主人公の分隊長は蕭万芸という名前である。[58]

「金髪……」では蕭中隊長のほか、部下の兵士たちも口答えや悪戯はするものの、孫のことを敬愛している。鍾本康氏が指摘する解放軍内の「ある種の〝左翼〟的活動と観念」による「抑圧」「疎外」も、作品で読む限りは深刻なものではない。すなわち夫の勤務先も留守宅もたいへん自由なのだ――新婚夫婦が二年も長期にわたり別居しているという点を除いては。そしてこの二年の別居も、蕭中隊長によれば孫の「禁欲主義[59]」によるもので、妻を駐屯地に一時的に呼び寄せることも可能ということで、職場により強制されているわけではないようだ。

「金髪……」の世界では、登場人物たちは概ね自由に自立しながら、まじめに働いて生きていたのだが、単身赴任中の青年将校が過度に禁欲主義的で新妻に冷淡であったために、村の留守宅で妻が不倫に走り、その結果生まれた嬰児を一時帰郷した夫が殺害するという事件が起きた、とまとめられよう。

しかし改革・開放初期の中国農村といえども、そのようなお気楽な社会であったわけではなかろう。一九八〇年代の中国農村は、七〇年代以前よりも自由になり豊かになったとはいえ、固有の「抑圧」「疎外」を抱えていたのではあるまいか。莫言自身が「「金髪……」のような小説群は真にマルケスの影響を受けましたが、すぐに今後もこんな風に書いてはいられないと意識し始め、一生懸命に変えようとしましたが、全く元に戻って書くのもよくありません。その後は成り行き任せで書いていきました」と語ったというのも、(60)「金髪……」で描いた農村社会のお気楽さに対する反省ではなかったろうか。

こうして莫言は次に本格的な帰郷物語「白い犬とブランコ」を執筆して、貧しい文化大革命期と八〇年代の改革・開放期との間を往還しながら、離郷して都市知識人となった元農民の子弟と、身体障害者となって農村に残った女性との間の不倫を描くことになるのである。

（七）都市知識人の帰郷と農婦との不倫物語——莫言「白い犬とブランコ」

魯迅帰郷物語の系譜において、「金髪……」がその物語構造において傍系に位置するとすれば、「白い犬とブランコ」は主人公男性の帰郷と彼を待つ女性という物語構造により、魯迅と直系的関係を有する作品である。「白い犬とブランコ」（原題：白狗秋千架、以下「白い犬」と略す）は隔月刊文芸誌『中国作家』一九八五年第四期（同年八月一一日発行）に掲載された。あらすじは以下の通りである。

主人公で北京の芸術専門学校での講師昇進が決まり、婚約者もいる青年は、離郷した父の頼みで、一〇年ぶりに故郷の高密県東北郷へ帰っていく。すると村の入口の、高く生い茂るコーリャン畑に囲まれた橋のたもとで、重いコーリャンの葉の束を背負い白い老犬に先導された片目の農婦に出会う。彼は高校時代の春の寒食節に、共に学生宣伝隊の幹部を務めていた幼なじみの少女暖《ヌアン》と村の広場に設営されたブランコに相乗りしたところ、ブランコのロープが切れ、彼の家の白い子犬を抱いていた少女は失明した。いま出会った農婦こそ、その暖であった。彼女は隣村の唖者に嫁ぎ三つ子を生んだが、三人とも口がきけない。彼は数日後に北京土産の高級な飴を持って暖の家を訪ね、粗暴ながらも心根が優しく働き者の夫や幼い三兄弟と会い、青年の心も慰められる。暖が老犬を連れて用事で町へ一足先に出かけたのち、青年も家を辞去すると、意外にも橋のたもとでは白い犬が彼を待っていた。老犬に導かれるままコーリャン畑を踏み分けていくと……

小説は毛沢東時代・文化大革命期の貧しい農村と、鄧小平時代・改革開放経済期の急速に豊かになっていく八〇年代の農村とを、男性の回想の中でフラッシュバックさせながら、思春期から大人へと成長する男女の心理の綾を描く。

「白い犬」をめぐって中国では多くの評論が書かれているが、管見の限り二〇一二年に発表された程光煒氏の「小説の読み方——莫言の「白い犬とブランコ」」(61)が傑出している。北京・人民大学文学院教授で一九五六年生まれの程氏はこの論文の中で、自分は文革中に農村に〝下放〟(シアーファン、かほう、党幹部・学生が農村や工場に入り農民・労働者への奉仕の精神を養うための運動)され、死んだ方がましなような暮らしを体験しているので、農村出身作家の故郷に対するやましさと懺悔の感情が理解できると述べて、まず次のように指摘している。

「ひけめ」と「懺悔」がこの小説の基調であり、中国近代文学以来のほとんどすべての農村をテーマとする小説の基調でもある。農村から出て来た魯迅〔中略：沈従文、蕭紅、莫言ら農村出身の現代作家一五名を列挙〕ら一連の作家は、みな都市に行って旦那方やお嬢様となり、教授や役人、記者、作家、軍人など上流社会へと身分を転換した。だがかつて彼らと一緒に泥水の中を転げまわっていた子供時代の仲間は、なおも黄土の上で腰を曲げている賤しき小農であり、彼ら自身の両親や兄弟姉妹はなおも苦しい農作業をしており、暖が呪うような「コーリャン畑ときたら、クソ暑いったらありゃしない。蒸籠で蒸されてるみたい」な枯れはてた人生を送っているのだ。憐憫の感情とは人類の最も根本的な倫理的傾向であり、ましてやこれらの成功者は毎日書斎で呆然として広々とした田野で蟻のように際限なく働きながら生涯貧困から抜け出せない故郷の人々に顔を向けられるだろうか。彼らはあるいは生涯この農村の記憶に苦しめられているのではないか？〔中略〕これが中国の農村をテーマとする小説が魯迅に始まってから一〇〇年も連綿と続いて、各種の文学テーマの中でも最大の陣容と最高の成果を誇る根深い歴史的原因なのである。(62)

無論、程光煒氏は魯迅に農作業の経験のないことも指摘している。魯迅の家は彼が少年時代に没落したとはいえ、祖父が科挙最終試験の進士合格を果たした地主であったのだ。

「白い犬」は一〇年前に解放軍一個師団が一時期、東北郷に駐屯した際に、宣伝部隊の軍楽隊を率いる「若く凛々しい将校(63)」の蔡隊長が暖を愛し、彼女も彼に嫁ぐ意志を固めていたことを描いている。

このエピソードについても、程氏は次のように指摘している。

暖が「私」を捨てて青年将校の蔡隊長に恋した動機が卑劣などと、私は全く考えないし、逆に七〇年代農村の若い女性の愛情観と恋心を最も正しく描写するものだと考えている。仮にこうでなくては当時の農村の現実がはっきり見えてこないし、農業集団化運動により捨てられ傷を負わされた農村の青年たちの深淵のような苦境が見えてこないのである。(64)

閉塞した人民公社体制下の疲弊しきった農村から脱出するために、暖が玉の輿に乗るという得がたい機会を逃さなかったのは当然のことであり、語り手もそれを積極的に容認していたと程氏は言いたいのだろう。そして一〇年後に帰郷した語り手が訪ねていく暖の家に関しても、程氏は鋭く分析して現在も未来も暗黒なる暖の運命を、次のように読み取るのだ。

暖の唖者の夫のモデルはマルケス『百年の孤独』に由来するもので、〔藤井注：中国では〕三十余年来身体障害者を多くの作家が描き続けてきており〔中略〕障害者叙述は明らかに莫言の八〇年代小説の主要な触媒であった。

しかしこの常套的物語はまさに作者の更に大きな野心を示しており、それは一九五〇〜六〇年代の中国で農民が強制参加を迫られた農業集団化運動の暴挙に対する全面否定と私は考えている。

〔中略〕暖と唖者との愛なき結婚、常に後者に殴られ、三人の子供全員が唖者なのだ。このプロット構成はやや不自然だが、作者は頑固に読者に宣告している――暖は現在も未来もすべてめちゃくちゃであると。暖の運命は山東高密西北郷〔藤井注：東北郷の誤植か？〕の偶然の事例ではない。中国七〇年代農村の現実とは衰微と閉塞、貧困であり、暖のような無数の貧しい女性が空しく藻掻いていたのであり、このような状況は、当時はひどく当たり前のことだった。〔中略〕これにより暖の運命が深淵に沈んだのはブランコのロープが偶然に切れたためではなく、その真の病根とはユートピア的空想に溢れかえった農業集団化運動が中国農村に与えた巨大なる危機であったのだ。七〇年代の農村は当時の中国社会と同様に、あらゆる中国人の運命は宙に揺れるブランコのようで、いつでも永遠回復不能になりそうであった。

そして程光煒氏は傍証として莫言のデビュー作「透明な人参」に対する「私は「文化大革命」期の農村がどれほど暗黒であったか、正面からこういうことを描くとしたら、難度は非常に高くなる」という言葉を引用しているのだ(65)。そして文革が終息し、都会で大学に進学、卒業後は母校に残って講師となった語り手が帰郷し、暖の婚家を訪問したため、暖の心が大きく動揺するようすを、程氏は次のように分析するのである。

訪ねてきたボーイフレンドがすでに「成功者」であるのを見て、暖の心は砕けてしまう。彼女はとっくに所帯を持っているのだから、この心理は些か恥知らずである。彼女が変装して姿を変え〔藤井注：義眼を入れて文革期の盛装をしたことを指す〕、家にあるだけのものを出して着るのもボーイフレンドの歓心を買うためなのだが、こんな大げさな振る舞いも私の目には、却って異常なまでに美しき輝きに見えるのだ。悲惨な時代の哀しき恋人たちは黙って見つめ合うが、想いを籠めて抱き合い、親密な関係を再確認することは叶わない——このような状景には気の毒な思いばかりか感傷的な気分を抱いてしまう。〔中略〕悲痛極まる場面で、作者の莫言は男性主人公に恋人の「胸が豊か」な「一種独特な美しさ」に注目させており、この描写は明らかに情欲的意味を超えており、明瞭に冷笑に変じているのだ。彼のこのような叙述は個人的風格から来るものだが、あの悲惨な時代に対する軽視と疎遠も見出せるが、結局それは愛憎交々の農村作家の暗い心理なのである[66]。

程光煒氏は悲惨な時代に育った哀しき恋人たちを描く莫言の心理を語っているが、それは青年時代を農村で過ごした程氏自身の思いでもあるのだろう。程氏はその後も感情移入を倍加しつつ、暖の心理を分析していく。

しかし暖は「私」の冷やかしや心理的優越感に構うことなく、決然と自らの失われた一〇年を取り戻そうとして、姦通により運命を公平なものとするのだが、それは農村の安易で粗暴な男女の不倫ではない。農業集団化運動が一九七九年に失敗して終わり、歴史的嵐がここで終幕したのであるから、暖はこの荒廃の一〇年を迂回して花のように美しかった自分を再び探し当てようとするのだ。この時小説はすでに散乱したプロットを串刺しにして、読者を直接作品の中心へと連れていく——コーリャン畑に。私はここまで読むと、心が微かに揺れ始めるのだ。このひどく絶望的にしてとても暖かい結末により、ついに私たちは障害者である若い妻を見直す。〔中略〕私の心情が飛び立ち、莫言が兵隊になって家を離れる時にトラックがもっと速く、もっと遠くまで走れば良いのに、と思った心境と同じであり、この時コーリャン畑に身を横たえる暖はまさに彼のこの小説の目的地なのだ、とあなたは感じる。研究者として、ここは私が莫言と小説の主人公と最も近い場所である。私には二人の荒い息遣いが聞こえるかのようだ。その昔美しかった暖は、今やここまで落ちぶれているが、彼女が「私」をコーリャン畑での性交に誘うのは失った愛情のためだけではなく、性欲を満足させるためでもなく、健康な赤ちゃんを産むためだけのことでもなく、それは貧しく若い妻による無常の運命に対する「絶望的反抗」なのである。莫言はこの哀れな女性を借りて農業集団化運動の滑稽な敗北を涙を流さんばかりに最も冷酷に嘲笑しているのだ。(67)

些か感情移入過剰ではあるが、程光煒氏が暖の不倫願望から現代中国史において虐げられてきた農民の「絶望的反抗」を読み取った点は、彼の深刻な農村体験と鋭敏なる感性を示すものといえよう。程氏は評論を次のように結んでいる。

私はこれまでのようには小説を読めなくなって、小説の歴史的来歴とその緻密な木目、それが単純な物語の中で展開する多重構造を冷静に観察することだろう。この構造にこそ、「私」と暖との一〇年が、農業集団化運動の三〇年が、そして中国農民史の二千年が存在するのだ。この構造こそが倉庫の多層の商品棚である。それはブランコが作り出したもののようであり、集団化が作り出したもののようでもあり、農民が作り出したもののようでもある。暖の経験的認識は彼女の視野を遮ってこれらの要素を見せようとはしない。実は私たち研究者の視野も相当に狭いのだ。私たちはこの多層の歴史的商品棚の訪問者にすぎない。暖の願いは二〇世紀の一九八五年に発せられたものだが、明日に発せられるものでもあり得るのであり、彼女は小説で「あなたにも言いたいことは山ほどあるでしょうけど、どうか何も言わないでね。」と語るのである。(68)

評論のこの結びの一段には、私は全面的に賛同したい。しかしすでに引用した「姦通により運命を公平なものとする」暖の不倫を、「農村の安易で粗暴な男女の不倫ではない。」と差別することには疑問を禁じえない。莫言はむしろ都市の知識人には「安易で粗暴」としか見えない村人の不倫を、切実な情念と論理に裏打ちされた不道徳として描いているのではあるまいか。

程氏は評論冒頭部で「魯迅は農村の現実の具体的細部を十分描くことはできず、彼は田舎者の心理を新進気鋭の知識人の立場から推量する明らかな外来者であり、この面で莫言は魯迅に一歩勝っている」と指摘する。そして結論部でも暖の語り手に対する不倫の求めをめぐって、「私はここまで読み進めてきた外国の研究者がどのように反応するか、海外の学者がどのように反応するかは知らないが、いずれにせよこの社会主義時代に暮らした私という中国人には今や言うべき言葉はないのだ(69)」と述べてもいる。しかし「白い犬」において魯迅の帰郷物語の底部に潜んでいた不倫のテーマを浮上させることにより、莫言が魯迅文学を大きく展開させている、という解釈に立つ「外国の研究者」の視点から、私は莫言と魯迅との比較を試みたいと思う。

村を出て都会で知的職業に就いている男性が、長い歳月ののちに両親転出後、あるいは母親が転居準備中の故郷に帰り、少年時代に親しかった女性と出会い、彼女の大きな変化に驚き、心理的葛藤を覚える――「白い犬」と魯迅帰郷物語とは、基本的構造が一致している。「白い犬」の語り手が「よその省に住む兄のもとに引っ越し」た父親の「故郷のようすを見て来て欲しい(70)」という頼みにより帰郷した点は、「酒楼にて」の呂緯甫と同様である。また故郷で出会う男女が同世代であるという更なる共通点を、「白い犬」と魯迅「祝福」との間に見出すこともできるのだ。しかし「白い犬」の語り手は、同じ村の農民の子として、人民公社という一種の農奴制と文革の閉塞状況から改革・開放経済体制への転換を体験した同世代人として、そして何よりも暖の失明の原因を作った幼馴染みとして、彼女に対し共感と同情を当初から明確に語っている。この点は魯迅の「故郷」や「祝福」の語り手が楊二嫂や祥林嫂に対して壁越しに接する態度や、「酒楼にて」の呂緯甫の阿順に対する遠慮がちな振る舞いとは明白に異なる。

そうとはいえども、「白い犬」の語り手の暖に対する理解は浅薄だった。彼は唖者の夫と口のきけない三つ子に見送られて、暖の家を辞去すると、お気楽にも次のように考えていたのだ。なお「私」は暖よりも二歳年上だが、族譜的には下の世代に属するので、彼女を「暖叔母ちゃん」と呼んでいる。

彼は唖ではあってもなかなかの男であり、結婚した暖叔母ちゃんも辛い思いを味わってはおるまい。言葉が話せなくとも、そのうちに慣れて、手まねや目つきで生理的欠陥を乗り越え意思疎通が可能であろう。私があれこれ心配していたのも、杞の人が天の崩れることを憂えたようなものだったのかもしれない。橋に着く頃には、もう彼女のことを思うのはやめ、川に跳びこんで水浴びすることばかり考えていた。〔中略〕橋の下の水音が勢いよく響いてきたかと思うと、橋のたもとに蹲っている白犬の姿が現れた(71)。

「彼女のことを思うのはやめ、水浴びすることばかり考え」ている彼の呑気さは、「祝福」の語り手が県城のレストランで鱶ひれスープを食べることを考えていたのを彷彿させる。だが「祝福」の語り手が祥林嫂の死後に「この世では、生きる気力のないものは生きず、見るのを厭がる者には見させないのだから、人のためわが身のためにも、死んだ方がよかろう。」と些か薄情なる安堵を覚えながらも、「以前見たり聞いたりした彼女半生の足跡の断片」を「このとき一つに繫(72)」げていくのに対し、「白い犬」の語り手は暖自身から半生の足跡の断片を一つに繫げる告白を聞かされる。それは少年時代のブランコ事故の際には子犬だった白い犬が、数日前の帰郷時と同様に今再び村境の橋を渡ろうとする彼の前に立ち現れ、彼を暖の元へと導いたからだ。

コーリャン畑の中で座っていた彼女は黄色い布を敷きながら、白い犬に「シロやシロ、おまえにもしわたしの心がわかるなら、橋まで行ってあの人を連れてきておくれ」と命じたということから告白を始める。嫉妬深い夫の家庭内暴力、全員が口をきけない家庭の寂しさ、事故の前に村に駐屯した解放軍の蔡隊長が彼女を愛したにもかかわらず、自尊心のため部隊まで彼を追い掛けなかったこと、そして「あなたは進学後、手紙をくれたのに、わたしはわざと返事をしなかったわ。こんな醜い顔では、あなたの妻になる資格がないと思った」ことを語った後、暖は次のように不倫の決意を告白するのだ――「今ならちょうどできる時なの……お話のできる子が欲しいわ……承知してくれたら、わたしは救われるし、もし断わられたらわたしは死ぬわ。あなたにも言いたいことは山ほどあるでしょうけど、どうか何も言わないでね。」[73]

語り手は暖から不倫を迫られて初めて、ブランコ事故後の彼女の不幸な青春を理解し、彼女がこの不幸な体験を踏みしめて、命懸けで将来の人生を主体的に切り開こうと決意したことを悟るのである。しかし彼女の決意を知ることは、彼にとって北京にいる自らのフィアンセに背き、義兄弟の契りを結んだ暖の夫を裏切ることであった。「白い犬」における故郷の女性の不倫問題は、語り手自身が当事者であるという点において、語り手が不倫の傍観者にすぎない魯迅「祝福」と比べて遙かに深刻である。そのような語り手の深い苦悩を通じて、「白い犬」は村の女性の物語、そして程光煒氏が指摘する農業集団化運動以来の中国農村の苦難の歴史をありありと語っているのである。

思えば魯迅「祝福」の語り手には「故郷」「酒楼にて」二篇の語り手たちと同様に、妻子の影がない。「故郷」

の母は語り手に嫁や孫のようすを聞こうとせず、「酒楼にて」の語り手と呂緯甫とは、母のことは話題にしても、それぞれの妻子のことは語らないのである。祥林嫂が語り手に不貞罪をめぐって最初に相談したであろう一九一六年から一九年の三年間とは、彼女が三二歳から三五歳であり、貧困や疫病のため平均寿命も低かった当時において、三〇代半ばとは人生の半ばにして最盛期であったろう。(74) 辛亥革命直後の村の文字を読めぬ祥林嫂と、毛沢東時代末期に当時のエリートであった高校生にしてしかも学生幹部(75)も務めていた暖とを比較するのは難しい。そもそも「祝福」の語り手と祥林嫂との間の階級差は、かつては村人全員が人民公社社員であったという平等感覚を有する「白い犬」の男女間の身分差とは大いに異質である。それでも莫言が都市から帰郷する語り手と村の女性との間に恋愛を想像し、二人が不倫に踏み出してこそ中国の村は語れると考えた時、現代中国文学における帰郷物語の系譜は、大きく展開したといえよう。

　このような帰郷物語の構造変化には、魯迅が地主の息子であるのに対し、莫言が農民の息子であるという、両者の農村への帰属感の差などの社会的要因も指摘できよう。しかしそれに加えて、『アンナ・カレーニナ』に対する魯迅の挿絵覆刻など屈折した限定的受容と、莫言の同作から大小の題材を援用する積極的受容という、『アンナ』に向き合う両者の想像力の大きな差違も見落としてはなるまい。次節では『アンナ』のヒロイン的女性が登場する莫言の問題作「花束を抱く女」を考察したい。

（八）海軍将校を過去の村へと連れ戻す女——莫言「花束を抱く女」論

「花束を抱く女」（原題：懐抱鮮花的女人、以下「花束……」と略す）は、人民解放軍海軍中尉を主人公とする幻想的作品で、一九九一年三月に高密県で執筆されたもようである[76]。『人民文学』同年七・八月合併号に掲載されるにあたっては、王四《ワンスー》の職業が人民解放軍海軍中尉から遠洋貨物船「長風」号二等航海士に変更されたほか、末尾の一節の句読点を含む二一四字が削除されるなど、掲載誌編集部により多くの箇所が改竄されている[77]。これは発表二年前に勃発した天安門事件と関わりがあるものと推定される。

北京の学生・市民が、共産党独裁体制に向かい民主化を要求して立ち上がったのは、一九八九年の春のこと。七〇年代末の民主化運動に続く第二次民主化運動の発生であり、このたびは天安門前をデモ行進する人の数が一〇〇万を超えた。中国共産党は独裁体制を揺るがすこの運動を恐れ、六月四日、ついに戦車を先頭に解放軍を投入して市民・学生を虐殺した。死者の数は、政府側発表で三一九人、民主化運動リーダーの証言で数千から一万人以上であるといわれている。第二次天安門事件（または「血の日曜日」事件）の悲劇である。

一九四九年の創刊以来、人民共和国文学の中心的存在として文芸界に君臨してきた『人民文学』は、八〇年代半ばに新時期文学の代表作家劉心武（リウ・シンウー、りゅうしんぶ、一九四二〜）を編集長に迎え、共産党文芸政策の宣伝機関的存在からの脱皮を図っていた。しかし事件後の九〇年三月、劉は、「社会主義文学の道からはずれた」という批判を受けて編集長を解任され、後任には文芸界保守派長老の劉白羽が選ばれた。この年の七・八月合併号の巻頭論文「九〇年代の召喚」は、「マルクス主義、毛沢東思想、中国共産党の政策を堅持せよ」と絶叫し、文芸に中共独裁体制への全面的賛美を要求した。合併号で新設された「読者の声」欄では、投書六通すべてが劉心武編集体制を非難するもので、しかもそのうち二通は莫言を名指しで批判している。こうして事件以来、莫言の作品は事実上の発表禁止となった。

天安門事件から二一年後の二〇一〇年に莫言が発表した自伝的小説『変』は、事件について次のように述べている。

一九八八年八月、私は北京師範大学と魯迅文学院共同運営の文学大学院院生クラスに入学した。〔中略〕ところが、あっという間に学生運動が勃発し、情勢は日に日に緊迫して多くの人は授業に出る気になれなくなった。〔中略〕一九九〇年の春、私は県城に帰り、数棟からなる古いわが家を取り壊し、ひと月かけて四棟の家に建て替えた。その間、大学院は私に何度か電報を寄こし、北京に戻ってくるよう促した。大学院に戻ると、指導部は私に自主退学を勧めた。私は考えるまでもなく同意した。その後、多くの同級生が私のために請願してくれ、また北京師範大学の童先生〔童慶炳教授のこと〔訳者注〕〕の大きな力添えで、なんとか私の学籍は保持されることとなった。[78]

天安門事件と大学院退学との関係について、『変』の解説で訳者の長堀祐造氏が語り手の「「私」は「弾圧された」と声高に語ってはいないが、在学中の大学院の学籍を失いそうになったり、卒業後も二年間、所属単位の軍から宿舎を与えられず、倉庫暮らしを強いられたりしたのは、このときの「私」の政治的立場が民主派だったからにほかならない。」と指摘している。

事件より二年後の一九九一年夏、『人民文学』七・八月合併号は前の年の論文「九〇年代の召喚」に続き巻頭論文「人民の現実の大海の中へ」を掲載、「社会主義文学の最も本質的な特色は、昔レーニンが諭した如く、無数の労働人民に奉仕すること」と謳い上げた。奇妙なことに、よりによってこの号に莫言の「花束を抱く女」が掲載され、莫言は二年ぶりに文壇復活を遂げるのであった。教条的スローガンと黙示録的小説が共存するという現象は、当局の唱える反動的文芸政策が事件後二年で空文化しつつあることを、象徴的に示すものであったといえよう。この年の末には莫言の短篇集『綿の花』も刊行されている。同書には文化界の長老であった夏衍（シァー・イエン、かえん、一九〇〇～九五）が近代中国文学における文芸の改革・開放の伝統を強調した序文を寄せ、解放軍とのつながりが深いと言われる華芸出版社が同書の版元となっている点は、多分に意味深長である。

このように天安門事件後の中国の政治と文学は複雑な状況を呈していたが、日本では文芸評論家の菅野昭正氏が「花束……」日本語訳発表直後に、新聞文芸時評欄で簡潔ながら次のように指摘している点は興味深い。

今月読んだ短編小説の中では、莫言「花束を抱く女」が奇妙な幻想の感覚をしだいに強めてゆく特異な味わいによって、もっとも強く記憶に残っている。莫言の作品はすでに何編か紹介されているが、ガルシア・マルケスの影響を感じさせる中国ふうマジック・リアリズムが、この小説ではやはり大きな効果をあげている〔中略〕この若い中国作家は、現実世界を脅かすぶきみな力を象徴的に凝縮する方法を、たしかに発見しているようである。(79)

それでは「現実世界を脅かすぶきみな力を象徴的に凝縮」した「花束……」とは、どのような物語なのだろうか。あらすじは以下の通りである。

人民解放軍海軍中尉の王四が汽車に乗り故郷の県城の駅に降りたったのは、帰村して結婚するためであり、婚約者が勤める県城のデパートの時計売り場に駆け付けた時には、目覚まし時計担当の彼女はすでに休暇を取って帰村したあとだった。

バスターミナルに向かう途中で大雨が降り出したため、鉄道ガード下に入ったところ、赤紫の庚申薔薇《ローズ》の花束を抱いた女に出会いライターの火を灯すが、声を掛けても女は黙したまま微笑み続けるだけである。やがてライターは燃え尽き、雨が上がり、王四が立ち去ろうとした時、女と一緒にいた黒い犬が彼の足首を噛んだので、王四は半ば彼女を罰するため、半ば彼女に魅了されていたため、彼女に口づけする。その後、女は微笑みながらどこまでも王四を追い続け、ついに彼の実家にまで入ってきたため、両親は怒って暴力を振るい、やがて嘆きの余り倒れてしまい、二人の屈強な男に守られて訪ねてきた「目覚まし時計の娘」は一〇個の時計を回収すると、中尉と女、そして黒犬に向かいペッと唾を吐いて帰って行く。翌日、すなわち帰宅後三日目、村人は中尉と女が固く抱き合って死んでいるのを見つけたが、二つの死体を分離するためには手先を切り落とさねばならなかった。

なお物語の現在を小説執筆時の一九九一年とすると、高校卒業後の海軍歴一五年の王四は三三歳前後、後述する彼の高校受験は文革後半期の一九七三年頃と考えられる。

中国では同作雑誌掲載の翌年発表の評論で「全篇荒唐無稽で、洗練された格調と相容れない[80]」と評されたものの、その後はガルシア・マルケスの影響を受けたマジック・リアリズム作品という評価が定着するいっぽう、劉洪強「莫言小説中の「嬰寧」現象をめぐる試論」では「曖昧な叙事と煌々たる意味のため、読者はこの作品のテーマが何かを理解するのがとても難しい[81]」と見なされている。この劉論文が微笑み続ける女のイメージの源を、中国の古典小説『聊斎志異』に求めている点は興味深い。『聊斎志異』は清の山東省淄川（現・淄博）の人蒲松齢（ほしょうれい、一六四〇〜一七一五）による神怪・鬼狐などを描いた短篇怪奇小説集で、四〇〇余篇を収録している。その内の一篇「嬰寧」のあらすじは以下の通りである。

婚約者を亡くした王子服は、上元節（正月十五日）の日に、散歩中、笑顔が美しい娘に出会い、一目惚れ。

帰宅後、恋患いになる。従兄が来たので打ち明けると、娘の身元を探してくれた。娘は子服の母方の従妹だった。元気を回復した子服は娘の家を訪ねて行き、老婆と暮らしている娘と再会する。娘は始終笑っていた。子服は娘を連れて帰り、母に会わせて結婚する。娘は式の間も笑っていた。その笑いで周囲の人を幸福にしたが、西隣の息子が魅せられて抱きつくと、なぜか彼女ではなく、枯木に変わっており、木の中にいた蠍に刺されて死ぬ。子服の母が嫁を諌めると、もう笑わないと誓った。その後、娘は正体を明かす。実は、狐の子で、母は亡くなり、老婆は幽霊だったという。二人で埋葬し、毎年墓参し、息子にも恵まれた。[82]

確かに莫言は私が一九九一年一二月に北京で行ったインタビューでも「『聊斎志異』には特に親近感があります。作者の蒲松齢が山東省の人で、私の故郷に近いからです」と語っている。[83] また劉洪強が指摘するように、「花束……」の王四中尉も「軍艦の湿っぽい船室のあの狭い鉄のベッドで揺られながら」『聊斎志異』を読んでいるほか、嬰寧は常に笑って花を愛し、彼女に恋してプロポーズする王子服は王四中尉と同姓であるなど、「花束……」と『聊斎志異』「嬰寧」との間には共通点があり、莫言が同作からヒントを得た可能性は高いであろう。しかし『聊斎志異』の王子服が嬰寧を彼女の家まで追い求め、結婚してハッピーエンドを迎えるのに対し、王四は逆に花束を抱く女にどこまでも追い掛けられて、ついに性交心中に至るという、両作は全く異なる展開を見せているのだ。そもそも「王四」は中国語で「枉死（wǎngsǐ、横死する）」と同音であり、あたかも主人公の末路を予告するかのようである。「花束……」

における「現実世界を脅かすぶきみな力」は、莫言独自の想像力によるものといえよう。
王四のフィアンセの名前は燕萍《イエンピン》で、燕が姓で萍が名であろう。「燕雁代飛」と言えば、燕と雁とが南北別方向に向かって飛び去るように、人の相隔絶する喩えであり、「萍水相逢」と言えば、浮き草のように流浪する間に生じる偶然の出会いを意味する。燕萍という名前は、多分に彼女と王四との結び付きの薄さ――後述する政略結婚的結合を示唆しているのではあるまいか。実際に燕萍は王四が県都の駅に降り立った時にはすでに職場のデパートを去っており、物語の末尾において一度だけ「怒りで黒ず」んだ顔をして登場し、崩壊した王家の新婚の間から一〇個の時計を回収していくだけの女性である。物語の終盤で王四は母親に向かい、花束を抱く女と「ぼくとは何でもないんだ。ただの友だちさ。燕萍が来たら、事情を話すさ。」と言い聞かせるが、母親の答えは「バカを言って、おまえはどうやったってわかってもらえんよ。」というもので、傍で見ていても王四・燕萍の間には深い信頼関係はなさそうに描かれている。

燕萍はその後は唯一の登場時も含めて三度「目覚まし時計の娘」と称されている。時計とは規律、能率を連想させる改革・開放政策の象徴的小道具でもある。それにしても、燕萍からの結納の品と思しき時計一〇個の内訳が、六個のクォーツと四個の目覚まし時計というのも興味深い。「六・四」とは天安門事件発生月日に因む中国での事件の呼称なのである。

さて物語の冒頭、県都の駅に降り立った王四が、会いたかった婚約者には会えず、奇跡のように出会う花束を抱く女とは、次のような姿をしていた。

彼女はたいそう上質なダークグリーンのワンピースを身に纏い、肩に編み目の大きい白のショールを羽織っている。ショールはすでに汚れが目立ち、房が絡み合っていた。足には薄茶で小さ目の革靴を履いており、靴は泥だらけではあるものの、高級品であることが見て取れる。クラシックながら華麗でもあり、さながらトルストイの筆が描く貴族の女たちが履いている靴のようだった。女は見たところまだ若そうで、二五歳をこえてはおるまい。華奢な顔立ちで透き通るような肌、大きな灰色の瞳は深く憂いを帯び、鼻は細く高く先がこころもち四角く、鼻のすぐ下には紅く潤んだ細長い唇があった。髪はライトブルー、びっしょりと濡れたまま肩を覆っている。(84)

そして彼女が持つ庚申薔薇は、以下のように束ねられている。

花束の一〇本ほどの枝には、大人の拳ほどの花が七つ八つ、それに開きかけた卵ほどのつぼみが四つ五つついていた。彼女は両腕で花束を抱いていたが、ワンピースの大ぶりの袖からは真っ白な腕が覗いており、赤い掻き傷がそこかしこにあり、明らかに花の刺でこしらえたものだった。花は彼女の顎の辺りに集まり、柔らかな花弁は生気に溢れ、赤紫の色はあだっぽく、植物というよりも一束の生き物のようであった。(85)

「薄茶で小さ目の革靴」の原文は「棕色小皮鞋」で、その色は庚申薔薇の赤紫に近い。ダークグリーンのワンピースと薄茶の革靴とは、彼女が持つ濃い緑の葉を持つ花束と、いわば上下対称の関係にあるのだ。そしてガード下の闇の中で王四が灯すライターの火に照らされて、女と花は一体化する──「花びらがゆっくりと開くように──女の顔にはゆっくりとあでやかで魅惑的な微笑が広がり、さらに白く輝く二列の歯も見えた。歯は白色のうちにも青みがさし、どこまでも透き通り、瑕一つなかった。(86)」薔薇と革靴とは微笑むばかりで沈黙し続ける女に、豊かな表情を与えているかのようだ。そして女を置き去りにしてバスターミナル待合室の雑踏に身を潜めた王四が恐れているのは「やや高めのヒールでブーツ風クラシックながら華麗でもある薄茶の牛革の靴」の出現であり、(87)しかも恐れていた通り女の靴は余りに美しく出現する──「彼女の緑のスカートは滝のように、ふくらはぎの真ん中まで来ると突然消えていた。その先は肌色の靴下、その先はトルストイの女たちが履いていた華麗な革靴であった。中尉は驚くほどすらりと長い足に気づかずにはいられない。(88)」と再びトルストイの女が召還されるのだ。

『アンナ・カレーニナ』において薔薇のような色のハイヒールを履くのは、アンナと並ぶヒロインの公爵令嬢キティーただ一人である。「ばら色のうすもの」の衣裳を纏い、「ばらの花飾り」を付けて、「高いかかとの弓なりになったばら色の靴」を履いて舞踏会に赴いたキティーが、「真紅のくちびるは、自分の美を思う意識から、ほほえまないではいられない」ほどに幸せだったのは、恋人の青年将校ウロンスキイに誘われ、「ばら色の靴をはいたそのかわいらしい足」で「楽の音につれて敏捷に、軽快に、すべっこいはめ床の上を調子よく」踊ろうと思っていたからだった。(89)しかしこの時にはウロンスキイの愛は急速にアンナへと移り始めており、キティーは失恋する。

引用の中村白葉日本語訳に二カ所現れる「ばら色の靴」は、中国語訳では「淡紅色高跟鞋（淡紅色のハイヒール）」「淡紅色皮鞋（淡紅色の革靴）」と翻訳され、逆に「真紅のくちびる」は「玫瑰色的嘴唇（ばら色の唇）」と翻訳されている。(90)「ばら色のうすもの」（中国語訳は「淡紅襯裙（淡紅色のうすもの）」を纏い、ばら色の真紅の唇で微笑みながら、ばら色の革靴すなわち淡紅色のハイヒールで踊るキティーこそ、「花束を抱く女」のモデルであるといえよう。

なお数ある『アンナ・カレーニナ』日本語訳の中から、本稿が特に一九六五年刊行の中村白葉訳『世界文学全集一一　アンナ・カレーニナ』を参照しているのには、それなりの理由がある。中国で莫言が「花束を抱く女」を執筆する一年半ほど前に、日本では村上春樹が『文學界』に短篇小説「眠り」を発表し、同作中で『アンナ』を登場させているのだ。おそらく村上が同作を初めて読んだのは、高校時代に愛読していた河出書房版『世界文学全集』によるのだろう。そのような推測に基づき、本稿では同全集収録の中村白葉訳を用いることにした。莫言と村上春樹という異質の作家がほぼ同時期に『アンナ』を借りて異色の短篇を書いているのは単なる偶然の一致、として片付けることはできないだろう。この問題については本書第二部第七章を参照していただきたい。

さて莫言の『アンナ』受容においては、あるねじれ現象が生じている。『アンナ』という物語は、高級官僚貴族カレーニンの妻であるアンナが、伯爵家の息子で青年将校のウロンスキイに誘惑され、激しい恋におちて不倫するいっぽう、ウロンスキイと愛し合っていたキティーは失恋から回復する過程で貴族地主で誠実に農場経営に取り組むレーヴィンと恋愛し結婚するというものである。すなわち花束を抱く女のモデルであるキティーは、アンナとウロンスキイとの不倫事件における一種の被害者であり、キティー自身は不倫をしてはいない。これに対し花束を抱く女は、結婚を翌々日に控えた王四を追い続けた末に彼と性的関係を持ち、心中に至るのである。「花束を抱く女」の語り手が、「トルストイの筆が描く貴族の女たちが履いている靴」「トルストイの女たちが履いていた華麗な革靴」と繰り返し女性を複数形で描いているのは、花束を抱く女が『アンナ』の二人のヒロイン、アンナとキティーとをモデルにしたためではあるまいか。

「花束を抱く女」と『アンナ』との間のねじれ現象はこれだけに留まらない。アンナとウロンスキイとの華麗な不倫交際は、主にペテルブルクやモスクワというロシアの大都会やヨーロッパで展開したのち、アンナを自殺に追い込んでいくのに対し、キティーとレーヴィンとの篤い信仰を支えとする質素な暮らしは農村で展開し、二人は「農村での平和な生活に心の安らぎを見いだす。[91]」レーヴィン・キティー夫妻が住む農村では、農奴解放令を契機とするロシア資本主義の急成長期の混乱状態が続いているが、それでも村はキティーにとって癒やしの場であり、生活の場なのである。

ところが王四が帰っていく一九九〇年代の中国農村は、彼の母親が「嫁さんの叔父はおまえの兄さんとこの偉いさんだろ。あの家と具合が悪くなったら、それもこんなことで悪くなったら、兄さんは一体どうなると思うんじゃ。[92]」というネポティズムの世界である。そもそも王四と「目覚まし時計の娘」との結婚も多分に政略的で、花束を抱く女を見て怒り狂う父親が「この頃ときては、人間が悪くなって、みんなが騒ぎを楽しみにしているんだ。噂を口々に伝えているだろうよ。あちら様に知られたら、この結婚はご破算じゃ、嫁取りは取りやめじゃ！」と怒鳴ると、王四は「ご破算ならご破算でいいじゃないか！」とあっさりと破談を口にするのだ。父は父なりに政略を練ってきたようすで、「軽く言ってくれるがな、かかった金はともかくも、この家の恥は何代も続くんじゃや。[93]」とお家の事情を最優先して、「馬荘鎮派出所の副所長をしている[94]」甥を呼びよせ、花束を抱く女を逮捕させようとする。九〇年代農村におけるネポティズムは役場の人事やビジネスの世界だけではなく、警察にまで浸透しているのだ。農村は癒やしの場ではなく、濃厚な腐臭を漂わせて異分子を拒絶する縁故社会なのである。

　両作の間のねじれ現象における象徴的存在が鉄道であろう。アンナは兄の不倫に怒る義姉を慰めるためペテルブルクの自宅からモスクワにやって来たのであり、ウロンスキイは彼の母を迎えるため同駅停車後のコンパートメントに乗り込んで、母と同室だったアンナと出会うのである。アンナの義姉の妹キティーがウロンスキイの当初の恋人であり、アンナの兄で高級官僚のオブロンスキイは、ウロンスキイと共にその後にキティーと結婚するレーヴィンとも親友同士であった。鉄道はこのようなアンナの宿命的な不倫の愛の始まりの場であるだけでなく、その始まりの日に線路番の男性労働者が轢死する事故現場であり、やがて愛に破れるアンナの自殺現場でもあるのだ。一九世紀後半のロシアでアンナを死へと追いやる急成長期資本主義社会を象徴するものが、鉄道であるともいえよう。

　これに対し「花束を抱く女」の改革・開放期農村を象徴する場は、鉄道駅近くのバスターミナルである。鉄道ガード下での口づけがきっかけで始まった女の追跡を逃れて、王四は故郷の村行きのバスが発車するバスターミナルの雑踏に飛び込む。そこで彼を待ち構えているのは、乗客の腕を摑んで離さぬ強引な物売りの女たちにゴミの山、そして飛び交う蠅――長距離バス切符購入を引き受けてくれる親切な教員風の男性もいるものの、花束を抱く女が王四を追って男便所に入るや、数人の男どもが彼女に襲い掛かるような荒んだ場である。それは実家で怒れる父親が王四に向かって振るう暴力を予告するかのようだ。公私の暴力に支配された改革・開放期の混乱した農村を象徴するものが、村の入口としてのバスターミナルといえよう。

王四が鉄道ガード下で花束を抱く女を見た時、「カッカッと熱い、長雨の時にラバから発する強烈な腐草の匂いが彼の鼻と口を襲い、しかもこの匂いは、あの花束を抱く女の身体から出ているようであった。」この「腐草の匂い」から彼は中学生の頃のことを思い出す。

王四の老いた父が生産隊の飼育係をしていた当時、飼育所の小屋にはオンドル〔藤井注：高めの腰掛けほどの高さの煉瓦積みの台で、居間兼寝床として用いる。冬は中の煙道に煙を通して暖房とする〕があったので、高級中学〔藤井注：日本の高校に相当〕を受験する前には王四はずっと父さんとこのオンドルの上で寝ていた。長雨のたびに、家畜の腐草の匂いが暖かなゆりかごのように、甘い子守歌のように彼を深い深い眠りに就かせた。今、その匂いを嗅いで、彼はこの見知らぬ女と自分との間にすでに親しい関係があるかのように感ぜられ、彼女と言葉を交わしたいという欲望を覚えた。(95)

中学生の王四が家を出て、人民公社生産隊の飼育小屋で寝起きしていたのは、オンドル暖房のためだけではあるまい。彼の母は「肺病を患」っていたため、[96]父は若い王四への感染を心配して、彼を母から隔離したのであろう。こうして王四は多感な一〇代に父が精勤する職場で暮らし、父と親密な関係を築いていたことだろう。このような少年期体験を持つ王四が、花束を抱く女の唇を奪って、「彼女の口から吹き出るあのカッカッと熱く藁と煎り豆を混合したラバの飼料のような匂い」に「全感覚器官を支配」されたかのように感じて「くらくらしながら思い出」すのは、生命感に溢れた人民公社の畜産現場であった。

長雨のときの生産隊飼育小屋のあのグラグラと沸き立つオンドル、竈のそばで鳴くコオロギの歌、石の桶のそばで飼料を咀嚼するカサカサという音、ラバがブルルと鼻を鳴らす音、鉄の鎖が石桶にガチャリと当たる音……すべてが彼の感覚の内に響きわたっていた。女の口の中の匂いは絶え間なく湧き出し、ライターにガスを充填するかのように、王四の肉体のあらゆる空間を占めていった。[97]

花束を抱く女は優雅にも「トルストイの筆が描く貴族の女」に擬されながらも、改革・開放以前の農村的臭気である「強烈な腐草の匂い」を放って、王四を虜にしているのだ。「花束を抱く女」という物語は、一見、帰郷する王四とその彼を追う女という構図――すなわち天安門事件後に改革・開放政策が再加速されようとしていた鄧小平時代後半期の村に帰る王四を、花束を抱く女が追い続けるという物語のように読める。しかし実は花束を抱く女は追い掛けているのではなく、「強烈な腐草の匂い」により、海軍将校という改革・開放という国策の象徴的人物である王四を、改革・開放以前の懐かしい村に連れ戻そうとしているのではないだろうか。故郷の村でバスから降りた王四がまっ先に出会うのは、小学校の同級生馬開国である。彼は「今は地元の町の購買組合の社長」で、「王四さん」「四さん」(98)と親しげに呼び掛け、「この人が嫁さんで〔中略〕毛唐の女子《おなご》を連れ帰るとは大したもんで！　披露宴にはあたしも呼んで下さいよ」(99)と、王四の困り果てたようすを含羞か冗談かと思い込んで親近感を全開させている。二人のやりとりには、少年時代の仲良し同士の遊びを彷彿させるものがある。

小説の執筆から一八年ほど前の文革末期、中国の村は一九五〇年代以来の農業集団化政策により「捨てられ傷を負わされ」、村の青年たちの「深淵のような苦境」は極点に達していた。しかし家畜飼育小屋のオンドルで高校受験の勉強に励みながら少年時代最後の日々を父と共に過ごした王四にとっては、苦境の極点にあった農村も、暖かいオンドルと「家畜の腐草の匂い」が「暖かなゆりかごのように、甘い子守歌のように彼を深い深い眠りに就かせ」てくれる、懐かしき故郷なのである。そして花束を抱く女は確かに王四を永遠の眠りである「横死」へと導くのだ。

王四少年が故郷を離れたのは県城の高校入学後のことであろうか、それとも高卒後の海軍入隊後のことであろうか。いずれにせよ、「広東や海南島の女なんか、ずっと綺麗で(100)〔後略〕」という王四の言葉から、海軍入隊と共に彼が故郷を遠く離れ、改革・開放の先進地であった広東省の広州などへと寄港していたようすも窺われる。海軍勤務の一五年間に、中国および中国の農村は改革・開放政策により大変貌を遂げた。改革・開放は農村に豊かさをもたらすいっぽうで、ネポティズムと公私の暴力を蔓延させ、「人間が悪くなって、みんなが騒ぎを楽しみにしている」状況へと一変させてしまった。王四と父親との関係からは、かつて飼育小屋のオンドルで共に寝起きした親密さは失われ、父親は王四に政略結婚まがいの婚礼を強いている。かつて文革までの農業集団化政策が農村全体を貧困という「深淵のような苦境」に陥れていたとすれば、改革・開放政策は農村に繁栄をもたらすと同時に、村落から家庭に至るまでの各層大小の共同体を解体し始めていたのである。菅野昭正氏が「花束を抱く女」から直観した「現実世界を脅かすぶきみな力」とは、このような中国農村を崩壊に導きかねない、巨大な大変動ではなかったろうか。

花束を抱く女は、魯迅帰郷物語の語り手の如く故郷に帰ってきた王四の前に、アンナ・カレーニナの如く華麗な姿で現れ、政略結婚を間近に控えた男性を魅了する。しかし彼女は帝政ロシアの農村暮らしに癒やしを得たキティーではなく、過去の中国の村そのものであり、その息は「ラバから発する強烈な腐草の匂い」で王四の海軍将校としてのアイデンティティーさえ攪乱し、改革・開放政策に順応しようとしていた王四の父母を驚倒させ、王四を永遠の眠りへと導くのだ。花束を抱く女は、魯迅帰郷物語における主人公の帰りを待つ女性たちであると同時に、現代中国文学の原点である一九二〇年代五・四新文学における恋愛至上主義を、七〇年遅れで中国の村に届ける者でもあるのだ。ちなみにトルストイの人道主義は五・四新文学の主要原理の一つであった。

ところで莫言帰郷物語中の第一作「金髪の赤ちゃん」のヒロインは、その色が彼女の夫天球に「生理的嫌悪感」を覚えさせる暗紅色のシャツを着ていた（注（10）『透明な人参』二一一頁）。そして彼女の名、紫荊《ツーチン》とは赤紫の花を咲かせる花蘇芳の中国名であり、「洋（外国を意味する）」の字を添えた「洋紫荊《バウヒニア》」は、艶やかな紫色で香港を象徴する花である。連作不倫小説最初のヒロインは『アンナ・カレーニナ』の色に染められて登場していたのである。

（九）「物語る人」の方法

莫言はノーベル文学賞受賞記念講演で、デビュー当時の小説の方法を振り返って、次のように語っている。

私の文学的領土である「高密東北郷」創建の過程で、アメリカのウィリアム・フォークナーとコロンビアのガルシア・マルケスから大いに啓発されたことを、私は認めなくてはなりません。〔中略〕私はフォークナーとマルケスの書物をきちんと読んでおらず、数頁読んだばかりですが、二人が何を、どのようにしたかが分かり、そして私は何をすべきか、どのようにすべきかが分かったのです。私がすべきこととは実はたいへん簡単なことで、それは自分の方法で、自分の物語を語るということでした。私の方法とは、私がよく知っている村の市場の講談師の方法であり、私のおじいちゃんおばあちゃんや、村の老人たちが物語る方法なのです。(101)

ここで莫言が学んだという「村の市場の講談師の方法」とは、実は第一節で触れた毛沢東時代の人民文学である『呂梁英雄伝』の方法でもある。実は彼が学んだのは物語叙述の方法ではなく、物語の題材選択の方法ではなかったか。都市民ではない村民や、村人に身近な英雄を取り上げた、という意味ではないだろうか。なぜなら前述の通り小学三年で魯迅を読んだ莫言は、それまで馴染んでいた『呂梁英雄伝』などの講談風人民文学に対し、「魯迅の小説は、それらの「赤い正典」とは全く異なる」と感じていたからである。フォークナーやマルケスの魔術的リアリズムを中国の村へと適用するに際して「講談師の方法」を用いたというのは、講演時間の制約等の事情による思い切った単純化ではなかったか。中国の村の希望と絶望を正面から描く時、莫言は魯迅の帰郷物語という叙述方法と、トルストイ『アンナ』の不倫と恋愛結婚という物語構成の方法を学んでいたのである。

莫言はノーベル賞記念講演で更に次のように述べている。

自分の物語にはやはり限界があり、自分の物語を語り終えたなら、他人の物語を語らねばなりません。そこで私の家族の物語、私の村に住む人々の物語、そして老人たちから聞いたことのある祖先たちの物語が、集合命令を受けた将兵のように、私の記憶の奥深くから湧き出てきたのです。彼らは待ちわびた視線で私を見つめ、私が彼らを書き出すのを待っているのです。私のおじいさん、おばあさん、父、母、兄、姉、おばさん、おじさん、妻、娘、皆が私の作品に登場しており、さらに多くのわれらが高密東北郷の村人たちも皆、私の小説に顔を出しているのです。(102)

「私の家族の物語、私の村に住む人々の物語」はやがて『赤い高粱』『酒国』『豊乳肥臀』『白檀の刑』などの長篇へと展開していくが、帰郷者あるいはその変種としての来訪者と不倫というテーマは物語構成の主要な柱となっている。そして松本清張など外国文学の方法が引き続き参照されているのである。

【注】

（1）『呂梁英雄伝』は日中戦争末期の馬烽（マー・フォン、ばほう、一九二二〜二〇〇四）、西戎（シーロン、せいじゅう、一九二二〜二〇〇一）の共著とされ、中国国家図書館目録によれば同館には《呂梁英雄传——上册》（责任者：马烽等、出版、发行者：晋绥边区吕梁文化教育出版社、出版发行时间：一九四六年四月）、《吕梁英雄传》（责任者：马烽等、出版、发行者：新华书店、出版发行时间：一九四九）、《吕梁英雄传》（著者：马烽、出版年份：一九五二、出版社：北京人民文学出版社）などが蔵されている。日本でも以下の翻訳が刊行されている。『白樺天皇行状記　呂梁英雄伝　正篇』（馬烽・西戎共著、三好一訳、京都・三一書房、一九五一年）、『東洋鬼軍敗亡記　呂梁英雄伝続篇』（馬烽・西戎共著、三好一訳、京都・三一書房、一九五二年）。

（2）姜異新「莫言孫郁対話録」『魯迅研究月刊』二〇一二年一一月号、四頁。我哥放在家里一本鲁迅的小说集，封面上有鲁迅的侧面像，像雕塑一样的。我那时认识不了多少字，读鲁迅障碍很多。我那时读书都是出声朗读，这是我们老师教的，老师说出声朗读才是真的读书。很多不认识的字，我就以〝什么〟代替，我母亲在旁边听了就说：〝你什么〝什么什么〝呀，别〝什么〝了，给我放羊去吧！尽管是这样读法，但《狂人日记》和《药》还是给我留下了深刻的印象。童年的印象是难以磨灭的，往往在成年后的某个时刻会一下子跳出来，给人以惊心动魄之感。《药》里有很多隐喻，我当时有一些联想，现在来看，这些联想是正确的。我读《药》时，读到小栓的母亲从灶火里把那个用荷叶包着的馒头层层剥开时，似乎闻到了馒头奇特的香气。我当时希望小栓吃了这馒头，病被治好，但我知道小栓肯定活不了。看到小说的结尾处，两个老妇人，怔怔地看着坟上的花环，心中感到无限的怅惘。那时我自然不懂什么文学理论，但我也感觉到了，鲁迅的小说，和那些〝红色经典〟是完全不一样的。

（3）莫言研究会編著『莫言与高密』北京・中国青年出版社、二〇一二年一〇月北京第二次印刷、五七頁。

（4）前掲注（2）「莫言孫郁対話録」。当时中学课本选了很多鲁迅的作品，小说有《故事新编》里的《铸剑》，杂文有《论费厄泼赖应该缓行》。我最喜欢《铸剑》，喜欢它的古怪。……我觉得《铸剑》里面包含了现代小说的所有因素，黑色幽默、意识流、魔幻现实主义等等都有。

（5）前掲注（2）「莫言孫郁対話録」。老师带我们大声朗诵，然后是背诵。眼前便出现了：深蓝的天空中挂着一轮金黄的圆月，下面是海边的沙地，都种着一望无际的碧绿的西瓜，其间有一个十一二岁的少年，项带银圈，手捏一柄钢叉，向一匹猹尽力地刺去，那猹却将身一扭，反从他的胯下逃走了……谈到鲁迅，只能用天才来解释。尤其是看了他的手稿之后。在如此短暂的创作生涯里，写了这么多作品，还干了那么多了不起的事情，确实不是一般人能够做到的。

（6）前掲注（2）「莫言孫郁対話録」。蛮喜欢的，还有《伤逝》。〔中略〕这类小说，比他的《祝福》、《药》似乎更加深刻，用现在时髦的话语说，《药》、《祝福》这类小说是〝关注底层〟的，而《孤独者》、《伤逝》是关注自我的，是审视自己的内心的，有那么点拷问灵魂的意思了。

（7）前掲注（2）「莫言孫郁対話録」。我感觉鲁迅内化到你的作品里了，你有意无意地受到他的影响，是从哪部作品开始的呢？／集中表现是《酒国》、《枯河》。小孩被打死的情节，与读鲁迅有关系。《药》与《狂人日记》对《酒国》有影响。

（8）「お下げ髪」（原題：辮子）は、台湾の文芸誌『聯合文学』一九九二年三月「莫言短編小説特集号」が初出で、その後、短編集『神聊』（北京・北京師範大学出版社、一九九三年）に収録された。

（9）中国には全国に人口数十万規模の県が約二〇〇〇あり日本の郡に相当する行政単位。

（10）莫言、藤井省三訳『透明な人参　莫言珠玉集』朝日出版社、二〇一三年、一五〇、一五一頁。莫言『与大師約会』（莫言諾貝爾奨典蔵文集）天津・百花文芸出版社、二〇一二年、一三、一四頁。

（11）中村白葉訳『世界文学全集一一　アンナ・カレーニナ』河出書房新社、一九六五年、三頁。周揚訳『安娜・卡列尼娜』北京・人民文学出版社、一九五六年。「幸福的家庭都是相似的，不幸的家庭各有各的不幸。」。

（12）莫言、吉田富夫訳『転生夢現』下巻、中央公論新社、二〇〇八年、一六〇頁。莫言『生死疲労』（莫言諾貝爾奨典蔵文集）天津・百花文芸出版社、二〇一二年、三九一頁。我此时不是猪，我是一个人，不是什么英雄，就是一个心地善良、见义勇为的人。我跳人冰河，用嘴叼住——用嘴叼我也不是猪——一个女孩的衣服，游到尚未塌陷的冰面附近，把她举起，扔上去。〔中略〕我并没有特意去营救这三个与我有千丝万缕联系的小崽子，我是遇到哪个救哪个。此时我的脑子不空白，我想了许多，许多。我要与那种所谓的〝白痴叙述〟对抗。我像托尔斯泰小说《安娜・卡列尼娜》中的安娜・卡列尼娜卧轨自杀前想得一样多〔後略〕。

（13）前掲注（10）『透明な人参』収録の「花束を抱く女」九一頁。莫言『懐抱鮮花的女人』（莫言諾貝爾奨典蔵文集）天津・百花文芸出版社、二〇一二年、八七頁。

（14）原卓也「トルストイ」『世界文学大事典三』集英社、一九九七年、二四六頁。

（15）（トルストイ全集／原久一郎訳　三、四、五）『トルストイ全集』月報『アンナ・カレニーナ』講談社、一九五〇年。

（16）前掲注（11）『世界文学全集一一　アンナ・カレーニナ』四九頁。

（17）前掲注（11）『世界文学全集一一　アンナ・カレーニナ』七一頁。

（18）『魯迅全集』第七巻『集外集』収録、北京・人民文学出版社、二〇〇五年、二四七頁。『魯迅全集』全一六巻（北京・人民文学出版社、一九八一年）は全訳全二〇巻が刊行されている（学習研究社、一九八五年）。

（19）北京魯迅博物館編『魯迅手蹟和蔵書目録』第三集、一九五九年、日文部分三九頁。

（20）柴田流星訳『アンナ・カレンナ』（上田屋、一九〇六年）、相馬御風訳『アンナ・カレニナ』（早稲田大学出版部、一九一三年）、生田長江訳編『アンナ・カレニナ』（新潮社、一九一四年）、原白光訳『アンナ・カレニーナ』全三巻（新潮社、文庫サイズ、一九二〇～二一年）などがある。川戸道昭・榊原貴教編著『図説翻訳文学総合事典　第三巻』大空社、ナダ出版センター、二〇〇九年、七九六～七九九頁。

（21）『魯迅全集』第一三巻、北京・人民文学出版社、二〇〇五年、二四七頁。日本語訳は拙訳。以下拙訳の場合は注記を略す。上次的信，我好像忘记回答了一件事。托翁的《安那·卡列尼那》，中国已有人译过了，虽然并不好，但中国出版界是没有人肯再印的。所以还不如译A．T．的《彼得第一》，此书也有名，我可没有见过。不知长短怎样？一长，出版也就无法想。

（22）『魯迅全集』第一四巻、北京文学出版社、二〇〇五年、八八頁。《死魂灵图》，你买的太性急了，还有一种白纸的，印的较好，正在装订，我要送你一本。至于其中的三张，原是密线，用橡皮版一做，就加粗，中国又无印刷好手，于是弄到这地步。至于刻法，现在却只能做做参考，学不来了。此书已卖去五百本，倘全数售出，收回本钱，要印托尔斯泰的《安那·卡莱尼娜》（《Anna Karenina》）的插画也说不定，不过那并非木刻。『魯迅全集』注およびび日本の国会図書館目録によれば、この手紙で触れている『アンナ・カレニーナ』とは一九一四年にロシア・モスクワの出版社 I. D. Sytina 社が刊行した『アンナ・カレニーナ』全二巻の挿絵のことで、三人の画家の名前のラテン文字表記は、M. Shcheglov、A. Moravov、A. Korin である。

（23）魯迅、藤井省三訳『故郷／阿Q正伝』光文社古典新訳文庫、光文社、二〇〇九年、五九頁。以下「故郷」か

らの引用は同書拙訳を用いて、頁数は省略する。

(24) 竹内好『魯迅文集二』ちくま文庫、筑摩書房、一九九一年、一〇一頁。竹内好の domestication（土着化翻訳）に関しては、拙著『魯迅――東アジアを生きる』（岩波新書、岩波書店、二〇一一年）第七章第七節「魯迅の日本語訳をめぐって」を参照。

(25) 中国で「身勝手に生きる」「ほかの人」が楊二嫂であるという解釈が定説化するのは、文革後の一九七八年から八〇年にかけてのことである。参照拙著『魯迅「故郷」の読書史』創文社、一九九七年、二〇四〜二〇九頁。

(26) 魯迅、藤井省三訳『酒楼にて／非攻』光文社古典新訳文庫、光文社、二〇一〇年、五五頁。より引用。以下「酒楼にて」からの引用は同書拙訳を用いて、頁数は適宜省略する。

(27) 「祝福」における魯鎮 vs. 県城およびレストラン福興楼と、「酒楼にて」における「僕」の故郷 vs. S市および酒楼の一石居とは、ほぼ対になっている。そして「祝福」と「酒楼にて」との二人の語り手も相似しており、あたかも祥林嫂の死後に県城（S市）にやって来た「祝福」の語り手が、旧友呂緯甫と再会して弟と阿順という幼児と少女との二つの死をめぐる体験を聞いているかのようでもある。「故郷」で故郷の家屋敷を引き払い老母を引き取った語り手が、「祝福」の語り手でもあり、「酒楼にて」の呂緯甫でもある、と連想を働かせても、あながち深読みとも言えないだろう。

(28) たとえば民国期の大知識人の胡適（フー・シー、こてき、一八九一〜一九六二）は、一九〇四年に就学のため上海に出る際、母の命により隣県の江家の娘の江冬秀との縁組みを行ったが、彼が婚約者の江冬秀に面会できたのは、アメリカから帰国して結婚式を挙げる一九一七年一二月、婚約成立から一三年後のことである。胡適に限らず、清末民初に適齢期を迎えた中国の知識人は魯迅も郭沫若（クオ・モールオ、かくまつじゃく、一八九二〜一九七八）もみなこのような旧式の結婚をしている。拙稿「胡適とニューヨーク・ダダの恋――

（29）中国人のアメリカ留学体験と中国近代化論の形成」（本書第二部第五章）参照。

（30）祥林嫂は幼い阿毛が狼に食べられた状況を「戸口の敷居に座って豆剝きしなって言った」ところ、狼に連れ去られたと語る。祥林嫂が語る阿毛の死のようすは、民話や民間芸能などにおける幼児獣害死の語りの模倣である可能性もあろう。だが阿毛がいくら「聞き分けのよい子」であっても、第五節年表で示すように阿毛は満二歳であり、その歳で一人で豆剝きができるのか疑問である。また阿毛が「戸口の敷居に座って」いたというのも、後に祥林嫂が不貞罪の免罪のため「敷居」を寄進することを連想させて興味深い。

（31）国語教科書と「祝福」をめぐる議論については、陳漱渝「播撒魯迅精神的種子——関于教材中的魯迅」『江蘇師範大学学報（哲学社会科学版）』二〇一三年一月号、一二八頁を参照。

（32）姚娟「生徒はなぜ祥林嫂に涙しないのか?」（武漢市経済技術開発区二中）『中学語文』二〇〇四年第九期、二一、二二頁。

（33）『魯迅全集』第二巻、北京・人民文学出版社、二〇〇五年、一四頁。她就一头撞在香案角上，头上碰了一个大窟窿〔後略〕。

（34）前掲注（26）『酒楼にて／非攻』四九、五〇頁。

（35）前掲注（26）『酒楼にて／非攻』四四頁。

（36）『魯迅研究学術論著資料匯編　第一巻　一九一三〜一九三六』収録の一九二四年以前の文献で、魯迅の生年に触れるものはない。魯迅作品「故郷」は一九二一年の発表以来、中国の中学国語教科書の定番教材であったが、同作に最初期に本格的な注釈を付した『新時代国語教科書第五冊』（上海・商務印書館、一九二九年）は、注①「これは『吶喊』から選んだもので、作者自身が故郷に帰ったときのことを描いた小説である」と説明する以外は、残り二四の注はすべて語釈である。同書が「故郷」本文冒頭で、作者を「周樹人」と本名で表示しているのは興味深い。参照前掲注（25）『魯迅「故郷」の読書史』八四、八五頁。

　魯迅第一作品集の『吶喊』第四版（一九二六年五月）、第五版（一九二六年八月）、一四版（一九三〇年）および魯迅第二作品集の烏合叢書『彷徨』第八版（一九三〇年一月）、第一二版、第一六版（共に出版年不詳）の奥付には、作者の年齢に関連するような情報はない。『吶喊』第四、一四版及び『彷徨』第一二版に関しては長堀祐造・慶應義塾大学教授のご指教による。『彷徨』第八版は関西大学増田渉文庫蔵書を参照した。その他は東大中文研究室蔵の「小田嶽夫文庫」による。

（36）前掲注（23）『故郷／阿Q正伝』五四頁。

（37）『魯迅全集』第一巻（北京文学出版社、二〇〇五年）収録。

（38）与謝野晶子「貞操は道徳以上に尊貴である」は『人及び女として』（天弦堂書房、一九一六年）に収録されており、引用は『定本与謝野晶子全集』第一五巻（講談社、一九八〇年、一三〇〜一三九頁）による。周作人はこれを「貞操論」という訳題で『新青年』第四巻第五号に発表した。同号目次および奥付に「一九一八年五月一五日発行」と記載されているが、実際の刊行は六月一〇日以後である。詳しくは参照拙著『魯迅事典』三省堂、二〇〇二年、六一頁。周作人の与謝野晶子受容に関しては、阿莉塔「周作人と与謝野晶子――両者の貞操論をめぐって」（『九大日文』第一号、九州大学日本語文学会「九大日文」編集委員会、二〇〇二年七月二五日、一三一〜一四九頁、http://hdl.handle.net/2324/8347）、伊藤徳也『「生活の芸術」と周作人――中国のデカダンス＝モダニティ』（勉誠出版、二〇一二年）「第六章自然第二節節制の道徳形式」を参照。

（39）前掲注（32）『魯迅全集』六頁。

（40）『魯迅全集』（全一〇巻）第二巻、北京・人民文学出版社、一九五六年、七頁。

（41）半月刊『東方雑誌』第二一巻第六号、上海・商務印書館、一九二四年三月二五日発行、九八頁。魯迅『彷徨』

上海・北新書局、一九三〇年一月第八版、第一六版共に四頁。
(42)「祝福」における初出誌「您」から二〇〇一年版『魯迅全集』「你」への改変については、孫用編『「魯迅全集」校読記』（長沙・湖南人民出版社、一九八二年）にも指摘はない。前出の長堀教授のご指教によれば、「祝福」が一九五六年版『魯迅全集』収録時に「你」に統一されたのは、革命家でもある魯迅のイメージを背負った「祝福」の語り手に対し、労働者であった祥林嫂が「您」という敬語を用いることは、建国後から間もない人民共和国の政治的文脈では避けたい事態であったから、と推定されるという。
(43)「春の雨降る夜に」（原題：春夜雨霏霏）、隔月刊『蓮池』一九八一年第五期。
(44)隔月刊文芸誌『鍾山』（一九八五年第五期、江蘇省作家協会、一九八五年九月一五日発行）掲載。
(45)『中国作家』一九八五年第四期、同年八月一一日発行。原題は初出誌では「秋千架（ブランコ）」で、単行本『透明な人参』収録時に「白狗秋千架」と改められた。
(46)前掲注（10）『透明な人参』一九一頁。
(47)前掲注（10）『透明な人参』九三、一一八頁。
(48)前掲注（10）『透明な人参』二〇三頁。
(49)莫言研究会編著『莫言与高密』北京・中国青年出版社、二〇一一年、四三頁。
(50)前掲注（10）『透明な人参』一九一頁。
(51)前掲注（10）『透明な人参』一八四頁。
(52)前掲注（10）『透明な人参』一九一頁。
(53)前掲注（10）『透明な人参』二三九頁。
(54)前掲注（10）『透明な人参』一八五頁。

（55）前掲注（10）『透明な人参』二四八頁。

（56）前掲注（10）『透明な人参』一八二、一八三頁。

（57）鍾本康「現実世界・感情世界・童話世界——評莫言的四部中篇小説」『当代作家評論』一九八六年八月号。莫言小说坚持直面人生，往往通过带着悲剧色彩的爱情、婚姻、家庭的故事，曲折地反映严肃的人生问题和社会问题。《金发婴儿》中黄毛因感情冲动而通蜡军婚，孙天球因妒火中烧而扼杀婴儿，两人先后犯法，诚然都出于理性的淡薄和理智的丧失。但通过人物感觉世界的描绘，把作品的内涵拓展了，意义扩散了，很难简单地归结于一点。指导员孙天球对妻子紫荆缺乏温存和热情，并不是完全出于他的本性、本意（这可从他窥视裸体塑像时所引发的感觉中看出），而主要是被〝左〟的某些活动和观念所压抑、所异化的结果〔主に「保守的」なある種の活動と観念に抑圧され、疎外された結果〕。紫荆也不是有意要对丈夫背叛，黄毛也不无对紫荆处境的同情和真挚感情的萌发（这可从他们的显意识和潜意识中看出）。这篇小说是从人物的现实关系和他们的感觉世界交叉中，揭示出决定人生命运的这些面和那些面，给人以更多的启示。

（58）莫言『歓楽十三章』北京・作家出版社、一九八九年、八五頁。藤井省三訳『笑いの共和国——中国ユーモア文学傑作選』白水社、一九九二年。

（59）前掲注（10）『透明な人参』一九一頁。

（60）劉洪強「試論莫言小説中的〝嬰寧〟現象」『蒲松齢研究』二〇一三年六月号、一五〇頁。莫言曾经说，马尔克斯对他有影响，但〝没有马尔克斯我也会这么写〟，〝有一些小说像《金发婴儿》是真正受到马尔克斯的影响，但很快意识到不能再这么下去了，于是就力图改变，但完全变回去的写作也不行。后来就听之任之写了下去。〟〔文浩：中外名人妙答记者问：智慧的声音［M］．西安・陕西旅游出版社，二〇〇〇年。〕

（61）程光煒「小説的読法——莫言的『白狗秋千架』」『文芸争鳴』二〇一二年第八期。楊揚主編『莫言作品解読』（上

海・華東師範大学出版社、二〇一二年）にも収録。

（62）程光煒「小説的読法——莫言的『白狗秋千架』」四頁。〝负疚〟与〝忏悔〟是这篇小说的基本旋律，也是中国现代文学以来几乎所有农村题材小说的基本旋律。因为从这乡村中走出去的作家如鲁迅、台静农、王鲁彦、柔石、沈从文、萧红、师陀、孙犁、赵树理、李准、马烽、浩然、路遥、贾平凹、莫言、张炜等一干作家，都进城当了老爷、小姐，换上教授、官员、记者、作家和军人等高等社会身阶。而曾经与他们一起泥水里摸爬滚打的一班儿时伙伴，却还是面朝黄土背朝天的卑贱小农，他们自己的父亲母亲兄弟姊妹还在操持艰辛的农活，过着像暖所咒骂的〝高粱地里像他妈x的蒸笼一样〟的焦枯人生。人性之悲悯原是人类最根本的伦理取向，更何况这些成功人士每天呆在书房要面对那些如蚂蚁般在广阔田野里无端操劳却摆脱不了一生贫困的父老乡亲们？他们也许一生都会被这种乡村记忆所折磨？一生都要含着眼泪去写那些叫他们痛苦辗转的小说？他们怎么不时刻在那里纠结和辗转？这是中国农村题材小说自鲁迅发端而历经百年始终连绵不断，在各类文学题材中作家阵容最大成就最为显赫的深刻历史原因。

（63）莫言、藤井省三・長堀祐造共訳『中国の村から——莫言短篇集』（ＪＩＣＣ出版局、一九九一年）収録の拙訳「白い犬とブランコ」五九頁。

（64）前掲注（61）「小説的読法——莫言的『白狗秋千架』」一六頁。我一点也不觉得暖抛弃我移情别恋青年军官蔡队长的动机有什么卑鄙，反倒觉得它是对70年代农村女青年爱情观和柔情蜜意心态最真实的摹写。如果不这样反而看不清楚农村当时的现实状况，看不清楚被合作化运动所抛弃所伤害的农村青年们深渊般的人生困境。

（65）前掲注（61）「小説的読法——莫言的『白狗秋千架』」一六、一七頁。暖的哑巴丈夫模型来自马尔克斯的《百年孤独》，三十余年来写残疾人在许多作家笔下不绝如缕，〔中略〕残疾叙述显然也是莫言的八〇年代小说的主要催化剂。／但我认定这个俗套故事正在指向作者一个更大的野心，即对五六十年代大陆强迫农民参加农村合作化运动之恶举的全面否定。〔中略〕她与哑巴是无爱的婚姻，经常被后者暴打，连三个儿子都是哑巴。这个情节设计尽管有点矫揉造作，但作者仍然顽强地在向读者宣示：暖的现世和未来都一片糟糕。暖的命运并非山东高密西北乡的偶然个例。中国七〇年代乡村生活的凋敝、闭塞和贫困，无数像暖这样穷苦的妇人徒然挣扎的现状，在当时非常普遍。〔中略〕由此知道暖命运之落入深渊并非缘于秋千架的偶然断绳，它的真正症结乃是充满乌托邦幻想的合作化运动给中国农村造成的巨大危机。七〇年代的农村像当时的中国社会一样，所有中国人的命运像荡在半空中的秋千架一般，随时都会万劫不复。

在许多对话和访谈中，莫言都直言不讳地表达了他对农村合作化运动的深恶痛绝，这为《白狗秋千架》作了最好注脚。他说：我这篇小说（笔者按：指《透明的红萝卜》），反映的是〝文化大革命〞期间的一段农村生活。刚开始我并没有想到写这段生活。我想，〝文化大革命〞期间的农村是那样黑暗，要正面去描写这些东西，难度是很大的。〔13〕徐怀中、莫言、金辉、李本深、施放：《有追求才有特色——关于〈透明的红萝卜〉的对话》，《中国作家》一九八五年第二期。

（66）前揭注（61）「小説的読法——莫言的『白狗秋千架』」一八頁。看到来访的男友已是〝成功人士〞，暖心都碎了。虽然这种心理有点儿无耻，因为她早有家室。她乔装打扮，穷其家中所有只为讨男友欢心，但这种矫揉做作的装扮在我眼里，反而衬托出异常美丽的光辉。一对悲苦年代的可怜恋人默然相视却不能深情拥抱，耳鬓厮磨，这种情景足以触发遗憾以至于伤感。〔中略〕在悲痛欲绝的气氛中，作者莫言竟让男主人公注意到恋人〝胸部的丰硕〞和〝别有风韵〞，这种描写显然超出了色情意味，而变成一种明显的调侃冷嘲。他这种叙述来自个人风格，不过也可看出对那个悲苦年代的不屑疏远，总之那是一种爱恨交织的乡村作家的阴暗心理。

（67）前揭注（61）「小説的読法——莫言的『白狗秋千架』」一八頁。但暖无意理会我的挖苦和心理优越感，她坚决要索回自己失去的十年，她想借通奸还给命运一个公平，而非农村简单粗陋的男女私情。农村合作化运动在一九七九年失败夭折，一场历史风暴已在这里落幕，暖要绕过这荒废的十年重寻如花似玉的自己。这时小说已经串连起散乱的线索，带着读者直接走进作品的中心：高粱地。我读到这里，心已开始在微微颤抖。这个极其绝望又极其温馨的结尾，终于使我们对残疾少妇刮目相看。依然是他们爱情见证的白狗在前面引路，暖到乡镇给孩子裁衣服纯粹是个阴谋，她要与男友交媾，并怀上他的孩子。但你感觉我的心情也在飞翔，就像莫言当兵离家希望卡车开得越快、开得越远越好的心境一样，此时躺在高粱地的暖正是他这篇小说的目的地。作为研究者，这是我距离莫言和小说主人公最近的地方。我几乎听到了他们不均匀的呼吸。当年美丽姣好的暖，此刻已落魄到这种地步，她诱引我到高粱地与她交媾并非只为错失的爱情，并非为满足性欲，也并非仅仅为生下一个健康孩子，这是一个贫困的年轻少妇对无常命运的〝绝望的反抗〟。是作家莫言借这可怜妇人对农村合作化运动滑稽败局饱含眼泪的最尖刻的嘲弄。

　但暖无意理会我的挖苦和心理优越感，她坚决要索回自己失去的十年，她想借通奸还给命运一个公平，而非农村简单粗陋的男女私情。农村合作化运动在１９７９年失败夭折，一场历史风暴已在这里落幕，暖要绕过这荒废的十年重寻如花似玉的自己。这时小说已经串连起散乱的线索，带着读者直接走进作品的中心：高粱地。我读到这里，心已开始在微微颤抖。这个极其绝望又极其温馨的结尾，终于使我们对残疾少妇刮目相看。依然是他们爱情见证的白狗在前面引路，暖到乡镇给孩子裁衣服纯粹是个阴谋，她要与男友交媾，并怀上他的孩子。但你感觉我的心情也在飞翔，就像莫言当兵离家希望卡车开得越快、开得越远越好的心境一样，此时躺在高粱地的暖正是他这篇小说的目的地。作为研究者，这是我距离莫言和小说主人公最近的地方。我几乎听到了他们不均匀的呼吸。当年美丽姣好的暖，此刻已落魄到这种地步，她诱引我到高粱地与她交媾并非只为错失的爱情，并非为满足性欲，也并非仅仅为生下一个健康孩子，这是一个贫困的年轻少妇对无常命运的〝绝望的反抗〟。是作家莫言借这可怜妇人对农村合作化运动滑稽败局饱含眼泪的最尖刻的嘲弄。

(68) 前掲注(61)「小説的読法――莫言的『白狗秋千架』」一八頁。不过，我不会像过去那样读小说了，我会冷静观察小说的历史来路，它的细密纹理，它在一个单纯故事中所呈现开来的多层结构。这个结构里，有我和暖的十年，有农村合作化运动的三十年，也有中国农民史的两千年。这个结构就是一个多层次的仓库货架。它好像是秋千架造成的，也好像是合作化造成的，还好像是农民史造成的。暖的经验认识使她看不到这些因素。其实连我们这些研究者的视野也是十分窄仄的。我们不过是这多层次历史货架的另一拨造访者。暖的恳求可能来自二〇世纪的一九八五年，也可能来自明朝，她在小说里说："有一千条理由，有一万个借口，你都不要对我说。"海外学人会有什么反应，反正我这个生活在社会主义年代的中国人现在无话可说了。

(69) 前掲注(61)「小説的読法――莫言的『白狗秋千架』」一八頁。我不知道读到这里外国学者会有什么反应，海

(70) 前掲注(63)『中国の村から』収録の拙訳「白い犬とブランコ」五三頁。「白い犬とブランコ」は三〇頁ほどの短篇なので、以下、頁数は省略する。

(71) 莫言『白い犬とブランコ』(日本放送出版協会、二〇〇三年)収録の吉田富夫氏訳ではこの一段を中央部で改段し、「たぶん杞憂であったかも知れないなあ。／橋のたもとまで来ると」と訳しているが、このような意訳は語り手の安堵と軽薄さを薄めてしまっている。

(72) 前掲注(26)『酒楼にて／非攻』三二頁。

(73) 前掲注(63)『中国の村から』八一頁。

(74) 日本政府は国勢調査に基づき五年ごとに完全生命表を発表しており、第四回完全生命表(一九二一～二五年)によれば、二〇歳と四〇歳の日本人女性の平均余命はそれぞれ四〇・三八歳と二八・〇九歳である。同時代日本の同世代女性の平均余命と比べると、祥林嫂の四〇歳前後での困窮死は三〇歳近くも早世であるといえよう。参照：厚生労働省ホームページ http://www.mhlw.go.jp/toukei/saikin/hw/life/19th/gaiyo.html 二〇一三年八月

二四日アクセス。
（75）一九七〇年当時、高卒者の同世代に占める割合は約四％であった。
（76）莫言『懐抱鮮花的女人――莫言小説近作集』（北京・中国社会科学出版社、一九九三年、三八頁）の主題作篇末に「一九九一年三月於高密」と記されている。
（77）私が「花束を抱く女」を日本語訳して翌年に発表するに際しては、『人民文学』版に改めて莫言自身が加筆・復元した原稿を底本に用いた。「花束を抱く女」はインタビューと共に『海燕』（福武書店）一九九二年四月号に掲載された。この間の事情については、拙訳「花束を抱く女」収録の莫言インタビューを参照されたい。「花束を抱く女」は現在では前掲注（10）『透明な人参』に収録されている。その後、中国で刊行された前掲注（76）『懐抱鮮花的女人――莫言小説近作集』等の単行本は末尾の一節を除いて、日本語版底本とほぼ同じ原稿を採用している。
（78）莫言、長堀祐造訳『変』明石書店、二〇一三年、九五～九七頁。
（79）菅野昭正「文芸時評」『東京新聞』一九九二年三月二六日。
（80）奚佩秋「雲譎波詭・兼容并蓄――「懐抱鮮花的女人」読解」『斉斉哈爾師範学院学報』一九九二年第五期、六〇頁。全篇荒誕离奇、凝炼简约的格调相抵牾〔後略〕。
（81）前掲注（60）「試論莫言小説中的〝嬰寧〟現象」『蒲松齢研究』二九頁。由于叙事的模糊性与意义的闪烁性，使得读者很难把握这篇文章的主旨是什么。
（82）竹田晃・黒田真美子編、黒田真美子著『中国古典小説選九　聊斎志異（一）〈清代Ⅰ〉』明治書院、二〇〇九年、一四六頁。
（83）「世界の文学はいま……莫言：中国の村と軍から出てきた魔術的リアリズム」『海燕』一九九二年四月号

一三〇〜一四二頁。前掲注（10）『透明な人参』一九五頁。
(84) 前掲注（10）『透明な人参』九一頁。
(85) 前掲注（10）『透明な人参』九一、九二頁。
(86) 前掲注（10）『透明な人参』九二頁。
(87) 前掲注（10）『透明な人参』一〇五頁。
(88) 前掲注（10）『透明な人参』一〇八頁。
(89) 前掲注（11）『世界文学全集一一　アンナ・カレーニナ』八九、九〇頁。
(90) 前掲注（11）『安娜・卡列尼娜』一一三、一一四頁。
(91) 前掲注（14）「トルストイ」『世界文学大事典三』二四六頁。
(92) 前掲注（10）『透明な人参』一三〇、一三一頁。
(93) 前掲注（10）『透明な人参』一二七頁。
(94) 前掲注（10）『透明な人参』一三一頁。
(95) 前掲注（10）『透明な人参』九三頁。
(96) 前掲注（10）『透明な人参』一二七頁。
(97) 前掲注（10）『透明な人参』九三頁。
(98) 原文はそれぞれ「王四兄」、「四兄」。
(99) 前掲注（10）『透明な人参』一一二頁。
(100) 前掲注（10）『透明な人参』一〇〇頁。
(101) 莫言、藤井省三訳「物語る人」、前掲注（10）『透明な人参』収録、一二頁。

（102）前掲注（10）『透明な人参』一三頁。

第三章　俯く女たちの〝家出〟
——張愛玲「傾城の恋」と魯迅「愛と死」およびバーナード・ショー『傷心の家』との系譜的関係

（一）はじめに

魯迅（ルーシュン、ろじん、一八八一～一九三六）と張愛玲（チャン・アイリン、ちょうあいれい、Eileen Chang、一九二〇～九五）との間には出生においては約四〇年、文壇デビューにおいては約二〇年の差がある。両者の影響関係をめぐっては、一九九〇年代以来、中国では多くの研究がなされており、張愛玲が魯迅文学に深い関心を寄せていたこと、伝統的大家族の暗黒面に対する批判や女性の家出〔出走《チューツォウ》〕・寡婦の再婚の困難さに対する批判などの魯迅文学のテーマを張愛玲が継承した点などが指摘されている。

しかしＣＮＫＩ（中国学術文献オンラインサービス）を「魯迅・张爱玲」の篇名キーワードで検索してダウンロード可能な論文を匆々に拝読する限り、これらの先行研究は主に魯迅と張愛玲が伝統的家族制度に対する批判意識を共有し、それを創作において実践していた、という指摘に留まっているのではないだろうか。伝統的大家族制度の腐蝕や、父権的大家族からの女性の家出・寡婦の再婚等は、五・四新文学派のみならず、いわゆる鴛《えん》鴦《おう》蝴《こ》蝶《ちょう》派《は》（雌雄つがいのおしどりとちょうの意味で、民国期の恋愛小説や探偵小説を指す）も描いており、広く民国期文学に共通するテーマである。先行研究は魯迅と張愛玲とが共に民国期文壇にあって共通のテーマを描いていたことを論証しているが、両作家のテクスト・レベルにおける影響関係に関しては、ほとんど手付かずなのではあるまいか(1)。

本稿では女性主人公たちの「俯く（低頭《ティートウ》）」という仕種に注目して、魯迅文学の女性の家出というテーマを継承した張愛玲が、魯迅作品の現実的思考を欠いたヒロイン像を思慮深いヒロイン像へと転換して、経済的視点から女性解放のテーマを展開した点を考察したい。

（一）魯迅「愛と死」のヒロインと詩人シェリーの半身像

魯迅の恋愛小説「愛と死」（原題：傷逝）は、語り手涓生《チユアンシヨン》が会館（同郷会や同業者組合が都市に設立したもので、長短期の宿泊や集会のために利用された）の荒れはてた部屋で手記を書き、今は亡き恋人の子君《ツーチユン》との恋愛時代から同棲時代、そして別離までを回想する物語である。作品すなわち手記の冒頭で、彼は恋愛時代に彼の部屋を訪ねてきた子君のようすを次のように記している。

彼女が叔父の家で叱られることはなかったのだろう、僕の心は安らぎ、黙ってしばらく見つめ合うと、荒れた部屋にもしだいに僕の話し声が満ちあふれ、家庭の専制を語り、旧習打破を語り、男女平等を語り、イプセンを語り、タゴールを語り、シェリーを語り……。彼女はいつも微笑してうなずき、両目にはあどけない好奇の光が溢れている。壁にはエッチングによるシェリーの肖像画が留めてあり、それは雑誌から切り取った、彼の最も美しい半身像だった。僕がご覧と指さした時、彼女はチラッと見ただけで、俯いてしまったのは、恥ずかしかったのだろう。こんなところは、子君がまだ古い考え方に縛られているからだろう――僕はのちに、シェリーが海で溺死した時の記念の肖像か、イプセンの像に換えようかとも思ったが、結局換えることがないまま、今ではこの絵がどこに行ったやらも分からない。(2)

周知の通り、イプセン（一八二八～一九〇六）はノルウェーの戯曲家で、彼の代表作『人形の家』（一八七九年出版・初演）は、弁護士の夫から人形扱いされていたノラが自立を求めて家出するまでを描いており、中国でも同作は一九一八年に胡適・羅家倫共訳で刊行されて女性解放運動の象徴的作品となった。

タゴール（一八六一～一九四一）は『広辞苑第七版』（岩波書店、二〇一七）では「インドの詩人・思想家。ベンガル固有の宗教・文学に精通。欧米の学を修め、インドの独立・社会進歩・平和思想・東西文化の融合のために闘う。小説「家と世界」「ゴーラ」、詩集「ギーターンジャリ」など。ノーベル賞。」と紹介されており、一九一三年ノーベル文学賞を受賞、一九二四年に訪中した際には中国の文学界より大歓迎を受けている。

そしてシェリー（一七九二〜一八二二、中国語表記は雪莱）はバイロンと並ぶイギリスのロマン派詩人で、清末に梁啓超、魯迅、蘇曼殊らによって高く評価され、五四時期には郭沫若、鄭振鐸、徐志摩らによって盛んに紹介されていた。中国におけるシェリー受容に関しては後述の張静『中国におけるシェリー（雪莱在中国）（一九〇五〜一九三七）』および孫宜学「中国的雪莱観与雪莱的中国観」などが詳しく論じている。

さて「愛と死」の語り手の涓生は、なぜ自室にイプセンの写真でもタゴールの肖像画でもなく、シェリーの半身像を飾っていたのだろうか。そしてなぜ子君は「僕がご覧と指さした時、彼女はチラッと見ただけで、俯いてしま」い、このような子君の反応に対し涓生は「恥ずかしかったのだろう。こんなところは、子君がまだ古い考え方に縛られているからだろう」と考えたのか。このような疑問を多くの読者が抱いているようすであり、中国のネットには次のような問答が掲載されている。

質問　「愛と死」の中で子君が見るシェリーの半身像はちょっと恥ずかしいようですが、シェリーの半身像とはどんなものなのでしょうか？　どうして彼女は恥ずかしくなったのでしょうか？

閲覧　三九一回　回答一

回答　jionma2 2012-06-16

シェリーは詩人で、半身像とはヌードだったのでしょうし、さらにここで作者も特に子君が真の思想解放までには至っていないことを指摘しており、さもなければ異性のヌードを見て恥ずかしそうに俯くこともないでしょう。

追加質問　その絵は見られますか？　私も同じように考えていましたが……自信がなくて……

追加解答　それは実際の絵ではなく、その言葉は魯迅の文章に出てくるだけで、考え方や見方を反映しているだけでして、本当に見たいなら、百度を検索してみてはどうですか〜〜〜〜

(https://zhidao.baidu.com/question/431970017.html　二〇一八年八月二〇日アクセス)

この問答に対する三九一回というアクセス回数は、「シェリーの半身像とはどんなもの」という疑問を多くの読者が共有していることを示すものであろう。唯一の回答者「jionma2」が「半身像はきっとヌードだったのでしょう」と書いたのは、日本の写真集『薔薇刑』（細江英公、集英社、一九六三）収録の三島由紀夫のヌード写真を連想していたからであろうか。シェリーもスキャンダラスな文学者であったが、切腹することもなく、ヌード画を残すこともなかった。涓生が「雑誌から切り取った、彼の最も美しい半身像」に関しては、張静氏の博論『中国におけるシェリー（一九〇五〜一九三七）』が詳しく考証している。

張氏によれば、清末に生じた第一次シェリー・ブームの最初期に、梁啓超主編の雑誌『新小説』一九〇五年第一四号が William Holl、William Holl Jr. 父子共作によるシェリー肖像画を掲載しているが、一九二二年のシェリー没後百周年前後に生じた第二次シェリー・ブームの際には、『晨報副鐫』一九二二年七月一八日号がAmelia Curranのシェリー肖像画を同号掲載の周作人によるシェリー論の挿絵として紹介したという。張氏が指摘するように、これは新聞本文中の挿絵であるため、涓生が「雑誌から切り取った」ものではあるまい。

さらに張氏によれば、一九二二年九月出版の雑誌『学衡』第九期と一九二二年九月出版の文芸誌『創造』「雪莱特集」もAmelia Curranのシェリー肖像画を掲載しており、しかも本文中の挿絵としてではなく、独立した挿絵頁での掲載であった。また一九二二年一二月出版の文芸誌『小説月報』第一三巻第一二号はアメリカの画家Westによるシェリー像を掲載している。

魯迅は「愛と死」の末尾に「一九二五年一〇月二一日了」と記しているが、同作は新聞・雑誌等には未発表のまま一九二六年八月発行の第二短篇集『彷徨』に収録された。『彷徨』刊行当時の読者の中には、数年前のシェリー・ブームの渦中で見たシェリー像をなおも記憶に留めていた者も多かったことであろう。彼らは「愛と死」の中の「雑誌から切り取った、彼の最も美しい半身像」という一句を目にして、『創造』あるいは『小説月報』掲載のシェリー像を想起したことであろう。もっとも張氏はWest作品は実はシェリーを描いたものではない、という説が欧米では有力であることを紹介してもいる(3)。

一九〇五年と一九二二年に中国語メディアで紹介されたシェリー画像では、シェリーはカラーは着けてはいないものの、大衿のシャツの上にダブルの上着を着ており、当然のことながら「薔薇刑」姿ではない。そもそも『創造』はB5ほどの判型で、頁の中央部に白黒写真のシェリー半身像を一〇センチ×

二〇センチほどのサイズで収めており、子君は間近で繁々と見なくては、詩人の容貌を知ることは不可能であったろう。それではなぜ子君はシェリーの半身像を「チラッと見ただけで、俯いてしま」ったのか。これについては孫宜学氏が次のように述べている。

彼（シェリー）は次のように考えていた。「夫婦関係の長さは二人が愛し合っている時期を基準とすべきである。両者の感情が決裂したのちは、いかなる法律も二人に同居継続を強いることはできず、一分間であろうと、それは耐え難き残酷なる刑罰であり、このような忍耐にはいかなる価値もない。」（原注：シェリー、邵洵美訳『女王マッブ』上海・上海訳文出版社、一九八三年、一二七頁）シェリーは彼の愛情と婚姻とに対する姿勢により、久しく封建思想の圧制を受けてきた中国の青年から偶像に祭り上げられた。シェリーはロマンティックな愛の偶像として、中国人の伝統的道徳の影響から抜け出そう、愛情と婚姻の自由とを追求しようという時代の要求と合致したのである。〔中略〕シェリーとイプセンとを同列に論じた魯迅の思いは言うまでもあるまい。こうして英国人の目には「不道徳」なシェリーが、当時の中国人の胸の内ではまさに革命的な表現形式であったのだ。こうして、シェリーの中国における崇拝者は次々とシェリーの愛情と婚姻を弁護した。〔中略〕徐祖正は次のようにシェリーの愛情観をまとめている。「凡《およ》そ愛が尽きれば別れ、愛があれば共に悦《よろこ》ぶべし」（原注：徐祖正「マリーへ」『語絲』第七〇期、一九二六年三月）。涓生と子君の愛したのちに別れる、というのはまさにこのような愛情観のリアル中国版であった。(4)

シェリーは父親らの反対を押し切って一八一一年に最初の恋愛結婚をして子供も生まれていたものの、三年後には妻の元を去って年長の友人の娘メアリーと同居、一八一六年一一月に妻は自殺し、シェリーはこの年に再婚している。この後妻こそは後に小説『フランケンシュタイン』の作者となるメアリー・シェリーである。シェリーはまさに「凡そ愛が尽きれば別れ、愛があれば共に悦ぶべし」を実践していたのであった。

但し張静氏はシェリーとその中国の崇拝者による自由恋愛至上主義に疑問を呈している。

「愛と死」の中の子君がシェリー画像を見た時、女性である彼女が感じたことはシェリーの中国的コンテクストにおける例のロマンティックな愛情に対する正直さ――「凡そ愛が尽きれば別れ、愛があれば共に悦ぶべし」――だけではなく、「恐れ」も抱かざるを得ず、それはすべて子君が「いまだに封建主義の束縛から抜け出していない」ことに帰するわけにはいかないであろう。「愛と死」において設定された子君と涓生との悲劇とは、まさに成熟していた魯迅が予見していた特定のコンテクストの中で愛情に対する純粋な追及がもたらしかねない「不幸」であるのかもしれない。一九二〇〜三〇年代の中国では、愛情は神聖な言葉であり、旧い封建的足枷を打ち砕き、愛情と自由とは進歩的気風となっていた。男性知識人が愛情啓蒙の発言権を握り、彼らは西洋ロマン主義的権威を偶像として、彼らにとって偉大な革命を進めていた。しかしこの実践において犠牲となり被害者となる女性の声が取り上げられることはほとんどなかった。ロマンティックな愛情と道徳との間の境界は、多くの知識人側においては多角的に解釈すべき課題となった。こうして、「個人の自由の代弁者であり戦士」（ブランデスの言葉）であるシェリーは、英国の偉大なロマン主義詩人として中国文壇に入ってきただけでなく、この自由と愛情とを追求する反逆者イメージも輸入されており、その伝播のプロセスは、翻訳であり、旅であり、もしも五四啓蒙時期の中国知識人の現実的理想と審美的期待との一致がなければ、明らかにシェリーはその時代の偶像にはなれなかった(5)。

「愛と死」では「凡そ愛が尽きれば別れるべし」というシェリーの恋愛結婚観を涓生が語ることはないのだが、当時のシェリー・ブームに鑑みるに、同作の読者の多くがこの言葉を念頭に置いて、子君がシェリー半身像の前で俯く一場を読んでいた可能性があるだろう。子君が俯いた理由を、孫・張両論文がシェリーの愛情至上主義に対し子君が抱いた「恐れ」に求めることは妥当であろう。

但し孫・張両論文共に言及していないもう一つの可能性がある。涓生は既婚者で、故郷には妻子がいたので、特にシェリーの半身像を掲げてこれを子君に示し、シェリーが最初の妻と別れた後、メアリーと二年間の同棲を経て彼女と再婚したように、自らも子君との同棲後に妻と別れ、子君と再婚するという意思を表明していた――と推測する読者も少なくなかった、という可能性である。実際に清末中国では魯迅や胡適、郭沫若など多くの人が一〇代末に親同士の取り決めにより、相手と会うこともなく、また相手の写真さえも見ることなく結婚しており、五四時期以後に至ると、このような伝統的結婚を彼らの多くが破棄し、自由恋愛による再婚や同棲に踏み切っていたのである。もしもこのような推測が可能であれば、子君が涓生の妻に申し訳なく思って俯いたのに対し、涓生は「まだ古い考え方に縛られている」と考えた、と解釈した読者も少なくなかったであろう(6)。

（二）「愛と死」のヒロイン子君が俯く時

このように「愛と死」において子君は恋愛結婚至上主義のシェリー像の前で「俯く〔低頭〕」仕種を見せたほか、もう一つの場面でも俯いている。それは同棲開始後間もない時期、二人が身心共により深く結ばれていく時期のことである。涓生は以下のように回想している。

毎日勤務が終わると、もはや夕暮れ時で、人力車も決まってノロノロ走るのだが、それでも二人向かい合わせとなる時間は残った。僕たちはまず黙って見つめ合い、心ゆくまで仲良く話し、それからまた沈黙した。二人とも俯いて思いにふけるのだが、実は何も考えてはいなかった。僕もしだいに冷静に彼女の身体、彼女の魂をくまなく読んでいたので、三週間も経たぬうちに、僕は彼女のことをさらに深く理解し、以前は理解していると思っていたが今にして思えば壁であった、いわゆる真の壁を数多く取り除いた(7)。

同棲時代当初には、子君のみならず涓生も「俯いて思いにふけるのだが、実は何も考えてはいなかった」、つまり同棲生活の幸福感に浸り切っていたのであろう。

同棲に際して子君はたとえシェリー主義に対する「恐れ」を抱いていたにせよ、手持ちの財産である唯一つしかない「金の指輪とイヤリング」も売り払って家具購入費の一部に充てており、涓生の失業という来るべき経済的危機や、涓生に離縁されるという愛情の危機に対し、備えは全くしていない。同棲直後に飼い始めた犬に子君が付けた名前は「阿随」であり、これは「嫁鶏随鶏《カケイケイニシタガイ》、嫁狗随狗《カコウコウニシタガウ》」（女は夫に従って安んずる意）という俗諺から取られたものであろう。彼女には自らが、シェリーの第一夫人に類似した道を歩む可能性に対する危惧はなかった、あるいはその恐れから目を逸らしていたのである。

かつて筆者は「愛と死」における五つの空白（涓生と子君の履歴および友人関係、子君の不妊、両人各々の家族関係、涓生のプロポーズの原型であるアメリカ・サイレント喜劇映画、舞台としての北京都市空間）を指摘して、同作を次のように解読した。

> 第一の空白により、涓生はその結婚歴を問われずに済まされるいっぽう、彼に裏切られた子君は、誰に対しても不仲に関する調停を依頼できぬまま、すべての責任を一人で負わねばならず、絶望的な思いを抱きつつ、再び実家の父に頼るのである。〔中略〕
>
> 第二の空白により、子君の死は原因不明のままで既定事実化が可能となり、涓生の裏切りの罪は、彼において決して贖えぬ大罪と自覚されるのである。

第三の空白により、子君は実は同棲の開始時にもその解消時にも実家の力を借りており、決して「近い将来、輝かしき夜明けを見届ける」べく自立した「中国の女性」ではなかったことを、極めて控え目に暗示するに留める事が可能となった。

第四の空白により、そもそも子君はアメリカ大衆文化を好み、タゴールやシェリー、イプセンなど五・四新文学期の文化ヒーローには、それほど深い関心を抱いていたわけではないこと、「厭世家が言う……仕方のない」「中国の女性」の一人であったことが、明示することなく隠微に伝えられたのである。〔中略〕

そして第一から第四まで四つの空白の結果、北京という都市空間は小説舞台としての意味を著しく失い、第五の空白が生じたといえよう。〔中略〕魯迅が影響を受けた森鷗外の「舞姫」が新興ドイツ帝国の帝都ベルリン中心街の壮大さとエリスと同棲する同市貧民街の卑小さとを対照する事により、新興帝国エリート官僚としての立身出世か、小市民家庭の幸福か、という豊太郎の選択肢を明示したのに対し、「愛と死」は北京の都市空間を抹消することにより、涓生の前に彷徨の罰以外の選択肢を残さなかったのである。

こうして「愛と死」の五つの空白を埋めた時、そこに浮かび上がるのは涓生による裏切りの罪と共に、子君の「厭世家が言う」軽薄さである。〔中略〕かつては父や叔父に従い、同棲後は涓生に従い、そして同棲破綻後は再び父に従わざるを得なかった子君の生き方は、「我豊太郎ぬし、かくまでに我をば欺き玉ひしか」と叫び狂するまでに豊太郎の裏切りの罪を糾弾する「舞姫」のエリスとは大きく異なっている。涓生がわが罪の許しを請うために死せる子君との再会を望むとき、「地獄が本当にあればと願」うのは、子君もまた罪を得て死せる女性であったからだろう(8)。

同棲前には恋人の部屋を訪ね彼が崇拝する恋愛革命家のシェリー像を前にして、同棲後はシェリー主義を実践しつつある夫を前にして、子君は俯きながら、自由恋愛の将来に楽天的で同棲の幸福感に感動するのみで、夫婦の経済的破綻はおろか、夫に「凡そ愛が尽きれば別れ」るとして離縁される危機に対し、何の準備もしていなかった。子君は涓生の自由恋愛思想に啓蒙されて、彼に対し「わたしはわたし自身のもの、あの人たち（父親や叔父ら）の誰にもわたしに干渉する権利はない！」と宣言して彼を「中国の女性は、決して厭世家が言うほど仕方のないものではなく、近い将来、輝かしき夜明けを見届けることだろう」と「狂喜させた」が、女性の経済的自立の重要性やシェリー主義の苛酷さを十分には理解しておらず、その点においてはやはり「仕方のない」「中国の女性」であったのだ。

そして俯く子君が北京の魯迅により描かれてから一八年後、上海でもう一人の俯く女性が張愛玲により描かれる。しかし、彼女すなわち白流蘇は同じく俯きながらも、子君と比べて遥かに思慮深かった。

(四)「傾城の恋」のヒロイン白流蘇が俯く時

一九三七年に日中戦争が勃発すると、米英仏が主権を持つ上海租界区は周囲の広大な淪陥区に浮かぶ孤島と化した。この孤島は一九四一年一二月の太平洋戦争勃発後、日本軍に接収されるまで中立地帯であったため、多くの文学者が残留し抗日の言論活動を行っており、この上海租界区の四年間は〝孤島《ことう》期《き》〟と呼ばれる。「傾城《けいじょう》の恋」(原題：傾城之恋)は孤島期の上海と太平洋戦争開戦前後の香港を舞台にしたロマンスで、そのあらすじは以下の通りである。

出戻りお嬢さまのヒロイン白流蘇《パイリウスー》の住む白一族の館には、没落しても世間体ばかり気にしている老母、家長風を吹かして白の持参金を流用してしまう長兄、図太くすさんだ次兄の嫁、そしてその子供たちと二〇人以上が同居している。白自身も職業婦人となって自立することは早々に諦めてしまい、再婚により再び家を出ようと考え始める。道楽者の次兄が弾く胡弓の調べが流れる白公館は、荒廃していく上海文明を象徴するといえよう。

こんな白流蘇の前に、腹違いの妹の見合い相手として范柳原《ファンリウユアン》が現れる。彼は成人後にイギリスから帰国した資産家の華僑にしてマレーのゴム園を経営する青年実業家で、イギリス植民地の香港を根城にするプレイボーイでもある。彼が白に向かい「君の特技は俯くこと」と囁きつつ、彼女に「真の中国女性美」を見出すのは、夢にまで見た故国の現実に失望し傷ついた彼の心を、古き良き中国人女性により癒やされたいと願ってのことであった。

しかし彼は結婚を「長期間の売春」と一笑に付し、白に情婦となることを求めており、その点では白の最初の夫が二人の妾を囲っていたことを連想させる。気障《キザ》なまでに欧州風に洗練された社交家である范はさまざまな策略をめぐらして彼女を香港に連れ出し、ゴージャスな浅水湾《レパルスベイ》のリゾートホテルやビーチ、高級レストランやダンスホールを舞台に彼女を誘惑する内に、白を深く愛するに至る。

これに対し大家族の中で傷ついていた白流蘇は彼のトラウマに心底から同情するが、良家のお嬢さまとしてのプライドを抱き、結婚制度による長期的安定を求めているため、范の身勝手な求愛を拒み続ける。洗練された対話で恋の駆け引きが展開した結果、か細い月の夜に彼女は范に口説き落とされるのだが、一九四一年一二月八日太平洋戦争が勃発、二人は戦争の修羅場に直面するのであった。

この范柳原は上海で一度会っただけの彼女に心惹かれ、上海人ビジネス・パートナー夫妻の協力を得て彼女を香港に連れ出し、リゾートホテルで再会した時に、彼女の部屋で「君のお得意は俯くこと」と囁いている。

柳原は窓敷居に寄り掛かり、片方の手を伸ばして格子に置き、流蘇の視線を遮ると、その後は彼女に向かいただ微笑むばかりである。流蘇は俯いた。柳原が笑いながら言った。「知ってるかい？君の特技は俯くこと」流蘇は顔を上げると笑みを浮かべた。「何ですって？　存じません」柳原が言う。「話すのが得意な人もいれば、笑うのが得意な人もいて、家事が得意な人もいるんだけど、君のお得意は俯くこと」流蘇が言った。「私は何もできません、全くの役立たずなんです」柳原が笑った。「役立たずの女性とはすごい、すごく強い女性だ」流蘇は笑いながら彼から離れた。「おしゃべりはこのくらいにして、お隣に行ってみませんか(9)」

　レパルスベイを見晴らす窓辺で、彼に見詰められた白が俯く時、それは羞恥心によるものだけでなく、彼の真意を探ろうと思考する仕種でもあったろう――彼は離婚歴のある私と結婚を前提に付き合おうとしているのか、それとも愛人にしたいと思って口説いているのか？　そのような彼女の慎み深さと思慮深さを見て取って、彼は「君のお得意は俯くこと」と繰り返すのだ。

　その夜、香港島北端にある香港ホテルのダンスホールから島南端のレパルスベイまで彼女を連れ戻した范は、イギリス華僑としての苦しい胸の内を彼女に訴える。

「君には分かってほしい！」

　流蘇は分かってあげたいと思っていた。限定付きではあるにしても、何でも受け入れてあげたいと思っていた。小首をかしげて彼のほうを向くと、小声で「分かった。分かったわ」と応じていた。そう慰めながらも、彼女はなぜか月光の下の自分の顔を思っていた――その愛らしい輪郭、眉と眼、それは情理を超えた美しさ、この世のものとは思えぬ美しさだったので、次第にうな垂れてしまった。柳原がワッハと笑い、ガラリと口調を変えて言った。「そうそう、お忘れなく、君の特技は俯くこと。でもこういう説もあるんだ——俯くことがお似合いなのはティーンエージャーの娘《こ》だけ。俯くのがお似合いの娘は、何かというと俯きたくなる。何年も俯いてると、首に皺ができてしまうんだって」ハッとした流蘇が、思わず手で首を触ったので、柳原が笑った。「慌てなさんな、君には皺なんてないから。あとで部屋に帰ったら、誰もいない時に、襟元のボタンを外してごらん、ひと目で分かるから(10)」

それまでもっぱら社交辞令か毒舌を語っていた范が、この夜、海辺の小径で初めて苦しい胸の内を訴えたのに対し、白も心底から彼に同情し、二人が互いに寄せあう好意が初めて愛へと昇華せんとするのだが、このロマンティックな場面で白は思わず自らの美貌を想像してしまう。離婚歴がある上に二八歳という当時では中年間近い年齢の彼女が、「まあまあね、まだ歳はとっていない」と自己評価する美貌は、再婚のための有力な資本であった。彼女が上海で范に出会う前に白公館の自室の鏡は、彼女を次のように映し出していた。

永遠に細い腰に、子供を思わせる蕾《つぼみ》のような乳房。彼女の顔は、以前は白磁のように白かったが、今では白磁から玉《ぎょく》に変わっている——半ば透明で青みを帯びた玉。下あごは以前は丸かったが、最近では次第に鋭くなって、顔をますます小さく見せている——小さく愛らしく。顔は元々小作りだが、眉間《みけん》は広い。潤いのある、可愛《かわい》らしくもみずみずしい目(11)。

やがてバルコニーで兄が弾く胡弓のメロディーに合わせて、彼女は鏡に向かって舞い始め、「暗い、ずるそうな笑い」で舞いを終えている。白はこの時に美貌を再婚活動のための資本に使うことを決意していたのであろう。そのため夜のレパルスベイで范との間に愛が芽ばえそうになった時、思わず自らの資本力を確認しようと俯いたのではあるまいか。プレイボーイの范は、この仕種の意味に気付いて我に返り、結婚相手ではなく愛人探しという本来の目的に戻ろうとして、「ワッハと笑い、ガラリと口調を変えて」、「そうそう、お忘れなく、君の特技は俯くこと」と彼女の打算を暴くのである。しかも「俯くことがお似合いなのはティーンエージャーの娘だけ」と彼女の年齢的弱点を突いたのであろう。しかも「何年も俯いてると、首に皺ができてしまう」という悪い冗談まで言い放つのであった。

実は「傾城の恋」で白が最初に俯くのは、白の妹の七小姐に范とのお見合い話を紹介した親戚の徐《シュイ》太太《タイタイ》から再婚を勧められた時である。

「生きる手段があるんでしたら、とっくに〈白公館から〉出てますよ。ろくに学校にも行ってないし、力仕事もできないのに、どんな仕事があるんですか？」と流蘇が言う。徐太太が諭すように答える。「仕事探しは、すべて仮のこと、やはり人探しが真《まこと》のことなのよ」流蘇が言う。「それは無理でしょう、私の人生とっくに終わってますから」「そんなこと言えるのは、お金持ちだけ、衣食住に困らない人だけが、そう言う資格があるんです。お金のない人は、人生終わろうたって終われないんですよ。頭を剃って尼さんになって、托鉢しようたって、やっぱり俗世のご縁がものを言う——人からは離れられないのです」流蘇は俯《うつむ》いて口を噤《つぐ》んだ。徐太太がつけ加えた。「もう二、三年前に私に相談してくれたら、よかったんだけど」「そうですね、私はもう二十八ですから」と流蘇がほんの微《かす》かな笑みを浮かべた。徐太太が慰めた。「器量よしなんだから、二十八でも大丈夫、私も心がけておくから。そうは言ってもあなたも良くない、離婚して七、八年になるんだから、もっと早くに覚悟を決めて、実家を飛び出すべきで、そうしていればこんなにいじめられずに済んだでしょ！」(12)

徐太太から「お金のない人」は再婚して生き延びるべし、と意見された白は、俯いて再婚の可能性を真剣に考え始めたのであろう。

白は七小姐に頼まれてお見合いに付き添ったところ、范は白の方に好意を抱く。そのいっぽうで、白家に縁談不成立を告げに来た徐太太は白に、夫のビジネスのため一家で香港に転居する徐家と同道するように勧める。この時にも白は俯いて過去と今後の婚活について検討している。

徐太太には何か理由があるに違いなく、ことによるとあの范柳原のトリックではあるまいか。夫と范柳原とはビジネスで密接な関係があると徐太太が以前言っていたが、夫婦で范柳原に対し熱心に点数稼ぎをしているのだろう。関係のないひとりで困っている親戚を犠牲にして彼に取り入ろう、ということは考えられる。〔中略〕徐太太は流蘇のほうを振り向いて、単刀直入に訊ねる。「それじゃあ六小姐、きっとご一緒してくださるわね。ちょっとした気晴らし、としても悪くはないでしょ」

流蘇は俯くと、微笑んだ。「ご親切、有り難く存じます」彼女はすばやく計算した――姜という人の一件は望みなし、今後縁談を持ってきてくれる人がいたとしても、この姜という人とよくて同等、それどころかさらに悪条件かもしれない。〔中略〕自分の将来を元手に賭けに打って出ようと思った。もしも負けたら、彼女の名声は地に落ち、〔妾を隠し持つ姜氏の後妻となって〕五人の子供の継母になる資格もなくなる。もしも賭けに勝ったら、一族の者が虎視眈々と狙っていた范柳原を得られるのであり、無念の思いを晴らすことができるのだ。(13)

このように白流蘇は幾度も俯いては、自らの離婚歴や年齢、美貌などの言わば再婚のための資本を、時に慎重に時に大胆に計算していた。それは「愛と死」のヒロイン子君が、同棲行為に対する羞恥や同棲後の幸福感のために俯くばかりで、シェリーの自由恋愛主義を信奉する涓生の言い分に従い続け、同棲に対する主体的思考を欠いていた点と大きく異なっている。涓生がシェリー的自由恋愛主義の論理に従い子君を離縁すると、彼女には一度出てきた父親の家に戻るよりほかに道はなかったのである。一九二〇年代半ばの子君の物語に対し一九四一年の物語を生きる白流蘇は、子君のような五四時期的理想主義の失敗に大いに学んでいたといえよう。

もっとも涓生が清貧のシェリー主義信奉者であったのに対し、范柳原は「何でも自由になる」ほどに裕福で洗練された英国風紳士であり、白が「結婚とは長期の売春」と考えていると言い放ち、後継ぎの息子は不要という反家族制度主義者である。そして財力に任せて「世界で一番美しい」「本当の中国女性」

である白を愛人にして、自らの心理的トラウマを癒やしてもらおうとしていた。このような金銭で紳士的に磨き上げられた打算的なプレイボーイを相手に結婚という目的を実現するためには、白もまた繰り返し俯いては、戦略を練らなくてはならなかったのであろう。

それでも胸の内に高まる愛情を白流蘇も范柳原も抑え切れず、「十一月末のか細い月」の明かりに照らされて、二人は結ばれる——但し白の望んでいた夫婦としてではなく、范が望んでいた愛人として。しかし愛人として結ばれてから一週間後、范が半年か一年、イギリスに帰るという一九四一年一二月八日の朝に太平洋戦争が勃発、日本軍が香港に侵攻して日英両国軍の間で戦闘が始まり、二人は戦場で生死を共にし、日本軍占領下で苦しい暮らしを送る中で誠の愛を確かめ合い、真の夫婦となるのであった。以下は、イギリス軍降伏後に零落した姿で二人の新居を訪ねてきたインド人のサーヘイイーニ「王女」を見送った後の一場面である。なおサーヘイイーニは戦前は英国老紳士の愛人であり范にも秋波を送っていたが、范は新居で彼女に白と結婚したことを告げている。

流蘇がドアのところに立っていると、柳原が彼女の後ろに回り、手と手を重ねて、笑いかけてきた。「ねえ、僕たち、いつ結婚したんだっけ?」これを聞いた流蘇は、一言も答えず、俯いて、涙を流した。柳原は彼女の手を引っ張った。「さあ、今日こそ二人で新聞社に行きご挨拶を載せてもらおうよ——それとももう少し待って、上海に帰ってから、派手な大宴会を開いて、親戚たちをお招きしたいのかな?」「フンッ!　あんな連中!」と彼女は言いながら、プッと吹き出してしまい、その勢いで後ろに身を倒し、彼の胸に身体を預けた。柳原は手を伸ばすと彼女の顔をやさしくなでながら「今泣いたカラスがもう笑う」とからかった。(14)

かつて幾度も俯いては結婚戦略を練ってきた白も、ハッピーエンドに至り感動のあまり涙を流すのである。その時の俯く仕種にはもはや打算はなかった。

(五)「傾城の恋」とバーナード・ショーの戯曲『傷心の家』

張愛玲のエッセー「囁き」(原題：私語、『天地』一九四四年七月号に発表)は、崩壊していく名門の家から家出する母と、その母を追って家出した愛玲自身の半生を語るエッセーである。愛玲の父張志沂(一八九六〜一九五三)は清朝の名家のひとり息子で、中国の古典に精通すると共に英文学を原書で親しむような教養人であったが、中華民国期には芸者遊びや蓄妾、博打やアヘンの放蕩にはまり込むなど、荒んだ若き遺臣の人生を送った。

愛玲の母、黄素瓊(別名逸梵、英語名 Yvonne、一八九六〜一九五七)も名門の出身で古典の教養豊かな人であり、ヨーロッパの芸術に深い関心を抱き、一九二四年に愛玲と彼女と一歳違いの息子を置いて、夫の妹の張茂淵(一九〇一〜九一)と共にヨーロッパに留学し、三〇年に夫と離婚、三二年再び渡欧している。なお愛玲の弟の張子静（一九二一～九七）の回想録『我的姉姉張愛玲』によれば、度重なる出国費用と国外滞在費は、父から相続した骨董品を処分して得た資金で賄っていたという(15)。

エッセー「囁き」は、一九三七年の夏、聖マリア女学校高等部を卒業した彼女がイギリス留学を希望したり、日本軍上海侵攻時に母の家へ避難したことが原因で、父から暴行を受けて自宅の一室に監禁されてしまい、脱走に成功したのは半年後のことであった、と述べている。

このような自分史を語る愛玲が、天津にあった最初の家を回想する際に、バーナード・ショーの戯曲『傷心の家』（原題：Heartbreak House、一九一六～一七）に触れている点は興味深い。バーナード・ショー（一八五六～一九五〇）はイギリスの劇作家、批評家で穏健派の社会主義団体であるフェビアン協会設立に参加、一九二五年にノーベル文学賞を授賞している。代表作『ピグマリオン』（一九一三）は、のちにアメリカでミュージカル『マイ・フェア・レディ』に改作された。ショーは一九三三年に船で世界漫遊を行い、二月一二日香港、一七日上海を訪問してもいる。このショーについて張愛玲は次のように記しているのだ。

バーナード・ショーの戯曲『傷心の家』という本を持っているのだが、これは私の父がその昔に買ったものだ。余白に父の英語によるメモが残されている。

「天津、華北。

一九二六。三十二号路六十一号。

ティモシー・C・張」

私はこれまで本にご丁寧にも氏名を書き、日付や住所を明記するのはほとんどくだらない趣味と思っていたが、最近この本に書かれた数行を読んで、とてもうれしかった――春日《しゅんじつ》は遅遅《ちち》たり〔藤井注：春の日はのどか、の意味〕という雰囲気が漂い、私たちが天津の家にいるかのようだったから。

管見の限り張愛玲におけるショーの受容については、陳娟『張愛玲と英国文学』（湖南師範大学、二〇一一年一二月、博士論文。同論文は同名で北京・中国社会科学出版社より二〇一六年に刊行されている）が詳しく論じているのだが、陳博士はなぜか『傷心の家』については簡単に触れているのみである。同作が描く結婚問題は張愛玲の代表作「傾城の恋」にも大きな影響を与えていると思われるので、まずは日本語訳『傷心の家』の解説に基づき、同作の梗概を紹介したい。なお訳者飯島小平氏による梗概は大変詳細なものであるが、紙幅の関係で本稿では筆者の判断で飯島氏の解説を半分ほどに圧縮した。

ロンドン郊外サセックスに住む、ショトゥヴァー船長という八十余歳の老人は、今日でも船型の家を建て船長服に身を包んで暮らしながら、風変りな発明を試み、「最高精神集中」を遂げようと期している。

若い頃一時娶った黒人の妻との間には、ヘサイオニーとアリアドニー姉妹がおり、姉は勇ましい美男子ヘクターを夫とし、父の船長と同居している。妹はボヘミアンな生家を嫌い、二〇年前に植民地の少壮官吏ヘーステング・アターウォドに嫁ぎ、今では総督夫人にまで出世していた。ヘサイオニーの友人で、若くて美しいインテリの娘エリー・ダンは、父の事業の投資家である金持マンガンと結婚する予定である。しかし両人の年齢差に加えて、エリーがマンガンを愛していないことを知るヘサイオニーは、エリーを家に招いて、彼女を説得し、マンガンとの結婚を破棄させようとする。同時にエリーの父マチニ・ダンとともに当のマンガンをも当日の主客として招待し、自分の美貌を囮にマンガンにもエリーとの結婚を断念させようと奇抜な計画を立てる。

エリーが彼女の家を訪れると、家出後、初めて帰宅したアリアドニーと出遇わす。やがてマンガンらも訪れて一同が揃うと、ヘサイオニーはマンガンを誘惑にかかる。アリアドニーは初対面の義兄ヘクターとのあいだに、恋心を動かし始める。エリーはヘサイオニーから、マンガンとの結婚をいましめられているうちに、ふと秘めた自分のロマンスを口外してしまうが、その恋人とはヘサイオニーの夫ヘクターだったので、エリーは驚き失望するが、ヘサイオニーは逆に事の経緯に快哉を叫ぶ。

傷心のエリーはあらためてマンガンと結婚の協議をするが、談合中にマンガンはエリーの催眠術に陥って眠ってしまい、ヘサイオニーとエリーとはこの資本家をさんざんに嘲罵する。しかしマンガンは、催眠中にもじつは意識は明瞭で、彼女たちの罵言を聞いていたため、眼を醒すと重なる失恋の悲哀に号泣する。

困惑したエリーは、最後に善後策をショトゥヴァー船長に依頼するが、老人の叡智にふれるうちに、尊敬とともに異様な愛情を感じて、急転して秘かに老人と結婚してしまう。
第一次世界大戦中のことで、ドイツ軍のツェッペリン飛行船による空襲が始まる。恐れ戦くマンガンは庭園内の地下室に避難するが、そこに敵機の爆弾が命中して惨死する。しかしヘサイオニーやエリーたちは空襲下で乱舞し、「なんて素晴らしい経験だったのでしょう。また、明日の晩もやって来るといいわ」と絶叫して幕が下りる。（『傷心の家』飯島小平訳、新書館、一九八九年、二〇四〜二〇七頁）

『傷心の家』のショトゥヴァー家の家族およびこの家に集まる人々はみな、夫婦や親子の愛情において傷を負っている。ショトゥヴァー船長は、カリブ海の黒人女性と結婚して二人の娘を得たが、妻は行方不明であり、それを気に掛けているようすもない。彼の上の娘のヘサイオニーは、ギリシア神話の女神に由来する名前の通り美しい容貌だが、夫のヘクターが偽名でエリーと交際していたことに快哉を叫び、自らも本心では軽蔑している資本家マンガンを誘惑して、彼とエリーとの結婚を阻止しようとする。ショトゥヴァー船長の下の娘のアリアドニーは、二〇年ぶりに夫と共に帰省したにもかかわらず、姉の夫のヘクターに恋をする。資本家のマンガンは発明家のダンの事業に投資をしており、それを恩に着せてダンの娘で親子ほどに歳が離れたエリーと結婚しようとするいっぽうで、ヘサイオニーの誘惑に安々と乗ってしまう。飯島氏は訳書の解説で次のように述べている。

『傷心の家』における笑いは、軽薄な恋愛沙汰に明け暮れする有閑家庭の姿と、そこに往来する人々の心理を、ショー流の洞察力で完膚なきまでにえぐり出し、醜い姿を曝す対象に向かって、なおもなおもと激しく叩きつける嘲罵の笑いである。（『傷心の家』二〇四～二〇七頁）

そして飯島氏は「若い人々の中では、作者はエリーに対して比較的寛大である。感傷を憎み、理智を尊び、合理的に行動する彼女は、ハッシャバイ夫人たちよりは作者の人生観、好みにより多く一致する。」と指摘する。エリーは父の事業を助け、自らも文化的暮らしを手に入れたくてマンガンと愛なき結婚に踏み切ろうとするいっぽうで、偽名で他人に成り済ましたヘクターを秘かに愛するなど、愛をめぐり真剣に悩んでいるのだ。なおヘクターの姓 Hushabye とは幼子を寝かせる「ねんねんよ」という意味である。

そのいっぽうで、飯田敏博氏の論文「バーナード・ショー研究――漂う船『傷心の家』について」（鹿児島経大論集二三（一）、一九八二年四月、四九～六五頁）は、ショーは「人類が対処しなければならない大きな問題」すなわち「マンガンやヘイスティングズのように自己の利益のためならば盲滅法な行動をとる者たちが、私有財産を増やすため、あるいは階級的特権を守るための戦争の必要性を痛感したとする。そんな時、真に世の中のことを考えている者たちは彼らの決心を前にしてどうすべきかという問題」を提示した、と指摘して次のように述べている。

ショーは『傷心の家』の中で、ペシミズムに陥りつつあるこの家の住人たちが船を嵐の中から脱出させるべく創造的な生を取り戻さなければ、船はいずれ座礁するのではないかと憂慮し、ショットオーヴァに「航海術。それを学んで生きるか、あるいは、放っておいて破滅するかだ。」と語らせた。つまり、『傷心の家』は第一次世界大戦中の英国を悲運に向って漂う船と見るショーの悲劇的ヴィジョンが劇化されたものと言えよう。(16)

このように『傷心の家』は、「軽薄な恋愛沙汰に明け暮れする有閑家庭」に対する「嘲罵」から「第一次世界大戦中の英国（中略）の悲劇的ヴィジョン」に至るまで幅広い解釈が可能な戯曲なのである。

張愛玲が彼女の生家を回想するエッセー「囁き」で、このバーナード・ショーの戯曲『傷心の家』（原文：心碎的屋）に触れた時、彼女は中華民国期に座礁してしまった父の家、その家から脱出した母、母に続けて家出した自分、そして座礁した家に取り残された弟やその家に後妻として乗り込んできた父と同類の義母のことを思い出していたことであろう。あるいはショトゥヴァー家の下の娘で、ボヘミアンな家風を嫌って植民地官僚と結婚して飛び出したアリアドニーに自らを比していたのかもしれない。

そもそもこの『傷心の家』の英語版原書は張愛玲の父の張志沂が三〇歳（愛玲が六歳）の年に購入したものであり、この一九二六年とは愛玲の母が夫の妹と共に留学に出てから二年後、欧州から帰国する二年前に当たる。「囁き」執筆に際し『傷心の家』を手に取った愛玲は、その昔、妻に去られて「傷心」した父が同書を自らの家と比べながら読んでいたようすを思い出していた、あるいは想像していたことであろう。

それにしても一九三八年に身一つで父の家から脱走した張愛玲が、『天地』一九四四年七月号掲載の「囁き」執筆時点で父の旧蔵書を持っているというのも謎である。あるいは愛玲は父との同居を続けていた弟に頼んで『傷心の家』を秘かに持ち出して来てもらったのかもしれない。「囁き」は父の芸者遊びやモルヒネ中毒、愛玲と弟・張子静に対する家庭内暴力などを描き出すエッセーで、読書家の父の目に触れる可能性も大きかったであろう。そのようなエッセーの冒頭で父の旧蔵書である『傷心の家』および同書に父が書き込んだ英文メモに触れているのは、愛玲の父に対する秘かなメッセージ――お父さん、あなたの〝傷心〟は分かっています――ではなかったろうか。

(六) 張愛玲「傾城之恋」とバーナード・ショー『傷心の家』

陳娟『張愛玲と英国文学』によれば張愛玲がバーナード・ショーを読み始めたのは一九三三年、すなわちショーの訪中の年であり、さらに遡る可能性もあるという[17]。

それでは彼女が『傷心の家』を読んだのはいつのことであろうか。愛玲が一九四四年の「囁き」執筆時点で父旧蔵の同書を持っていたのは、一九三八年の家出以前に『傷心の家』を愛読しており、そのために一九四二年五月の香港より上海への帰還以後に、弟に頼むなどの方法を講じて、同書を入手していたから、と推定できるだろう。

そのような張愛玲が「傾城の恋」という没落上流階級の離婚歴を持つ女性の恋愛再婚物語を執筆する

に際し、『傷心の家』を参照した可能性は高いことであろう。すでに飯島氏の解説から引用したように、同作は「軽薄な恋愛沙汰に明け暮れする有閑家庭の姿と、そこに往来する人々の心理を、ショー流の洞察力で完膚なきまでにえぐり出し」たものなのである。取りわけ資本家マンガンとの年の差婚に踏み切ろうとしていたエリーの言葉「女の事業《ビジネス》といえば、結婚よ。（原文："Well, a woman's business is marriage."[18]）」という言葉は、白流蘇と范柳原との恋の駆け引きを描く張愛玲に多大な示唆を与えたことであろう。淑女の誇りを抱く白は俯いて恋のビジネスの行方を計算し、イギリス華僑でプレイボーイ資産家の范はそのような彼女の仕種を美しいと称讃するいっぽうで彼女に対し「そもそも結婚とは長期の売春と思っているんだろ」と悪態をつく。そのような物語を創作する際に、張愛玲は『傷心の家』のさまざまな自由恋愛結婚に学んだものと推定できるのである。

ちなみにエリー（Ellie）という名前には張愛玲の英語名 Eileen に近い響きがあり、愛玲はこの芸術的才能に富む清貧なる娘に親近感を抱いたのではあるまいか。また『傷心の家』のもう一人のヒロインで最も「軽薄な恋愛沙汰に明け暮れする」ヘサイオニー（Hesione）は、「名前が長ったらしいから（中略）ひと息では言えない[19]」点でも、「傾城の恋」において白流蘇の恋仇を演じるサーヘイイーニ王女を連想させる。

すでに述べたように、愛玲は女性の自由恋愛による家出というテーマを魯迅の「愛と死」から引き継ぎながら、ヒロインの「俯く」という仕種を羞恥心や幸福感の表現から、冷静な人生設計を思考する姿へと大きく転換させた。このような大胆な模倣と創造に際し、大きな示唆を与えたのが、「女の事業といえば、結婚よ。」という台詞に代表されるショーの戯曲『傷心の家』であったのだろう。同作が巧みな警句を散りばめた会話と強欲な支配層や無力な中産階級に対する嘲笑により戯曲上演時に大好評を博したように、「傾城の恋」は張愛玲をベストセラー作家へと押し上げていったのである。

実は魯迅とショーとの間にも浅からぬ縁がある。前述の通りショーは一九三三年に上海を訪問しており、その際に魯迅は日本の出版社改造社の依頼により「SHAWとSHAWを見に来た人々を見る記」というエッセーを日本語で執筆して雑誌『改造』同年四月号に発表している。その後、魯迅の愛人の許広平が同作を中国語に翻訳し、魯迅が校訂して、三三年五月一日『現代』第三巻第一期に発表してもいる。ショーは同年に船で世界漫遊を行い、二月一二日香港、一七日上海に到着した。魯迅は蔡元培から手紙で連絡を受けて宋慶齢宅でのショー歓迎昼食会に出席し、林語堂、ハロルド・アイザックスらと記念写真に収まっている。魯迅はこの時の印象記を、次のように書き出している。

私はSが好きだ。それは其の作品、或は伝記を読んで好きになつたのではないので、只だ何処でか少許の警句を読んで、誰かゝら彼はよく紳士社会の仮面を剝取ると云ふ事を聴いたから好きになつたのだ。もう一つは支那にも随分西洋の紳士の真似をする連中が居る。彼等は大抵Sをこのまないから。私は往往自分の嫌ふ人に嫌はれる人を善い人だと思ふときがある。

そして魯迅は実際に会ったショーは世間で言われているような皮肉屋には思えなかったと語り、次のように指摘している。

翌日の新聞記事の方がSの本当の言葉よりも面白い。同じ時に、同じ場所に、同じ言葉を聞いて書いた記事がそれ〴〵違ひました。……例へば支那の政府について、英字新聞のSは支那人民が自分の感服するのを選抜して統治者となすべしと云ひ、日本字新聞のSは支那の政府はいくつもあると云ひ、漢字新聞のSは善い政府は何時も一般人民の歓心を得るものではないと云ふ。

こんな所から見ればSは皮肉屋でなくて鏡屋だ。(20)

この「鏡屋」のショーが上海の「文人、政客、軍閥、ゴロツキ、狆《ちん》ころ」たちの相貌を映し出しているという考えを、魯迅は上海の中国紙・外国紙のショー上海滞在中の報道評論を集めた『上海のバーナード・ショー』（瞿秋白編訳、一九三三）の序文でも繰り返している。この序文は日本語エッセーや「誰に矛盾か」「「論語一年」」というショーを論じたエッセーと共に『南腔北調集』に収められているほか、『偽自由書』にも「ショーを称える」などが収録されている。

魯迅とバーナード・ショーという東西を代表する大文学者が一九三三年の上海で出会い、それから一〇年後に新人作家の張愛玲が日本占領下の上海でこの二人に学びながら、名作「傾城の恋」を産み出したのである。それは女性にとって自由恋愛結婚が伝統的大家族からの家出・自立の一つの手段にはなり得ること、しかし自分自身と恋の相手および女性側の実家との力関係を思慮深く考えなくては成功し難いビジネスでもあることを描くものであった。時には帝国主義戦争により植民地都市・半植民地都市が滅び、伝統的家父長制社会が大きく動揺するような大事件が、女性の再婚を助けることさえあり得ることをも、この作品は描き出している。その点において、空白の舞台を設定した魯迅の「愛と死」よりも現実的な物語性に富んでいる。また物語の末尾で突如敵機の爆撃により資本家を破滅させるショーの『傷心の家』よりも戦時下社会における恋愛を如実に描いている。その点において「傾城の恋」は、魯迅とショーとの二つの先行作品の恋愛結婚に関する言説を大きく展開させたといえよう。

但し張愛玲は日本軍による侵略が白流蘇と范柳原の結婚を破壊する可能性には言及していない。この問題は論陥期上海における日本軍による言論統制が張愛玲文学に与えた影響、という視点から考察する必要があるだろう。この問題については、本書第二部第六章「車中の裏切られる女——張愛玲「封鎖」におけるモーパッサン「脂肪の塊」の反転」で詳しく論じている。

【注】

（1）本稿執筆に際し筆者が参考した主な論文は以下の通りである。
梁云《论鲁迅与张爱玲的文化关系》《社会科学辑刊》一九九七年一一月二九日。
沈庆利《被食、自食与食人——论鲁迅、张爱玲对传统家庭文化负面作用的批判》《济宁师专学报》一九九八年八月一〇日。
部元宝《张爱玲的被腰斩与鲁迅传统之失落》《书屋》一九九九年六月一五日。

王吉鹏《呐喊的〝过客〟与封闭的〝女巫〟——鲁迅、张爱玲小说比较论》《扬州大学学报（人文社会科学版）》二〇〇二年一〇月三〇日。

郑悦《从鲁迅到张爱玲——女性异化命题的探索》《鲁迅研究月刊》二〇〇七年七月二五日。

古耜《张爱玲眼中的鲁迅先生》《文学界（专辑版）》二〇〇九年八月一五日。

张永东《论鲁迅和张爱玲对爱情神话的解构——以《倾城之恋》和《伤逝》的比较为例》、《哈尔滨学院学报》二〇一一年八月二〇日。

程小强《〝影响研究〟视域下的鲁迅与张爱玲》《鲁迅研究月刊》二〇一四年二月二五日。

张前景《张爱玲与鲁迅部分小说比较研究》《扬州教育学院学报》二〇一七年九月三〇日。

（2）鲁迅、藤井省三訳「愛と死」『酒楼にて／非攻』光文社古典新訳文庫、光文社、二〇一〇年、一〇〇、一〇一頁。

（3）張静『雪莱在中国（一九〇五～一九三七）』復旦大学博士論文、二〇一四年四月、一八～二一頁。

（4）孫宜学「中国的雪莱観与雪莱的中国観」『上海師範大学学報（哲学社会科学版）』第四三巻第四期、二〇一四年七月、六七頁。

（5）前掲注（3）『雪莱在中国（一九〇五～一九三七）』一四五、一四六頁。

（6）一九八一年製作の映画『愛と死（原題：傷逝）』（北京電影製片廠製作、監督：水華）の張瑶均、張磊姉弟による脚本は、子君の叔父が涓生が既婚者であることを仄めかしている。張磊『一位歴史学家的芸術情縁』（広州・広東人民出版社、二〇〇八年、二〇頁）あるいは『電影劇作集』（北京・中国電影出版社、一九八一年、七〇頁）を参照。この点について、筆者は拙著『魯迅と日本文学——漱石・鷗外から清張・春樹まで』（東京大学出版会、二〇一五年、二四四頁）注（27）および拙稿「鲁迅《伤逝》中的留白匠意——《伤逝》与森鸥外《舞姫》的比较研究」林敏潔訳『南京師範大学文学院学報』二〇一四年一二月第四期、六頁注1で指摘した。

（7）前掲注（2）『酒楼にて／非攻』一〇七頁。
（8）前掲注（6）『魯迅と日本文学』九六、九八頁。
（9）張愛玲、藤井省三訳『傾城の恋／封鎖』光文社古典新訳文庫、光文社、二〇一八年、四七頁。
（10）前掲注（9）『傾城の恋／封鎖』五七、五八頁。
（11）前掲注（9）『傾城の恋／封鎖』二九、三〇頁。
（12）前掲注（9）『傾城の恋／封鎖』二六頁。
（13）前掲注（9）『傾城の恋／封鎖』四一、四二頁。
（14）前掲注（9）『傾城の恋／封鎖』九七頁。
（15）張子静『我的姉姉張愛玲』台北・時報文化出版、一九九六年、九四頁。
（16）飯田敏博「バーナード・ショー研究――漂う船『傷心の家』について」『鹿児島経大論集』二三（一）、一九八二年四月、六三頁。
（17）陳娟『張愛玲与英国文学』北京・中国社会科学出版社、二〇一六年、一二六、一二八頁。
（18）バーナード・ショー、飯島小平訳『傷心の家』新書館、一九八九年、八六頁。George Bernard Shaw, *Heartbreak house, Great Catherine, and Playlets of the war*, London, Constable and Company, 1919, p. 128.
（19）前掲注（9）『傾城の恋／封鎖』五四頁。
（20）魯迅「ＳＨＡＷとＳＨＡＷを見に来た人々を見る記」『改造』一九三三年四月号、二七六、二七八頁。

第四章　魯迅と劉吶鷗

——〝戦間期〟上海における『猺山艶史』『春蚕』映画論争をめぐって

（一）二人の〝戦間期〟上海文化人による唯一の対話

世界史で語られる戦間期とは、第一次世界大戦と第二次世界大戦との間、すなわち一九一八年一一月から三九年九月までの二〇年余りを指す。そして第一次世界大戦の戦後処理が行われた前半期は〝安定の二〇年代〟、大恐慌の突発（一九二九）以降は〝激動の三〇年代〟と区分される。ところが中国史では、二〇年代は軍閥割拠の分裂期から北伐戦争（一九二六〜二八）による統一へと向かう国民革命の大変革期であり、中国が〝安定〟を享受するのは一九二八年以後のことであった。このかりそめの〝安定〟も、満州事変（一九三一）から日中全面戦争（一九三七〜四五）に至るまでの間断なき日本の侵略に脅かされていた。また国民革命中に国民党に合流してきた諸軍閥が各地で勢力を温存し、ことあるごとに反蔣介石戦争を繰り返していた。蔣介石（チアン・チエシー、しょうかいせき、一八八七〜一九七五）が策動した一九二七年四・一二反共クーデターによる国共合作崩壊後、壊滅状態にあった共産党も、毛沢東（マオ・

ツオートン、もうたくとう、一八九三〜一九七六）と朱徳（チュー・トー、しゅとく、一八八六〜一九七六）が紅軍を率いて江西省農村区に革命根拠地を建設、三一年一一月には瑞金を首都とする中華ソビエト共和国を樹立し、蔣政権の新たな脅威となっていた。

このような内憂外患に苦しみながらも、中華民国は急速な発展を遂げている。北伐戦争終了後、蔣介石は訓政期（軍政から憲政への移行期）と称して国民党による一党独裁体制を固め、経済建設に乗り出す。鉄道、自動車道路建設、電信・郵便制度は飛躍的に発展、幣制改革（一九三五年一一月）後は近代的統一幣制も確立され、中央集権、国内市場の統一が着実に実現されつつあった。教育の普及も目ざましく、就学率は一九一九年には一一％、二九年には約一七％にすぎなかったものが、三五年には約三一％に達し、三六年までの七年で、学生数は初等、中等、高等教育いずれにおいても二〜三倍と激増しており、これら在校生とともに卒業生は新聞・雑誌そして小説など文学作品の読者層にいっそうの厚みを加えていったのである。

国民党は名目上は全国を統一したものの、実際に完全に制御できたのは江蘇、浙江両省のみで、財政収入の大部分を上海に依拠していた。政府財政収入の四〇％以上が関税で、その五〇％以上を上海税関が占めた。物品税収入の多くは上海から入り、塩税収入でも上海が大きな比重を占めた。上海金融界の一時貸出、借款そして公債引き受けはさらに重要な財政の柱となった。一九二八年六月に首都は北京から南京に移されていたが、上海はこの新首都を間近に従えて繁栄の絶頂に至る。国民党政権は上海を特別市に指定、租界回収の代案として郊外西北の五角場にニュータウン大上海建設計画を打ち出した。国民党の頭の中では、上海とは第二の首都にほかならなかったのである。

一九二八年から三七年までの中華民国一〇年史は、世界史の戦間期後半〝激動の三〇年代〟にほぼ相当するものの、激動の中でも経済的発展を謳歌しており、上海は北伐戦争と日中戦争という中国の戦間期において、黄金時代を迎えているのである。

この戦間期の上海に、中国だけでなく世界中から多くの文化人が集まり、多種多様な最先端の文学・芸術が栄え大衆文化が流行した。こうして世界都市へと成長した上海で、魯迅（ルーシュン、ろじん、一八八一～一九三六）と劉吶鷗（リウ・ナーオウ、りゅうとつおう、一九〇五～四〇）という共に日本留学体験を持ち欧米語に堪能な二人の文化人が、隣り合わせで仕事をしていた。二人は自らの文化運動のため各自の出版社を興し、協力しあってロシア・ソ連のプロレタリア文学理論の翻訳叢書を刊行することもあり、各々の文芸観に従って日本と欧米の映画理論を翻訳紹介し映画批評を書き、魯迅は挿絵、劉吶鷗は映画と、それぞれ流行芸術を紹介し、やがてその製作やプロデュースへと進んでいく。二人はまさに背中合わせで文学・芸術の最先端を突き進んでおり、両者の間を往き来する共通の友人もいたのだが、おそらく二人が対面したことはなく、互いに実名を挙げて批評しあうこともなかった。魯迅と劉吶鷗、この二人の戦間期上海を代表する国際的文化人は、互いの文化運動をどのように見つめ合っていたのだろうか。

一九三三年九月と一〇月、『猺山艶史《ようざんえんし》』と『春蚕《しゅんさん》』という中国映画二作が、当時上海を代表する映画館で相次いで上映され、大いに話題を呼んだ。前者は劉吶鷗の友人黄漪磋（ホワン・イーツオ、こういさ、生没年不詳）が監製編劇し、後者は魯迅の友人茅盾（マオ・トン、ぼうじゅん、一八九六〜一九八一）が原作者であり、魯迅と劉吶鷗はそれぞれ『猺山艶史』批判と『春蚕』批判を書いている。この二本の批評には相手の名前などが登場することはないが、結果的には魯迅・劉吶鷗による論争となっており、両者による唯一の公開対話であったといえよう。

本稿は『猺山艶史』『春蚕』二作の製作から上映に至るまでの経緯を辿りながら、魯迅・劉吶鷗のあいだで交わされた両作をめぐる論争について考察したい。以下この論争を「猺山・春蚕論争」と呼ぶことにする。

（一）類似した経歴、共通した文学・芸術観

本題に入る前に、魯迅と劉吶鷗との文化人としての生涯を簡潔に比較対照しておこう。

魯迅は一八八一年に、上海の南西約二〇〇キロにある古都紹興で、地主官僚の家の長男に生まれた。当時の中国は、北方の少数民族であった満州民族が漢民族を征服して立てた清王朝の支配下にあり、一八世紀には世界でも最大級の繁栄を誇ったが、一九世紀半ばには人口増加などの内政問題と産業革命後の欧米諸国の東アジア侵略により急速に衰弱していた。アヘン戦争（一八四〇〜四二）後に上海を開港し、イギリス・アメリカ・フランスによる租界建設を認めたことは象徴的な事件であった。

日本は幕末には清朝に学んで近代化＝欧化に着手し、明治維新後には急速な改革を行って清朝を追い越し、日清戦争（一八九四～九五）で清朝の陸海軍に圧勝した。深まる危機を前に、中国では康有為（カン・ヨウウェイ、こうゆうい、一八五八～一九二七）らが明治維新モデルの立憲君主制による近代化を唱えて変法運動を開始したが、西太后（一八三五～一九〇八）ら保守派がクーデター（戊戌政変、一八九八）によって改革運動を弾圧した。その後はより急進的な民族主義革命派が登場して清朝打倒と漢民族による国民国家建設を目指し、各種雑誌による啓蒙宣伝活動や武装蜂起を開始する。

清朝は一九一一年の辛亥革命で倒壊し、翌年共和国の中華民国が誕生するが、その後も袁世凱（ユアン・シーカイ、えんせいがい、一八五九～一九一六）による帝政復古や軍閥割拠など政治的混乱が続いた。これに対し陳独秀（チェン・トゥシウ、ちんどくしゅう、一八七九～一九四二）や胡適（フー・シー、こてき、一八九一～一九六二）ら日本・アメリカ留学組の知識人は、口語文による新しい文体の「国語」を創出し、国語によって民衆に国民国家共同体を想像させようとして、一九一七年に文学革命を提唱した。

魯迅はこのような時代の大転換期を生きながら、文学により伝統と現代の矛盾を考察し、新しい社会における人間のあり方を模索した大文化人である。その第一歩として青年時代の魯迅は、科挙の試験に合格して高級官僚となり退職後は地主となるという伝統的な処世法を拒否し、一九〇二年に日本に留学して民族主義革命派となった。最初は革命軍の軍医を志して仙台医学専門学校（現・東北大学医学部）で学び、やがて当時最先端の職業であった文学者となることを夢みて、東アジア最大のメディア都市東京で文学活動を開始する。しかしロマン派詩人論などを発表するための文芸誌創刊に失敗し、〇九年失意の内に帰国した。

魯迅は故郷の紹興で化学・生物の教師として勤めるうちに辛亥革命（一九一一）を迎え、中華民国教育部（日本の文科省に相当）の課長級官僚となって北京に行く。そして文学革命が始まると、名作を次々と発表して中国近代文学の父となったのである。

文学革命に続けて、中華民国を武力により再統一しようとする国民革命の気運が高まる中、改革派知識人たちはアメリカン・デモクラシー派と、ロシア革命（一九一七）の影響を受けた国民・共産両党、ロシア革命に批判的なアナーキスト派との三者に分裂した。魯迅は短篇小説「故郷」で動揺する知識人の心境を「希望とは本来あるとも言えないし、ないとも言えない……」と語っているが、その後もキリストの呪いを受けて永遠に歩み続ける「さまよえるユダヤ人」伝説に深い共感を示し、自らを罪人と自覚し安息を許さず永遠の闘いを課そうと決意した。

国民革命は一九二四年に国民党の指導者孫文が共産党との合作に踏み切り、蔣介石が二六年七月国民革命軍を率いて北伐戦争を敢行、二八年末には中国をほぼ統一する。しかし、その過程で二七年四月のクーデターで共産党を粛清した蔣介石派を、魯迅は革命の裏切り者と厳しく非難して左翼文壇の旗頭となっていく。また、同年一〇月には北京女子高等師範学校（一九二四年五月北京女子師範大学に昇格）講師時代の教え子、許広平（シュィ・クアンピン、きょこうへい、一八九八〜一九六八）と上海で同棲を始めている。印税収入で暮らす魯迅が、郊外の瀟洒なマンション住まい、ハイヤーによる都心でのハリウッド映画鑑賞など、中産階級の生活を享受できたのは、三〇年代上海ではメディアが高度に発達し、近代的市民社会が一部なりとも実現されていたからなのである。

当時の上海は文芸論戦の街でもあり、一九三〇年には言論統制を強化する国民党に対抗する中国左翼作家連盟（略称、左連）が結成され、右翼や中間派との論戦が巻き起こった。上海では国民党による白色テロが横行するいっぽう、三一年には満州事変と連動した日本軍による上海事変が勃発、さらに日本は華北に侵攻したため、上海の民族資本家層も抗日に傾いたが、作家の連合を重視する魯迅と共産党指導を重視する党員作家との間に溝があった。三五年末に共産党の抗日民族統一戦線政策に呼応して、周揚（チョウ・ヤン、しゅうよう、一九〇八〜八九）が国防文学を提唱するのに対し、魯迅は国民党との再協力に対する拒否感と階級的観点から、「民族革命戦争の大衆文学」のスローガンを提起したため、魯迅と周揚との対立は鮮明化した。魯迅はこの国防文学論戦のさなかの一九三六年一〇月一九日、持病の喘息の発作で急逝したのである[1]。

劉吶鷗（本名・劉燦波）は台湾の古都台南付近の大地主の長男に生まれ、植民地当局が整備した公学校（台湾における台湾人用の小学校）で日本語教育を受けたのち、一九一八年四月から二〇年三月まで台南のミッション系の長老教中学に在学した。その後は東京に渡り青山学院中学部に二年間在学したのち、一九二二年四月に同高等学部英文科に進学、四年後に卒業している。一九二六年秋に上海に渡り震旦大学フランス語特別班に入学、一九二七年四月に東京に戻り五カ月滞在後、同年九月に再び上海に渡った。そして翌年に出版社の第一線書店を創設して九月には自ら翻訳した日本短篇小説集『色情文化』を刊行するいっぽう、文芸誌『無軌列車』を創刊して自作短篇小説を執筆掲載するなど、劉吶鷗は二三歳の若さで上海文化界にデビューしたのである。

　第一線書店は国民党政権の言論弾圧により閉鎖に追い込まれたが、劉吶鷗は屈することなく、一九二九年九月には再び水沫書店を立ち上げ、文芸誌『新文芸』を創刊、劉と共に上海「新感覚派」を代表する作家穆時英（ムー・シーイン、ぼくじえい、一九一二〜四〇）を同誌からデビューさせてもいる。劉の短篇小説集『都市風景線』（一九三〇年四月）を刊行したのも同書店である。

　劉吶鷗は文化界デビュー以前から映画にも深い関心を抱いており、一九三二年には自ら出資もした可能性のある芸聯影業公司に近づくなど、事業の重心を映画へと移して、脚本家・監督として活躍し、さらに三六年六月には南京の国民党映画スタジオ中央電影撮影場（略称、中電）に勤務した。日中戦争開戦後は日本占領下上海で中華電影公司設立に協力するが、「純粋芸術の地」「自由な映画製作」の夢は次々と裏切られた。一九四〇年八月には汪精衛政権系統の新聞『国民新聞』社長に就任したところ、九月三日上海福州路の料理店京華酒家を出ようとして狙撃され死亡する。彼が向かおうとしていたPark Hotel（現・国際飯店）では、李香蘭が劉を待っていたという。三澤真美恵氏は劉の暗殺も抗日と対日協力という「単純な二者間関係の結果ではなく」、黒社会の青幇《チンパン》も含む「複数のアクター間において利害が相互に絡み合うなかで、ある者が示唆し、ある者が黙認し、ある者が直接手を下した結果として起こったと考えられる」と興味深い指摘を行っている(2)。

　魯迅と劉吶鷗とは年齢に二四歳の差があるが、共に地主の家の長男に生まれ、それぞれ二五歳と一七歳とで親が決める伝統的婚姻をして、魯迅は生涯にわたり妻の朱安とは疎遠であり、劉吶鷗も一九二七年の日記で妻の黄素貞への嫌悪感と自由恋愛への思いを記している。もっとも劉は二九年上海に妻子を呼び寄せてからは、同年一〇月には松江での施蟄存（シー・チョーツン、しちつそん、一九〇五～二〇〇三）の婚礼に妻と参加するなど、仲睦まじく暮らしたようすである。また魯迅の祖父周福清が一八九三年に科挙不正事件で入獄し、父の周鳳儀が九六年に病死したため、魯迅の家は急速に没落しており、九八年から四年間にわたって学んだ南京の江南水師学堂および鉱務鉄路学堂は学費免除、生活費給付の官立学校であり、日本留学も浙江省政府による公費留学であった。帰国後も北京時代には官僚、厦門・広州時代には大学教授を務めており、専業作家となるのは上海移住後である。この点、劉が実家からの潤沢な経済的援助により東京の私立学校に留学して高等教育を終え、上海で出版社を経営し、映画製作まで始めたのとは、大いに異なる。

それでも魯迅が七年間の日本留学を体験して『現代日本小説集』（周作人と共編訳、一九二三）を、劉吶鷗が四年間の東京留学を体験して『色情文化』（一九二八）を翻訳刊行したという更なる共通点も存在する。前者は明治・大正時代の著名作家である夏目漱石、森鷗外、有島武郎、菊池寛、芥川龍之介、佐藤春夫などの作品を、後者は二〇年代後半の日中関係の視点から選びだした片岡鉄兵、中河与一、小川未明、横光利一、池谷信三郎、川崎長太郎のモダニズム文学を翻訳した日本文学短篇集である(3)。

戦間期上海時代の二人に共通する点はモダニズム、特に挿絵や映画など表象流行文化に対する深い関心である。幼年期から美術に深い関心を寄せてきた魯迅は、上海時代には内山書店等を通じて日本や欧米の美術書の入手が容易になったため、外国美術に関する旺盛な翻訳・復刻・評論活動を始めている。

日本の板垣鷹穂《いたがきたかほ》の『近代美術史潮論』を翻訳して、正統的な西洋美術史を紹介するいっぽうで、イギリス世紀末画家のビアズリー、日本の挿絵画家兼詩人である蕗谷虹児《ふきやこうじ》（一八九八～一九七九）の画集を復刻した。

蕗谷虹児は大正から昭和にかけて少女雑誌などで活躍した挿絵画家兼詩人で、魯迅は虹児の絵画と共にそれに付された詩も翻訳紹介している。たとえば「タンポリンの唄」を魯迅は次のように訳した。

たたけ　タンポリン／まだまだ　春よ……／踊り　踊り子／まだまだ　春よ……
捨てた　タンポリン／なぜ踏んで　破った……／踊り　踊り子／なぜ踏んで　破った……
破れ　タンポリン／なみだの　踊りよ……／捨てた　タンポリン／なみだの　踊りよ……
拾え　タンポリン／まだまだ　春よ……／踊り　踊り子／まだまだ　春よ……

坦波林之歌　　魯迅訳

敲起来罷　坦波林／還是還是　春天呀……／跳舞的　跳舞児／還是還是　春天呀……
抛掉了的　坦波林／怎麼一下　踏破了……／跳舞的　跳舞児／怎麼一下　踏破了……
破掉罷　坦波林／泪珠児的　跳舞呀……／抛掉了的　坦波林／泪珠児的　跳舞呀……
拾起来罷　坦波林／還是還是　春天呀……／跳舞的　跳舞児／還是還是　春天呀……

『蕗谷虹児画選』の出版に際しては、虹児の詩と画とが一体化した『睡蓮の夢』（東京・交蘭社、一九二四）など三冊の詩画集から一二作品を選び、虹児の詩を魯迅自身が翻訳している。魯迅の熱意溢れる虹児紹介に関しては、魯迅が創造社のメンバーで挿絵も手掛けていた葉霊鳳（イエ・リンフォン、ようれいほう、一九〇四～七五）のビアズリーや蕗谷虹児の剽窃を批判した言葉が引用されることが多い[4]。だが魯迅が「『蕗谷虹児画選』小引」で虹児の画風を「幽婉」と激賞していることも見落としてはなるまい（『集外集拾遺』「『蕗谷虹児画選』小引」）。

『蕗谷虹児画選』を刊行した朝華社とは、魯迅が一九二八年一一月に柔石（ロウシー、じゅうせき、一九〇二～三一）ら若い友人らと設立し、三〇年一月まで維持した出版社で、文芸誌の『朝花』週刊二〇期、同旬刊一二期、『近代世界短篇小説集』二巻などを刊行しており、『蕗谷虹児画選』は同社の版画選集『芸苑朝華』全四巻の第二巻として刊行された。魯迅日記などによると、彼は朝華社のために合計五七〇元を提供している[5]。

それにしても、魯迅が敢えて『蕗谷虹児画選』を編集翻訳して、自ら経営と編集の中核を担っていた朝華社から刊行したのは、虹児芸術への愛着のためだけでなく、彼がマスメディアと美術との関わり、特に書籍の装幀や新聞・雑誌の挿絵など、流行文化に深い関心を寄せていたからであろう。

このようなビアズリーや蕗谷虹児の挿絵に対する魯迅の愛着は、木版画運動の提唱と実践へと発展している。魯迅は廉価な費用により一枚の版木から一〇〇枚以上の絵を刷り出すことができる木版芸術の複数性と民衆性とに注目したのである。一九三一年八月東京・成城学園美術教師の内山嘉吉が、夏休みに内山書店経営者の兄・内山完造を訪ねて上海に来たところ、魯迅は嘉吉に講師を依頼して上海の若い芸術家のために木刻講習会（中国語では木版画を「木刻」という）を開催し、その後は内山完造の協力を得て外国版画展を開いた。また魯迅はドイツのケーテ・コルヴィッツやソ連の芸術家たちなど、多数の外国プロレタリア版画集を刊行しており、中国現代版画復興の父とも称されている。魯迅は、木版画が民衆の現実をテーマとして優れた技術で表現すれば革命の武器たりうる、と考えたのである。

そのいっぽうで、日本の版画家料治朝鳴《りょうちちょうめい》が主宰する手刷り版画貼り込みの月刊誌『白と黒』や同じく機械刷りの版画雑誌『版芸術』を熱心に収集し、その同人であった谷中安規《たになかやすのり》（一八九七～一九四六）を高く評価してもいる。谷中は「文学性の濃い幻想的な木版画」（『広辞苑第六版』）による挿絵で著名であり、この点からも魯迅の関心がプロレタリア芸術からモダニズム芸術にまで広がっていたことが理解できよう(6)。

劉吶鷗の映画への関心は、現存する一九二七年の日記からも十分に察せられる。この年を主に上海と東京で過ごした彼は、毎日のように映画を見て暮らしているのである。

劉吶鷗は一九二七年一月上海で施蟄存らと知り合い、四月から八月まで台湾と東京で過ごした後、九月上海で葉秋原と、一〇月北京で馮雪峰、丁玲、胡也頻らと知り合い、一二月上海に戻った。二八年夏、劉吶鷗が自宅に同居していた戴望舒と、上海来訪のたびに劉宅に泊まっていた施蟄存に対し、日本で流行していた文芸潮流について滔々と語ったようすを、施は次のように記している。

劉燦波は文学と映画を好んだ。文学では、彼の好みはいわゆる「新興文学」「前衛文学」であった。新興文学とは十月革命後に勃興したソビエト文学を指す。前衛文学の意味はやや広いようであり、ソビエト文学のほかに、新しい流派のブルジョア文学も含んでいた。彼は歴史唯物主義文芸理論を語るのを好み、またフロイトの性心理学による文芸分析を語るのも好んだ。映画を見ると、ドイツ・アメリカ・ソ連の三カ国の映画監督による新たな手法について語った。つまり、当時日本で流行していた文学の傾向を、彼は毎日滔々と語り続けていたので、私と戴望舒とは当然のことながら、彼の大きな影響を受けたのである。

最後に劉吶鷗は戴望舒に対し「僕らは自分たちで雑誌を出そうよ」と提案し、「二日ほど相談した後、『莽原』のような雑誌を出すことに決めた。」という。(7)

文芸誌『莽原』は一九二五年四月に北京の新聞『京報』の週刊副刊として魯迅の編集で創刊され一一月に一旦停刊後、二六年一月に未名社から半月刊としてやはり魯迅の編集で復刊、同年八月に魯迅が北京を離れて厦門に移動した後は、韋素園が編集を引き継ぎ、二七年一二月に停刊した。このように魯迅と縁の深い『莽原』を自ら創刊する文芸誌のお手本としている点から、劉吶鷗と戴望舒とが当時懐いていた魯迅への敬愛の念が窺えよう。

劉吶鷗は新文芸誌を『無軌列車』と命名し、さらに資金も「数千元」を提供できると豪語して第一線書店を北四川路西宝興路口に開設、劉吶鷗が社長に就任、一九二八年九月一〇日には半月刊誌『無軌列車』創刊号を発行し、同号に劉は短篇小説「遊戯」を、第二号に馮雪峰が論文「論革命和知識階級」を発表した。

第一線書店は当局により「宣伝赤化嫌疑」で営業停止処分を受けたため、一二月頃には水沫書店を開設して『無軌列車』を第八号まで刊行、二九年九月一五日、水沫書店は「惟一の中国現代文芸月刊」と標榜する『新文芸』を創刊した。第一線・水沫の両書店は劉吶鷗の『色情文化』や施蟄存、戴望舒、杜衡らの翻訳小説書を刊行している。

馮雪峰は一九二七年七月に魯迅と文通し、二八年一二月には柔石に伴われて魯迅宅を訪問、その後、しばしば魯迅宅に出入りしていた。この馮雪峰が橋渡しとなって、第一線書店から魯迅を主編とする「科学的芸術論叢書」が翻訳刊行されている。この間の事情を施蟄存は次のように回想している。

ある日、馮雪峰が来て世間話をしている内に、魯迅がルナチャルスキーの『文芸と批評』を翻訳中だと言い出した。私たちにはさっと閃くものがあり、魯迅にマルクス主義文芸理論を紹介する叢書の主編になっていただこうと思った。私たちは馮雪峰に頼んで魯迅の考えを聞いてもらった。数日後、馮雪峰が来て言うには、魯迅はこのような叢書を編集したいと思っているが、主編にはなれず、ただ幾つかの翻訳を手掛けるだけで、それ以外のことには自分は関わりたくない。私たちは魯迅の提案に同意して、馮雪峰と魯迅が共に企画を立て、書目を提案し、訳者を振り当てるように頼

んだ。(8)

一九二九年九月一五日出版の月刊『新文芸』創刊号には、『科学的芸術論叢書』一二点の広告があり、その内魯迅はルナチャルスキー『文芸と批評』、プレハーノフ『芸術論』、ルナチャルスキー『ハウゼンシュタイン論』、蔵原惟人・外村史郎共編『ソビエト・ロシアの文芸政策』の四点を担当している。前田利昭氏によれば、同叢書刊行の企画はさらに膨れ上がっていった。

この企画が公表されると他社も競って同様のシリーズを出そうとした。しかしそれができる訳者などそうざらにはいない。そこで水沫書店に光華書局、大江書鋪が加わって全部で一六冊出版の計画となったが、国民党の発禁処分で八冊が出版できたのみであった。水沫書店からは結局、五冊が出版されている。(9)

その内、水沫書店刊行の魯迅翻訳はルナチャルスキー『文芸と批評』（一九二九年一〇月）と蔵原惟人編『文芸政策』（一九三〇年六月）で、ほかに大江書鋪からもルナチャルスキー『芸術論』（一九二九年六月）が刊行されている。

劉吶鷗もフリーチエ『芸術社会学』を昇曙夢訳（東京・新潮社、一九三〇年）から重訳していたが、施蟄存によれば、それは別扱いを受けたという。

劉燦波の『芸術社会学』は紙幅が多く、三〇〇頁近くで、巻頭にはさらに二十数頁の銅版の挿絵を加えるつもりであり、ましてやこの本と戴望舒訳の『唯物史観文学論』に対しては左翼理論家の間では批判が多く、両書はブルジョア階級の観点を含んでいると見做されていたので、この二冊の翻訳書を叢書に入れることはなかった。(10)

この間の事情を三澤氏は、「史的唯物論の観点を運用した文芸論」と「大都会での色情生活を描いた作品」を共に「新興」として捉えるような価値観も、当時の左翼文芸家によって必ずしも共用されていたとは考えられないとまとめている。(11)だが「色情」はともかく、魯迅は前述のとおり少なくとも蕗谷虹児の純情とビアズリーの世紀末的退廃に共感を寄せていたのである。

劉吶鷗は水沫書店に一万元以上の資金を投入したが、「一九三一年の初頭、劉燦波の経済状況に問題が生じて、彼はこれ以上の資金は投入できないと表明し、今後は書店の自力更生を求め」るという事態に至り、さらにこの年には国民党の言論弾圧が激しくなるという「政治圧力」も加わって、水沫書店は営業停止となり、施蟄存は新たに東華書店を設立するが、翌年には上海事変に遭遇し、東華書店は流産してしまう。「その後、劉燦波は二度と文芸事業に関わろうとはせず、彼は映画を手掛けるようになり、私たちとの関係は疎遠になった。(12)」

左翼文芸理論書出版事業を通じての劉吶鷗と魯迅との関係も一旦は断たれるが、二人は一年後には「猺山・春蚕論争」で再び深い関係を結ぶのである。

（二）『猺山艶史』のロケーション製作とその評価および上海における上映状況

一九三三年八月三一日、上海の新聞『申報』に「国産映画二〇年来初の蛮地文化大作／全上海の映画ファンよ来たれ新光へ！」という巨大な半面広告が掲載された（左上図参照）。映画『猺山艶史』が翌日から新光大戯院で上映開始となるという事前広告である。類似の広告はその後二カ月にわたり『申報』に掲載されているが、情報量はこの日の広告が最も多い。『猺山艶史』に関する資料はほとんど残っておらず、梗概さえも不明であるため、この広告は本作を知る上で重要な手掛かりとなる。以下、丁寧に分析したい。

『猺山艶史』の広告

左上の円形の図版では、瑶族独自の布で髪を包んだ女性が笑顔で水浴びしており、右上の図版では、槍を担ぐ一群の人々のシルエットを背景に、中山服を着て短い髪を七三にきれいに分けた男性と、瑶族の民族衣装を着た女性とが向きあっている。この二つの挿絵の間には、「瑶族女性入浴シーン／踊る恋のさや当て／狩猟と婚礼／大スペクタクル」という意味の四行が太字で横書きされ、その脇の囲み記事では縦書きで「あらすじ……大同を鼓吹し開化を提唱／瑶族の美談に取材して織り成されるラブストーリー／雲も霧もすべて撮影してカメラに収める／特製瑶族音楽の録音もまた一興」と紹介されている。

二つの図版と文字情報からは、次のような映画作品が想像できるだろう――国民党の青年官僚が、多民族国家である中華民国大同の理想を宣伝し、近代化を伝道しようとして山岳地帯に住む少数民族瑶族の中に入っていくと、川の中で裸になって水浴びする若い女性に驚かされ、民族舞踊の間に生じる恋の争いに巻き込まれ、狩猟や婚礼に参加する。このような体験を恋物語として製作するに当たっては、瑶族の住む大自然をカメラで捉え、瑶族の民族音楽を配している……。

新聞広告の中央には、峻険な連山のシルエットを背景に〝猺山艶史〟の白抜きでデザイン化された四文字が右上から左下へと並び、その下に「プロデューサー・脚本　黄漪磋／監督　楊小仲、芸聯映画会社瑶族山地探検写実文化大作」とプロデューサーと監督、映画会社の名前が記され、その左脇には「羅慕蘭／許曼麗／游観仁／孔綉雲」四名の主演俳優および瑶族全村民と出演者が縦書きで記されている。

芸聯影業公司は黄漪磋が聯華影業公司から分離して一九三三年に広州で設立した映画会社で、[13]新光大戯院は奥迪安電影公司が一九三〇年に南京路の四大デパート街付近の寧波路に新築した上海でも一流の映画館であった。[14]同館での『猺山艶史』上映が始まる九月一日から五日まで、黄漪磋は『申報』「電影専刊」の頁に「猺山撮影記」を五回にわたり連載し、広西省政府と瑶族の王らの協力を得て、二カ月の現地ロケを行ったようすを語っている。

およそ瑶族山地の風景および舞踏、狩猟、婚礼、音楽のような瑶族の暮らしはできる限り撮影して映画の背景に用いた。ちょうど旧暦の歳末に当たり、瑶族はみな年越しの準備をしており、凍てつく寒さの歳末でもあり、至る所で私たちは故郷が思い出され、女子たちは特に帰心矢の如しであった。(15)

このほか『申報』には、『猺山艶史』に関する紹介が一本、批評が二本、「観衆意見」（読者による投稿か？）が四本掲載された。九月一日掲載の阿龍という署名の紹介文「スローガンを叫ぶことと足を地に着けること」は、農民・労働者を描けというスローガンが流行するだけで、写実的作品がまだ現れていない中で、瑶族をロケにより写実主義的に描いた本作の実験性を高く評価している。

大衆化のこの年にあって、映画界全体の雰囲気が変化したという。プチブル階層の恋愛圏内から、「素速く抜け出し」突然にも農民労働者階級の生活の中に踊り込むと、ここではいわゆる被抑圧者の叫びと被抑圧者を抑圧する者の残忍な顔がある。紳士のシルクハットを引き裂き、労働者の太腿を露わにしている。しかしどの映画の中心的構成も、すべて浮き桟橋の土台の上に建てられ、そのようすは以前の妖怪チャンバラ映画の付和雷同式の勢力と同じで、大げさな路線の上を歩いているのだ。正直言って、私たちがスクリーンで見る中国の農民労働者の生活は、現在の中国の農民労働者の本当の現実生活なのか？〔中略〕私は農民労働者生活の映画が不要と言っているのではなく、本当に言いたいことは私たちには実際の仕事が余りに不足しており、誰か本当に農村に行き冷静に彼らの実生活を観察した者がいるのかということであり〔中略〕この映画『猺山艶史』は一尺一寸のフィルムも、すべて実際に広西省の瑶族山地に出かけて撮影したもので、費やしたお金と時間は、驚くべき数字であるという。このような仕事は中国で、あるいは最初に現れた奇蹟であると思う。(16)

また九月二日掲載の評論家凌鶴による「映画評論／『猺山艶史』を評す」は、自然を描くカメラワークを高く評価する一方で、娯楽性商業性もやむを得ざるものと認めている。

私たちは映画が自然界の動きに対し特殊な力を持っているのを理解している。すべての自然界の景物は、「映画の目」の透視を通じて、私たちの目の前に絵画的効果を生じるのである。〔中略〕このため、私たちは『猺山艶史』の製作者がこうしたことに注目しており、それは当然のことながら良い現象であるという前提に立つのだ。しかし〔中略〕私たちは承知している――映画というものは現実社会においてはどうにも企業的経営から逃れようがなく、映画を観衆教育の利器とすることは、最終的に企業家が願うことではない。(17)

これに対し「観衆意見」は、険阻な山中で革靴を履いたままなのはおかしい、「字幕は「瑶族の民は苦労に耐え努力している」と述べているが、荒れはてた田畑と一面の野原にはひとりの瑶族として耕作するものはいないのはなぜか？」[18]「映画の中で黄朱両「同志」が瑶族の山に行く時に着ているのは例の中山服で、帰って来る時にも同じ中山服であり、この半年の間、季候に変化なく彼らは服を着換えなかったというのだろうか。」[19]など細かい矛盾の指摘が多い。彼らは理屈好きの左翼映画ファンなのであろうか。その中で比較的目配りよく賛否両論を展開している「湧森」署名の「『猺山艶史』に対する私の批評」を引用したい。

『猺山艶史』が描く異民族の風俗生活と辺境地方の風景は、私たち内地の人間を不思議な事柄への理解に導き、さらに観衆に探検への興味を抱かせ、辺境の発展と半開化の民族の開化に対し注意を喚起する、という点は立派なものである。しかし演出面ではなおも議論の余地があると思うのだ。㈠映画全篇で瑶族の起居飲食について私たちに対し、スクリーンでそれなりの説明をしてはいない。㈡黄朱両人は、道中で道筋を尋ねるが、三江墟で、老人が二人に朱孔両人が被害に遭ったようすを語るが、ここでいくつかの画面を挿入すると素晴らしかったろう。㈢瑶族開化の活動は、演技不足である。㈣黄雲煥が蕙瑶という娘の手紙を受け取る時、この手紙を届けたのはどこの人なのか？　それと言うのも瑶族山地にはこのような服を着た瑶族はおらず、それは蕙瑶が使いに出した者なのか？[20]

「湧森」という評者は、さらに許曼麗ら俳優陣の好演を称讃している。

また『申報』九月六日号には「南京中央党機関は『猺山艶史』の製作を、瑶族開化活動を激励するものであり、孫文総理提唱の民族大同の主旨に符合するという理由で、特に同作製作者芸聯影業《えいが》会社に書簡を送り、褒賞を与えたという。」という国民党政権による授賞の記事も掲載されている。[21]

劉吶鷗は『猺山艶史』の製作会社である芸聯影業公司に投資し、本作の現地ロケに同行したという説もある。[22]そのような縁もあってか、彼は本作上映開始直後に「吶鷗」の署名で『電影時報』に三本の評論を書いている。九月一日掲載の「異国情調はほぼロマン主義の副産物と言える〔中略〕交通の未発達と地理的知識の欠乏のため、近東および東方諸国は西洋人の頭の中で詩・夢・美の神秘的憧憬の対象となった〔中略〕しかし時代は変化し、自然主義およびその他の諸派を経て、私たちはついに現代において自らを発見したのである。〔中略〕西洋が東方人の異国情調とはなり得ないことはまさに現在の東方が単に西洋の異国情調ではないことと同様である〔中略〕こうして人類のロマンティックな想像の触手は未開発の国へと伸びた〔中略〕現在では機械文明と潤いのない生活のため、この方面の心の糧への要求は以前の人と比べてさらに激しくさらに尖鋭化している」と「異国情調」の歴史的文脈をたどった上で、画家のゴーギャンの例を挙げた後、「この方面を反映するものは、芸術では映画において最も多く見られる」として彼は『類猿人ターザン』『密林の王者』『モロッコ』などのハリウッド映画も例に挙げている。そして「私たちの最初の異国情調の作品『猺山艶史』も前述の私たちの欲求により完成されたのである。モダンな現代人にして常に不思議な寂寞を抱いている人は、ご遠慮なく、この美味を味わいにお出かけいただきたい。」と、上海のモダン読者を『猺山艶史』へと誘うのである。[23]

同じく劉による評論で九月二日掲載の「『猺山艶史』の体裁」は、本作が伝統的な「叙述的」映画ではあるものの、「直伝」型叙述方法を生み出したため、「機械文明」と対極にある自然への愛を呼び起こす、と述べている。短文なので、全文を引用したい。

内容と精神の芸術形式化にはおおよそ二つの方法がある。一つは「叙述的」であり、もう一つは「描写的」である。劇映画の創成時代が連続劇に至ると、その後の諸作品には叙述的なものが多くなった。描写的なものはドイツの写実主義作品出現以後のことである。叙述的なものは縦に属し、多くは統一完成された手法で人々を感動させるのであり、演繹的であり、外心的方法である。描写的なものは横に属し、これは帰納的、求心的方法であり、もしも完熟した芸術技巧がなければ、しばしば散漫な材料の陳列となってしまい、芸術品たりえない。

『猺山艶史』の体裁も叙述的である。聡明な製作者が簡潔にして力強い方法を創出して直伝式に観衆を感動させることは敬服に値する。少なくとももっぱら過重な内容と衒学的な素材を羅列して人を惑わせる作品が流行する時代にあっては、この『猺山艶史』の出現は、警鐘のようなものである。私たちはこれを見た後には、その天然の愛すべきところを感じるばかりであり、些かも焦慮苦悩の感情も生じず、ほかの国産映画を見た時のようなどうにもならない落ち着きのなさを覚えることもない。この一点だけでも、『猺山艶史』はすでに称讃に値するのだ。(24)

『申報』掲載の『猺山艶史』に対する「観衆意見」が「叙述」不足を批判しているのに対し、劉吶鷗は本作の意義は自然美の「描写」にあると主張しているのだ。これは『申報』掲載の阿龍と凌鶴の評論と共通する指摘である。

『電影時報』九月五日号掲載の劉吶鷗の映評「「映画演技」から許曼麗までを語る——」は「伝統派写実的演技」が『カリガリ博士』などドイツ表現主義とソビエト・ロシアのモンタージュ理論により打破されてきた歴史を回顧し、『猺山艶史』の主演女優の演技を「私たちは彼女の肢体の動きに、アドルフ・ズーカー〔アメリカの映画会社パラマウントの創設者、一八七三〜一九七六〕が当初メアリー・ピックフォード〔アメリカの女優、一八九二〜一九七九〕を発見した時の、非理知的非技巧的な自然にして生き生きした曲線の投影を味わうべきであり、彼女の生活を遊戯化し、遊戯を生活化する美芸の表情の発露を見るべきである。」と賛美するものであった。(25)

このように『猺山艶史』は映画批評家の高い評価は得たものの、映画ファンの投書は賛否両論であったのだが、興行成績はどうであったろうか。当時の上海では、新作映画は封切上映館で一週間上映された後、順次、二番館、三番館の映画館で公開されていた。『申報』掲載の一九三三年九月から一一月まで三カ月間の広告に基づき、上映館上映期間一覧表を作ると、合計一二館四六日間上映されたことが分かるのである。

九月一日〜七日　新光大戯院　七日間
九月二〇日〜二五日　上海大戯院　六日間
九月二一日〜二五日　中央大戯院　五日間
九月二七日〜三〇日　明星大戯院　四日間
一〇月二五日〜二八日　東南大戯院　四日間
一〇月二九日〜三一日　山西大戯院　三日間（ただし『申報』一〇月三一日広告は未確認）
一一月一日〜四日　東海戯院　三日間
一一月五日〜七日　九星大戯院　三日間
一一月九日〜一一日　天堂大戯院　三日間
一一月一六日〜一八日　栄金大戯院　三日間
一一月一九日〜二一日　蓬莱大戯院　三日間
一一月二四日〜二五日　恩派亜大戯院　二日間

一二の映画館で繰り返し上映されていた点から、『猺山艶史』はそれなりに好評を博していたといえよう。それでは映画『春蚕』は上海の観衆からどのように迎えられたのであろうか。

（四）『春蚕』の製作とその評価および上海における上映状況

程季華主編の『中国電影発展史』は映画『春蚕』の内容について、次のように紹介している。

夏衍は『狂流』を創作した後、再び蔡叔声の変名で、茅盾の『春蚕』を映画シナリオに改編し、やはり程歩高監督で、王士珍撮影とした。

「春蚕」は茅盾が一九三二年から三三年の間に創作したもので、これと「秋収（秋收）」「残冬（晩冬）」とは三つの相互に関係するが、また相互に独立した短篇小説である。これらの短篇で、茅盾は深刻な写実主義の筆致で、一九三〇年代旧中国農民の貧困と農村破産の悲惨な絵をスケッチしている。「春蚕」の改編と映画化は、中国現代文学作品をスクリーンに移す最初の試みであり、（中略）映画『春蚕』は原作と同様、通宝じいさん一家の蚕を育てるために奮闘し、あがき、ついには失敗する経過を通して、この時代の真実を再現し、当時の中国農民が帝国主義、封建的地主、買弁、官僚そして高利貸しの多重の圧迫と重ね重ねの搾取の下で、一歩一歩と破産状況へと陥るようすを再現している。[26]

『申報』には上映二日前に事前広告が掲載された。『猺山艶史』の上映前日広告と比べて面積は半分で、図版もないやや地味な広告であったが、「中国の一流大文豪と大芸術家の合作による最高傑作」「「一九三三年の代表作」などにあらず、世界映画界の永久の奇蹟」と自信満々の謳い文句である。上映開始当日一〇月八日の『申報』には紙面の三分の二を占める大広告が掲載されたものの（左上図参照）、小さな図版が二点（通宝じいさん役の蕭英およびその二男役鄭小秋と彼の仲良しの娘役高倩蘋）配されているだけで、「◎農村経済破産のスケッチ／◎社会組織動揺の縮図／◎外国製品氾濫を暴露／◎地産衰退の病根を暗示」と全面的にプロレタリア映画の視点から内容紹介がなされている。(27)

そして監督の程歩高も『春蚕』上映時に、『申報』にエッセーを寄せて、自らのプチブル的価値観が上海事変により呼び覚まされた体験を、次のように述べている。

『春蚕』の広告

果たして「一九一八〔満州事変〕」後の「一二八〔第一次上海事変〕」の大砲爆弾の轟音が私たちを呼び覚ました。その日、私はニュース映画を撮るために、江湾や閘北を走り回っていた〔江湾・閘北は上海東北部の区名〕。耳に響くのは日本帝国主義の砲声で、目に写るのは残酷な虐殺だった。

　このため、私の疲労し頽廃した人生は大いなる刺激を受けた。かくして私には新たな感覚が生まれ、固い信念が生まれた。私は帝国主義の残酷を憎悪し、貧しい同胞たちに絶大なる同情を抱くに至ったのだ。(28)（引用文中の〔　〕は筆者の訳注。以下同）

このほか『申報』には、『春蚕』に関する紹介が二本、批評が三本、「観衆意見」が四本掲載された。「観衆意見」はいずれも「内容の真実さおよび表現の的確さ」という本作の長所を積極的に評価すべきだというものである。一〇月一四日掲載の「洛濤」署名「「春蚕」を見たあとで」の一部を紹介したい。なお先に引用した九月一〇日掲載の「「猺山艶史」に対する私の意見」も洛濤の作である。


　中国の映画はいつも例の低劣な封建意識の趣味の内に停滞して、進歩を求めようとはしないので、映画を現実へと引っ張って行き、現実的題材で描写し、批判することこそ、我らが映画産業の出路なのである。

『春蚕』の物語は、本来中国農民没落の一断片であった。それは帝国主義経済の侵入が中国の民族工業あるいは農業を破産に導くことを描き、中国の封建的勢力の攻撃力がいかに帝国主義と結託して農民に向かい攻めて行くかを描き、農民の原始的反抗を描いている。個人的動きから集団行動へと至るまでは見えないが、この映画はすでに暴露的作用を十分に果たしている。(29)（一九三三年一〇月一四日『申報』、洛濤「観衆意見、『春蚕』を見たあとで」）

このように『春蚕』は『申報』紙上では、映画批評家よりも映画ファンの投書で高い評価を得ており、程季華も「映画『春蚕』上映後は、文化界で広範な議論を呼び起こしており、これが成功した有意義な試みであり、一九三三年中国映画界の重要な収穫であったと考えられる。[30]」と述べているのだが、興行成績はどうであったろうか。『申報』掲載の一〇月と一一月二カ月間の広告に基づき、上映館上映期間一覧表を作ると、合計七館二五日間上映されている。

本作はまず一〇月八日（日）から一二日（木）まで新光大戯院で公開された。後述する劉吶鷗の映評によれば、「『春蚕』の封切り初日（日曜日）の夜の部は危うく三〇〇席が売れ残るところだった」という[31]。前述のとおり、当時の上海では新作映画は最初に一流の映画館で一週間上映されるのが原則であったが、『春蚕』はわずか五日で打ち切られている。最終日の『申報』広告（六・七センチ×一八・七センチ）は初日広告（二〇センチ×二七センチ）の四分の一弱の面積にすぎないとは言え、プロレタリア映画的な内容紹介が一切消えている点は興味深い。おそらく左翼言説による大宣伝をしたものの、教条的な内容のため観客が集まらず、二日も繰り上げて打ち切ってしまったのであろう。

その後は中央大戯院が『申報』一〇月二一日に「明天……本院上海第二家開映」という事前広告を出し、「本作は新光大戯院にて連続七日上映し毎日満席」と虚勢を張ったものの四日で打ち切られ、同劇場は『申報』一〇月二六日に別の作品「全国運動大会」の「本日独占上映」という広告を出している。一一月一日からの明星大戯院上映の際にも四日で打ち切られ、その後は三番館で三日間ずつ四回上映されただけであり、上映館数も上映日数も『猺山艶史』の六割以下という不振ぶりであった。『春蚕』の興行成績は『猺山艶史』に遠く及ばなかったといえよう。

一〇月八日〜一二日　新光大戯院　五日間
一〇月二二日〜二五日　中央大戯院　四日間
一一月一日〜四日　明星大戯院　四日間
一一月五日〜七日　光華大戯院　三日間
一一月九日〜一一日　東南大戯院　三日間
一一月一三日〜一五日　新中央大戯院　三日間
一一月一六日〜一八日　東海大戯院　三日間

（五）魯迅 vs. 劉吶鷗の「猺山・春蚕論争」

九月から一一月にかけて『猺山艶史』と『春蚕』という一九三三年の話題作二本が上海で上映されて文化界の注目を集める中、魯迅は『申報』九月一一日の『自由談』の頁にエッセー「映画の教訓」を発表して、次のように述べている。

私が上海で映画を観る頃になると、とっくに「下等華人」となっており、二階席を見上げれば白人と金持ちが腰掛け、階下には中等と下等の「中華の末裔」が並んでおり、スクリーンには白い兵士の戦争や、白い旦那の大儲け、白い令嬢の結婚、白い英雄の探検が現れ、観客を感服させ、羨望恐怖させ、自分にはできぬことと観念させるのだ。だが白い英雄のアフリカ探検に際しては、常に黒い忠僕が出てきて先導し、労役し、命懸けの働きをして、身代わりに死に、ご主人様を無事帰国させる。彼が第二次探険を準備する時になると、忠僕は今回は得られず、そこで再び死者を思い出し、悲しげな顔色を浮かべると、スクリーンには彼の記憶の中の黒い顔が現れる。観客〔初出ママ〕も大体はほの明るい中で悲しげな顔色となる――彼らは感動させられているのだ。

幸い国産映画も頑張りだして、ヒョッと高壁に舞い上がり、ヒュヒュッと手裏剣を飛ばしたが、これも一九路軍〔上海事変で日本軍と頑強に戦った中国軍〕と共に上海から退場し、今ではツルゲーネフの『春の水』〔中国語版題『春潮』〕と矛盾〔初出ママ〕の『春蚕』の上映準備中である。もちろんこれは進歩である。ところがこの時懸命に宣伝する『瑶山艶史』が先にやってきた。この映画は「瑶族の開化」が主題であるが要点は「王女の婿となる」ことが『四郎探母』や『双陽公主、狄《てき》を追う』の脚本を思い出させることである。中国の精神文明は全世界を主宰するといった卓説は、近来あまり聞かれなくなったが、開化しようと思えば、当然ながら退いて苗族や瑶族の類の中に入って行くしかなく、こういう大事業を成し遂げようとするなら、まず「婚姻を結ば」ねばならず、黄帝の子孫も、黒人と同じく、ユーラシア大国の王女と婚姻を結べないので、精神文明も伝播しようがない。(32)

引用文で「観客」「矛盾」の二語に「初出ママ」という訳注を付したのは、このエッセーが『准風月談』（上海・興中書局、一九三四年）に収録される際に「観客」は「黄色い顔の観客」に、「矛盾」は「茅盾」へとそれぞれ変更されているからである。「矛盾」から「茅盾」へという変更は、印刷ミスの訂正にすぎないが、「観客」から「黄色い顔の観客」へという変更は、ハリウッド映画の欧米人中心の人種観やそれを映画を通じて受容する上海の観客たちに対する諷刺であろう。

前述のとおり『猺山艶史』の詳細なあらすじは不明だが、先に引用した『申報』九月一〇日洛濤「『猺山艶史』に対する私の意見」が映画の中で黄朱両「同志」が「瑶族の山に行く時に着ているのは例の中山服で、帰って来る時にも同じ中山服であり」と書いているところから推定するに、国民党の役人は最終的に瑶族の山から降りており、瑶王の駙馬となるのは瑶族の青年であると思われる。

魯迅は自ら例示した『四郎探母』などの主役である宋の武将が異民族の遼などの捕虜となり遼の公主と結婚することから、『猺山艶史』も同様の作品と想像したのではあるまいか。九月一日から一一日までの魯迅日記を見ると、九日に「寄黎烈文信幷稿両篇」との記載があり、『申報』『自由談』編集者の黎烈文に送った二篇の内の一篇が「電影的教訓」であったと推定されるが、一日から一週間の内に魯迅が映画『猺山艶史』を見た形跡は全くない[33]。

そもそも魯迅は映画『春蚕』も見ていない可能性が高い。『申報』九月六日「『春蚕』の試写会」は「九月一日夜、茅盾原作の小説「春蚕」を映画に改編した『春蚕』の試写会が中央大戯院で開かれた。程監督は特に茅盾と新文学作家の田漢、葉霊鳳ら十余名を招いてご高覧いただいた。〔後略〕」と報じているが、魯迅の名前には言及していない[34]。『春蚕』の試写会は他にも行われた可能性もあり得ようが、魯迅日記は本作試写にひと言も触れていないのである[35]。

なぜ魯迅は『猺山艶史』を批判し『春蚕』を推薦するエッセーを『申報』『自由談』に発表したのだろうか。両作は同時期に新しいロケーション方式を採用した写実的映画ということで前評判が高かったものの、前者が五週余り先行して上映され、異国情調で話題を呼んでいた。それに対し後者の原作者は親友の茅盾でもあるので、魯迅は『春蚕』紹介の筆を執ったのだが、そもそも映画『春蚕』自体を見ていないため、同作に続けて上映されるツルゲーネフ小説と同名の『春潮』と抱き合わせで軽く紹介したのであろう。

『春潮』は一九三三年上海・亨生影片公司の製作[36]、蔡楚生編劇、鄭応時監督の映画で原作の電影小説は『新聞報』「芸海」に連載されたもので[37]、一〇月一九日から二六日まで、新光大戯院で上映され、その後も『猺山艶史』を凌ぐほどの人気を博し、興行的にも成功していたようである。『春蚕』の脚本を担当した夏衍は回想録「魯迅与電影」で『春潮』に関し、「実際にはこの映画はツルゲーネフとは関係ない」と魯迅の見解を否定している。夏衍はこの回想録で、魯迅が『春蚕』試写会に参加したかどうかについては、何も語っていない。ちなみに魯迅日記には『春潮』に関する記載はなく、おそらく魯迅は同作も見なかったのであろう。

これに対し、『猺山艶史』こそ見ずとも、魯迅は類似の映画を大量に見ていた。たとえば先に引用した『電影時報』九月一日掲載の「異国情調与猺山艶史」で劉吶鷗が「現在では機械文明と潤いのない生活のため、この方面の心の糧への要求は以前の人と比べてさらに激しくさらに尖鋭化している」結果として、「人類のロマンティックな想像の触手は未開発の国へと伸びた」映画の例として挙げた『人猿泰山』（類猿人ターザン（一九三二）Tarzan the Ape Man）、『万獣之王』（King of the Jungle、密林の王者、一九三三年、アメリカ、配給パラマウント支社、バスター・クラブ主演）、『摩洛哥』（MOROCCO、モロッコ、一九三〇年、アメリカ、ジョセフ・フォン・スタンバーグ監督）は、魯迅が戦間期上海で見た大量のアメリカ映画の内の三作である。[38] 晩年一〇年間の上海暮らしの間、魯迅は同時代中国映画を無視し、もっぱら外国映画、特にハリウッド映画を好み、上海時代に一二四作ものアメリカ映画を観ている。日頃は質素な暮らしぶりの魯迅が、仕事の合間を縫ってハイヤーで映画館めざしてひとっ走りするようすを、愛人の許広平は「来客もなく、仕事も比較的急ぎでない時、突撃するかのように、車を一台呼ぶと、私たちは素速く映画館に滑り込み席に着いた」と描いている。しかも「いつも映画を見るには二階の〝二等席〟に上がったのであった――「幾度もの非難のため、群衆の中にいる時に常に知り合いや見知らぬ者、好意的あるいは悪意の耐え難い観察を受けることを恐れたからである」ためではあるのだが。[39] ちなみに封切上映館の新光大戯院の入場料は五角、七角、一元の三種で、もしも魯迅が『猺山艶史』や『春蚕』を見たとしたら、倍の料金を払って階上の上等席に座り、階下の「中等と下等の「中華の末裔」」たちを見おろしていたことだろう。また二番館上海大戯院の料金は三角、五角、八角、三番館の料金は二角、三角、四角であった(40)。

魯迅は愛弟子の蕭紅（シアオ・ホン、しょうこう、一九一一～四二）にも映画鑑賞を勧めていたと、彼女は次のように回想している。

魯迅先生が見に行くように人に勧めた映画には、「チェパーエフ〔赤色親衛隊〕」「ドゥブロフスキー〔プーシキン原作〕」……の他「類猿人ターザン」……あるいはアフリカの怪獣ものなどの映画があり、いつも人に勧めていた。魯迅先生は「映画は別におもしろくもないが、鳥獣類を見ていると動物に関する知識が増やせるものだ」と言っていた(41)。

魯迅は特にターザン映画がお気に入りで、サイレント映画のデンプシー・タブラー主演『泰山之子(42)』からトーキー映画のバスター・クラブ主演『泰山之王(43)』までを鑑賞し続け、一九三四年製作後まもなく上海でも封切りになったワイズミュラー主演『泰山情侶(44)』などは家族や内山完造夫妻らを誘って何と三回も足を運んでいる。そしてヴァン・ダイク監督、ワイズミュラー主演第一作の『類猿人ターザン』に限っては、同監督がアフリカ・ロケをして製作した『Trader Horn　トレイダ・ホーン』という猛獣映画の未使用フィルムを利用し副産物として製作したもので、「動物に関する知識が増やせ」る映画であったかもしれない。しかし『ターザンの復讐』などはハリウッドのセットで撮られているので、「動物に関する知識云々」に関しては割り引いて考えるべきだろう。

魯迅が「映画の教訓」で「スクリーンには白い兵士の戦争や、白い旦那の大儲け、白い令嬢の結婚、白い英雄の探検が現れ、観客を感服させ、羨望恐怖させ、自分にはできぬことと観念させるのだ……」と述べる言葉は、彼が日頃「階上」の「一等席」で見馴れたターザンものなどハリウッド映画の印象を要約したものであろう。意外と魯迅はターザンとその恋人ジェーンの「白色英雄」と「白色小姐」とのロマンスに惹かれていたのかもしれない。

確かに「大同を鼓吹し開化を提唱」する『猺山艶史』は、少数民族を蔑視する大漢族主義を漂わせているが、山の自然と瑶族の風俗を実写した点を魯迅は評価すべきではなかったか——少なくとも魯迅が「鳥獣類を見ていると動物に関する知識が増やせるものだ」と評価していたハリウッド映画と比べて、『猺山艶史』はセット撮影ではなくロケーションによる実写であった分、瑶族文化とその居住区の自然に関するさらに豊富な視覚的知識を魯迅に与えることができたことであろう。そして「機械文明と潤いのない生活のため」に異国情調により「ロマンティックな想像」を与え得るという点では、『猺山艶史』はターザン映画と比べて劣悪だったのだろうか。もっともこのような問い掛け自体が意味がないのだ。なぜなら魯迅は『猺山艶史』を見ることなく、批判していたのであるから。

それでは劉吶鷗は『春蚕』をどのように評価したのか。劉の批評「『春蚕』を評す」は『矛盾』第二巻第三期（一九三三年一一月一日出版）に掲載された。この号は「映画「春蚕」の批評」という小特集が組まれ、劉のほかに黄嘉謨が「「春蚕」の検討」、趙家璧が「小説と映画」を書いている。一九八八年中国で刊行された文芸誌目録の「『矛盾』」の項目の解説によれば、同誌は国民党系の雑誌であった[45]。

さて劉吶鷗の映評は「なんと言おうとも、映画『春蚕』は失敗した作品である。」という否定的評価から始まる。

なお劉吶鷗は台湾語を母語とし、初等教育から高等教育までを日本語で受けており、英語・フランス語の読解能力も高かったが、中国語による文章表現力は高くはなかった。小説の場合その中国語らしからぬ文章が新感覚派文体として上海文壇に大きな影響を与えているが、映画批評の場合は難読である。本稿ではこの上海新感覚派文体風の難解な中国語を直訳すべく心がけた。

芸術面での製作方針の不鮮明さも、本作失敗の原因の一つである。作品が選定されたとしても、責任者はややはりやや Savoir Fairo〔社交などでの臨機応変の才〕の者にそれをもう一度改編してもらうべきであり、削るべきものは削り、視覚化すべきものは視覚化し、少なくとも、文字記号の文学を具体的行動を以て単語的感覚とする劇映画へと飛躍させて初めて着手できるのだ。

『春蚕』はドキュメンタリーだと言う人もいるようだ。しかしフィルムの中で蚕の成長あるいは養蚕の記録は、私たちがスクリーンから見えるものは極めて少なく、全篇一貫した Realism でもなく、教育映画にもなり得ていない。また、『春蚕』は農村経済破産を暴き出した作品だとのことだが、これはもちろん良き暴露 Photo Play〔劇映画のことか?〕ではあるが、しかしここには実にあるべき「劇」の形成が存在しないのだ。材料は散漫に放置されて、劇的興味と構造は全く存在しない。値段が生産費にも売れないということは昔からよくあることで、これをクライマックスとするには力が非常に薄弱である。文学作品では心理描写によりそれを強調できるかも知れないが、しかし映画においては、この非視覚的な状況は極めて意味がない。つまり、映画『春蚕』では、私たちはその興味の中心点を探し出すことができない――蚕も問題にせず、人も問題にせず、まるで売買が原価割れするというこの「珍しくもない」ことにのみあるかのようだ。

人物関係は樹立されておらず、登場人物紹介も省略された。このようでは、観衆の視覚は全く混乱してしまう。『黄金の山』〔ユトケヴィチ監督の一九三一年製作のソビエト無声映画で、九五分の長尺だった。〕が長すぎる持続時間により観衆の注意集中力を強姦しているとすれば、この映画『春蚕』は認識されていない映像の跳梁により観衆の思考経路を騒然とさせ、内容は完全に人が嚥下できないものだと言えよう。映画の特質は疑いようもなくカメラの位置と撮影角度の自由さに依存して観衆に経済的認識と理解を与えることであるが、『春蚕』においてはカメラが活発になればなるほど、観衆の頭は混乱するのである。

悪い印象、映画感覚の欠如、ゼロに等しい効果、これが映画『春蚕』なのである。(46)

原作小説の映画脚本化に失敗し、養蚕記録映画にもなり得ず、農村経済の破綻を描くにしてもあるべきクライマックスの不在、赤字決算という日常的事件をクライマックスとすることの弱さ、登場人物の相互関係の紹介省略のため観衆の理解に混乱を来すこと、などを逐一指摘している。劉吶鷗はプロの映画人として、正面から『春蚕』を批判したのであり、魯迅の手抜き批評とは対照的であるといえよう。

三澤氏は「猺山・春蚕論争」以後の劉吶鷗と左派映画界との対立関係を、次のように整理している。劉吶鷗は「当時の中国にはまだ知られていなかった古い権威に反抗するアバンギャルド映画の革新的な表現技術を紹介しつつ、その表現技術をアバンギャルド作家が否定した「物語性」に再び結びつけるような映画を目指し」、「映画の形式面への注意を促しつつ芸術作品においては「いかに描くか」が「なにを描くか」より時には重要であると主張し」た。ところが現代中国の研究者李今によれば『矛盾』『春蚕』小特集掲載の劉吶鷗と黄嘉謨の批評が映画の思想性に対する左派との対立を明確に示すものになり、右派による左翼映画への弾圧事件が続くなか、一九三三年一二月一日出版の『現代電影』に黄嘉謨が「硬性映画と軟性映画」を発表し、思想性、宣伝性を重視する映画を「硬性映画」として批判、映画は柔らかいフィルムでできた「軟性的」なものであり、「目で食べるアイスクリーム、心で座るソファー」と形容して映画の娯楽性を強調したのに対し「左翼映画人は「映画の芸術的価値は社会的価値と同一であり、その価値は表現された思想にある」と主張」した。この「硬軟映画論争」に際し劉吶鷗は沈黙を守ったにもかかわらず、「劉吶鷗の映画理論に現場製作者を引き付ける要素があるのを察知したからこそ、現場製作者が左翼映画評論家から離れていくのを阻止するためにも、劉吶鷗の理論に対して――彼が沈黙しつづけたにもかかわらず――総力をあげて攻撃をかけた。〔中略〕劉吶鷗はその映画理論において、一貫して映画の思想偏重ないし映画の政治化ともいうべき傾向と距離をおこうとしていたが、一九三〇年代前半の上海における中国映画をめぐるポリティクスのなかでは、そうした「非─政治的」な態度そのものが、左翼映画人にとって批判すべき「政治的選択」であった」[47]。

こうして劉吶鷗は、すでに引用した三澤氏の言葉の通りに、「純粋芸術の地」「自由な映画製作」の夢を求めて国民党へ、そして日本占領軍へと協力するものの、その夢は次々と裏切られたのである。

三澤氏は南京の国民党映画スタジオ中央電影撮影場で劉吶鷗の部下であったと称する黄鋼なる人物が、劉の死後五カ月の一九四一年二月七日に香港『大公報』に掲載したという回想記を紹介しており、その中で黄鋼は劉吶鷗の魯迅批判の言葉を記しているというのだ。「魯迅や靳以〔チンイー、じんい、一九〇九〜五九、中国の作家、ジャーナリスト。三三年から巴金らと文芸誌を共編〕も巴金〔パーチン、はきん又はぱきん、一九〇四〜二〇〇五、魯迅らと共に現代中国を代表する作家、アナーキズムの影響を受けた〕も、彼〔劉吶鷗〕によれば彼らはみな「いやしい」と評価される。なぜなら、これらの人の芸術事業はみな政治に汚染されているからだという[48]」。

もっともこの回想記の語り手「私」は、一九三九年秋に北方の戦場の遊撃隊に加わっており、その十数カ月前には重慶にいたという。そして「一九四〇年の九月六日〔すなわち劉吶鷗暗殺の三日後〕、私は延安で劉吶鷗死去のニュースを見た」。「私」は「九月六日」を「今日」と称して、この回想記を書き、「彼が生前に享楽に向かって行ったのは、私たちが今この時、人々のための義務に向かって行くのと同様に意志強く、同様に喜び勇んでいた。〔完〕」と回想記を終えている[49]。

日中戦争開戦後に、淪陥区から延安に流入した知識人の数は数千と言われ、その中に回想録作者の黄鋼のように、南京から重慶を経て延安に行った青年も少なくはなかっただろう。だがはたして黄鋼のように回想録を香港の新聞に九日間も連載する青年がいただろうか。延安で〝整風〟という名の粛清、赤色テロが行われるのは一九四二年四月からではあるが、はたして〝漢奸（中国民族の裏切り者）〟と称された劉吶鷗を、部分的ではあれ肯定する回想録を書くような左翼青年がいたであろうか。この黄鋼という人物については伝記的事実は何も分かっていないため、黄鋼による劉吶鷗回想の取り扱いには注意が必要であろう。

それはともかく、魯迅が映画を見ることなく批判や賛美を書いたことに対し、劉吶鷗が不快感を抱いた可能性は大きいだろう。いっぽうで、魯迅は劉吶鷗による『猺山艶史』論や『春蚕』批判を読んだのであろうか。『魯迅日記』には劉吶鷗批評の掲載誌『現代電影』も『矛盾』も登場しないため、魯迅が劉吶鷗の文章を目にした可能性は低い。それでも噂を耳にすることは、あり得たであろう。

そのばあい魯迅は、劉吶鷗の『猺山艶史』評価と『春蚕』批判とが自らの『春蚕』賛美と『猺山艶史』批判に対する高質な間接的反論たり得ることを理解したことであろう。その後の魯迅は二度と「猺山・春蚕論争」を蒸し返すことはなく、それはたとえば創造社の葉霊鳳に対する執拗にして致命的な反撃と比べると、天地の差があるといえよう。一九二八年の革命文学論戦の際に、創造社の葉霊鳳が戯画を描くなどして魯迅を侮辱したことに対し、魯迅は「惜しいことに一部の「芸術家」は、まずは「琵亜詞侶《ビアズリー》」を鵜呑みにし、蕗谷虹児の丸写しをした後、今年には突然変異して「革命芸術家」となり、またもや手当たり次第にその中の幾人かの作家を切り裂いた。」、「新しいチンピラ画家として葉霊鳳氏が現れたが、葉氏の絵はイギリスの畢亜茲莱《ビアズリー》（Aubrey Beardsley）から剝ぎ取って来たものであり」、などと厳しく批判し、痛烈な皮肉を浴びせているのである。(50) 魯迅の「猺山・春蚕論争」以後の沈黙とは、映画人としての劉吶鷗に対する魯迅による敬意の表明ではなかったろうか。

魯迅と劉吶鷗という二人の文化人は、伝統から現代への転換期の苦悩、日中二国間の文化交流と戦争、文学と映画・美術という多分野に跨る活動など、多くの文明史的課題を共有しながら、戦間期上海において背中合わせで活躍していた。二人が直接相見えることはなかったが、「猺山・春蚕論争」こそは唯一の対話の機会であったといえよう。

ところで三澤氏は、次のような興味深い噂を注記してもいる。

黄天始『忘れられたある中国映画史（一九三七〜一九四五）未発表手稿』（執筆年不詳、李道明氏ご提供による）では、一九三四年に北四川路のある茶館で劉吶鷗が魯迅に一〇〇元の小切手を渡した逸話を、黄天始の弟でその茶館にいた黄天佐が見聞きした話として紹介し、劉吶鷗が作家の友人たちに対して「通財之義」があったことを述べている［同前：一六］。これが事実とすれば、劉吶鷗は自分に好意的でない魯迅に対して経済的な援助を行ったことになる。(51)

魯迅日記によると、魯迅は水沫書店から一九三〇年一月二五日から三一年七月一三日まで総額六二八元九角の印税を受領している。[52]だが魯迅の日記によれば、五回とも柔石が代理で受領するか、馮雪峰が魯迅宅まで届けるか、小切手（おそらく郵送による）などの方法で受け取っており、劉吶鷗から直接受け取ったという記載はない。施蟄存が三二年五月に創刊した文芸誌『現代』の定価が三角、上海四大デパートの雄、永安公司の男性事務職員の月収がせいぜい五〇元の時代で、総額六百余元という印税、あるいは一〇〇元の小切手は少額とは言えない。だが魯迅の年収は一九二九年と三〇年には一万五〇〇〇元を超えており、一九三四年、三五年にも五六〇〇元を超えている。三、四年前には魯迅は一〇〇元前後の印税を使いの者に代理受領させたり届けさせたりしており、三四年にわざわざ自ら劉吶鷗から受け取るとしたら、なんらかの特別な用件があったことだろう。だが日記に何も記載が無いところを見ると、魯迅が劉吶鷗から「通財之義」を受けたというのは根拠のない噂と考えるべきだろう。むしろこのような噂が通用するほどに、魯迅と劉吶鷗とが戦間期上海を代表する文化人として直接交際すべきだ、と劉吶鷗周囲の人々は期待していたのではあるまいか。

【注】

（1）魯迅の伝記に関しては拙著『魯迅事典』（三省堂、二〇〇二年）および『魯迅――東アジアを生きる文学』（岩波新書、岩波書店、二〇一一年）を参照。

（2）劉吶鷗の伝記に関しては、許秦蓁『摩登・上海・新感覚：劉吶鷗（一九〇五～一九四〇）』（台北・秀威資訊科技、二〇〇八年）と三澤真美恵『「帝国」と「祖国」のはざま』（岩波書店、二〇一〇年）を参照した。三澤著からの引用は一七六頁。

（3）参照拙稿「台湾人「新感覚派」作家劉吶鷗における一九二七年の政治と〝性事〟――日本短篇小説集『色情文化』の中国語訳をめぐって」『二〇〇七年台日国際学術交流国際会議論文集：殖民化与近代化――検視日治時代的台湾』亜東関係協会編、台北・外交部出版、二〇〇七年。許秦蓁訳「台湾新感覚派作家劉吶鷗眼中的一九二七年政治與〝性事〟――論日本短篇小説集『色情文化』的中国語訳」康来新、許秦蓁主編『劉吶鷗全集：増補集』国立台湾文学館、二〇一〇年。

（4）『魯迅全集』第七巻『集外集』北京・人民文学出版社、二〇〇五年、「『奔流』編校後記（二）」一九二八年。

（5）『魯迅大辞典』同編集委員会編、北京・人民文学出版社、二〇〇九年、「朝華社」の項目。

（6）魯迅と蕗谷虹児、谷中安規に関しては拙著『中国文学この百年』（新潮社、一九九一年）所収の「魯迅と蕗谷虹児」「魯迅と『版芸術』誌」の章を参照。魯迅は日本プロレタリア映画運動の理論家、岩崎昶の論文「宣伝・煽動手段としての映画」を翻訳し、一九三〇年三月一日『萌芽月刊』第一巻第三期に発表してもいる。

（7）施蟄存「我們経営三個書店」『北山散文集』上海・華東師範大学出版社、二〇〇一年、三〇七、三〇八頁。

（8）前掲注（7）『北山散文集』三一三頁。

（9）前田利昭「〝中国左翼作家連盟〟像の再構成――施蟄存を中心に」『中央大学経済研究所年報』第二三号（二）、一九九二年、一二四頁。

（10）前掲注（7）『北山散文集』三一五頁。

（11）前掲注（2）『「帝国」と「祖国」のはざま』一三四頁。

（12）前掲注（7）『北山散文集』三一九、三二〇頁。

（13）程季華『中国電影発展史』第一巻、北京・中国電影出版社、一九六三年二月第一版、一九九八年八月北京第四次印刷、二四六頁。
(14) 上海通信社編『上海研究資料続編』上海書店印行、一九八四年一二月第一版、五四七頁。
(15)『申報』一九三三年九月六日黄漪磋「猺山撮影記（五）」。
(16)『申報』一九三三年九月一日阿龍「喊口号与脚踏実地／「猺山艶史」的献詞」。
(17)『申報』一九三三年九月二日凌鶴「影片談評／評「猺山艶史」」。
(18)『申報』一九三三年九月七日趙子明「看了「猺山艶史」以後」。
(19)『申報』一九三三年九月一〇日洛濤「「猺山艶史」的我見」。
(20)『申報』一九三三年九月七日湧森「「猺山艶史」之我評」。その他の「影片談評」一本と「観衆意見」一本の掲載日と署名、題名は以下の通りである。九月一日芳子「「猺山艶史」的幾位主角」。九月七日丁丁「「猺山艶史」之我見」。
(21)『申報』一九三三年九月六日「中央奨励「猺山艶史」」。
(22) 前掲注（2）『摩登・上海・新感覚：劉吶鷗（一九〇五～一九四〇）』七三頁。
(23) 劉吶鷗「異国情調与猺山艶史」、前掲注（3）『劉吶鷗全集：増補集』一九八、一九九頁。
(24) 劉吶鷗「『猺山艶史』的体裁」、前掲注（3）『劉吶鷗全集：増補集』二〇〇頁。この一節に登場する「連続劇・縦に屬し・外心的方法・横に屬し・求心的方法・直伝式」の原語はそれぞれ「連續劇・屬於縱的・外心的方法・屬於横的・求心的方法・直傳地」であり、現在の映画批評・映画研究におけるどのような用語に相当するのかは不明である。この点について日本大学文理学部教授の三澤真美恵氏に伺ったところ、以下のようにご教示くださった。
外国の映画論を渉猟していた劉吶鷗は、さまざまな用語を自分なりに消化して使用していたと思われます。

性が高く、現在流通する映画専門用語のどれに該当するのか、正確にはわかりません。ひとまず、雑駁ながら、これらの用語で具体的にどのような映画やスタイルを指そうとしていたのかを考えてみたいと思います。

「連續劇」は時代的な文脈からも連続活劇（serial）だと思われます。「連続活劇以後」に主流となるスタイルが「敘述的・屬於縱的・演繹的・外心的方法」だとされているので、これはD・W・グリフィスが完成させたと言われる映画の文法を持った古典映画を指すもののように思われます。「統一完成された手法で人々を感動させる」というあたりからも、その点が補強されます。並行モンタージュなどの技法を用い、物語世界内の時間軸に沿った自律的な語りを持ったハリウッド古典映画がイメージされます。

他方、もう一つのスタイル、「描寫的・屬於橫的・歸納的・求心的方法」と表現される映画はやや捉え難いです。手がかりは「ドイツの写実主義作品出現以後」というあたりでしょうか。この時期ドイツのリアリズムといえば、それ以前の表現主義（一九一九年『カリガリ博士』など）への反動として登場した「新即物主義」（A・レンガー＝パッチュやA・ザンダーの写真が有名ですが、映画では一九二五年『喜びなき街』など）が思い浮かびます（ただし、劉吶鷗はドイツ表現主義、とりわけF・W・ムルナウを好んでいたので、「新即物主義」をメルクマールとして持ち出すのはやや奇異に思われます）。仮に「ドイツの写実主義」を「新即物主義」だとすると、それはバウハウスの実験的、前衛的写真に繋がっていくともいわれています。一九三二年に劉吶鷗が発表した比較的まとまった映画論「影片芸術論」には、当時の日本で流行していたヨーロッパやソ連の映画論からの影響が認められます（拙稿「劉吶鷗の「織接＝モンタージュ」――その映画論の特徴と背景」『中国語中国文化』第一四号二一～五八頁）。彼が参照したと思われる文献には、エイゼイシュタインの「アトラクションのモンタージュ」などのほか、話題になっていたドイツやフランスの実験的な作品も紹介されているので、ここで彼が「描寫的・屬於橫的・歸納的・求心的方法」という表現で指し示そうとしているのは、そうした前衛的な映画なのかもしれません。「影片芸術論」でも、ドイツで活躍していたViking Eggeling、Hans Richter、Walter Ruttmannなどを、絶対映画、純粋映画の作家として紹介しています。

また、「外心的」「求心的」という用語に関しては、劉吶鷗が「電影節奏簡論」で映画のリズムについて論じるなかで引用したレオン・ムーナシックの「外的リズム＝モンタージュ」「内的リズム＝ショット内イメージのリズム」という用語ともつながりがありそうです。そう捉えると、「敘述的・屬於縱的・演繹的・外心的方法」は時間軸に沿った語りを重視した古典映画のスタイル、「描寫的・屬於橫的・歸納的・求心的方法」はショット内の要素を重視した前衛映画のスタイルとして理解できるかもしれません。ただ、新即物主義の映画として先に挙げた『喜びなき街』は多くの字幕を用いており、時間軸に沿った語りを重視したリアリズム作品なので、ショット内の要素を重視した前衛映画とは異なるように思います。

こうして考えてみますと、この評論を矛盾なく理解しようとして袋小路に陥る気がするのは、これがあくまでも『猺山艷史』を宣伝することを主眼として書かれており、そのために牽強付会の説になっているからではないか、と思われます。「描寫的・屬於橫的・歸納的・求心的方法」と言った用語を持ち出すのも、個別ショットの魅力（この場合は少数民族やロケ先の景色などが想定されます）を売り出すためではないでしょうか。逆にいえば、『猺山艷史』は「敘述的・屬於縱的・演繹的・外心的方法」といった用語で示される古典映画としては擁護するのが難しい作品だったのかもしれません。実際の映画をみることが出来ないので、これもまた推測に過ぎません。

（25）劉吶鷗「從「電影演技」說到許曼麗――「猺山艷史」女主角」、前揭注（3）『劉吶鷗全集：增補集』二〇一～二〇三頁。

（26）前掲注（13）『中国電影発展史』二〇八、二〇九頁。
（27）『申報』一九三三年一〇月八日『春蚕』広告。
（28）『申報』一九三三年一〇月一四日程歩高「「春蚕」導演」。
（29）『申報』一九三三年一〇月一四日洛濤「「春蚕」観後」。その他の「観衆意見」の掲載日と署名、題名は以下の通りである。一〇月一三日、観衆意見、「「関于春蚕」及其「批評」的意見」□粛（一字不明）。一〇月一五日、観衆意見、「評「春蚕」」王雨明。一〇月一六日、観衆意見、「看「春蚕」後」其然。
（30）前掲注（13）『中国電影発展史』二一一頁。
（31）劉吶鷗「評「春蚕」」『矛盾』第二巻第三期（一九三三年一一月一日出版）。前掲注（3）『劉吶鷗全集：増補集』二〇六、二〇七頁。
（32）『申報』『自由談』一九三三年九月一一日「電影的教訓」。本文でも指摘したように本編が『准風月談』（上海・興中書局、一九三四年一二月）に収録される際には、「看客→黄脸的看客。矛盾→茅盾。」以外にも、「这片子→这部片子。關鍵→机键」と改訂されている。また北京・人民文学出版社版『魯迅全集』第五巻「准風月談」では、一九五七年版から二〇〇五年版に至るまで『猺山艶史』はすべて『瑶山艶史』と改訂されている。また孫用編『「魯迅全集」校読記』（長沙・湖南人民出版社、一九八二年）は三五九頁で、「黄脸的看客、这部片子、机键」への改訂を指摘しているが、茅盾と『瑶山艶史』への改訂に関しては指摘していない。
（33）『魯迅全集』第一六巻『日記（一九二七～一九三六）』、北京・人民文学出版社、二〇〇五年。
（34）『申報』一九三三年九月六日「『春蚕』之試映」。
（35）三澤真美恵氏は前掲注（2）『「帝国」と「祖国」のはざま』三一四頁第二章注（94）で、次のように述べている。陳夢熊「魯迅喜看『春蚕』試映」（『魯迅研究月刊』一九九〇年一〇月号、八〇頁）は『春蚕』の監督程歩高が「回憶『春蚕』的拍撮経過」（一九六二年）で魯迅が試写を見に来ていたことを記述しているという指摘もある（なお、同資料は大澤理子氏、藤井省三氏のご教示による）が、筆者は程歩高「回憶『春蚕』的拍撮経過」（一九六二年）は未見である。

(36) 前掲注（32）『魯迅全集』第五巻「准風月談」、三一一頁注（4）。

(37) 『申報』一九三三年一〇月一九日『春潮』広告。

(38) 『人猿泰山』『万獣之王』『摩洛哥』各作の原題と製作年、『魯迅日記』による魯迅鑑賞年月日はそれぞれ以下の通りである。Tarzan the Ape Man（類猿人ターザン）、一九三二年、一九三三年一月一五日。King of the Jungle（密林の王者）、一九三三年、一九三四年四月七日（バスター・クラブ主演）。MOROCCO（モロッコ）、一九三〇年、一九三一年八月一二日。

(39) 許広平「魯迅怎様看電影」『魯迅与電影（資料匯編）』北京・中国電影出版社、一九八一年、一六七、一七〇頁。

(40) 『申報』一九三三年九月～一一月の各映画館広告。

(41) 『蕭紅散文集』哈爾浜・黒龍江人民出版社、一九八二年、一六一頁。

(42) Son of Tarzan、ターザン第二世、一九二〇年製作、『魯迅日記』一九三五年一二月六日。

(43) Tarzan the Fearless、蛮勇タルザン、一九三三年製作、『魯迅日記』一九三四年三月二九日。

(44) Tarzan and His Mate、ターザンの復讐、一九三四年製作。『魯迅日記』一九三四年九月二二日および二三日、三五年二月一六日。

(45) 『中国現代文学期刊目録匯編』天津・天津人民出版社、一九八八年、一三一九頁。

(46) 劉吶鷗「評「春蚕」」は『矛盾』第二巻第三期、一九三三年一一月、一二〇、一二一頁。前掲注（3）『劉吶鷗全集：増補集』二〇六、二〇七頁。

(47) 前掲注(2)『「帝国」と「祖国」のはざま』一三五〜一三九頁。
(48) 前掲注(2)『「帝国」と「祖国」のはざま』一四二頁。黄鋼「吶鷗之路(報告)」は前掲注(3)『劉吶鷗全集：増補集』に収録されている。引用部は同書三〇〇頁。
(49) 黄鋼「吶鷗之路(報告)」前掲注(3)『劉吶鷗全集：増補集』三一一〜三一五頁。
(50) 前掲注(4)『魯迅全集』第七巻「『奔流』編校後記」一九二八年七月、一六九頁。同第四巻『二心集』「上海文芸之一瞥」一九三一年一〇月、三〇〇頁。
(51) 前掲注(2)『「帝国」と「祖国」のはざま』三一四頁、注(96)。なお引用文中の「[同前：一六]」は三澤著原注。
(52) 前掲注(5)『魯迅大辞典』「水沫書店」の項。

II

第二部　恋愛世界

紐約《ニューヨーク》の恋から

東亜の『安那《アンナ》・卡莱尼娜《カレーニナ》』まで

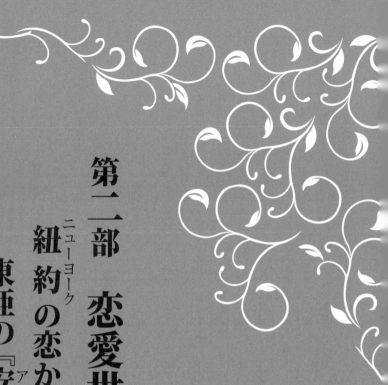

第五章　胡適とニューヨーク・ダダの恋
――中国人のアメリカ留学体験と中国近代化論の形成

＊本書収録時に〔補遺〕として論文発表後の新資料等に関して説明を加筆した。

（一）大転換期のアメリカへ

清朝最後の皇帝溥儀（プーイー、ふぎ、一九〇六～六七）が即位してから二年ほどが経過した一九一〇年八月一六日、上海の波止場から蒸気船チャイナ号がアメリカに向けて出港した。甲板から岸壁の見送りの群衆に向かってさかんに手を振る船客のあいだには、二〇歳前後の若い中国人留学生の一団七〇名が混じっている。その中でも、見るからに聡明でハンサムな青年が人目を引いた。その名は胡適（フー・シー、こてき、一八九一～一九六二）、安徽省績渓県出身の一九歳の青年である。本稿はこの胡適があるアメリカ人ニューヨーク・ダダの女性画家との恋愛を通じて、中国における国民国家建設の道筋を模索し確信していく過程を考察するものである。

胡適は留学の翌年に勃発して清朝を倒壊させることになる辛亥革命（一九一一）をはさんで七年間を

アメリカで学び、帰国後は北京大学の少壮教授として文化界で活躍した。魯迅（ルーシュン、ろじん、一八八一～一九三六）と並ぶ近代中国の大知識人といえよう。三〇年代半ば以後は国民党政権に大きな影響力を持ち、日中戦争期には中華民国総統蔣介石の懇望によりアメリカ大使を務めている。

胡適のアメリカ留学の背景には、専制王朝である清朝の倒壊から共和国中華民国の建設という二〇世紀中国の近代化のうねり、その近代化の先駆けとして建設された上海という欧化の大きな窓口である近代都市の出現、そして欧化のより直接的な手段としての留学制度の確立、さらにはこの留学制度を含めて今世紀に入ってから増大したアメリカの対中国プレゼンスが存在したのである[1]。

胡適の祖父は故郷の名産である茶を売買する商人であった。父の胡伝（一八四一～九五）は科挙による高官抜擢をめざしたものの、太平天国の反乱（一八五一～六四）により挫折、上海に出て書院で学び、その後、地方高官の幕僚（秘書）となって行政手腕を発揮した。一八九二年には台湾巡撫に招かれて州知事代理などを勤めたが、日清戦争後の一八九五年、台湾は日本に割譲され、これに抗議した漢族が台湾省高官を擁立して民主共和国の独立を宣言するなど台湾情勢が混乱する中、病没している。

上海で生まれ幼児期に台湾で父を失った胡適は、母と共に故郷に帰り、一三歳の年まで私塾で古典を学んだ。一九〇四年に母の元を離れて上海に出ると、梅渓学堂などの新式学校で英語・数学を学んでたちまち頭角を現し、鄒容（ツォウ・ロン、すうよう、一八八五～一九〇五）や梁啓超（リアン・チーチャオ、りょうけいちょう、一八七三～一九二九）の思想に心酔した。革命派の同盟会が多数を占めた中国公学に転校後は、学内公報を編集し、自治会活動に従事するなど積極的な学生生活を送ったが、学園紛争で退学している。この時期には放蕩生活を送ったこともある。やがて異母兄弟たちが手がけていた実家の商売が失敗し、胡適の母は経済的苦境に立たされた。この時にめぐってきたのが、アメリカ留学のチャンスである。

アメリカは一九〇八年に義和団事件（一九〇〇）で得ていた賠償金の一部を対中国文化政策に還元し、留学生受け入れの費用に当てることを決定していた。一九〇九年には返還賠償金による第一回の留学生四七名が渡米しており、胡適留学の翌年の一九一一年には、留学のための準備教育機関として北京で清華学園（一九一二年清華学校と改称、一九二八年国立清華大学に昇格）が開校している。清華学園は一九二九年までの二一年間に、約一三〇〇名の国費留学生をアメリカに派遣し、そのほか五〇〇名ほどの私費留学生に対し学費補助を行った(2)。

渡米後の胡適はニューヨークの西北約三〇〇キロにある人口一万六〇〇〇の学園町イサカのコーネル大学に入学、最初は農学部に学ぶが、一九一二年には文学部に転部し、卒業後の一五年にはコロンビア大学博士課程に入学、プラグマティズムの哲学者デューイに師事したのち、一九一七年に帰国して北京大学教授に就任している。

近代中国における海外留学は、容閎（ロン・ホン、ようこう、一八二八〜一九一二）らが一八四七年に渡米したのが最初であった。イエール大学を卒業後帰国した容閎の建議により、清朝政府は一八七二年から七六年までの間に一二〇人の少年をアメリカに派遣し、同時期に陸海軍学生をヨーロッパに送っている。しかしいずれも八〇年代には停止され、以後二〇年近く清朝政府は留学生派遣事業を見合わせていた。

再び近代化を担う人材育成のための海外留学が提唱されるようになるのは日清戦争（一八九四〜九五）以後のことで、派遣先も欧米から日本へと変化した。その主唱者は康有為・梁啓超ら変法派（清朝構造改革派）や張之洞など洋務派官僚であり、一八九六年には一三名の官費留学生が送り出されている。戊戌政変（一八九八）後の反動政治を経て一九〇一（明治三四）年以降は清朝政府は以前にもまして日本留学政策を推進した。一九〇二年四〜五〇〇人、一九〇四年一三〇〇余人といわれた日本留学生は、日露戦争（一九〇四〜〇五）と中国における科挙制度廃止（一九〇五）の後には急増し七〜八〇〇〇人に達した。辛亥革命に際しては留学生数が一四〇〇名まで激減することもあったが、その後は二〜三〇〇〇名台で推移し、満州事変（一九三一）、上海事変（一九三二）直後には再び一四〇〇名にまで減少するものの、一九三五（昭和一〇）年には八〇〇〇名という第二のピークを迎えている。[3] ちなみに魯迅も一九〇二年から七年間の公費留学生活を日本で過ごした。

胡適は安徽省の小さな町から租界都市上海に出て、西欧文明の息吹に触れた。その胡適の留学先が、隣国の東京ではなく太平洋の彼方の新大陸アメリカであったことは、その後の彼の自己形成および近代中国文化のゆくえに大きな意味を持ったといえよう。漢字文化圏に属し、立憲君主制をとっていた日本の〝帝都〟東京の留学生たちと比べて、胡適は伝統中国とほとんど切り離された若い共和国で、多感な青春を過ごしたのである。

しかし〝若い〟とはいえ、胡適が七年もの青春を過ごした一九一〇年代のアメリカは急激な転換期を迎えていた。アメリカ政治外交史研究者の有賀貞氏によれば「一八世紀から一九世紀にかけて、アメリカはヨーロッパから見れば、まだ歴史のない国であり過去にとらわれることなく自由に未来を建設できるところであった。……（アメリカ人は）自分たちが共和国の建設という新しい実験を行っていると考え、ヨーロッパの君主政治に対して自由な共和国という彼らの新しい制度を誇った。」この自由平等のユートピアというアメリカの夢は、一八世紀後半に農業移民が新大陸の西に広がる原野を開拓して自営農民となることにより実現されたかに思われたが、一八世紀末から南北戦争（一八六一～六五）にかけて行われた産業革命が農業の機械化を促し、小規模農業の成立を不可能にしていく。

続けて一九世紀後半には工業化が急速に進展し、一八六〇年には全人口の六〇%を占めていたアメリカの農業人口は、一九〇〇年には三七%に減少するいっぽう、カーネギー、ロックフェラーなどの成功した企業家が輩出し、都市化が進展した。二〇世紀初頭の二〇年間をアメリカ史における大転換期と考える有賀氏は、この時期に二〇世紀的アメリカが形成されたと考え、「一九〇一年から一七年までの時期はアメリカ史では革新主義の時代と呼ばれてきた。この時期には、急速な工業化・都市化の進展に伴って生じた経済的・社会的問題にどのように対応するかが、重要な政治課題として意識され、さまざまな改革が唱えられ」たと指摘している(4)。

胡適は、楽園の夢を追求していた一九世紀的アメリカが、二〇世紀的アメリカへと変貌する大転換期に立ち会っていたのである。このようなアメリカ留学体験は、帰国後中国近代化のイデオローグとなる胡適に、いかなる影響をいかにして与えたのであろうか。

胡適は七年間の留学中、日記を書き続けていた。この日記は二〇年あまりのちの一九三九年に『蔵暉室札記』（一九四七年商務印書館より再版時に『胡適留学日記』と改題）という題名で公刊された。蔵暉室とは胡適の筆名である。その序文（一九三六年執筆）で彼は次のように記している。

　この札記は本来は兄弟友人に読んでもらうためのものに過ぎなかった。実のところ、最初は自分の記憶の助けとするためのものであったのだ。のちに、親友の許怡孫が読みたいというので、ノートを一冊書き終わるたびに彼に郵送し、保管してもらっていた。最後の三年間（一九一四〜一七）になると、私は自分の文学をめぐる主張や考え方の変化をすべて札記に書き記した。……一七冊のノートはひとりの若い中国人学生の六、七年にわたる私生活、内面生活、思想の変遷の赤裸々な歴史である。

活版本にして全四巻、総頁数が一一〇〇を超すこの留学日記（以下『日記』と略す）は、アメリカ時代の胡適を考える際の最も有用にして基本的な資料である。アメリカで刊行された先駆的な胡適研究であるJ・B・グリーダー『胡適と中国ルネッサンス』[5]（一九七〇）、そしてグリーダー氏の研究を継いだM・チョウ（周明之）『胡適と近代中国における知的選択』[6]（一九八四）は、共に『日記』を活用している。特にM・チョウ氏はアメリカ留学を論じた第二部「異文化との対決」の中で「結婚」の章を設け、胡適の恋愛体験を論じる際には主にこの『日記』を用いた。しかし両者とも胡適の変化を追うことに関心を絞り、胡適が過ごした大変革期のアメリカに対する歴史意識がややもすれば希薄である。

いっぽう中国では、文革終息以後、胡適研究が活性化する中、耿雲志『胡適年譜』（一九八九）と白吉庵『胡適伝』（一九九三）が留学中の胡適と郷里の母とのあいだの往復書簡などの新資料を用いており注目される。台北でも一九九八年には周質平『胡適とウィリアムズ』が刊行されており、これは長らく行方不明となっていた胡適とその恋人ウィリアムズとのあいだで交わされたラブレターをもとに胡適の半生を読み直そうという試みであるが、ニューヨーク・ダダ派の画家というウィリアムズの経歴には簡単に触れるに留まっている点は惜しまれる。(7) 本稿は以上のようなアメリカと中国における研究を参考にしながら、論を展開していきたい。

（一）自由恋愛の市場

胡適の母馮順弟（一八七三〜一九一八）は一八八九年一六歳の年に、三二歳年長の胡伝に嫁いだ。胡伝は病死した二人の先妻とのあいだにすでに三男三女を設けており、長女は若い後妻よりも七歳、長男でも二歳年上であった。結婚後六年目に胡伝が亡くなると、母は幼い胡適を抱えこの大家族の家庭で辛酸を嘗め尽くした。特に胡家の長男はアヘンや博打に手を出しては借金を重ね、順弟はその返済に苦慮しなくてはならなかったという。胡適は当時の母の苦労について、次のように述べている。

若くして後妻となり、息子たちやその妻たちと渡り合わねばならず、その艱難辛苦には他人の想像を絶するものがあった。亡き母は何事にも誠意を尽くし道理に基づいて対処し、息子夫婦に間違いがあっても、常にじっと耐えていた。耐えきれなくなると、戸を締め切って忍び泣き自らを責めていた(8)。

このような母の元で、ただ一人の実子として育てられた胡適は、母に対し終生絶対的な愛情を抱き続けていた。胡適が一九〇四年に上海に出る際、彼の母は隣県の江家の娘江冬秀との縁組みを行った。胡適一三歳の年である。旧中国での婚礼は親がすべてを決め、結婚する本人の意向は一切考慮されなかった。戦前の北京の風俗を小説形式で書いた羅信耀の『北京風俗大全』によれば、一九三〇年代後半でも親同士こそ互いの家を訪問し、未来の嫁と婿とを検分し合うものの、当人たちは相手の写真さえ見せてもらえず、結婚話が女性側に知らされるのは婚約成立後のこと。結婚式の時に、しきたり通りに花婿が花嫁の頭にかけられた紅絹のベールを竿量りの竿の先に引っかけて取り除き、初めてご対面となるのだ(9)。結婚とは、息子の息子、すなわち男の孫を生産し、父系による家系相続を確固たるものにするための親の神聖なる斉家の勤めであった。

胡適も婚約者の江冬秀に面会するのは、アメリカから帰国して結婚式を挙げる一九一七年一二月、婚約成立から一三年後のことである。胡適に限らず、清末民初に適齢期を迎えた中国の知識人は魯迅も郭沫若（クオ・モールオ、かくまつじゃく、一八九二〜一九七八）もみなこのような旧式の結婚をしている。

留学当初の胡適は、このような旧中国の結婚風俗を擁護し、アメリカの自由恋愛による核家族形成に対しては批判的であった。アメリカ滞在も一年余りが過ぎた一九一一年九月、コーネルの中国人留学生仲間で組織した演説会の最初のディベート大会が「中国で現在自由結婚を行うべきか」というタイトルで開かれた際、「余はネガティヴ側となるも、仲間に人を得ず、破れたり」と、『日記』に記している〔補遺、『胡適全集』第二七巻一八〇頁〕。

自由結婚反対は、ディベート競技でたまたまネガティヴを振り当てられたということではなく、胡適の持論であった。一年ほどのちにも胡適は外国人による中国風俗制度に関する議論を批判する英文の著書『中国社会風俗の弁護』の構想を思いつき、『日記』にその章立てとして家族制度、婚姻、女性の地位などを列挙している〔一九一二年一〇月一四日〔補遺、『胡適全集』第二七巻二〇六頁〕〕。そして一九一四年一月四日に至っては「わが国の女子は西洋の女子よりも高い地位に置かれている」という標題の一章が『日記』に記されているのである。

わが国では女子の名誉と貞節がしっかりと守られており、婚姻のことで苦労させられることはなく、それはすべて両親が責任を持ってくれる。……女子は婚姻のためにその身を社交に捧げ必死に伴侶を探す必要はない。それは女子の人格を重んじているからである。西洋ではそうはいかない。女子は大きくなると伴侶探しに専念し、父母は音楽を習わせ、舞踏に習熟させ、その後外に出して男子の相手を務めさせる。巧みに男子に取り入る者、あるいは術を弄して男子を虜にする者が、先に伴侶を得る……女子の人格を下げ、進んでわが身を捧げて男子の歓心を得させるように仕向けるとは、西洋の婚姻自由の罪なのである。〔補遺、『胡適全集』第二七巻二五二頁〕

現在、恋愛（または見合い）→自由結婚→核家族という近代的家族制度に慣れている私たちには、胡適の論理は屁理屈に思えるかも知れない。たしかに胡適は父系による家系相続制度という旧中国の視点から、自由恋愛を批判しているに過ぎない。しかし近代西洋の風俗とは異質の胡適の視点は、自由恋愛→核家族という制度が、産業化された近代社会における商品流通の制度と同じ原理に基づいている点を容赦なく指摘しているといえよう。父母が形成した核家族で出産扶養（＝生産加工）されたのち社交界に出（＝出荷）され、男子からより好まれた（＝競り落とされた）女子が先に伴侶（＝買い手）を得て結婚し新家庭に収まる（＝消費され再生産を行う）――「社会交際の渦中」とは女子が売り買いされる市場であり、核家族とはその生産のための加工場にほかならないのだ。結婚市場においては男子は貨幣、女子は商品として機能しているのである。

渡米後一年ほどが過ぎた一九一一年七月一四日金曜日、夜の公園を散歩していた胡適はにわか雨を避けようとして入ったダンスホールで男女二〇組ほどが踊っているのを見て、帰宅後『日記』に「これは余がダンスを見た最初であるため、書き留めておく」と記した〔補遺、『胡適全集』第二七巻一六三頁〕。当時アメリカの若い男女が出会う場としてのダンスホール、ダンスパーティーはまさに「社会交際の渦中」、喧噪の恋愛市場そのものとして胡適の目に映ったことであろう。

もっとも胡適は頑なに伝統中国を擁護していたわけではない。その擁護論の中には、すでにアメリカの市場の論理が取り込まれていたのである。胡適は一九一四年一月の中国人学生の演説会で「わが国の旧結婚制度では、女子は自らを結婚市場に対し高く売ろうとする必要がない」と先ほどの持論を繰り返してはいるものの、ここで彼が〝愛情〟という概念を持ち出している点は注目すべきであろう。

〔中国の結婚制度における〕この種の婚姻には愛情というべきものがあるはずがないという人もいるかも知れないが、そのようなことはありえない。西洋式婚姻の愛情は自分で創り出すものだが、中国式婚姻の愛情は身分が創り出すものである。婚約後、女子は婚約者に特別のやさしい感情を抱く。そのため人が婚約者の姓名を口にすると、彼女は必ず顔を赤らめて恥入るのだ……男子も婚約者に対して同様である。結婚すると、夫婦はみな相愛の義務を知り、しばしば互いに相手の身になって思いやる。こうして想像に基づき、身分に基づいていたものが、今は実際に必要なものとなり、しばしば真実の愛情へと成長することができるのである。〔補遺、『胡適全集』第二七巻二六二頁〕

ここで胡適が語る「愛情というべきもの」が、伝統的な中国の男女関係とは異なる点に注目すべきであろう。古代の礼書である『儀礼《ぎらい》』以来、中国では「婦人に三従の義あり」として「いまだ嫁さざれば父に従い、すでに嫁しては夫に従い、夫死しては子に従う。」と説かれてきた。父系家族制度にあって女は徹底的に男に支配される性であったのだ。これに対して胡適が描いてみせた「身分が創り出す中国式婚姻の愛情」とは男女が対等に思い合う非伝統的な男女関係であった。胡適は中国の伝統的結婚制度を擁護する際、無意識の内に自由恋愛における男女等価の市場経済的原理を取り込んでいたのである。

（二）女性画家イーデス・クリフォード・ウィリアムズ

胡適の伝統中国擁護論に根本的な変化が現れ始めるのは、留学後四年近くが過ぎた一九一四年のことである。この年の六月七日、胡適は『日記』に「わが国の『家族的個人主義』」を書いて次のように述べている。

私はアメリカの人々にいつも次のように説いてきた。わが国の家族制度は、息子夫婦に親を養う義務があり、両親は老弱になってもこれを頼りにできるので、その制度は自助の力のみ育て家庭に対しては扶養の義務を負わないこの国の個人主義よりも優れている、と。今になって考えるに、わが国の家族制度は依頼心を植え付けるので大いに有害である。……息子夫婦は両親の遺産を当然のものと考えており、これも依頼心の一種である。……ひどい場合には一族一党、ありとあらゆる親類がみな互いにもたれ合っている。一人が出世すると、一族が成り上がり、一個の男児が成功すると、親戚一同が骨に群がる蟻のようにしゃぶりついて、恥とも思わぬどころか、当たり前と考えている。これは何という奴隷根性だろうか。実に亡国の本源である。……西洋人は少しでも独立心を持っていれば、そんなことは考えもしない。……西洋人の自立心には思わず感心させられるのである。〔補遺、『胡適全集』第二七巻三二八頁〕

中国の伝統的家族制度に対する根本的な疑問を書き留めた翌日、胡適は留学以来初めて女学生との交際を行う。『日記』六月八日の「初めて女学生宿舎を訪ねる」という記述によれば、幼少期の胡適は若くして寡婦となった母や、腹違いの長姉、祖母、叔母など多くの女性に愛され育まれたにもかかわらず、故郷を出て上海で学び始めて以来一〇年、知的な女性との交際をしてこなかった、という。

〔アメリカで〕知り合った女性は多くは中年以上で、私は年長者としてこの人たちに接してきたばかりであり、若い女性の間に一歩も入ろうとはしなかった。その結果、私は世故には長け、考えは鋭いものの、他人を騙すこと無きにしも非ずで、天真爛漫とは言えず、高尚純潔な考えに欠き、鋭い感性にも欠けるのである。私が一〇年間進んできた道は、すべて知識面に偏向し、情操面はほとんど忘れられていた。静かな夜によくよく考えてみると、ほとんど冷血漢になりかけており、陰謀ばかりを用いる奸雄にはなってはいない点はまだしも救いではあるが、危ないところであった。……今後は情操面の発達に心掛けたい。私はこの国に居り、男女共学の大学にいる。この機会を利用して、教育のある女性と交際し、その陶冶を受け……〔補遺、『胡適全集』第二七巻三三〇頁〕

婚約者にも婚礼の儀式までは会えないという旧中国の厳格な男女有別の規範から抜け出すために、胡適は女性との交際による情操面の効果を強調している。この情操云々については、『日記』で「友人でも南アフリカのJ・C・ファウル、鄭莱さんたちは、以前からこのように勧めてくれていた。」と述べているところから、中国やその他の国の留学生仲間の薫陶よろしきを得たのであろう。その第一歩として胡適は女子宿舎の門をくぐったのである。

私は四年間というものセイジ・カレッジ〔女子宿舎〕に入ってガールフレンドを訪ねたことはなかった……今夜初めてある女性を訪ねたが、来年度は幾度もこうするつもりだ。〔補遺、『胡適全集』第二七巻三三〇頁〕

胡適は最初に交際を求めた女性の名を記していない。[10] しかしこの一〇日後に「わが友ウィリアムズ女士」と出かけたという記述が六月二〇日の『日記』に現れている。これは胡適が西洋の婚礼を見たことがないというのを知ったイーデス・クリフォード・ウィリアムズ（Edith Clifford Williams）が、特に新婦となる友人の父に頼んで胡適を式に招いてもらったもので、新郎新婦の入場から誓いの言葉、教会での式後、新婦の家で開かれたパーティーとダンス、そして新郎新婦が中座して自動車で湖畔の新居へと去っていくようすが、事細かに描かれている〔補遺、『胡適全集』第二七巻三四一～三四三頁〕。それにしても、ウィリアムズとの最初のデート、正確に言えば『日記』における彼女の最初の出現が婚礼の場であった点は、その後の二人の関係を考えるとき、実に感慨深いものがある。

私は一九九五年に胡適留学体験の調査のため、アメリカに三カ月間滞在した。その時のニューヨーク市では長距離バスターミナル、ポート・オーソリティはマンハッタン島の中心部に位置していた。この巨大な地下駅を発車するグレイハウンド社の大型車は、トンネルでハドソン川をくぐり抜けたあとは、森と原野との間に引かれたフリー・ウェイをひた走りに走り続ける。かつてアメリカの鉄道が黄金時代の夢を見続けていたころ、ニューヨークのアトリエとイサカのキャンパスとに別れていたアメリカ人女性画家と中国人留学生とのカップルは、直線でも三〇〇キロの道のりを、白日のバスではなく夜汽車に乗って互いに通いあったものである。逢瀬を前に胸弾ませた彼女あるいは彼が車窓から見た夜景は、今日のバスから見る単調な景色ではなく、手入れの行き届いた果樹園であり、豊かな小麦畑であり、点在する自営農の邸宅であったろう。

ニューヨーク州北西部に向けて走ること四時間半、バスは人口三万足らずの小さな大学町イサカに到着する。この高原の地に白人開拓民の定住が始まったのは一七八九年のこと、一八八八年に市制施行となった。町は氷河によって造られたフィンガー・レイクス地方のカユガ湖の東南岸に位置し、美しいカスカディラ渓谷などで知られる観光地でもある。画家と留学生の二人連れが湖畔を散歩した当時は、イサカの人口は二万に届かなかったが(11)、町は運河と鉄道による輸送基地として栄えていた。コーネル大学もこの小商業都市で財を成したエズラ・コーネルが一八六五年に設立した農学と工芸学を中心とする大学であったのだ(12)。

画家の祖父ジョシア・B・ウィリアムズが二人の兄と共にイサカにやってきたのは一八二五年、彼が一五歳の時である。兄の一人はイエール大学に二年間在籍したことがあった。ウィリアムズ三兄弟はカユガ運河による貿易と林業とを営んだ。運河が掘削されて蒸気船の運行が可能となった一八三〇年以降は、取引高も飛躍的に伸び、兄弟は銀行業と不動産業にも手を伸ばしている。その後、銀行はイサカを代表するまでに発展し、銀行部門を担当したジョシアはイサカの大実業家へと成長、一八八三年の死去の際の遺産は一〇〇万ドルに達し、当時の小都市イサカとしては破天荒の額であったという。エズラ・コーネルが大学を創設する際には、ジョシアは三人の創設委員の一人となり巨額の融資を行っている。[13]

ジョシアは六人の娘に恵まれたものの、結婚したのはわずかに二人、しかもいずれも彼の死後であった。こうした事情をめぐって、ウィリアムズ一族の伝記を書いたキャロル・シスラーは男女交際が厳しく制限されていた当時の風習と、社会的成功が不確実な男性との結婚よりも富裕な実家での安楽な暮らしを選ぶという娘たちの経済的動機を指摘している。

ジョシアには夭折した二人を除いて四人の息子がおり、あわせて一〇人の子供たちには全員に大学教育を受けさせている。そのうち長男のジョージと次男（戸籍上は三男）のヘンリー・シェイラーはイエール大学に学んだ。ジョージはイサカの実業界に進みイサカの裁判官の娘と結婚している。これについてもシスラーは「何と格好な結婚であろうか。イサカの代表的法律家の一人子と代表的銀行家の長男とが結ばれるとは！」と忘れることなく皮肉を呈している。

しかし次男のヘンリーは実業界ではなく学問の道を選んだ。一八四七年にイサカで生まれた彼は、六八年にイエール大学を卒業、七一年には博士号を取得してイエールの所在地コネチカット州ニューヘイブン市に住む一歳年下のハリエット・ハート・ウィルコックスと結婚している。ヘンリーの専攻は地質学で、七九年に父ジョシアと縁の深いコーネル大学の助手となり、八〇年に助教授、八四年に教授へと昇進した。その間に長女シャーロッテ（一八七二）、長男ロジャー（一八七四）、次男アーサー（一八八〇）が生まれている。そして教授昇進の翌年の一八八五年四月一七日イーデス・クリフォードが末娘として生誕したのである。

ヘンリーは一八九二年にいったんはイエール大学の招聘を受けて、ニューヘイブンに居を移すが、一九〇四年にコーネル大学に地質学部長として呼び戻された。この間に長男ロジャーはコーネル大学を卒業しイエール大学の修士号を得て結婚、次男アーサーはイエールを卒業しコーネルの工学修士号を取得している。

一九〇七年、ヘンリーはハイランド通り三一八番というイサカ市北部丘陵地の尾根沿いの道に美しい邸宅を新築した。この一帯は西に広がる湖にちなんでカユガ・ハイツと呼ばれ、現在もコーネルの教授たちが住む高級住宅地となっている。ヘンリー・ウィリアムズ家の二階屋は、周囲の森にとけ込むかの如く左右に長く緩やかな勾配の屋根を特色とする。大地を抱くが如き姿はアメリカの広大な草原を象徴しており、大平原スタイルと称される。設計はイサカを代表する建築士A・N・ギブ。七年後にはこの屋敷の大広間の暖炉の前で、女性画家と中国人留学生が長い語らいをすることになるであろう。

（四）美術学校アカデミー・ジュリアンと写真家スティーグリッツ

さてヘンリーの末娘イーデス・クリフォードは、九歳ほどの幼少の時から絵に興味を示し、絵の家庭教師についていたようすである。現在イエール大学の貴重書・古文書の専門的収集で著名なバイネッキ貴重書・手稿図書館が蔵するイーデス・クリフォード・ウィリアムズ資料集(14)は、彼女の三冊のスケッチブックのほか作品十数点を収録している。その中で最も古い日付を持つ作品は一八九四年の小舟の水彩画であり、翌年の作品の裏には「イサカを訪問、Z・フィッシュ嬢のレッスン」と記されているのである。

イーデス・クリフォード・ウィリアムズ『自画像』
1904年、バイネッキ貴重書・手稿図書館所蔵
Pencil sketch of Edith Clifford Williams. Edith Clifford Williams Artwork. Yale Collection of American Literature, Beinecke Rare Book and Manuscript Library

その後は次第に油絵と鉛筆模写画が増え、船着

き場や赤ずきんの少女が描かれ、男女の像の模写の翌年の一九〇四年には“Self”というタイトルで鉛筆描きによる自画像を書いている。一説によればウィリアムズはイエール大学に入学したと言われるが[15]、そうだとすればこの自画像はニューヘイブンに寄宿する一九歳の女子大生の姿ということになろうか。

また一九〇六年にはヨーロッパを旅行し、パリの私立美術学校アカデミー・ジュリアンでJ・P・ローランス（一八三八〜一九二一）に師事したとも言われる[16]。ローランスは精緻な写実的技法と劇的な物語構成で人気を博した画家で、三〇年にわたってアカデミー・ジュリアンで教えた。日本の芸術家では荻原守衛（一八七九〜一九一〇）、中村不折（一八六六〜一九四三）らがウィリアムズと同時期にローランスに師事している。またバイネッキ図書館所蔵のスケッチブック第二冊には一九〇七年イタリアのフィレンツェやローマの風景画が収められている。

バイネッキ図書館収蔵の帰国後の作品としては、一九一〇年および翌年の小さな油絵がある。これらはそれぞれ野原に立つ一本の木と池の風景をを描くもので、後者には“Pocod Pound”という題名が付せられている。どちらもゴッホを思わせる大胆な筆致で、少女時代の習作の域を脱しつつあることを示唆している。

一九一二年に六五歳を迎えたヘンリー・ウィリアムズはコーネル大学を退休し名誉教授となった。胡適がコーネル大学農学部に留学してくるのはその二年前であるが、彼が退休前のウィリアムズ教授の講義に出席していたかどうかは定かでない。

風景や人物、静物画などもっぱら具象画を書いていたイーデス・クリフォードが、芸術家として大きな転機を迎えるのは一九一四年前後のことである。この頃、彼女はアメリカにおける先駆的な写真家アルフレッド・スティーグリッツ（一八六四～一九四六）に出会ったのである。スティーグリッツは一九世紀以来絵画の模倣（ピクトリアリズム）が中心であった写真を脱し、写真独自の道を切り開いて、近代写真の基礎を築いた人物。一九〇二年には写真芸術の確立をめざして写真分離派（フォト・セセッション）運動を起こし、写真を絵画との関係においてではなく写真独自の様式と表現法の中でとらえようと試みた。そのいっぽうで、彼は自ら経営するギャラリー「二九一」を舞台にヨーロッパ前衛美術の紹介を熱心に行っていた。[17] 芸術家仲間はスティーグリッツを「現代芸術のアメリカ砂漠における福音者ヨハネ」と称していたという。[18]

彼女のスティーグリッツへの傾倒ぶりは彼が主宰していた写真雑誌『カメラ・ワーク』に掲載された手紙からもうかがわれる。[19] これはスティーグリッツの芸術運動の根拠地となっていた「二九一」をめぐり、『カメラ・ワーク』編集部が行った「あなたにとって『二九一』とは何か」というアンケートに対する回答の特集号である。画家のマン・レイや政治犯として服役中の彫刻家から「二九一」のエレベーター・ボーイに至るまで、六〇名を超す人々がそれぞれ独自の口調で熱い想いを語っている。そしてイーデス・クリフォードは次のように回答した。なおバイネッキ図書館が蔵するこの手紙のオリジナルには末尾に「NY、イサカ、ハイランド通り、一九一四年七月二四日」と記されている。

わたしにとって「二九一」の楽しみとは、わたしがそこで見る光景でした――その価値とは他者の表現を通じてその精神に間近に触れることを可能にしてくれることにありました。このような表現を収集すること――その選択――それらの価値の認識こそあなたがわたしに与えてくれたものなのです。わたしにとって余所では困難でありそして何年かかっても得ることが不可能であったと思われることを、わたしの元に届けてくれたのです。

彼女が語りかけている「あなた」とは、「二九一」の主宰者であるスティーグリッツを指していると考えてよかろう。彼を通じて新しい芸術に触れた彼女の興奮がよく伝わる文章である。しかしそのいっぽうで、彼女は彼に不満も抱いていたようだ。彼女の回答は以下のように続いている。

しかしあなたが人間として行い許していることにわたしは個人的に好意を抱いておりませんし、その価値が重要なのです。そしてそのことにわたしは胸がいっぱいなのです。あなたがなさる多くのことにわたしは興味を持っておりません。批評家の間抜けさ、変化、成長を描き出すような批評を継続的に再刊することは批評と批評されたものに対し悪い影響を与えると思うのです。それでも最終的に論争に歴史的決着をつけるために保存され用いられる批評は、まあましかもしれませんし、さし当たってはより広く飢えている者に食を与えているのでしょう。しかしこのようにしているあなたにも理念があることを、わたしは理解しております。そして理念はあなたの技巧のすべてであり、あなたがそれを自らの理念に従って行っているという事実に、わたしはたいへん感謝しているのです。

おそらくウィリアムズはスティーグリッツの芸術観に啓発され魅了されながらも、ギャラリー経営者、雑誌編集長という実践家としての彼の行為に世俗との妥協を感じとり、これに批判的であったのだろう。ところでこの女性画家は作品に署名をする際には、幼少時には「ＥＣＷ」という頭文字を、イエール大学在学前後と思われる一九〇三年の鉛筆模写画では「Ｅ・Ｃ・ウィリアムズ」または「クリフォード・ウィリアムズ」用いていた。しかしこの手紙を書く前後から、彼女はファースト・ネームの女性名「イーデス」を省略、一般に男性の名として用いられるミドル・ネームの「クリフォード」のみを残し「クリフォード・ウィリアムズ」と署名している。このような男性名称の選択からも、芸術家としての変身の決意がうかがわれよう。

（五）ニューヨークのダダイストたち

ダダイズムとはいまさら言うまでもなく、第一次世界大戦中から戦後にかけてヨーロッパとアメリカを中心に起こった芸術運動を指す。戦死者四〇〇万をヨーロッパ諸国民に課すことになるあの狂気の戦争が勃発すると、中立国スイスのチューリヒは亡命者のたまり場となった。一九一六年二月、逃亡兵の演出家バルと恋人の歌手エミー・ヘニングスはルーマニアの詩人ツァラらと共にキャバレー・ボルテールを開く。「強盗どもが一斉ほう起した権力の錯乱状態のなかで、芸術も人間の衆愚化に一役買う徴候」に対し、「時代の狂気から人間を救い出す本源的な芸術」（アルプ、アルザス生まれの画家）を求める乱痴気騒ぎからダダは生まれたという。ダダの名称は同年六月、機関誌『キャバレー・ボルテール』で初めて使われ、七月には第一回ダダの夕べが開かれている。ダダイズムについて美術史家の針生一郎氏は次のようにまとめている。

ダダの手法は個別的にみれば、自発性と行為の契機、同時性と偶然の問題、コラージュとオブジェ、抽象と記号、反芸術と総合芸術など、いずれも第一次大戦前の表現主義、キュビズム、未来派のうちに萌芽がみられる。しかしダダとは、自己が人間の限界をはみ出し、人格の統一の意味を失ってほとんど物体と同化する地点で、それらの手法をとらえ直し、全体的観念に統合しようとするものであった。それはいわば、巨大な虚構、混沌、ゼロであり、ダダには近代と芸術への根本的な懐疑と批判が底流として存在していた。[20]

「根本的懐疑と批判」は、国家の名において産業化社会を総動員して行われた殺戮と破壊の世界大戦に根ざすものであった。そしてアメリカも国内の反対を押し切って一九一七年四月にはこの狂気の戦争に参加している。

ヨーロッパ・ダダの登場と前後して、大西洋を隔てたニューヨークでもダダイズムは活動を開始していた。アメリカの美術史家ナウマンは一九九四年の著書『ニューヨーク・ダダ、一九一五〜二三』で次のように述べている。

　現在では以下のことが明らかになっている。アメリカの芸術家がヨーロッパにおけるダダ運動を最初に知ったときには、彼らの多くがヨーロッパの同志を鼓舞していた基本的原則とイデオロギーとをすでに思考し展開しており、現在の美術史家によりその運動は前ダダあるいは原ダダと分類されているのである。

ナウマンによれば伝統的美学からの徹底した断絶を図ったスティーグリッツの思考と運動は、意識せぬダダ宣言であったという。実際にスティーグリッツは、ダダの出現に先立つ一九一三年に画廊「二九一」でピカビアの個展を開くなど、キュビズムの紹介を熱心に行っていた。ピカビア（一八七九〜一九五三）はフランスの画家でキューバ人を父としてパリに生まれ、一九〇九年からキュビズムに参加。一九年の渡米後はニューヨーク・ダダの中心人物となり、一八年秋にはチューリヒに赴きツァラと意気投合している。[21]

一九一三年にニューヨークで開かれた美術展アーモリー・ショーは、アメリカ現代芸術の分水嶺に数えられている。ここにキュビズムの傑作『階段をおりる裸体No．2』を出品して物議をかもしたマルセル・デュシャンも一九一五年六月に渡米し、ニューヨーク・ダダに合流している。デュシャン（一八八七～一九六八）はフランスの美術家でのちにアメリカ国籍を得た。この時期の彼の作品は肉体をエロス的機械の運動として描くのが特徴とされる。

このアーモリー・ショーを見て現代芸術に衝撃を受けた人物にウォルターとルイーズのアレンズバーグ夫妻がいる。教養と資産に恵まれた若い夫妻はボストンからニューヨークに移り、マンハッタンの六七丁目西三三番地の高級アパートに居を定めた。夫妻はこの広大なアパートをサロンとして開放、前衛芸術の傑作を収集展示するいっぽうで、詩人たちのパトロンとなって文芸誌の刊行を援助した。ナウマンは指摘する。

この恵まれた環境においてこそ、一九一五年から二〇年の間の当時のもっとも重要な前衛理論が形成され議論されたのであり、アレンズバーグ家のアパートは国際的な芸術家・作家グループにとって事実上のオープンハウスとして利用に供された。彼らの多くは戦争ですさんだヨーロッパの沿海部からこの国に逃れてきた人々であった。

アレンズバーグ夫妻は毎夜のように夕食会や劇場からこのオープンハウスに戻ると、予告なしにやってくる友人たちを大量のオードブルやデザート、ワインにチェス、音楽でもてなし、サロンの活発な議論は夜明けまで続いたという。デュシャンやピカビア、マン・レイらが常連であり、とりわけ賑やかなある夜には、舞踏家イサドラ・ダンカンがウォルターの前歯を折ってしまったこともあった。[22]

（六）ウィリアムズの「触覚主義」

一九一七年、アレンズバーグ・サークルは『ロングロング』というダダイズム雑誌を刊行した。これはいかにもダダイスト雑誌らしく一号で終わってしまう。ところがその創刊号にして廃刊号の第一頁に、ウィリアムズの彫刻の写真が掲載されているのである。[23] ピカビアはこれを「触覚主義」と呼んで高く評価した。フランスに帰国後の一九二一年、彼はパリの雑誌『コメディア』に「「触覚主義」について」という短い文章を書き、「触覚主義」の発明者としてウィリアムズを紹介している。

マリネッティは良さそうな奴なので、私は彼が本当に好きなのだが、その彼を悲しませて申し訳ない。というのも、触覚芸術は一九一六年ニューヨークでクリフォード・ウィリアムズ嬢により創造されたことを思い出してもらわなくてはならないからだ。上記の複製は最初の触覚彫刻の一つであり、これは私がマルセル・デュシャンとニューヨークで出していた『ロングロング』という小雑誌から引用したものである。一九一八年ポール・ギヨームのギャラリーでクリフォード・ウィリアムズ嬢に関する会議が開かれており、その内容は『メルキュール・ド・フランス』に掲載された。マリネッティがアメリカに多くの友人を持っていることを考えると、彼がこの新しい会議を知らなかったということは、全くあり得ない。彼はあらゆるものを生み出したと自慢するが、私が思うにそれは想像妊娠に過ぎないのだ[24]！

未来主義者フィリッポ・マリネッティの剽窃問題はともかくとして、ウィリアムズの作品がパリの芸術家の間でも真剣な討議の対象とされていたことは興味深い。そしてニューヨークの美術界も油絵で新境地を開いた彼女に注目していたのである。

一九一七年、アメリカでは独立芸術家協会が結成され、「審査なし、賞もなし」をスローガンに大規模で自由な展覧会を開催し始めている。それまでは長いことナショナル・アカデミーが展覧の機会を独占していたが、二〇世紀初頭の二〇年間における急激な手法の変化と芸術家人口の増大に対応できなくなっていたのだ。新協会の結成にはアレンズバーグ・サークルの米欧の画家も加わっており、展覧会開催は一九四四年まで続き、アメリカにおけるモダニズムの広範な受容に大きな働きをしたとされている[25]。

ウィリアムズも一九一七年の第一回（四月一七日～五月六日）と翌年の第二回展覧会にそれぞれ二作ずつ『一九一五』『二つの旋律、一九一六』および『素描』二点を出品した。そのうち『二つの旋律、一九一六』はフィラデルフィア美術館がアレンズバーグ・コレクションの一つとして蔵している。また行方不明の『素描』二点うち一点は、白黒写真が独立芸術家協会発行の展覧会カタログに掲載されている。[26]

『二つの旋律、一九一六』はバックを灰色とし、画面中央を縦に貫くうす緑の捻れた葦の葉のようなものに羽虫を思わせる黄色の物体が止まっている。左右と上部からあわせて三本の柔らかな黄色の曲線が緑の帯を通過し、ほぼ正方形の画面の下端には茶色の直線が画面の一割弱の幅で描かれて、緑と黄色の曲線とコントラストを構成している。この作品は話題を呼び、ニューヨークの代表的雑誌『アウトルック』五月二日号は、展覧会をめぐる「『独立』した絵とそうでないもの」という記事の中で、次のように報じている。

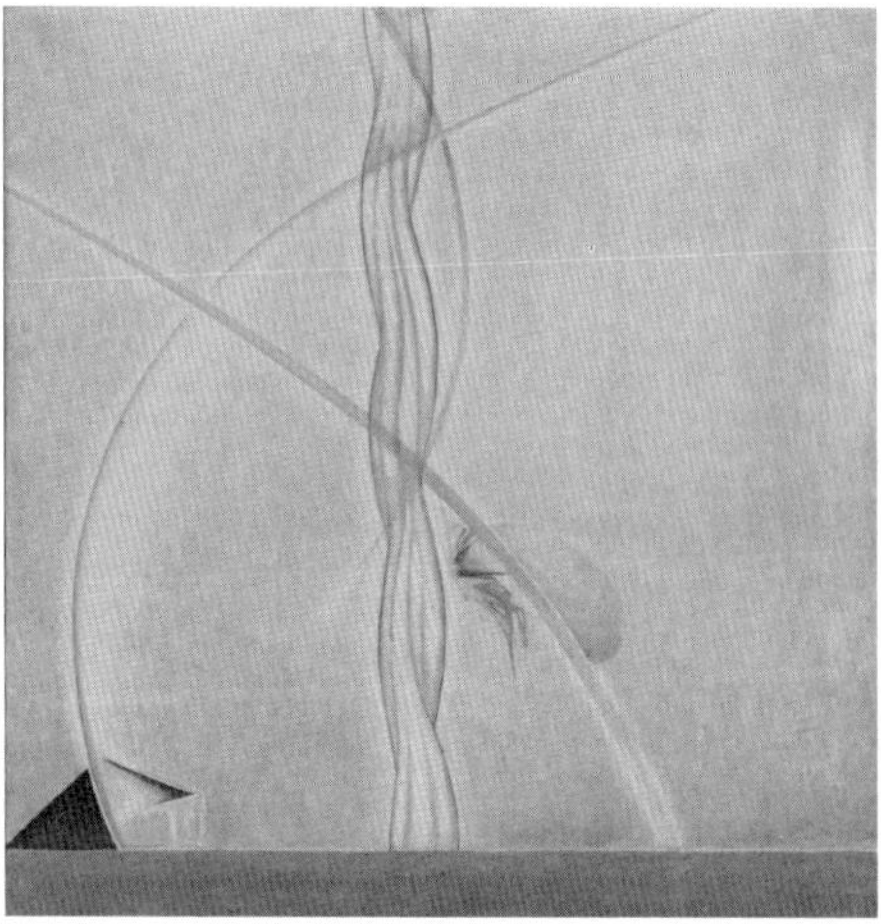
イーデス・クリフォード・ウィリアムズ『二つの旋律』
1916年、フィラデルフィア美術館所蔵
Two Rhythms © The Louise and Walter Arensberg Collection, 1950, Philadelphia Museum of Art

新流派の別の画家で『二つの旋律』という作品を絵画部門に出展しているクリフォード・ウィリアムズ嬢は、自作の詩の解説を拒んだブラウニングのように、見る人に何がしかの印象を引き起こすことを望んでいると答えた。もしもその絵が髪の毛を登るノミのように見えると考える者がいたとしても、そう解釈するのはその人の自由であるが、この作品のインスピレーションを構成しているのはそんな下品なテーマではないと否定した。充分明白に「それはリズムの観念を表している」のである。(27)

第一回展覧会にはアーモリー・ショーの倍の二〇〇〇を超す出品があり、『二つの旋律』はそのうち買い手がついた四五点の一つであった。買い手は J. R. McCurdy という人物であったが、のちに作品はアレンズバーグのコレクションに入っている。(28)

第二回展覧会に出品された『素描』は縦長の画面に左下から右上に向かって広がる網状のものを描いており、『二つの旋律』とはひと味変わったイメージを表しているようだ。

ウィリアムズの作品のうち現存しているものには『二つの旋律、一九一六』のほかに、『一九一四』がある。(29)これは『ワシントン・ポスト』の女性オーナーで美術品の収集家としても著名なキャサリン・グラハムの所蔵で、私はグラハム氏のご好意でカラースライドを頂戴した。この作品の構成はすでに紹介した二作とは異なり、太陽のような点を多角形の平面が数枚折り重なるようにして囲んでいる。

それでは彼女はどのような経緯でアレンズバーグ・サークルに加わったのであろうか。アレンズバーグのサロンに集まった芸術家の多くが、スティーグリッツとも親しい関係を持っていた。スティーグリッツに飽きたらぬ気持ちを抱いていた彼女はおそらくほかならぬスティーグリッツあるいはギャラリー「二九一」を通じて、さらに前衛的なアレンズバーグ・サロンと交流を持つようになったのであろう。

胡適日記によればウィリアムズのニューヨークにおける住所は一九一四年から一五年にかけてはマン

ハッタン島北西部のヘイブン街九二番地であった。しかし一九一七年の独立芸術家協会カタログ名簿欄は、六七丁目西六七番地と記している。つまりアレンズバーグのアパートと同じ通りに転居しているのだ。[30] ハドソン川を望む自然豊かな旧居を出て、新興のアッパー・ウェストサイドに移ったのは、アレンズバーグ・サークルとの親しい関係によるものと想像される。

（七）恋愛

胡適は一九一四年一〇月二〇日の『日記』に「変人E・C・ウィリアムズ女士」を書いて彼女を再登場させ、次のように記している。なお二人が湖畔の散歩を楽しんだのは、土曜日、すなわち『日記』記載の日より三日前のことである。

土曜日にウィリアムズ女士（Edith Clifford Williams）と出かけ、湖畔を散歩、絶好の日和であった。道が尽きると東に折れ、数里進むとエトナ村に着いたのでようやく引き返すことにして、フォーリスト・ホーム村を経て帰った。数日来の雨続きのあとで、今日初めて晴天となった。落葉が小道を埋め、夕日が山の端に懸かり、吹く風は涼しく、秋の気配も深い。この日は三時間も歩いたのだが、歩きつつ話していたので、日の暮れるのも忘れていた。

女士は地質学教授H・S・ウィリアムズの次女、ニューヨークで美術を学ぶ。思慮深く、知識も豊富で、その高潔さはほとんど変人の域に達している。豊かな家に生まれたというのに、身なりにも構わない。自分で髪を一〇センチほどの長さに切ってしまったことがあるが、母と姉は心の内では反対していたものの、どうにもしようがなかった。それほどの変人なのである。私が冗談に「J・S・ミルに『現代人には変人のおこないをする者が少ない。これこそ現代社会の目に見えぬ病なのである。』〔私の言う「変人〔原文：狂狷〕」とは英語のEccentricity のことだ〕という言葉があります。狂とは美徳であって病ではないのです。」と言うと、女士は「故意に狂となったのでしたら、そんな狂はとるに足りませんわ。」と答えた。私ももっともだと言った。私たちが女士宅に戻ったときはすでに六時だったので、そこで夕食。夕食後、暖炉を囲んで話し、九時になってようやく帰宅した。

〔補遺、『胡適全集』第二七巻五二七頁〕

身長一メートル五〇という細身で小柄な女性画家は胡適よりも六歳年長であったが、すらりと背の高い彼と並んで歩くと似合いのカップルであったろう。ウィリアムズは散歩の次の週末にも、ニューヨークから戻り、その次の週末にも帰省して胡適と親しく対話している。すでに述べたように、イサカ・ニューヨーク間は直線距離で三〇〇キロも離れており、夜汽車で往来する距離であった。しかも彼女は「家庭内の保守的空気に対し……これを監獄のように見なし、遠くニューヨークに去って、一年に数度しか帰らない（『日記』一九一五年二月三日）〔補遺、『胡適全集』第二八巻三一頁〕」女性であったのだ。このような〝変人〟ウィリアムズがこの時期には足しげく帰省しているのは、胡適を慕う気持ちに衝き動かされていたからに相違あるまい。

胡適も翌年一月、二月とコスモポリタンクラブ〔アメリカ各地の学生・教授と留学生との親睦会〕の会合や大学クラブによる増兵反対討論会に出席するため二月続けてニューヨークを訪問した際には、必ずウィリアムズの下宿を訪ね昼食をご馳走になり、美術館などでデートをしている。二月の『日記』から引用したい。

一三日朝ニューヨーク着、ウィリアムズ女士とプールさんに電話して面会を約束。一一時にプール来訪、再会を喜び合う。……〔コロンビア大学大学院生のプールと第一次世界大戦をめぐり議論したのち〕一時にウィリアムズ女士を自宅に訪ねると、女士は食事の用意をしており昼食を共にした。二時間ほど話し、共に外出して、ハドソン川縁を散歩する。この日天気は良く、夕日の落ちる前、この河辺一帯は、ニューヨーク最上の風景であり、長く歩くうちに、ニューヨークの喧噪の内にいることも忘れるほどであった。一時間ほど散歩してから女士の家に戻り、六時半まで話して別れた。〔補遺、『胡適全集』第二八巻五一頁〕

当時写真家スティーグリッツに傾倒していたウィリアムズは、胡適宛の手紙にマンハッタン・ヘイブン街九二番地の部屋の窓から撮ったという鬱蒼たる並木の写真数葉を同封したこともある。ヘイブン街の西斜面はハドソン川へと急傾斜しており、今は高層アパート群が立ち並ぶこの一帯も、当時は緑地として残されていたのであろう。「絵心深き景物の選びようは、凡手の及ぶものではない」と絶賛した胡適は、その写真のうち二葉を日記に綴じ込み、四半世紀後の一九三九年に『蔵暉室札記』として刊行する際、これを図版として収録した。ちなみに一九一七年五月の帰国まで三年足らずの頻繁に往来していた時期に胡適がウィリアムズに送った手紙は一〇〇通前後にのぼるという（『日記』一九一七年五月四日（補遺、『胡適全集』第二八巻五五七頁））。

年は明けて一九一五年、胡適の方が一月と二月に一度ずつニューヨークにウィリアムズを訪ね、彼女のアパートで昼食を共にしあるいは午後の談話ののちレストランに出かけて夕食をとった。そして初めてのデートと同じように夕日に照らされたハドソンの河辺を歩いている。ニューヨーク二月の厳寒も、燃え上がる二人の胸を鎮めることはできなかったのだ。

一月の出会いの折、胡適は自分には母の決めた会ったこともない婚約者がいること、苦労の末に自分を育ててくれた母の孝子であるためには、ウィリアムズとの愛を育むことはできないと、苦しい胸の内を明かしたもようである。すでに述べたように許嫁といっても当時の中国では結婚するまでは数カ年におよぶ留学を前にしていても一目会うことさえ許されなかった。そのいっぽうで胡適は幼時に父を亡くしており、うら若い寡婦の身で前妻の自分よりも年上の義理の息子と娘に囲まれながら幼い胡適を育て上げた母の苦労を骨身に滲みて知っていた。またアメリカ留学経験は彼に中国の近代化こそわが使命と教えていた。孝子たらん、愛国者たらんとする彼には、ウィリアムズを伴侶に選ぶことは許されなかったのである。

それでもウィリアムズは二月の初めに手紙を送り、結ばれることのない胡適を最良の友として交際し続けることを許している（『日記』一九一五年二月三日〔補遺、『胡適全集』第二八巻二九頁〕）。そして胡適は彼女を追うかの如く同年九月二〇日、コロンビアの大学院に転学するため、五年の歳月を過ごしたイサカをあとにして、夜行でニューヨークに出た。その時の心境を胡適は次のように述べている。

とうとうイサカを去ることになった。私はかつてイサカを「第二の故郷」と呼んだことがあるが、今別れに当たってイサカは、私にとって第一の故郷と呼んで不足なきことを思い知らされた。（九月二一日『日記』〔補遺、『胡適全集』第二八巻二七一頁〕）

この「第一の故郷」には、胡適と入れ替わりにウィリアムズがニューヨークから戻ったもようである。遥かニューヨークまで出てきたというのに、再びウィリアムズと別れることになった胡適は、真下にブロードウェイを臨むコロンビア大学三寮の一つFurnald Hall五階の部屋で、「故郷」の恋人を夢を見続けていた。[31]一〇月一三日の「相思」という『日記』には、次のような告白が記されている。

あなたと別れて今日で一〇日が過ぎたのみ。なぜ一〇日の間に二晩も夢であなたを見たのでしょう。最初の夜の夢で、もう会えないという手紙を受け取りました。老いた母が日増しに衰え、遠くに別れられないというのです。

昨夜は夢であなたが帰ってきて、歓びつつ共に腰を下ろしました。私に故郷のこと、なつかしい人々が私のことをしきりに思っていると話してくれたのです。

私は淡々とした人間で、「愛」とは何かよくわからない。それは古人の言う「相思」のようなものなのでしょうか。〔補遺、『胡適全集』第二八巻二七五頁〕

（八）デートの自由

ウィリアムズの両親も娘のボーイフレンドである胡適に対し非常に好意的で、イサカ時代には彼を数十回も食事に呼んでいる。ニューヨークに去った胡適が八カ月ぶりに「故郷」に里帰りした際にはウィリアムズ家に八日間滞在し、翌年帰国に際し胡適がイサカに寄ったときも同家に四泊しており、『日記』には「とても別れがたかった。ウィリアムズ夫人とウィリアムズ女士は家族肉親のように扱って下さり、ことに別れが辛かった。」と記しているのである。

才気溢れる中国人留学生と、知的魅力に富んだアメリカのダダイスト画家――それにしてもこの絶妙な組み合わせのカップルは、頻繁にデートと文通とを重ねながら何を語り合っていたのだろうか。

『日記』によれば、二人は「ニューヨークの美術館で見た」中国美術を語り（一九一四年一〇月二四日）、R・

キップリングの戯曲を観劇し（一五年五月八日）、ヨネ野口が前年オックスフォード大学で行った講演『日本詩歌の精神』を読み（一五年一〇月）、そしてウィリアムズ自身も出品したアヴァンギャルド派の独立美術家協会展覧会に連れだって出かけている（一七年五月四日）。しかし二人が何よりも熱っぽく語り合っていたのは、若い二人が共に直面していた問題――世界大戦と家制度であった。

ウィリアムズの父はコーネル大学の教授であり、教授の令嬢ともあれば相応の身だしなみが求められよう。当時のアメリカでは未婚の男女が出会うときには、シャペロンと呼ばれる既婚婦人の付き添いを頼むのが習慣であったが、女学生時代の豊かな髪を一〇センチ残して断ち切っていた彼女は、そんな陋習には構わなかった。そもそも断髪の女性は共産主義者よりも過激であると恐れられており[32]、ダダイストの彼女は筋金入りの「過激派」であったのだ。

胡適はウィリアムズとの親密な交際が始まった直後、ユダヤ人男女七人に招かれてピクニックへ出かけた際は、「西洋の若い男女がピクニックなどに一緒に出かけるときは、常に中年既婚の女性に同行してもらい、嫌疑を避ける。これを『挟保娘』Chaperon と称し、西洋の良き習慣である。（一九一四年一一月一五日）」と記していた。二〇世紀初頭のアメリカでは「未婚の娘が都会の夜の催し物に出かけるような場合には、必ず付き添いの婦人（シャペロン）が同伴しなければならなかった。」この習慣が崩れるのは二〇年代に入ってからなのである[33]。

許嫁にも会えない伝統的中国の習慣からみれば、シャペロンでも大変に解放的でしかも「嫌疑」を避けられる合理的な習慣に思えたのであろう。しかしウィリアムズとの交際が深まるにつれ、胡適の考えはさらに解放されて次のように記すに至る。

アメリカの家庭も真には自由でなく、男女交際に関して無意味な形式が多い。大家と称する家では、ことに枝葉にこだわる。……高尚な思想と精神を持つものは、束縛すべきではない。束縛すれば、むやみにその士気を損ね、独立の精神をくじくだけなのである。

私はロシアの小説を読むたびに、男女交際がアメリカよりも遙かに自由なのに驚いてしまう。青年男女が道義と志で相結ばれ、共に一芸を学び、共に一事を謀り、音楽会に集まり、国事のために奔走しており、男女は互いに平等同列と考え、差別視したり、劣情を催すことなどはない。これこそ真の同権であり、真の自由であり、この国の保守的な老婆には理解できぬことである。（一九一五年五月二一日「アメリカ人はロシア人ほどには自由を愛さぬ」〔補遺、『胡適全集』第二八巻一四五頁〕）

続けて六月五日には「アメリカの男女交際は不自由」という題で、ウィリアムズとその友人は胡適の誘いに応じて彼の部屋で中国茶をよばれて行ったが、隣室のフランス文学の教師が図書館の女性職員たちを自室に誘ったところ、シャペロンがいないため行けぬと断られたというエピソードを記し、「これは極めて些事ではあるものの、私が前に記したこの国の男女交際の不自由さを証明するものである。」と述べている〔補遺、『胡適全集』第二八巻一五三、一五四頁〕。

このような今日のアメリカ（それは胡適在米期に形成され二〇年代に顕在化したアメリカなのだが）とは大

いに異なり「自由を称するのみで、その社会は宗教慣習を尊び、保守の気風が根深く、それは旧家、大家に甚だし」かった一九一〇年代のアメリカにおいて、ウィリアムズはまさに「革命的な視点を持った女士」（一九一五年二月三日『日記』〔補遺、『胡適全集』第二八巻三一頁〕）であった。

そんなウィリアムズと大学教授夫妻である両親との間では、意見の衝突が生じていたもようである。胡適と知り合って間もない時期に、彼女は「もし私の意見と家の両親の意見とが衝突することがあれば、私は折れて親の意見に合わせ平安を求めるべきなのでしょうか」と胡適に問うている。胡適は『日記』に東洋人の考え方は親の言うとおりに堪え忍ぶことであり、西洋人の考え方は折れることなく自己の信念を貫くことだと述べた後、次のように記した。

そもそも人類の進化は、すべて個人の自己主張によるものである。思想の進化は独立思考の人の賜である。政治の進化は維新革命家の賜である。もし皆が他人のために自らの思想言動の独立と自由とを止めてしまうのであれば、人類にはまったく進化がなくなってしまうであろう（ミルの『自由論』はこの説を最も強く主張し、イプセンの名作『人形の家』もこの意見を書いている）。私は家庭に関しては東洋人に従い、社会国家政治に関しては西洋人に従う〔補遺、『胡適全集』第二七巻五三八、五三九頁〕

ここでイプセンの『人形の家』が例に挙がっているのは興味深い。胡適はコーネル入学後に英文学の授業を履修、全五〇巻のハーバード古典叢書を購入してヨーロッパの古今の名作を読んでおり、一九一四年以後は特にストリンドベリ、ハウプトマン、ショーなどの社会劇に関心を寄せていた。その中でも女性と家庭の問題を扱ったイプセンの一連の作品に特に興味を抱いていたのである。女性と家との対立という点に、胡適はウィリアムズとノラとのあいだに共通するものを感じたのであろう[34]。

家制度をめぐる胡適の考えは、中国の伝統的制度の擁護からアメリカの伝統的風俗に傾斜し、さらに自由恋愛の肯定へと急進化していった。しかしウィリアムズには、ノラのように決然と家を出て恋人と共に中国に渡ることは難しかった。そして胡適もまた中国の家を捨ててアメリカに残留することはできなかったのである。

(九) アメリカの家、中国の家

先に引用したように、胡適は一九一四年六月七日の『日記』で中国の伝統的大家族制度の弊害を指摘していたが、その二カ月後の八月一六日の『日記』「ある模範家庭」では逆にアメリカの核家族制の問題点を取り上げているのは興味深い。

友人フレッド・ロビンソンの妻の兄キングさんが余をご自宅での食事に招く。キングさんには息子と娘が三人ずつおり、娘二人は歳をとっても嫁に行かず、既婚の子供たちも近くの村内におり、しばしば両親の元に帰ってくる。今日は日曜日で、二人の娘は共に在宅し、息子の一人が妻と二人の孫を連れて里帰りし、ロビンソンさんとその妻もいたので、一家団らんで大いに盛り上がり、羨ましい限りであった。思うにわが国の息子夫婦は両親と同居して両親を養い、西洋の息子夫婦は結婚後遠方に行って別に家庭を作り、両親を省みない。どちらもみな極端で、過ぎたるは及ばざるが如しである。……その間をとれば息子夫婦の結婚後は、父母と別居はしても遠くには行かず、しばしば行き来するということになり、キングさんの家はその例である。こうすれば家庭内の齟齬は滅多には生じず、息子夫婦と父母は共にその自立性を保てる上に、親子の間は疎遠にならずに済むのである。〔補遺、『胡適全集』第二七巻四五〇、四五一頁〕

ウィリアムズも、女性を縛る旧制度をめぐって両親と対立するいっぽうで、その両親の老後の扶養に心を砕いていたもようである。『日記』からうかがう限りでは、ウィリアムズ家は両親と長男、長女そしてウィリアムズがいる核家族であり、胡適が出入りしていたときには、長男はすでに結婚しニューヨークで二児の父となっており、長女もすでに結婚して家を出ているようすであった。

先に引用した一九一五年一〇月一三日の『日記』「相思」で、胡適が夢に愛する人が現れ「老母が日増しに衰え、遠くに別れられない」と告げたというのは、ウィリアムズが胡適と連れ立ち中国へ渡ることを躊躇せざるを得ない彼女の家の事情を語ったものであろう。

いっぽう彼女の両親は、胡適と娘との奔放な交際を暖かく見守りながらも、国籍と文化を異にしていた二人の愛のゆくえに秘かに胸を痛めていた。[35]一九一六年一月、母のウィリアムズ夫人はニューヨークの胡適に手紙を送って次のような問いを投げかけたという。

東洋人はその心の奥深くで、真実にそして正直なところアメリカの若い女性たちのことをどのように考えているのでしょうか。因襲にとらわれぬ彼女たちのことを。

夫人は一九世紀的アメリカのビクトリア風の礼儀作法に則り、あなたは娘のイーデスのことを……と書く代わりに、婉曲的に〝東洋人 an Oriental〟は〝アメリカの若い女性たち some American Young Ladies〟のことを……と記したものであろう。この手紙は、胡適の真意、イーデスとの結婚に対する真意を尋ねるものであったと考えて良いだろう。胡適の回答は次の通りであった。

人は専制主義か自由主義、女性を人形として扱うか自由な人間として扱うか、そのどちらかを選ばねばなりません。……現在、アメリカでは女性とは自由で理性的な存在であるという原則に基づいて女性の処遇がなされております。あなたは女性〔原文 she〕が自由の状態に置かれたとき、時に因襲からはずれるにしても、自由に理性的に行動する能力が女性に〔原文 she〕あるという自信をお持ちでしょうか。……もし自信をお持ちでしたら、彼女を真実自由にしてあげなさい。彼女自身が正しく合理的な行動だと考えることをさせなさい。……
自由と奴隷性との間には妥協点は存在しないのです。〔一九二七年一月二七日『日記』〔補遺、『胡適全集』第二八巻三〇九頁〕〕

胡適はダダイスト画家の娘を持つアメリカの母に対し、実に模範的な回答を行ったといえよう。しかし、ウィリアムズ夫人が最も心を痛めていたであろう娘の結婚問題については、胡適はついに「あなたのお嬢さんを私に……」と許しを乞うことはできなかったのである。この手紙の四日後、胡適は今度はイーデスの父ウィリアムズ教授に中国の革命情勢をめぐる手紙を書いている。

私は革命を非難しません。それが進化の過程において必要とされる段階であるからです。しかし、私は未熟な革命は望みません。それが一般に犠牲が多くそのため成果に乏しいものであるからです。……このために、私は現在中国で進行中の革命に対し、深い共感を抱きながらも過大な希望を寄せてはいないのです。〔補遺、『胡適全集』第二八巻三一五頁〕

一九一五年一二月、中国では中華民国の民主的法制を廃止して皇帝の座に着こうとした袁世凱の野望に対し、各地で第三革命の蜂起が続いていた。おそらくウィリアムズ教授が胡適に混沌とした中国情勢に対する彼自身の態度を尋ねてきたため、このような手紙が書かれたのであろう。しかし、ウィリアムズ教授――政治学者でも中国学者でもなく年頃の娘を持つ地質学者のこの問いかけには、君は私の娘を革命に揺れる中国へ連れていくつもりであるのか否か、という切実な問いがこめられていたことであろう。しかし胡適はこのような決定的な機会に恵まれながら、再度イーデスへの求婚を見送らざるを得なかったのである。

いっぽう胡適は中国の母宛一九一五年二月一八日の手紙で、アメリカでは男女が平等に大学教育を受けていること、その男女交際のありさまなどを伝えており、ウィリアムズについても次のように述べている。

この国で知り合った女性の中で、この人と最も親しい付き合いをしております。女士は思慮深い人で、心根はやさしく、見識は高く、私も多くの教えを受けております。私が折に触れ母上のお人なりをお聞かせいたしたところ、女士はそのたびにたいそう感心されまして、母上に宜しくと私に言付けられております。もしお暇がございますなら、何卒手紙を書き送ってあげて下さいませんか。

〔補遺、『胡適全集』第二三巻七三頁〕

こうして胡適の母とイーデスとのあいだには儀礼的な手紙のやりとりが行われた。また母は胡適宛の手紙で、ウィリアムズ夫人にくれぐれもよろしく伝えてほしいとことあるごとに書いており、郷里の名産を送るべく用意をしたり、刺繍入りのハンカチを贈ったともいう。(36)

そのいっぽうで許嫁の江冬秀の家では、胡適がアメリカで結婚したという噂が流れていた。胡適の母は胡適を義理の息子として可愛がってくれていたイサカのパターソン夫妻に「ウィリアムズ女士という方がいらっしゃいますが〔中略〕中国の習俗では、一度婚約すればこれを解消することはできないのです」という手紙を送っている。これは義父の立場からウィリアムズをめぐり息子に対し意見して欲しいと依頼するものであったのだろう。

パターソンは二〇年後にコーネルに留学してきた章元義にこの母の手紙を訳させてから、その訳を胡適自身の訳と比べたのちに「二〇年来、私は胸のつかえが取れなかったが、今日にして初めて胡適が私に嘘をついていなかったことを信じられた」と語ったという。ちなみにこの章元義の二一歳年上の兄は胡適の親友で同時期にコーネルに留学し、胡適と共にパターソン夫妻から義理の息子として遇されていた章元善である。[37]中国では婚約は解消できぬという母の言葉が胡適自身の言い訳に聞こえるほどに、パターソンには胡適とウィリアムズとは結婚してしかるべきカップルに見えていたということであろうか。

胡適自身も母への釈明の一九一五年一〇月三日手紙で、文明の習俗である一夫一妻制を守るためにも決して婚約を破棄するようなことはない、と述べ「この国で女性と交際するときには、相手が中国人であろうとアメリカ人であろうと、すべて最初に私が婚約者を持つ男子であることを知らせているのです」と書いている。[38]

胡適とウィリアムズ、深く互いを理解し啓発しあっていた一組の恋人は、それぞれの母国の旧習に精一杯の抵抗を試み、自由独立の理念を追求していた。しかし胡適の家と彼女の家の実状は、二人がロシアの青年男女のように「道義と志で」結ばれることを許さなかったのであった。

胡適が最初にニューヨークのウィリアムズのアパートを訪れてまもなく、彼は彼女から長文の手紙を受け取り、これを「c・w・が男女交際を論じる」と題して二月三日の『日記』に収めている。なおc・w・とはウィリアムズのミドル・ネームおよび姓のイニシャルである。

よくご存知のように、私には高貴な人間にとり何がふさわしいかと考える癖があります。……高貴な人々――それはさらに高貴な人間の美しい行為を見つめ、常にこれを理解しようと魂を燃え立たせる人々のことですが――の間に唯一存在する「礼節」とは心の礼節です。それは当然のことですよね。ともかくも二人のうちの一方にとって考えるに値することは、共に考えるに値することではありませんか……

一方がまともに対処したのち不適切だと捨て去ってしまうことが数多くあるものだと一人で判断し、そして口に出すまでもなく素早くそれを実行してしまうのであれば、それは当然の結果として礼節に反することなどではありえません。そして男女の交際（あるいは友情）においても当然これは当てはまることでしょう――もしも真の性的魅力が明確に理解されその正当な限りにおいて価値判断されており、しかもそれが有効ではありえないと自覚されているとき、もしも二人の友情のより高貴な側面へと関心を換えることによりそれを脇に追いやってしまうならば。そしてこれを実行しようとする努力の可能性により、豊かな人間同士のあらゆるコミュニケーションが「礼節の意識」により型どりされるのではないでしょうか。人の真なる生とは結局は肉体ではなく精神なのです。当然、最も親密にして活気に溢れた心の相互作用が二人の、二人だけの間に生まれることでしょう。二人の女性の間でもそうですし、二人の男性の間でもそうであると信じておりますし、そして一組の男と女の間でもそうなのです……

教育——選択——そして活発なる行動——これこそ一国の国民が発展していく道ではないでしょうか。〔補遺、『胡適全集』第二八巻二九頁〕

「口に出すまでもなく不適切だと捨て去ってしま」ったこととは、おそらく胡適の婚約の事実を指すのであろう。胡適とウィリアムズとの感情が燃え上がってはじめて、彼は彼女に江冬秀の存在を語り、さらに祖国に帰ってその近代化に尽くさねばならぬと告白したのであろう。彼女は結ばれることのない胡適を、プラトニックな愛の対象として受け入れることをこの手紙で承諾しただけでなく、教育による中国の近代化を目指しなさいと胡適を励ましているのである。胡適は手紙の感想を畏敬の念と共に次のように記した。

ここで論じられている男女交際の「礼節」は、卓見というべきである。これはいわゆる最も自由放任のアメリカにおいてさえも、聞く人を驚かす議論である。〔補遺、『胡適全集』第二八巻三一頁〕

（一〇）胡適の中国近代化論

胡適とウィリアムズが運命的な出会いを果たした翌月の一九一四年七月、ヨーロッパで第一次世界大戦が勃発している。世界大戦は若いカップルにそれぞれの祖国の現状を注視させ、ウィリアムズは確固とした反戦の信念を抱き、胡適を感化していた。[39] 同年一二月九日の『日記』には次のように記されている。

わが友ウィリアムズ女士はふだんは絵を学んでいるが、ヨーロッパ大戦が始まってからは、興奮激昂し、絵を学ぶ気力もなくなり、ニューヨーク赤十字会に手紙を送って従軍看護婦を志願したが、返事が届いたところ、女士は看護婦未経験のため断られた。女士はいよいよ憤慨していた。余は〔ナポレオン軍がオーストリア・プロイセン軍に破れたライプツィヒの戦いの日にゲーテが戯曲を書いていた故事を引き〕人間がこの世に貢献するためには、分業すべきであり、一つの不朽の歌、一枚の不朽の絵を製作することも世の中に貢献することではないか、と話した。……女士は納得して、旧来の勉強に戻った。〔補遺、『胡適全集』第二七巻五七六、五七七頁〕

ウィリアムズは「人類の性善が良心にまで発展し、これが善行となって現れることを深く信じている（一九一五年二月一四日『日記』）」女性で、大戦により大量の兵士が殺傷されていくのを座視できなかったのである。

世界大戦が始まりヨーロッパ勢力が中国から後退すると、その隙を狙って日本は一九一五年一月、袁世凱大総統に各種の帝国主義的利権を要求する対華二一カ条要求を突きつけた。中国民衆は条約締結の五月九日を国恥記念日として激しい抗議運動を展開、在米の留学生界も大いに憤激し、ベルギーのようにドイツ軍に蹂躙されても良いから戦えという対日開戦論まで飛び出していた。これに対し胡適は「留学生界への公開書簡」を発表し、周到な計算の下に対独抵抗に踏み切ったベルギーが現在置かれている悲惨な状況を説明しながら、軍備の圧倒的に劣勢な中国に勝ち目はないこと、留学生は本来の勤めである勉学に励むべし、と諭している（一九一五年三月一九日『日記』〔補遺、『胡適全集』第二八巻八五〜八九頁〕）。

実は欧州大戦におけるベルギーについては、先にウィリアムズが胡適に「日本が中国の中立を犯しているのに、中国政府は抵抗せず、外国人には国の体面を失っているように見えます。しかし中国政府がベルギーのように武力でこれに抵抗すれば、その得失利害は予測し難いとはいえ、無抵抗による損害よりも百倍も千倍も大きいに違いありません。」と語ったことがあった（一九一四年一一月一三日『日記』〔補遺、『胡適全集』第二七巻五五七頁〕）。

それでも胡適は日本に対して甘くなりがちなアメリカの世論を啓蒙するために、『ニュー・リパブリック』『イサカ・デイリー・ニューズ』『アウトルック』などの新聞・雑誌に中国の立場を説明する投書を行い、これに対する読者の反響も大きかった。これを胡適は「執筆報国」（『日記』一九一五年三月一日〔補遺、『胡適全集』第二八巻六一頁〕）と称していたが、今度はウィリアムズが胡適の「興奮激昂」を諌める番であった。五月二八日の『日記』に胡適は次のように記している。

c・w・と今後は私たち二人が選んだ専門にそれぞれ専心し、全力を尽くして成し遂げんことを約束しあった。……私のふだんの過ちは、広く学ぶあまり専門化せぬ点にある。さて国勢を振り返っては、今日の祖国はあらゆることで人材を必要としており、私は博識を蓄え、将来国民の指導者となる準備をせねばならない、といつも考えてきた。これが間違った考えであることがわからなかったのである。私は十数年も学んでなおも分業合作の意味がわからないのだろうか。私の精力には限りがあり、全知全能とはなれない。私が社会に貢献できるのは、自分の専門を通じてのみである。私の天職、私の社会に対する責任はただ力の限りできることをすることのみである。……今後はすべてを断ち切り、哲学を専攻して、中国西洋両者の哲学を習得する、これが私の選択である。〔補遺、『胡適全集』第二八巻一四八頁〕

翌日には、ウィリアムズに手紙を書いて次のように述べている。

私は長いこと私を正しい道に導いてくれる舵手を求めていました。これまであなたを除けば誰も私が渇望するものを与えることはできませんでした。……この中日間の危機がすべてをひっくり返し、再び私は無関係な活動への言い訳を見つけ出したのです。……私は昨日あなたが私に言った通

りに生きようと思うのです……〔補遺、『胡適全集』第二八巻一四八、一四九頁〕

ウィリアムズは恋人の母国の状況に深い関心を寄せ、己の才気をたのみ母国の危機を憂えるあまりややもすれば社会的活動に手を広げすぎるきらいのある胡適に対し、留学生の本分を忘れてはなりませんと、適切なアドバイスを行っていたのである。ウィリアムズ自身、世界大戦を憂うあまり従軍看護婦を志願するような理想主義者であり、広い見識と深い教養を持つ女性であればこそ、その言葉には説得力があったのであろう。

このようなウィリアムズとの交際に啓発されて、胡適の考えはどのように変化したのだろうか。一九一五年一〇月三〇日の『日記』には次のように記されている。

私はウィリアムズ女士と知り合って以来、今までの女性に対する考えが大きく変わり、男女交際対する関わり方も大きく変わった。女子教育については、私も以前から確信していた。だがこれまで注目していたのは国民のために良妻賢母を育て家庭教育の予備軍とすることであったのだが、今初めて女子教育の最上の目的は、自由にして独立できる女子を育てることにあるのを知ったのだ。国に自由独立の女子が現れれば、国民の道徳を増進し、その人格を高めることができよう。女子には感化力があり、これを善用すれば衰退しつつある精神を振るい起こし、民衆を教化することができる。愛国者はこれを大事にして発揚し、情勢に応じて役立てることを知らなくてはならない。〔補

遺、『胡適全集』第二八巻二八四頁〕

良妻賢母教育とは、父系家族制において優秀な男児を育てるための予備手段であったが、胡適は自由独立の女性を育てることが国民の自由独立の精神を振興することになると確信したのである。教育と国民国家建設との関係をめぐっては、先に引用したウィリアムズ教授への手紙で、胡適は次のように述べている。

個人的には、私は下から築き上げていくことを選びます。政治の整頓と効率を求めるに、近道はないと確信するようになりました。専制主義者は政治の整頓と効率を求めてはおりません。革命派はこれを求めてはおりますが、彼らはそれを近道――革命により達成しようと望んでおります。私の個人的態度は「何がこようと、国民を教育しよう。将来の世代による建設のためにその基礎造りをしよう」というものなのです。〔補遺、『胡適全集』第二八巻三二五頁〕

こうして胡適において、教育による女性の解放が自立した国民を生み出し、それにより国民国家を建設するというプログラムが描かれたのである。ウィリアムズとの恋は、自由の国アメリカにおいてさえ女性の自立が困難であること、そしてそのようなアメリカで戦いによって勝ち取られた女性の自立には大きな意義があることを胡適の胸に深く刻み込んだといえよう。一九一七年四月に独立芸術家協会第一回展覧会が開かれると、胡適は二度も会場を訪れ、日記に次のような感想を記した。

友人ウィリアムズ女士の描く絵はひとすじの小径を切り開くもので、その志は心中の情感を直接表現することにあるものの、尋常の人物山水画の手法で思いを表現するのではない。それは現代における新派芸術の実験なのである。

欧米の芸術界では最近の数十年に新派が百出し、いわゆる後期印象派、未来派、キュビズムなどさまざまの名称がある。私はこの道については門外漢であり、上手く説明はできない。先月ニューヨークで独立芸術家協会の展覧会が開かれ、出品したものは一千余人にのぼった。そして一人二点の出品のみが許された。私はこれを二度見に行き、深くはその意味は分からなかったが、その中の「空気」がすべて「実験」の精神を持っているのが感じられた。その制作は必ずしも多くが永久の価値を持つものではないかもしれぬが、この「実験」の精神は大いに人を鼓舞するものである。〔補遺、『胡適全集』第二八巻五五六頁〕

女士の絵もこの展覧会に陳列され、開会後数日にして、買い手がついた。展覧会への出品は二千余点にのぼるが、売れたのはわずかに三六点である（『日記』一九一七年五月四日「新派芸術」）。

第一次世界大戦下で国民国家体制への根本的な懐疑を抱いて登場したダダイズムという「新派芸術」に対し、胡適がそれを新しい手法による心中の情感の直接表現と理解し、その「実験」の精神に大いに共感を寄せている点は興味深い。
ところで胡適は留学中に「士大夫階級＝文言、下層民＝白話（古典口語）」という従来の言語意識を逆転させた文言文＝旧、白話文＝新という革命的な言語進化論を着想している。一九一六年、胡適は留学生仲間から激しい反対を受けながらも、口語文の全面的使用を内容とする文学革命を主張するに至る。八月二一日の『日記』には「文学革命八条件」が記されている。

新文学の要点は、おおよそ八項目ある。
（1）典故を用いない。
（2）陳腐な言葉を用いない。
（3）対句を重んじない。
（4）俗字俗語を避けない。（口語で詩や詞を作ることを厭わない）
（5）文法を重んじる。――以上は形式面である。
（6）無病の呻吟をしない。
（7）古人の模倣をしない。
（8）内容のあることを語る。――以上は精神（内容）面である。〔補遺、『胡適全集』第二八巻四三九頁〕

この「文学革命八条件」が、翌年一月号の北京『新青年』誌に「文学改良芻議」という題名の論文となって発表されると、同誌編集長の陳独秀はこれを受けて次号巻頭に「文学革命論」を書き、「貴族文学・古典文学・隠遁文学」を打倒して「平民文学・写実文学・社会文学」を建設しようと呼びかけた。ここにおいて文学革命の運動がいよいよ本格化したのであった。

この八条件のうち（1）（2）（3）（4）の四項が文言からの独立を主張している点は興味深い。そして（6）（8）も自立の精神に関わる条件であった。文学革命の精神は女子教育の精神に通じており、それは自立した国民を育て国民国家を「下から築き上げていく」ための手段であったといえよう。国民国家形成のための思想とその表現を模索する胡適が、国家制度の解体を思考する「新派芸術」に接して「深くはその意味は分からなかった」のはもっともであろう。かたや近代の始原に立ち、かたや近代の終焉に向かっていたのであるから。それにもかかわらず、両者は共に近代国家を直視するアヴァンギャルドとして、「『実験』の精神」を共有していたのである。その両者の視線が切り結ぶところに立つ人こそ、ニューヨーク・ダダにして胡適の恋人のイーデス・クリフォード・ウィリアムズなのであった。

（一一）愛のゆくえ

一九一七年五月、胡適は二四三頁、約九万字におよぶ『中国古代哲学方法の進化史』をコロンビア大学に提出、デューイ以下六名の審査官による二時間半の口頭試問を受けた。翌月の六日、彼は七年間におよぶアメリカ留学生活を終え、ニューヨークを離れて帰国の途に立つ。最初に立ち寄ったイサカではウィリアムズ家に四泊してウィリアムズとその両親らと名残を惜しんだのち、大陸を横断して二〇日バンクーバーに着いた。太平洋航路のクイーン・オブ・ジャパン号に乗船する前に立ち寄った汽船会社には、ウィリアムズの短い手紙が届いており、これを開いた胡適は感慨を禁じ得なかったという（一九一七年六月九日から七月一〇日までの『日記』「帰国記」〔補遺、『胡適全集』第二八巻五七五頁〕）。

しかし、このたびの帰国は胡適とウィリアムズとの永久の別れを意味するものではなかった。帰国後も書き続けられた胡適の日記(40)をひもとくと、両者の文通の記録が散見される。一九二三年五月三〇日の記載によれば、彼女から「イサカの友人たちは来訪を熱望、夏季学校も講義を熱望」という電報が届いたという。たとえば一九二四年一月二〇日の年賀状には、ウィリアムズ家の客間の写真が同封されており、胡適は「この部屋を訪ねなくなって六年と八カ月になる。彼女の添え書きを読むと、胸の締め付けられる思いがする」と述べている。おそらく彼女は学校の教員を務めるかたわら老いた両親の面倒を見ていたのであろう。〔補遺、『胡適全集』第四〇、四一両巻の英文書簡の巻には一九一八年から一九六一年逝去の年まで胡適がウィリアムズに送った約一〇〇通の手紙が収録されている。〕

一九二七年一月一三日の記載は、胡適が講演旅行でアメリカに立ち寄った翌日、ニューヨークからウィリアムズに宛てて長文の手紙を送ったことを述べている〔補遺、同書簡は『胡適全集』第四〇巻二四六〜二四九頁に収録されている〕。はたしてこれを機会に二人は再会を果たしたのだろうか――残念なことに、この日以後のアメリカ滞在中の日記は公刊されていない〔補遺、『胡適全集』第三〇巻（『日記』一九二三〜

一九二七）では同年二月六日から六月五日分は収録されていない」。注（7）に挙げた周質平の書が九七頁で引用しているウィリアムズの胡適宛書簡によれば、二人は再会を果たしたうえ、さらに深い愛情関係を築くに至った模様である。それはさておくとして、一九三七年四月一七日の『日記』には次のように記されている。

今日はc・w・の誕生日。彼〔原文ママ〕のことがしきりに思い出される。〔補遺、『胡適全集』第三二巻六四三頁〕

この三カ月後に日本の対中国全面侵略が開始され、胡適は蔣介石の懇望により九月アメリカに渡り中国への支援を求める遊説を行った。翌年七月、この三度目の渡米を切り上げてヨーロッパに向かった胡適は、ロンドンで駐米大使就任の要請を受けて一〇月に再びアメリカに戻るのだが、三七年七月にヨーロッパに渡る胡適を送ろうと駅に詰めかけた大勢の知人の中には、「外国人のガールフレンド」もいたという。(37) それはイサカから駆け付けたウィリアムズではなかったろうか。

ニューヨーク・ダダは一九一五年から二〇年にかけて活発な芸術運動を展開したが、二〇年代に入ると急速に衰えていく。一九二〇年アレンズバーグ夫妻は最初のカリフォルニアへの旅行を行ったあと、三年後には「太平洋を越えることなくニューヨークよりもっとも離れた」ハリウッドへと転居するのである。(41) その理由としてナウマンは、妻ルイーズが絶えることなく続く夜の招宴に疲れたこと、夫妻両者とサロンのメンバーとの不倫を清算するため、パトロンとしての多額の経済的負担に耐えきれなくなったことなど挙げてはいるが、結局は不明としている。単刀直入に「彼らが深く関わっていたダダ運動が衰退しつつあると認識したため」と述べる研究者もいる。(42) ともかくも夫妻の離脱を契機にニューヨーク・ダダのメンバーは四散してしまうのであった。

ウィリアムズも一九二〇年にはニューヨークを去って故郷のイサカに帰った模様である。一九一八年六月に父ヘンリーがキューバのハバナで急死したため、母の面倒を見る必要ができたのであろう。独立芸術家協会第二回展覧会カタログの住所欄によれば彼女の住所はニューヨーク州イサカとなっており、同年九月二五日付けのコーネル大学地質学部より出された父の業績に関する返書は、イサカ市カユガ・ハイツと宛先を記している。(43)

それでもウィリアムズは一九一九年にもう一度ニューヨークに出てきた。同年のカタログ名簿欄にニューヨーク市六二丁目東三五番地と記されているからである。しかしこの年の展覧会には彼女は出品せず、翌一九二〇年以後はカタログ名簿欄からも消えている。アレンズバーグ夫妻と同様に、ウィリアムズも自らのダダイズム芸術に行き詰まりを感じていたのであろうか。

イサカに戻ったウィリアムズは、やがて亡父がかつてその教授職にあったコーネル大学の獣医学部図書館の初代常勤司書に就任した。一九八二年発行の同学部史は彼女について次のように記している。

一九二四年二月二五日、学部は幸いにも常勤の司書一名を得ることができた。E・クリフォード・

ウィリアムズは非の打ち所のない礼儀作法の小柄な女性で、「キングズ・イングリッシュ」のみを話した。よく整備された図書館の基礎づくりをしたのは彼女である。(44)

図書館に残る学部史関係資料集には、ウィリアムズ宛の問い合わせの手紙や回答に対する礼状が保存されているほか、学部年報にも短い消息が掲載されている。また同図書館には一九二九年頃に撮影された閲覧室で執務中の彼女の白黒写真が保管されていた。白衣や背広姿の研究者が部屋の左側から中央にかけてそれぞれの閲覧席で書見しているのと向かい合うようにして、カードボックスの前の一回り大きい司書用の机と椅子に座って事務を執る彼女の姿が印象的である。短い髪に眼鏡をかけた四〇代半ばの彼女は、司書用の作業衣であろうかベルト付きのコートに身を包み一心不乱に机上の書類冊子に向かっている。この年には彼女は常勤の助手司書一名を部下に持ち、一九四六年六月一日に退職するまで計二二年間、教授と学生たちに信頼され尊敬される司書として勤めたのである。

一九九五年に私が調査に赴いた時のコーネル大学獣医学部図書館はコンピューター化が進んだ鉄筋建ての近代建築で、多くの司書が忙しくしかし和気藹々として働いていた。私が最初にクリフォード・ウィリアムズの調査申し込みのため電話を入れたとき、ウィトカー主任司書は「ああ、クリッフィーのことですね」と応じたものである。数代のちの主任司書はウィリアムズを直接には知らないまでも、名司書としての評判を親しく伝え聞いていたのである。ウィトカー女史の助言で、私はイサカの地元紙『イサカ・ジャーナル』に一九九五年六月一四日号から三日連続でウィリアムズの伝記資料の情報提供を求める広告を載せ、さらに個人的に退休した獣医学部の名誉教授数名に問い合わせの手紙を送った。そしていくつかの回答を頂戴した。その中でS・J・ロバーツ名誉教授の手紙は司書時代のウィリアムズを特によく回想していた。ロバーツ教授の経歴は一九三三年から三八年にかけて獣医学部の博士課程に学び、四年間のカンザス州立大学勤務ののち一九四二年に教授としてコーネル大学に戻り、七二年に退休したというものである。院生および教授として彼女に九年間接したことになる。彼は手紙で次のように述べている。

私はイーデス・クリフォード・ウィリアムズをたいへんよく知っております。彼女は獣医学部図書館の優秀な良心的な司書で、一九四六年に退職するまで私の研究を大いに助けてくれました。ウィリアムズ嬢は快活聡明な方で、よく相談に乗ってくれ、気軽におしゃべりの相手をしてくれ、参考文献を捜し出すのに多くの時間を費やしていました。彼女には中国人の男性の友人がおり、その方がおそらく胡適博士だったのでしょう。彼はよく図書館を訪れて彼女と話をしていたのを覚えています。私はウィリアムズ嬢を親友と見なしていました。彼女は一メートル五〇ほどの小柄で細身の体型で、会話が巧みでほとんどイギリス風のアクセントで素晴らしい英語を話しておりました。学生もスタッフも誰もが彼女をたいへん好いておりました。(45)

胡適が一九二七年に講演旅行でアメリカを再訪した際には、イサカのウィリアムズを訪ねているが、それはロバーツ教授の回想する時代以前のことになる。また一〇年後の一九三七年には日本の中国侵略に対しアメリカの支援を求めるため、この国を三度訪れた際は、ニューヨークで彼女に会っているようすだが、おそらくコーネル大学の獣医学部図書館を訪れる時間の余裕はなかったであろう。ロバーツ教授が見かけたという中国人の友人は、別人と考えるべきであろう。それでも胡適の帰国後も二人は生涯にわたり手紙を交わし、留学終了後の胡適の通信数も一〇〇通前後にのぼることは前述のとおりである。

さてウィリアムズは司書就任の年に母ハリエットよりハイランド通りの屋敷を相続し、一九二九年には父ヘンリーを記念するウィリアムズ基金をコーネル大学に設立している。三二年四月に母が亡くなると、その年の九月には屋敷をコーネル大学の伝統ある高級学生寮アカシアに二万ドルで売却し、その隣のこぢんまりとした家に未婚の叔母オーガスタと住んだ。(46)四六年の退職後も、獣医学部サークルと呼ばれる教職員の妻たちの親睦会に参加していた。(47)一九五二年には叔母オーガスタが一〇〇歳の誕生日を祝福されたのちに亡くなっている。

一九五四年の獣医学部クリスマス便りには「前司書であったクリフォード・ウィリアムズ嬢もイサカに住んでおられます。」という消息が載っているが、(48)六〇年八月には家を売却して西インド諸島のバルバドス島に転居した。(49)この島を訪ねてきたある親戚に、彼女はバルバドスが気に入っていると語ったという。(50)

いっぽう胡適は、一九四五年八月の日本敗戦後まもなくして始まる国民党と共産党との内戦中の四八年一二月、人民解放軍包囲下の北京から蔣介石が派遣した飛行機で南京に脱出、人民共和国成立直前の四九年四月に上海を離れニューヨークに渡って数年間をエミグラントとして過ごした。中央研究院院長として国民党支配下の台湾に居を定めるのは五八年四月のことである。一九六二年二月二四日夕方、胡適は台北の中央研究院でのパーティーで、国民党の言論弾圧に苦言を呈するスピーチを行っている最中に、心臓病の発作を起こして急死した。その死はアメリカでも大きく報道されたが、バルバドスのウィリアムズはどのような思いでこの訃報に接したことであろうか。

そして一九七一年二月三日『イサカ・ジャーナル』は次のような訃報を掲げた。

イーデス・クリフォード・ウィリアムズ嬢八五歳は、一九七一年二月一日月曜日に、過去数年間住み続けた西インド諸島バルバドス島で事故のため死去した。彼女は故H・S・ウィリアムズ・コーネル大学教授の健在であった最後の娘で、勤務先のコーネル大学獣医学部図書館を退職したのちも長年本市ハイランド通りに住んでいた。

彼女は若い時期には画家として注目されており、イサカで暮らしていた間は中国と極東から訪れる学生と研究者の親しい友人であり保護者として知られていた。一九五九年、彼女は本市赤十字社から「今年のボランティア」賞を贈られている。

健在の親族には四人の甥と数人の従兄弟がいる。

葬儀と埋葬はバルバドスのセント・マイケル教会で行われた。

ウィリアムズが生涯を通じて手元に保管していた胡適からの二〇〇余通にのぼる膨大な手紙・電報は、彼女の死後、遺品遺産の整理に当たったゴードン・ペイジ・ウィリアムズにより、台北の胡適未亡人のもとに寄贈された[51]。手紙はその後、中央研究院の胡適記念館に移されたというが、現在では『胡適全集』第四〇、四一両巻の英文書簡の巻に収められているのは前述のとおりである。

アメリカ史では、二〇世紀初頭の大転換期に続く第一次世界大戦終結から世界大恐慌まで、すなわち一九一〇年代末から二九年までの繁栄期を風俗革命の観点からは〝ジャズ・エイジ〟と称する。この〝ジャズ・エイジの桂冠詩人〟と呼ばれる作家フィッツジェラルド（一八九六～一九四〇）は、ミネソタ州セント・ポールの生まれ。胡適よりも五歳年下で、胡適がコーネル大学在学中の一九一三年プリンストン大学に入学し、胡適が帰国する一七年にプリンストンを中退して陸軍少尉に任官、二〇年に文壇にデビューしており、胡適の同時代アメリカ人といえよう。処女作『楽園のこちら側』は、既成の権威や道徳に反逆する〝ジャズ・エイジ〟の若者を描いた作品で、最後は次の言葉で結ばれている。

成長してみると、すべての神々は死に絶え、すべての戦いは戦われ、人間への信頼はことごとく揺らいでいた。

このようなフィッツジェラルドにおける崩壊感覚、アメリカの夢の終焉という認識について、成瀬尚孝氏は次のように述べている。

一八九〇年ついにフロンティアラインが消滅したとき、自然の中に求めたアメリカの夢は終わることになる。以後のアメリカの夢は自然のなかではなく、発展しはじめた産業社会の中で求められることになる。……社会的に言えばフロンティアが消滅するとき、アメリカの夢は成功の夢へと変質する。利己心の肥大化はその夢が持っていた理想の追求とは相容れないからであり、またフロンティアの終焉は夢を実現する基盤の喪失を意味するからである。[52]

胡適はフィッツジェラルドらが喪失した一九世紀的アメリカの夢を継承しつつ、女性解放運動など二〇世紀的アメリカの新たな夢を取り込みながら、中国近代化のプランを着想したといえようか。

一九一五年二月、ニューヨークのウィリアムズを訪ねた胡適は、イサカに帰る夜汽車に乗るためフェリーで駅へ向かった。折からの風雨で海上は暗く、胡適はニューヨーク湾はリバティー島に立つ自由の女神像を探しあぐねていた。やがてフェリーが駅に着こうというとき、同行の者が遙かかなたの高い位置にある光を指して「これが『自由（リバティー）』だ」と囁いたという。[53] ウィリアムズという恋人は、新旧相異なる二つのアメリカの夢を一身に体現する女神として生涯胡適の前に立ち続けていたのであろう。

イーデス・クリフォード・ウィリアムズというアメリカ女性は長い間、アメリカ美術史においては彗星のように登場し消えていったニューヨーク・ダダの一人として、中国文学史においては謎の胡適の恋人として、後半生の職場であったコーネル大学では篤実で有能な司書として、そして小さなイサカの町では母や叔母を甲斐甲斐しく世話したやさしい老嬢としてそれぞれ断片的に記憶されてきた。

私が綴ったウィリアムズの短い伝記は、彼女の波乱に富んだ生涯を早回しのフィルムのように描いたに過ぎない。彼女の記憶を胡適がその生涯において繰り返し思い返すとき、彼の脳裏においてフィルムはどのように回転していたのであろうか。それは知る由もないが、彼が抱き続けたアメリカ民主主義への信頼、国民国家・産業化社会への夢の原点として彼女の記憶があったことは確かであろう。そしてウィリアムズも、ニューヨーク・ダダからその八五歳の死に至るまでの長い人生を旅するとき、彼女をめぐる記憶のフィルムを大切に脳裏に秘めた一人の中国の知識人がいることを忘れることはなかった。一九一七年の別離後の二人にとって記憶することこそ愛することであったのであろう。

【注】

（1）中国の近代化と二〇世紀の知的状況については拙著『中国語圏文学史』（東京大学出版会、二〇一一年）を参照。

（2）中国人のアメリカ留学については阿部洋『中国の近代教育と明治日本』（福村出版、一九九〇年）を参照。

（3）実藤恵秀『中国人日本留学史』くろしお出版、一九六〇年。厳安生『日本留学精神史』岩波書店、一九九一年。

（4）有賀貞『アメリカ史概論』東京大学出版会、一九八七年。

（5）J.B. Grieder, *Hu Shi and the Chinese Renaissance*, Cambridge, MA, Harvard University Press, 1970.〔補遺、『蔵暉室札記』（再版時に『胡適留学日記』と改題）は二〇〇三年九月合肥市・安徽教育出版社刊行の『胡適全集』全四四巻の内の第二七巻に収録されている。『蔵暉室札記』「自序」は同巻一〇一～一〇五頁。〕

（6）Min-chi Chou, *Hu Shi and Intellectual Choice in Modern China*, Ann Arbor, MI, The University of Michigan

Press, 1984.

（7）耿雲志『胡適年譜』成都・四川人民出版社、一九八九年。白吉庵『胡適伝』北京・人民出版社、一九九三年。周質平『胡適与韋蓮司』台北・聯経出版、一九九八年。

（8）胡適「先母行述」『胡適文存』一集四巻、台北・遠東図書公司、一九五三年。〔補遺、『胡適全集』第一巻、七五〇頁。〕

（9）羅信耀、藤井省三・佐藤豊・宮尾正樹・坂井洋史共訳『北京風俗大全』平凡社、一九八八年。

（10）M・チョウ氏はこの夜胡適が宿舎に訪ねた相手がイーデス・ウィリアムズであると述べているが、ウィリアムズはイサカでは自宅に住んでおり、女子宿舎にいた可能性は低い。

（11）Henry Edward Abt, *Ithaca*, Ithaca, NY, Ross W. Kellogg, 1926.

（12）Carol U. Sisler, *Enterprising Families, Ithaca, New York*, Ithaca, NY, Enterprise Publishing, 1986.

（13）前掲注（12）と同じ。以下、ウィリアムズ家については断りのない場合は同書による。

（14）Beinecke Rare Book and Manuscript Library, Call No. Art Object 1980. 498–503.

（15）（16）Glenn C. Tomlinson, *Spotlight on... Two Rhythms*, Philadelphia, PA, Philadelphia Museum of Art, 1995.5.

（17）（18）William Innes Homer, *Alfred Steiglitz and the American Avant-Garde*, Boston, MA, New York Graphic Society, 1977.

（19）*Camerawork*, No. 47, 1914.6. ただし実際の刊行は一九一五年一月。

（20）針生一郎「ダダ」『大百科事典』平凡社、一九八四年。

（21）（22）Francis M. Nauman, *New York Dada: 1915–23*, New York, NY, Harry N. Abrams, 1994.

（23）*Rongwrong*

（24）Francis Picabia, *Écrits... 2, 1921–1953 et posthumes*, Paris, Pierre Belfond, 1978.

（25）Clark S. Marlorm, *The Society of Independent Artists: The Exhibition Records 1917–1944*, Park Ridge, NJ, Noyes Press, 1984. William Innes Homer *Avant-Garde Painting & Sculpture in America 1910–1925*, exhibtion catalogue, Wilmington, Delaware, DE, Art Museum, 1975.

（26）*Catalogue of the Second Annual Exhibition of the Society of Independent Artists*, New York, NY.

（27）*Pictures "Independent" and Otherwise*, "*The Outlook*" 一九一七年五月二日号。

（28）前掲注（25）Clark S. Marlorm 著。

（29）"1914" Collection of Katherine Graham, Washington, DC. この作品については Margaret Burke Clunie が前掲注（25）Homer 著の中の "Edith Clifford Williams" の項目で紹介している。

（30）*Catalogue of the Society of Independent Artists*, New York, NY, 1917.

（31）当時のファーナルド・ホールについては *Columbia University, Bulletin of Information 1915–16* が詳しい。

（32）F・L・アレン、藤久ミネ訳『オンリー・イエスタデイ』筑摩書房、一九七五年。

（33）F・L・アレン、河村厚訳『ザ・ビッグ・チェンジ』光和堂、一九七九年。

（34）中国におけるイプセン受容については、清水賢一郎『明治日本および中華民国におけるイプセン受容』（一九九三年度、東京大学大学院人文科学研究科博士学位論文、未刊行）および同著「国家と詩人――魯迅と明治のイプセン」『東洋文化（七四）』（東京大学東洋文化研究所、一九九四年三月）を参照。

（35）唐徳剛氏は、ウィリアムズ夫人が二人の結婚を邪魔したのだとして、次のように述べている。「この老夫人は胡適たち二人が終生を誓いそうな成りゆきに、命をかけて反対した。この老夫人はそのとき明らかに「人目に悪い」とか、異民族・異教徒との通婚は習慣に反するなどの言葉で、横槍を入れたのだ。」（『胡適雑憶』台北・風雲時代出版公司、一九九〇年）。しかしながら一五年一〇月三日の『日記』、そしてイーデスの自立した性格からして、親の人種差別主義的反対で結婚を断念したとは考えられない。唐徳剛は胡適と同郷で五〇年代のニューヨークで彼と親しく交際し、胡適の口述による『胡適的自伝』を作成した。その功績は大変大きいものの、留学期の胡適を論じるときには、ややもすれば五〇年代の自らの留学体験から憶測する傾向がある。「老夫人」悪役説は、歴史意識に不足のある唐の望文生義といえよう。また白吉庵氏が唐徳剛の説をそのまま引用している点も不見識と言わざるを得ない。

（36）前掲注（7）白吉庵著、九四頁。

（37）章元義「私の覚えている胡適先生のエピソード」『伝記文学』第三二巻第六期、台北・伝記文学出版社、一九七八年六月。

（38）前掲注（7）白吉庵著、九七頁。〔補遺、『胡適全集』第二三巻九二頁〕

（39）胡適は従来国防の観点から戦争の必要性を認めていたが、ウィリアムズの感化を受けて平和主義者に転向、『日記』一九一五年一月二七日に次のように記している。「ノン・レジスタンスを主張し、世界平和の諸団体に参加する事を決意し、今からその用意を始めるつもりだ。女士は大変喜び、これを余の最近最大の進歩であると言い、さらにこの志を忘れることなく抱き続けなさいと余を励ましてくれた。」〔補遺、『胡適全集』第二八巻一六、一七頁〕

（40）『胡適的日記』台北・遠流出版公司。同、北京・中華書局、一九八五年。なおこの両種の『日記』中のウィリアムズに関する記載については、清水賢一郎・北海道大学教授のご教示による。〔補遺、『胡適全集』第二九～三四巻〕

（41）（42）前掲注（25）William Innes Homer 著。

（43）*Williams Family Papers. 1809–1952*, Division of Rare and Manuscript Collections, Cornell University Library.

(44) Ellis P. Leonard, *In the James Law Tradition, 1908–1948*, Ithaca, NY, New York State College of Veterinary Medicine, 1982.
(45) Dr. S. J. Roberts の一九九五年六月三〇日付け筆者宛書簡。
(46) 前掲注(12)と同じ。
(47) Dr. Howard E. Evans の一九九五年六月二二日付け筆者宛書簡。
(48) "Christmas Letters" Ithaca, NY, New York State Veterinary College, Cornell University, 1954.
(49) 前掲注(12)と同じ。
(50) 母親がクリフォード・ウィリアムズと従姉妹同士であったM. Thomas 夫人への一九九五年六月一一日のインタビュー。
(51) ニューヨークのセント・ジョーンズ大学教授の李又寧氏のご教示による。
(52) 「フィッツジェラルドと『アメリカの夢』」『ユリイカ』一九八八年一二月号、青土社。
(53) 『日記』一九一五年二月一四日。五カ月後の七月には、胡適はこのときの体験をもとに「夜ニューヨーク港を渡る」という英語詩を書いている。

なお本稿は拙稿「恋する胡適――アメリカ留学と中国近代化論の形成」(『岩波講座　現代思想』第一二巻、岩波書店、一九九四年)および「彼女はニューヨーク・ダダ――胡適の恋人E・クリフォード・ウィリアムズの生涯」『東方』(一九九六年三～五月号、東方書店)を再構成し補筆したものである。

第六章　車中の裏切られる女

——張愛玲「封鎖」におけるモーパッサン「脂肪の塊」の反転

（一）「封鎖」——反転した上海における反転した恋

一九三七年七月に日中戦争が勃発すると、中華民国は緒戦の奮戦もむなしく一一月に上海、一二月に南京、そして三八年一〇月までに武漢、広州など沿海部から内陸部にかけての主要都市を日本軍に占領された。米英仏が主権を持つ上海租界区は周囲の広大な淪陥区に浮かぶ孤島と化すが、やがて一九四一年一二月に太平洋戦争が勃発すると、この上海租界も日本軍に接収される。一九四一年末から四二年初にかけて、日本軍は抗日テロ事件を口実に、南京路、浙江路など繁華街と、閘北、楊樹浦など人口密集地区で封鎖を実行、市民の移動を厳禁した。劉恵吾編著『上海近代史』は次のように述べている。

一九四一年末から四二年初にかけて、日本軍は南京路、浙江路など繁華街と、閘北、楊樹浦など人口密集地区で封鎖を実行、市民の移動を厳禁した。〔中略〕一二月二六日、日本の侵略者は全市において不定期、不特定地点でのテロ演習を行うと宣言、警笛が一声鳴ればテロ事件の発生を告げるものであり、通行人と車両はすべてその場で停止し捜査を待つべし、テロ目撃者が大声で「テロ」「テロ」と叫ばず、これを聞いた者が逮捕に協力せぬ場合は刑罰に処す、と規定した。[1]

このような占領下の上海において、張愛玲（チャン・アイリン、ちょうあいれい、Eileen Chang、一九二〇～九五）が雑誌『天地』一九四三年一一月号に発表した短篇小説が「封鎖」である。同作は日本軍の突如の封鎖措置により長時間留め置かれた路面電車の一等車の中で、大学英語助手の呉 翠 遠《ウー・ツイユアン》に、銀行の上級会計係の呂 宗 楨《リュイ・ツォンチェン》が声を掛けたことがきっかけで二人は恋に落ちるが、封鎖解除と共に呂は彼女を置き去りにしてしまう、という物語である。

停止した車中で二人が急速に親しくなると、呂は「僕は結婚しなおそうと思う」と言い出すものの、「離婚はできない。子供たちの幸せも考えなくてはならない。長女は今年十三になって、中学に進学したばかり……」と思い直し「いい歳して。もう三十五だというのに」と溜め息をつく。これに呉が「とは言え、今の時代では、それほどの歳とは思えないわ」と応じ、「君は……いくつ？」と尋ねる呂に対し「二十五」と「俯いて」答えている。[2]

張愛玲の代表作「傾城の恋」（一九四三年九月発表）のヒロインで二〇前に結婚したのちまもなく離婚した白流蘇《パイリウスー》が、まめまめしく仲人を務める親戚の中年女性徐 太太《シュイタイタイ》に向かい、二八歳になった今では「私の人生とっくに終わってますから」再婚は無理、と語っているように、当時の二五歳とは女性の結婚適齢期を過ぎつつあった。呉が「俯い」たのも、そして彼女の父親が「最初から勉強は手抜きして、時間を遣り繰りして金持ちの婿さん探しをすれば良かった」と思い始めているのも、そのためであろう。いっぽう呂も三五歳にしてすでに一三歳の中学生の長女がおり、五、六年後には孫のいるお爺さんとなっていても不思議はないのである。

呉翠遠の容姿を物語の語り手は「一見クリスチャンの若奥様のよう〔中略〕誰もがしているような髪型で、ひたすら目立つのを恐れている。しかし実は目立ちすぎの危険などないのだ。それなりにきれいなのだが、この手の美しさは中途半端で、他人の美しさにひどく遠慮しているかのよう、顔全体がボーッとして弛んでおり、輪郭というものがない。彼女の母親だって娘が面長なのか丸顔なのか何とも言いようがない。」と描写している。このように一見平凡な若奥様のような呉を、なぜ既婚で子持ちでエリート・サラリーマンの呂がナンパしたのか。

それは三等車にいる妻の母方のいとこの息子、董培芝《トン・ペイチー》との接触を避けるためであった。この若者は「貧家の息子で野心を抱き、資産家のお嬢さんと結婚して、少しでも出世の足掛かりにしたいと、そればかり考えて」おり、「呂宗楨の長女は今年十三歳になったばかりというのに、早くも培芝は目を付けて、身勝手な計算をしており、足しげく通って」来ているのだ。

「呂宗楨はこの若者を見ると、胸の内でまずいと叫び、培芝が自分に気付いていて、この絶好のチャンスを使い、自分に攻撃を仕掛けてきたら困る」と思って、呉翠遠の陰に隠れようとして席を移動したものの、董培芝が彼に気付き一等車に向かって「恭《うやうや》しく、遠くから腰をかがめ」て来るに及んで、呂は「すばやく裏をかいてやることに決め、乗りかかった舟とばかりに、腕を伸ばして翠遠の背後の窓の台に置き、沈黙のうちにナンパ計画を宣言した」のである。その後に彼が彼女に語るところによれば、妻との結婚は「母が決めた話」で、「以前はとても美人」ではあったが、今では「妻の――あの性格――小学校さえろくに卒業していない」ことにより、彼は不満を抱いており、母さえも彼の妻とは仲が悪くなっている。このような妻に対する不満を抱いていたこともあり、呂宗楨は董が「今日その目で彼のこれほどの不良ぶりを見れば、何から何まで宗楨の妻に報告するに違いない――妻は怒らせておけばいいさ！こんな親戚がいるのも妻のせいだろう！」と腹を括ったのである。

それにしても「まじめな人」であるはずの呂が、たとえ計算高い妻の従甥との接触を避けるためとはいえ、ナンパという自らの人格とは正反対の「不良ぶり」を演じたのはなぜだろうか。実は彼は電車停止後まもなく反転した新聞記事を読んでいたのだ。その経緯を語り手は次のように述べている。

〔彼は〕妻から頼まれて、銀行近くの屋台の食品店でホウレン草の包子《パオツ》［中華まん］を買っていたことを思い出した。女っていうのはこうなんだ！　曲りくねったひどく分かり難い路地裏で買って来た包子はさぞかし安くて美味いんだろうよ！　妻はまったく僕のことなど考えちゃあくれない――パリッとしたスーツを着込んで鼈甲の眼鏡を掛け書類鞄を提げた男が、新聞紙に包まれた熱々の包子を抱えて街中を歩き回るなんて、まったく話にならん！

とはいえ、封鎖で空腹を覚えた呂が包子の包紙を開いて見ると――

　ソーッと新聞紙の一角を開けると、中を覗いた。真っ白なヤツが、どれも麻油《マーヨウ》の香りがする湯気を吹き出している。新聞紙の一片が包子に貼り付いていたので、注意深く紙を剝がしたところ、包子に活字の跡が残り、字はすべて裏返し、鏡に映っているかのようだったが、彼は根気良く、顔を近付け一字一字判読した。「訃報……申請……中国株式動態………当店勢揃いしてご来場お待ちしております……」すべてよく使われる言葉だが、活字が包子に写った姿が、なぜかやや冗談のような感じだった。「食」はとても厳粛なことなので、これと比べれば、ほかのことはみな笑い話になってしまうのだろうか。呂宗楨も読みながら変だと思っていたが、笑ったりしなかったのは、彼がまじめな人だから。

　包子の表面に裏返しに反転した死亡記事やら株式等々の雑報を読み、笑わぬまでも「変だと思っていた」彼は、親戚の若者を見たときに、自らの「まじめな」人格を反転させて「不良」になろうと決意したのではあるまいか。そもそも走行中の路面電車も含めて、街の活動を停めてしまう封鎖自体が日常生活に対する大きな反転であり、日本軍による上海占領が歴史的反転ではなかったろうか。短篇小説「封鎖」とはこのような大小の反転の連鎖の中で生じたかりそめの反転した恋を描いているのである。

（二）「脂肪の塊」における反転した新聞雑報記事

外国の占領軍により長時間停止させられた車中の女性に男性が思いを寄せる――フランスの作家モーパッサン（中国語表記は莫泊桑、一八五〇～九三）の短篇小説「脂肪の塊」（一八八〇）もまた同様の物語構造を有している。同作は「『女の一生』とならぶモーパッサンの代表作[3]」であり、同作発表の約一〇年前の普仏戦争（一八七〇～七一）で大勝したプロイセン・ドイツ軍占領下のフランスを舞台とする。最新の日本語訳書の訳者・太田浩一氏の解説は、その梗概を次のようにまとめている。

　プロイセン軍の占拠するルーアンを抜けだし、馬車でディエップに向かう十人の男女と、その数日間の旅が描かれています。

　原題の『ブール・ド・スュイフ〔Boule de suif〕』は、ヒロインの娼婦の愛称です。訳註に記したように「脂肪のボール」ほどの意味で〔中略〕ヒロインのエリザベート・ルーセもまさしくそのような女性で、たしかに「でっぷりと太って」はいます。けれども、肉感的な「みずみずしい容姿」をしており、「なんとも色っぽく、客から引っ張りだこ」のチャーミングな女性として描かれています。〔中略〕馬車に乗りあわせた人々は、それぞれ身分や階級や政治的立場が異なります。名門貴族のユベール・ド・ブレヴィル伯爵夫妻、大ブルジョワのカレ＝ラマドン夫妻、ワイン問屋を営むロワゾー夫妻、それにふたりの修道女と民主主義者のコルニュデ、そして娼婦のブール・ド・スュイフの十人で、いわば当時のフランス社会の縮図を形づくっているように思います。

途中立ち寄ったトートの宿で、一行はプロイセン士官から足止めをくらいます。その理由がブール・ド・スュイフと寝るためであると知り、一同は憤慨します。ところが、頑として士官の要求に応じようとしない娼婦にたいしてしだいに恨みが嵩じ、一同は一致団結して娼婦を説得すべく画策します。ついにブール・ド・スュイフが士官に身をまかせたと知るや、一同は掌を返すように冷たい態度をとり、裏切られた思いで娼婦が悔し涙をながす場面で小説は幕を閉じるのです。(4)

このように同作は敗戦国フランス国民各層に共通するプロイセン軍に対する反感と、貴族やブルジョアの娼婦に対するご都合主義的な差別を描いている。

中国の研究者王斌博士の論文『モーパッサンと中国現代短篇小説』(二〇〇五年四月)によれば、モーパッサン作品の最初の中国語訳は一九〇四年雑誌『新新小説』掲載の「義勇軍」(冷血訳)であり、その後も魯迅(ルーシュン、ろじん、一八八一～一九三六)が弟の周作人(チョウ・ツオレン、しゅうさくじん、一八八五～一九六七)と共に留学先の東京でロシア・東欧・英米仏等の当時世界的に流行していた作家の短編を集めて出版した二巻の叢書『域外小説集』(一九〇九)にも「月光」を収録するなど、大量のモーパッサン小説が繰り返し翻訳紹介され、多くの中国人作家に影響を与えて今日に至っている。(5)

王斌論文は一九二九年六月には短篇集『羊脂球集(脂肪の塊ほか)』(李青崖訳、上海・北新書局)がモーパッサン全集第四巻（莫泊桑全集之四）として刊行されていることも指摘している。その後も日本や中国では、モーパッサンの施蟄存（シー・チョーツン、しちつそん、一九〇五～二〇〇三）、張天翼（チャン・ティエンイー、ちょうてんよく、一九〇六～八五）への影響や丁玲（ティンリン、ていれい、一九〇四～八六）の強制されて日本軍の慰安婦となった女性を描いた短篇小説「霞村にいた時」（『我在霞村的時候』一九四一年）と「脂肪の塊」との比較研究なども行われてきた。(6) しかし管見の限り「脂肪の塊」と「封鎖」との間の影響関係に関する先行研究は皆無であるため、本稿は細部の共通点も見落とすことなく丁寧に比較したい。

すでに述べたように「脂肪の塊」と「封鎖」は、外国の占領軍により長時間停止させられた車中の女性に男性が思いを寄せる、という物語構造を共有してはいるのだが、前者においては娼婦をはじめ登場人物全員がプロイセン軍への嫌悪を露わにする一方、娼婦に寄せられる思いとは、占領軍士官の欲情およびそれに彼女が応じて乗り合い馬車を再出発させて欲しいという車中同乗者たちの醜くも滑稽なエゴイズムである。

これに対し「封鎖」の登場人物が一人として日本軍への嫌悪を語らないのは、同作がまさに日本軍占領下で執筆・発表されたためであろう。しかしヒロインの呉翠遠に思いを寄せる男性が日本軍士官ではなく、呉と同じ上海人である点、そして呂宗楨は封鎖解除と共に愛の告白を忘却してしまうという二点は、「脂肪の塊」とは決定的に異なっている。「脂肪の塊」においては貴族やブルジョアは娼婦が一身を犠牲にして占領軍士官の欲情に応じた後には、彼女の娼婦性をさらに強く嫌悪しており、忘却どころではなかった。その意味では「封鎖」は「脂肪の塊」に対し二重三重の反転を行っているのである。そして張愛玲にこの反転のヒントを与えたのはほかならぬ「脂肪の塊」の馬車再出発後の次の一節であったのかもしれない。

娼婦の献身的行為により再出発できた一行が、馬車の中で娼婦を無視したり陰口をききながら持参の昼食を食べる場面がある。四、五日前にプロイセン軍占領下のルーアンを抜け出し、雪道に車輪を取られてトートの宿に夜遅くに到着した第一日目、娼婦は自分用に用意した三日分の弁当とワインを車上で一行に提供し彼らの飢餓を救ったというのに、いざ再出発の日に至るや彼女に食事を勧める者は誰ひとりとしていない。哀れ脂肪の塊の娼婦が屈辱と寂寞と空腹とによりすすり泣く……。

「封鎖」の読者であればこの欺瞞に満ちた車中昼食会の描写の中に、以下の一節が含まれていることを、見逃してはならない。

「わたしたちもいただきましょうか」と伯爵夫人が言った。みんなが賛成したので、伯爵夫人はふた組の夫婦のために用意させた弁当を開いた。〔中略〕見るからにうまそうな食べ物で、細かく刻んだほかの肉もまじっていた。四角く切ったみごとなグリュイエール〔藤井注：名物チーズの一種〕は、新聞紙につつんで持ってきたため、そのねっとりとした表面に雑報という文字が写っていた。(7)

このチーズの上に反転した「雑報」とは何か、という私の疑問に、フランス文学者で東京大学名誉教授の野崎歓・放送大学教授は以下のようにご教示下さった。

この場合、新聞の「欄」の題かと思います（つまり記事のジャンルを示すもの）。意味としては「三面記事」ということで、「雑報 faits divers」と題したうえで、以降、市井の雑多なできごとを報じる記事がいくつも連なっていくというのが当時の新聞のスタイルでした。

従いまして、ここは何か特別の記事が暗示されているというより、新聞でもっとも俗な「三面記事欄」にチーズが包まれていたということを意味しています。もちろんそこには、「脂肪のかたまり」というお話自体、「雑報欄」にのるような（あるいは「雑報欄」にさえのらないかもしれない）たわいもない人生の一コマにすぎませんという、作者のアイロニカルなまなざしも感じられます。

というわけで、太田さんの新訳はぼくも一読してとても丁寧ないい訳だと感じましたが、「雑報」について傍点を振る必要はないかもしれず（原文はイタリックではなくカッコで囲っています）、訳語はひょっとすると「雑報欄」でもいいのかな？　と愚考する次第です。(8)

前述のとおり、「脂肪の塊」を収録した李青崖（リー・チンヤー、りせいがい、一八八六〜一九六九）訳モーパッサン短篇集『羊脂球集』は一九二九年六月に上海・北新書局から刊行されており、欧米文学に強い関心を寄せていた張愛玲が李青崖訳を読んだ可能性は高いであろう。(9)ちなみに「雑報」部分の一句を、李青崖は「一張報紙，承着一方很美的瑞士乾酪，而在乾酪的腴潤部分，留下「瑣聞」両個字的油墨印痕。」と中国語訳している。太田浩一の日本語訳も李青崖の中国語訳も「雑報」の二文字が写っていると解釈しているのだが、新聞紙に包まれたチーズに faits divers の二語のみが写っているというのは不自然であり、やはり野崎教授が示唆するように「雑報欄」の記事が数行あるいは数段も転写されていたと解釈する方が自然ではあるまいか。張愛玲は李青崖訳『羊脂球集』を手掛かりに、一八七〇年代フランスの貴族やブルジョアの夫婦らが読むことはない一九四〇年代上海の「訃報……申請……中国株式動態……当店勢揃いしてご来場お待ちしております。……」という「市井の雑多なできごと」を想像していったのではあるまいか。

(三)「封鎖」における三つの反転

モーパッサン「脂肪の塊」には、占領軍に対し誇り高く愛国的で同胞愛に富む娼婦が貴族やブルジョアらに裏切られ惨状に陥るという反転が描かれている。名物チーズに転写した新聞雑報欄とは、娼婦の反転する境遇に対する隠喩でもあろう。

いっぽう、張愛玲が「封鎖」を構想するとき、「脂肪の塊」におけるチーズに転写した新聞雑報というエピソードにヒントを得ながら、同作の物語構造を幾度も反転したことであろう。第一の反転は、恐らく検閲による発禁処分を避けるため、封鎖の主謀者である日本占領軍を消去することである。「封鎖」全篇を通じて日本軍が登場するのは「通りがざわめくのは、ゴーゴーと二台のトラックがやって来たからだ——兵隊を満載している。」の一句のみである。しかもこの一句はトラックを見ようとして振り向いた主人公二人の顔が「異常に接近」して「映画のクローズアップ」のような効果が生じ、「二人は恋に落ち」るきっかけとして機能している。語り手は日本軍を一瞬登場させながら、それを恋愛劇の大道具に転化しているのだ。これは小説「封鎖」の舞台が「脂肪の塊」と同様の外国軍占領下であるという状況を読者に明示し、二つの物語の間の系譜関係を示唆しながら、占領軍による検閲を掻い潜るという巧みな叙述戦術といえよう。

第二の反転は、前述した「まじめな人」である呂宗楨の突如の人格的変化である。彼は妻の従甥を嫌う余りに車中ナンパという紳士らしからぬ振る舞いに及び、従甥が立ち去るや一旦は「まじめな人」に戻るものの、呉翠遠と会話を続ける内に彼女との恋に落ち、封鎖解除と共に今しがたの愛の告白を忘却してしまう、というように反転を繰り返している。それは「脂肪の塊」における貴族やブルジョアたちの狡猾さと差別意識が終始一貫していることとは対照的である。

「脂肪の塊」においては、貴族やブルジョアたちは占領下の街からの脱出手段として巧みに娼婦の愛国心と自己犠牲の使命感を利用した後､再出発が可能となるや､彼女の職業に対する軽蔑を露わにし､四､五日前の飲食の供与という彼女の好意をも裏切っている。これに対し「封鎖」の男女二人の主人公は共に一等車に乗るような中産階級市民であり、街区封鎖措置中の路面電車で一瞬の恋に落ち、封鎖が解除されるや男性が彼女のもとから去るものの、「封鎖期間中のすべては、起きていないのと同じ。上海全体がまどろんで、情理に合わない夢を見ていたのだ。」と語られる。これにより二人の恋は実は情理に合わない夢であり、呂宗楨はその夢から醒めたのであるとして、呉翠遠は必ずしも裏切られたのではない、という解釈へと読者を誘導している。これが「脂肪の塊」に対する第三の反転である。
張愛玲は「脂肪の塊」に啓発されながら、同作に対し三重の反転を行うことにより、封鎖という不条理な状況において一瞬だけ輝く恋愛の夢を描きながら、モーパッサンに親しんでいる読者に向かい日本軍侵略の不当性を訴えたのではあるまいか。不条理な夢としての恋愛物語の内に反戦・愛国というもう一つのテーマを隠し持つ「封鎖」は、その多様性、プロットの多重性において張愛玲文学の代表作といえよう。

(四) 電車の前を横断する老婆――魯迅「小さな出来事」の影

終始車中を舞台とする「封鎖」は、路面電車の運転手の描写で始まり、彼の怒声で終わる。この運転手の存在感は、乗り合い馬車と宿屋の双方を舞台とする「脂肪の塊」の馬車の御者と比べると遙かに大きい。「封鎖」の冒頭部と結末部を読んでみよう。

〔冒頭部〕運転手は路面電車を運転する。大きな太陽の下で、電車のレールは二匹のキラキラ輝く、水から出てきたミミズのように、伸びたり、縮んだり。伸びたり、縮んだり、そんなふうにして前へ進む――フニャフニャして、とっても長いミミズに終わりはない、終わりはない……運転手の眼はこの二本のグニャグニャしたレールを見つめているが、彼が狂ってしまうことはない。

もしも封鎖に出くわさなければ、電車の進行は永遠に断たれないだろう。封鎖だ。ベルが鳴った。「リンリンリンリンリン」という一つ一つの「リン」はひんやりとした小さな点であるが、一点一点が連なると破線となって、時間と空間を切断する。


〔結末部〕封鎖解除となった。「リンリンリンリンリン」とベルが鳴り、一つ一つの「リン」はひんやりとした点であるが、一点一点が連なると破線となって、時間と空間を切断する。

一陣の歓呼の風がこの大都会を吹き抜け、路面電車はゴロンゴロンと進んで行く。〔中略〕車内に灯りがつくと、彼女〔藤井注：呉翠遠〕の目に遠くの元の席に座った彼の姿が飛び込んできた。彼女はブルッと震えた――なんと彼は電車を降りたのではなかったのだ！　彼女にも彼の心が分かった――封鎖期間中のすべては、起きていないのと同じ。上海全体がまどろんで、情理に合わない夢を見ていたのだ。

運転手が大声で歌っている。「悲しやー悲しいー！　ひとり銭なしいー　悲しやー悲し――」古着修繕の婆さんが大慌てで電車の先頭部を掠めて、大通りを横切った。電車の運転手が怒鳴る――「クソ婆《ばばあ》！」と。

運転手が歌う「悲しやー悲しいー！」の歌は、冒頭部で封鎖開始後の、「シィーンと静まりかえった」

「まっ昼間に」響き渡っていた乞食の物乞いの歌であり、その歌詞が運転手に伝染したのである。

実は「脂肪の塊」の馬車には、民主主義者で共和政支持のコルニュデも乗っており、彼はトートの宿で娼婦に言い寄り、彼女から「今はそんなことをしてる場合じゃないでしょ〔中略〕プロイセン兵が同じ屋根の下にいるのよ」[10]とたしなめられている。それでも娼婦を生贄として差し出す貴族やブルジョアらの陰謀に唯一異議を唱えるのがこのコルニュデであり、彼は結末部の泣き続ける娼婦を仲間外れにした車中の昼食会には加わらず、「ラ・マルセイエーズ」を歌い口笛を吹き続け、貴族やブルジョアらを諷刺するのだ。

「神聖なる祖国への愛よ／導き、支えたまえ、復讐に燃えるわれらの腕を／自由よ、いとしい自由よ／汝の守り手たちとともに戦え！」〔「ラ・マルセイエーズ」第六番〕[11]

「封鎖」において「ラ・マルセイエーズ」に相当するのが「悲しやー悲しいー！」の歌であり、この自らの貧困を哀れむ歌は亡国の悲しみの叫びでもあることは想像に難くない。しかし「脂肪の塊」が「〔娼婦は〕あいかわらず泣いていた。そして、ときおり、こらえきれずに洩らす泣き声が、口笛の合間をぬって闇の中に聞こえた。」[12]と結ばれるのに対し、「封鎖」にはさらにもう一つ「古着修繕の婆さんが大慌てで電車の先頭部を掠めて」云々という出来事が付加されているのだ。

なぜ張愛玲は「封鎖」を「悲しやー悲しいー！」の歌で終わらせずに、「古着修繕の婆さん」の登場という第四の反転を付加したのだろうか。この車の前を横断する老婆の登場を受けて、魯迅の短篇小説「小さな出来事」（一九一九年一二月発表）を思い出す読者も少なくないであろう。同作では、「厳しい北風が吹き荒れ(13)」る冬の北京で、通勤途上の「僕」を乗せた人力車が、通りの端からいきなり車の前を横切った「服はぼろぼろ」の老婆を引き倒したとき、「僕」はこれを老婆の狂言とさえ考えたが、ほこりにまみれた車夫が老婆を優しくいたわるので、彼の毅然とした善意の行動に「僕」の心は動揺し、自らの人間不信を反省して、次のような感慨を語るのであった。

数年来の政治や軍事の出来事は、僕がその昔子供のころに読んだ「孔子様はおっしゃった」と同様、ひとつも思い出せない。この小さな出来事だけが、いつも僕の目の前に浮かび、ときにはさらに鮮明となり、僕に恥ずかしい思いをさせ、僕に生まれ変わるよう促し、さらに僕の勇気と希望をより大きなものにしてくれるのだ。(14)

「小さな出来事」に対し、筆者は「このありふれた事件を題材とした小説で魯迅が語ろうとしたものは、『新生』（日本留学時代に企画した文芸誌）による文学運動開始以来、魯迅の心に一貫して流れ続けていた希望の論理であったと言えよう。(15)」と解説した。しかし同作に対し張愛玲は別の見方を抱いていたのかもしれない――たとえば「北風が吹き荒れ」る北京でも、「太陽がカッカと背中を焼」く上海でも、老婆も「情理に合わない夢」を見ることがあろう、というさらに奥深い感想を。

【注】

（1）劉恵吾編著『上海近代史』下巻、華東師範大学出版社、一九八五年、四〇八頁。

（2）「封鎖」日本語訳は張愛玲『傾城の恋／封鎖』（拙訳、光文社古典新訳文庫、光文社、二〇一八年）一三〇～一五二頁より引用。以下同。

（3）モーパッサン、太田浩一訳『脂肪の塊／ロンドリ姉妹　モーパッサン傑作選』光文社古典新訳文庫、光文社、二〇一六年、解説三一二頁。

（4）前掲注（3）『脂肪の塊／ロンドリ姉妹　モーパッサン傑作選』三一一～三一三頁。

（5）王斌『莫泊桑与中国現代短篇小説』南京大学外国語学院博士論文、二〇〇五年四月。なお樽本照雄編『新編増補清末民初小説目録』（斉魯書社、二〇〇二年）八八二頁の記載によれば、『新新小説』一年二号（一九〇四年一〇月二六日）が冷血訳「義勇軍」を掲載した後、『大陸報』三年四～五号（一九〇五年四月一四～二九日）も「義勇軍」を掲載している。

（6）徐暁紅博士論文『施蟄存文学研究　一九二〇、三〇年代の創作・翻訳活動を中心に』UTokyo Repository、二〇一三年六月、二四、三二、四四頁。張晋軍「冷峭地審視人性之丑――論張天翼諷刺小説創作中対莫泊桑影響的接受与化用」『太原大学教育学院学報』二〇〇八年一二月。林静「論『羊脂球』和『我在霞村的時候』中女性的悲劇色彩」『二〇一九全国教育教学創新与発展高端論壇論文集（巻二）』二〇一九年二月。

（7）前掲注（3）『脂肪の塊／ロンドリ姉妹　モーパッサン傑作選』一一四頁。

（8）野崎歓教授の二〇二〇年一月の筆者宛Eメール。

（9）張愛玲作品に対する欧米文学の影響については、たとえば彼女の代表作「傾城の恋」に対するイギリスの戯曲家バーナード・ショー『傷心の家』の影響を指摘できよう。本書第一部第三章を参照。

（10）前掲注（3）『脂肪の塊／ロンドリ姉妹　モーパッサン傑作選』七六、七七頁。
（11）前掲注（3）『脂肪の塊／ロンドリ姉妹　モーパッサン傑作選』一一七頁。李青崖訳『羊脂球集』上海・北新書局、一九二九年、七四頁。
（12）前掲注（3）『脂肪の塊／ロンドリ姉妹　モーパッサン傑作選』一一八頁。
（13）魯迅、藤井省三訳『故郷／阿Q正伝』光文社古典新訳文庫、光文社、二〇〇九年、四六頁。
（14）前掲注（13）『故郷／阿Q正伝』四九、五〇頁。
（15）藤井省三『魯迅事典』三省堂、二〇〇二年、六六頁。

第七章　莫言と村上春樹
――あるいは天安門事件の『アンナ・カレーニナ』

（一）莫言の村上評

村上春樹（一九四九〜）は『風の歌を聴け』（一九七九）によるデビュー以来、中国に深い関心を寄せてきた。(1) いっぽう莫言（モーイエン、ばくげん、一九五五〜）といえば中国農村の現実を魔術的リアリズムで描く作家である。彼が二〇一二年ノーベル文学賞を受賞した際には、中国でも村上春樹の受賞を期待する声が高く、広州のリベラル派の新聞『南方周末』が受賞後の莫言にインタビューした際には、「あなたは村上春樹の作品をどのように評価していますか。今回の受賞レースでは彼の呼び声も大変高かったのです」と問うている。これに対し莫言は村上への高い評価を以て回答とした。

村上春樹は大変影響力のある作家で、世界中に多くの読者がおり翻訳された作品数も非常に多く、しかも多くの若い読者から愛読されており、素晴らしい、私は非常に彼を尊重しています。彼は私よりも年上ですが、気持は私よりも若く、英語も大変上手で、欧米との交流もさらに広く、より多くの現代的生活の気質を備えています。彼は日本の歴史方面を書くことは少な目で、現代的生活、若者の暮らしに注目しており、この点において私はとても及びません。私も彼の読者で、たとえば『ノルウェイの森』、『海辺のカフカ』など、彼の作品は私には書けません。(2)

引用末尾の一文は、莫言自身も『ノルウェイの森』『海辺のカフカ』などを読んでおり、このような作品は自分には書けない、という意味であろう。ここで莫言自身が認めるように、「現代的生活、若者の暮らしに注目」する村上文学は、確かに莫言文学とは異質のものである。しかし一九八九年から二年ほどの間に、莫言と村上春樹が共にレフ・ニコラエヴィッチ・トルストイ（一八二八〜一九一〇）の代表作『アンナ・カレーニナ』を典拠としつつ、短篇小説を書いている点は興味深い。

（二）村上春樹「眠り」の中の『アンナ・カレーニナ』

村上春樹が一九八九年一一月に発表した「眠り」の梗概を、『村上春樹作品研究事典』は次のようにまとめている。

私は、歯科医師の夫と小学二年生の一人息子を持つ、三十歳の主婦である。ある夜、黒い服を着た老人に足に水を注ぎかけられる悪夢を見て以来、十七日間ずっと眠れずにいる。私はこうした状態にあることを家族にも誰にも告げていなかったし、家族はだれ一人として私のおかれた状況に気づかなかった。家族との決まり切った日常を淡々とこなしながら、私は夜になると一人、居間でブランディーを傾けながら『アンナ・カレーニナ』を読む。時として夜の公園へドライブすることもあり、一度だけ警官に職務質問を受けたことがあった。ある日私は死について考え始め、死とは今の私のように〈果てしなく深い覚醒した暗闇〉が永遠に続くことではないかと思って恐怖にとらわれ、男の子のような格好をして公園まで車を走らせた。一人車内にいると、黒い影の男たちが車に襲いかかってきた。私は為す術もなくうずくまり、恐怖に震えていた(3)。

このような異常な不眠症感覚をめぐる作品「眠り」について、村上春樹自身はエッセー「「自作を語る」新たなる胎動」で次のように語ったことがある。

眠りは『ダンス・ダンス・ダンス』を書き終えて一年ほどしてから、ローマのアパートで書いた。『ダンス・ダンス・ダンス』を書いたあと、僕は一年ばかり本当に精神的に落ち込んでいて、文章らしい文章はほとんど何も書けなかった。〔中略〕僕の頭は本当に凍りついていて、小説を書こうという気持ちがまったく湧いてこなかったのだ。その氷がすこしずつ溶けていったあとで最初に書いたのが、この眠りである。僕がここで書きたかったのは、まったく眠れなくなった人の話である。眠りという機能をはぎ取られた人の話である。(4)

「眠り」は文芸誌の『文學界』に発表されたのち、細部の修整を経て一九九〇年一月刊行の短篇集『TVピープル』（文藝春秋。文春文庫版は一九九三年五月刊行）に収録され、その一年半後には『村上春樹全作品一九七九～一九八九⑧』（講談社、一九九一年七月）にも収録されている。「「自作を語る」新たなる胎動」はこの第一期『全作品』第八巻の付録である。同巻は短篇集『TVピープル』の中の表題作等全六篇の内、「眠り」のみを収めており、その他の五篇は二〇〇二年一一月刊行の第二期『村上春樹全作品一九九〇～二〇〇〇①』（以下『全作品一九九〇～①』と略す）収められたのだが、村上が同書巻末に寄せた「解題」で、再び「眠り」に触れて次のように語っているのは興味深い。

『眠り』はそれ（藤井注：『TVピープル』を指す）に続いて書いたと記憶している（事情があって実際に雑誌掲載されたのは少しあとになる）。たしか眠れない夜があって（レイモンド・チャンドラーの言葉を借りるなら、僕にとって「眠れない夜は太った郵便配達夫のように珍しいもの」なのだが）、そのときに机に向かって物語を書き始めた。あたりはとても静かで、僕は自分が自分ではないような気がして、そういうこともあって、僕は主人公を女性に設定した。そしてというか、にもかかわらずというか、僕にはこの女性の気持ちがとてもよくわかった。深く共感することもできた。彼女の説明のつかない不眠の日々はすなわち、僕にとってのapathy（無感動、感覚鈍磨）の日々であったのだ。僕は――その物語を書いているときにはまったく無自覚的であったのだけれど――そのメタファーを自らの血肉として受け入れていった。たぶん僕はこれらの作品を書きながら、その硬質さと静けさを通して、自分の中にあるもつれのようなものを少しずつほどいていったのだと思う。〔中略〕『TVピープル』と『眠り』は僕がこれまでに書いた短編小説の中でも、いちばん気に入っているもののふたつだ。もし僕が自分にとってのベスト・ストーリーズを集めた一冊を編むとしたら、この二作品はまず間違いなくその中に収録されるはずだ。どちらも話自体の質感はかなりひやっとしているのだけど、そこにはどこかに向けてものごとが進み始めているような温まりの予感が含まれていると僕は感じる。そしてそれはとりもなおさず、僕自身の「進み始め」のしるしでもあったのだ。(5)

村上は「眠り」を単行本『TVピープル』に収録した翌年には、同書の文庫本化も待たずして第一期『全作品』最終巻に単独で滑り込ませて、同巻付録に執筆経緯を記し、それから一〇余年後に刊行する第二期『全作品一九九〇〜①』に『TVピープル』のその他の短篇を収録した際、巻末解説で再び同作についてさらに詳しく語っているのである。このように彼が「眠り」を特別視するのは、村上自身が語るように同作が「「進み始め」のしるし」として記念すべき作品であったからであろう。

文芸評論家の加藤典洋氏は『村上春樹の短編を英語で読む』で、「眠り」は「何を語っているのでしょうか。」と問い掛けて、次のように指摘している。

作中、『アンナ・カレーニナ』が、「幸福な家庭の種類はひとつだが、不幸な家庭はみんなそれぞれに違っている」という人口に膾炙した意味深い一行からはじまっていることが、「私」自身の口から語られます。その言葉が示唆するように、「家庭にはトラブルの影ひとつない」、「私たちは幸せだ」という彼女が、――それまでの生き生きとした自分を押し殺す主婦生活の日々の果てに――もう彼女の意識が統御できないほど、「不幸せ」に押しつぶされそうになっていること、その極度の自己抑圧がとうとう、ある夜の「金縛り」にも似た覚醒した夢魔の経験をきっかけに、意識と身体の分離という形で顕在化してくるのだ、という道筋がわかるように、この小説は書かれているのです。(6)

さらに加藤氏は村上の「「進み始め」のしるし」という言葉にも目配りしつつ、「眠り」篇末の暴力的な「黒い影の男たち」に囲まれて泣き続ける彼女を次のように解釈する。

苦しかった彼女が、外からの他者の暴力にさらされ、その「苦しさ」の見えない壁を可視化させ、恐怖におののき、泣くというところに、一つの希望、「温まりの予感」、作者の「進み始め」のしるしがある。僕はそうなのだと思います。(7)

「眠り」という短篇小説の読み方、そして同作の村上春樹における意味について、私は加藤典洋氏の解釈にほぼ同感である。実際に「眠り」掲載誌巻末の「編集だより」には「村上春樹氏の百枚の新作「眠り」は、小説の領域を大きくひろげつづけてきたこの作家のさらに新しい到達点を示すものと思われます〔後略〕」と記されている。(8) しかし現代中国文学者としての私は、一九八九年の村上作品に『アンナ・カレーニナ』が登場したことに、特に興味をそそられるのだ。

「眠り」における『アンナ・カレーニナ』の登場は、次のようなものであった。

　眠くなるまで本でも読んでみようと私は思った。私は寝室に行って、本棚から小説を一冊選んだ。明りをつけて捜したのだが、夫は身動きひとつしなかった。私が選んだのは「アンナ・カレーニナ」だった。私はとにかく長いロシアの小説が読みたかった。「アンナ・カレーニナ」はずっと昔に一度読んだことがある。あれはたしか高校時代だった。どんな筋だったか、ほとんど覚えていない。最初の一節と、最後に主人公が鉄道自殺をするというところだけを記憶している。「幸福な家庭の種類はひとつだが、不幸な家庭はみんなそれぞれに違っている」、それが書き出しだ。たぶんそうだったと思う。たしか最初の方にクライマックスのヒロインの自殺を暗示するシーンがあったと思う。それから競馬場の場面があったかしら？　それともあれは別の小説だっけ？(9)

『アンナ・カレーニナ』を読んでいない、あるいは「眠り」のヒロインのように物語を忘れかけている本稿読者のために、ここでロシア文学者の原卓也氏によるあらすじを引用しておきたい。

一八七五〜七七年発表。はるかに年上の高級官僚カレーニンに嫁いで、平和な生活を送ってきた美しいアンナは、兄オブロンスキーの家庭のもめごとを解決しにきて知り合った青年将校ヴロンスキーと激しい恋におち、ついに夫も子供も捨てて彼のもとに走る。ヴロンスキーをひそかに愛していた清純な娘キティは、絶望のあまり病気になるが、やがてレーヴィンと結婚し、農村での平和な生活に心の安らぎを見いだす。一方、ヴロンスキーに対するアンナの愛情は、日増しにエゴイスティックなものとなってゆき、夫の心が離れはせぬかと絶えず恐れるようになる。そして最後には夫に捨てられたと思い込み、絶望して鉄道に身を投じ、悲劇的な死を遂げる。レーヴィンはキティとの生活の中で、人生の意義や目的、神や信仰について疑問を抱くようになり、深刻に思い悩むが、民衆にとっては信仰が生活の基礎をなしていることを知り、自己の霊を救うには神の意志に沿って生きることが必要であるという心境に達する。トルストイの作品中、芸術的完成度の最も高い小説といってよい(10)。

一人の女性の不倫と自殺とを通じて、トルストイは貴族から小作農に至るまでの資本主義勃興期ロシアの社会全体を描いているのだ。主人公のアンナは、あたかも愛のためにロシアの現実と正面から向かい合い、そして自滅していったかのようである。

『アンナ・カレーニナ』の日本語訳は、瀬沼夏葉・尾崎紅葉訳「アンナ　カレーニナ」が雑誌『文藪』に一九〇二年九月から〇三年二月まで連載されたのを皮切りに、多数の翻訳、部分訳、抄訳が刊行されており[11]、おそらく村上春樹が同作を初めて読んだのは、高校時代に愛読していた河出書房版『世界文学全集』によるのだろう[12]。一九六五年刊行の中村白葉訳『世界文学全集一一　アンナ・カレーニナ』である。岩波文庫『アンナ・カレーニナ』（中村融訳）旧版は一九六五年一一月に全七冊で刊行されており、奇しくも「眠り」が発表された一九八九年一一月一六日には岩波文庫版の改版全三冊が刊行されてもいる。村上自身が「三つ子の魂百まで」と言うように、『アンナ・カレーニナ』は彼に深い印象を与えたようすで、短篇集『神の子どもたちはみな踊る』収録の「かえるくん、東京を救う」には、かえるくんが信用金庫に勤めるサラリーマンの片桐に対し、自分は、東京に大地震を起こそうとしている「みみずくん」と対決する、それを助けて欲しい、と頼む場面で、突然、『アンナ・カレーニナ』が登場している。

「ぼくが一人であいつに勝てる確率は、アンナ・カレーニナが驀進してくる機関車に勝てる確率より、少しましな程度でしょう。片桐さんは『アンナ・カレーニナ』はお読みになりましたか？」
　読んでいないと片桐が言うと、かえるくんはちょっと残念そうな顔をした。きっと『アンナ・カレーニナ』が好きなのだろう[13]。

　この一節に対し、沼野充義氏は「トルストイのこの長編は村上春樹自身にとっても特別愛着のある作品のようで（「かえるくん」は片桐がそれを読んでいないと知ると、残念そうな顔をしますが、それは作者自身の気持ちでもあるでしょう）」と解説している[14]。

だが「眠り」が引用する書き出しの一句「幸福な家庭の種類はひとつだが、不幸な家庭はみんなそれぞれに違っている」は、中村白葉訳の「幸福な家庭はすべてよく似よったものであるが、不幸な家庭はみなそれぞれに不幸である」とも、中村融訳の「幸福な家庭はどれも似たものだが、不幸な家庭はいずれもそれぞれに不幸なものである」とも異なっている。数ある日本語訳の内の第三の訳を用いたのか、それとも村上が自ら英訳から翻訳したのか、現在のところ不明である。

ところが「眠り」には「考えてみればなんて奇妙な小説だろう〔中略〕ヒロインであるアンナ・カレーニナが実に一一六ページまで一度も姿を見せないのだ。」という主人公の言葉がある。この「一一六ページ」という頁数には初出誌・単行本・全作品共に変更はない[15]。そしてアンナは岩波文庫『アンナ・カレーニナ』（中村融訳）旧版では第一冊一一七頁に登場するのだが、同改版ではまさに一一六頁に姿を見せるのだ。前述のエッセー「「自作を語る」新たなる胎動」で村上は「眠り」の執筆時期を一九八九年春のこと、執筆場所ローマのアパートと明言しており[16]、『全作品一九九〇〜①』「解題」でも「季節はちょうど春の初め」と繰り返した上で、「事情があって実際に雑誌掲載されたのは少しあとになる」とも記している[17]。岩波文庫改版が奥付の「一一月一六日」よりも多少早めに配本されていたにせよ、『文學界』一九八九年一一月号は他の多くの雑誌同様に一〇月に刊行されていたはずである。村上が「眠り」を執筆した時点では彼には岩波文庫改版は読めなかったのではあるまいか。あるいは「眠り」校正前に岩波文庫改版の校正刷りを目にする機会があり、冒頭一句「幸福な家庭の……」は書き換えなかったものの、アンナ登場の頁数だけは書き直したのだろうか。以上は細かい考証で恐縮だが、これにより「眠り」完成までに、一九八九年早春の執筆から、同年一〇月頃の校正に至る半年ほどの時間を要した可能性が浮かび上がってくるのだ。そしてその間には中国で天安門事件が勃発しており、村上はこれに深い関心を寄せていたのである。

(三) ロードス島の村上と北京・天安門事件

北京の学生・市民が、共産党独裁体制に向かい民主化を要求して立ち上がったのは、一九八九年の春のこと。七〇年代末の民主化運動に続く第二次民主化運動の発生であり、天安門前をデモ行進する人の数が一〇〇万を超えた。中国共産党は独裁体制を揺るがすこの運動を恐れ、六月四日、ついに戦車を先頭に解放軍を投入して市民・学生を虐殺した。死者の数は、政府側発表で三一九人、民主化運動リーダーの証言で数千から一万人以上であるといわれている。第二次天安門事件（または「血の日曜日」事件）の悲劇である。

一九九〇年六月に刊行された村上春樹の旅行記『遠い太鼓』「カルパトス」の章のロードス島滞在記によれば、村上はこの島のビーチで日光浴をしながら読んだ『ヘラルド・トリビューン』紙の報道で、一九八九年六月四日天安門事件を知ったという。

この六月六日の新聞は、もう宿命的と言ってもいいくらい重い記事で埋めた新聞だった。まずだいいちに、北京では人民解放軍によって二千と推定される学生・市民が射殺された。戦車が天安門広場に張られたテントを踏み潰し、女子学生がその胸を銃剣に突き刺されていた。各地で内戦が持ち上がるかもしれない、と記事にはあった。〔中略〕北京の記事は本当に読めば読むほど気が滅入ってきた。それはどこにも救いのない話だった。もし僕が二十歳で、学生で、北京にいたとしたら、僕だってやはりその場所にいたかもしれない。僕はそういう状況を想像してみる。そしてこちらに向かって飛んでくる自動小銃の弾丸を想像する。それが僕の肉に食い込み、骨を砕く感触を想像する。その空気を裂くひゅうっという音を想像する。そしてゆっくりと訪れる暗闇を想像する。

でも僕はそこにはいない。僕はロードス島にいる。様々な仕組みと成り行きが僕をその場所に運んできたのだ。ビーチチェアに寝そべり、サクランボを食べ、日光浴をし、フローベルの小説を読んでいる僕がそこに存在しているのだ。(18)

拙著『村上春樹のなかの中国』でも書いたことだが、おそらく村上春樹は、北京の虐殺事件に対し日本の作家の中でもひときわ鋭敏に反応していたのではないだろうか。そして『遠い太鼓』ではさらに次のように語ってもいる。

広い海岸に、泳いでいるのは全部で十人くらいというすきようだった。女の人はみんなトップレスで、何人かは全裸だった。太陽はあくまで熱く、海は青く冷たく透き通っている。たっぷり三十分くらい泳ぎ、そしてビーチに横になって眠る。とてもいい気分だ。眠る時にもう一度天安門のことを考える。そして自分が世界のはしっこに一人で取り残されているような気持ちになる。いや、僕はもう既に世界のはしっこからころげ落ちてしまったのかもしれないな。[19]

地中海の素敵なビーチで「とてもいい気分」で眠る村上は、「もう一度天安門のことを考え」て「自分が世界のはしっこに一人で取り残されているような気持ち」になったという。実は村上は小説「眠り」の中でもヒロインの「私」に、「自分がこの世界に生きて存在しているという状況そのものが、不確かな幻覚のように感じられた。強い風が吹いたら、私の肉体は世界の果てまで吹き飛ばされてしまうだろう」[20]と、同様の心境を語らせているのだ。この「私の肉体は世界の果てまで吹き飛ばされてしまう」という一句は、「私」が物語の現在の不眠症とは別に、最初に「不眠症のようなもの」にかかった大学生の時の感覚を思い出して語っているのだが、その言葉は天安門事件の報道を読んだ時の村上自身の「僕はもう既に世界のはしっこからころげ落ちてしまった」という孤独感と通底している。「眠り」は天安門事件よりも数カ月前に執筆されたとはいえ、事件後に加筆修整されることはなかったろうか。「眠り」は『文學界』初出誌版と単行本版、そして『全作品一九七九～⑧』との間で微妙な差があり、村上は二度にわたり手を入れているようすである。それならば一九八九年初春の初稿を、六月四日の事件後に改稿した可能性も考えられよう。

（四）莫言と『アンナ・カレーニナ』

莫言と『アンナ・カレーニナ』との影響関係について、私は拙稿「莫言が描く中国の村の希望と絶望――「花束を抱く女」等の帰郷物語と魯迅および『アンナ・カレニーナ』」（本書第一部第二章）で詳述したので、本稿では簡単に述べることにしたい。

莫言の小説には、しばしば『アンナ・カレーニナ』の影が差している。たとえば「お下げ髪」[21]は、一九八九年後半から九〇年の前半にかけて県都[22]クラスの都市を舞台とし、幼子のいる共働き夫婦の危機と夫の不倫を描いた短篇小説だが、その冒頭部で若い夫婦と幼い娘という当時の中国の典型的中産階級の家庭を、「要するに、こういう女性、こういう子供、こういう男性が一つのユニットに住めば、ある種のものを分泌する。人呼んでこれを幸福という。」と描いている。[23]この一節から例の『アンナ・カレーニナ』冒頭の一行「幸福な家庭はすべてよく似よったものであるが、不幸な家庭はみなそれぞれに不幸である。」を連想するのは、果たして深読みであろうか。

莫言は二〇〇六年の長篇小説『転生夢現』（原題：生死疲労）で、直接『アンナ・カレーニナ』を引用してもいる。同作は人民共和国建国時の土地改革で銃殺された高密県の地主・西門鬧《シーメンナオ》が、その恨みにより一九五〇年から二〇〇〇年までの五〇年間にわたり、ロバ、牛、豚、犬、猿と転生を続ける物語である。第三部は西門鬧が豚に転生中の物語で、その最終章の第三六章末尾で、春の河の氷が突然融け出し、川遊びをしていた子供たちが溺れそうになると、豚の西門鬧は必死で救助し、やがて力つきて溺死してしまう。その時の心境を西門鬧は「わしは自分とさまざまなかかわりのある子を選んで救助するようなマネはせず、手当たり次第に助けた。そのときの頭の中は真っ白どころか、いろんなことを次々と思っていた。〔中略〕トルストイの『アンナ・カレーニナ』でアンナが鉄道自殺する直前よりは多くのことを考えた」と語っている。(24)

そして莫言文学の中でも最も難解とされる「花束を抱く女」には、まさに「トルストイの筆が描く貴族の女たちが履いている靴(25)」、すなわち『アンナ・カレーニナ』のロシア貴族の女性が愛用する赤色系統の革靴を履いた女性がヒロインとして登場するのである。

（五）天安門事件と莫言「花束を抱く女」

「花束を抱く女」（原題：懐抱鮮花的女人。以下「花束……」と略す）は、人民解放軍海軍中尉を主人公とする幻想的作品で、一九九一年三月に高密県で執筆されたもようである。(26) 同作のあらすじは以下の通りである。

人民解放軍海軍中尉の王四《ワンスー》が汽車に乗り故郷の県城の駅に降りたったのは、帰村して結婚するためであり、婚約者が勤める県城のデパートの時計売り場に駆け付けた時には、目覚まし時計担当の彼女はすでに休暇を取って帰村したあとだった。

　バスターミナルに向かう途中で大雨が降り出したため、鉄道ガード下に入ったところ、赤紫の庚申薔薇《チャイナローズ》の花束を抱いた女に出会いライターの火を灯すが、声を掛けても女は黙したまま微笑み続けるだけである。やがてライターは燃え尽き、雨が上がり、王四が立ち去ろうとした時、女と一緒にいた黒い犬が彼の足首を嚙んだので、王四は半ば彼女を罰するため、半ば彼女に魅了されていたため、彼女に口づけする。その後、女は微笑みながらどこまでも王四を追い続け、ついに彼の実家にまで入ってきたため、両親は怒って暴力を振るい、やがて嘆きの余り倒れてしまう。二人の屈強な男に守られて訪れてきた目覚まし時計の娘は一〇個の時計を回収すると、中尉と女、そして黒犬に向かいペッと唾を吐いて帰って行く。翌朝、すなわち帰宅後三日目の朝、村人は中尉と女が固く抱き合って死んでいるのを見つけたが、二つの死体を分離するためには手先を切り落とさねばならなかった。

　なお物語の現在を小説執筆時の一九九一年とすると、主人公の高校卒業後の海軍歴一五年の王四は三三歳前後、高校受験は文革後半期の一九七三年頃と考えられる。

　同作が『人民文学』同年七・八月合併号に掲載されるにあたっては、王四の職業が人民解放軍海軍中尉から遠洋貨物船「長風」号二等航海士に変更されたほか、末尾の一節の句読点を含む二一四字が削除されるなど、掲載誌編集部により多くの箇所が改竄されている。(27) これは発表二年前に勃発した天安門事件（または「血の日曜日」事件）と関わりがあるものと推定される。事件後、莫言は保守化した文芸界で批判を受け、彼の作品は事実上の発表禁止となっていた。事件から二二年後の二〇一〇年に莫言が発表した自伝的小説『変』は、事件について次のように述べている。

一九八八年八月、私は北京師範大学と魯迅文学院共同運営の文学大学院院生クラスに入学した。〔中略〕ところが、あっという間に学生運動が勃発し、情勢は日に日に緊迫して多くの人は授業に出る気になれなくなった。〔中略〕一九九〇年の春、私は県城に帰り、数棟からなる古いわが家を取り壊し、ひと月かけて四棟の家に建て替えた。その間、大学院は私に何度か電報を寄こし、北京に戻ってくるよう促した。大学院に戻ると、指導部は私に自主退学を勧めた。私は考えるまでもなく同意した。その後、多くの同級生が私のために請願してくれ、また北京師範大学の童先生〔童慶炳教授のこと（訳者注）〕の大きな力添えで、なんとか私の学籍は保持されることとなった。(28)

天安門事件と大学院退学との関係について、『変』の解説で訳者の長堀祐造氏が語り手の「「私」は「弾圧された」と声高に語ってはいないが、在学中の大学院の学籍を失いそうになったり、卒業後も二年間、所属単位の軍から宿舎を与えられず、倉庫暮らしを強いられたりしたのは、このときの「私」の政治的立場が民主派だったからにほかならない。」と指摘している。(29)

天安門事件より二年後の一九九一年夏、『人民文学』七・八月合併号は前の年の論文「九〇年代の召喚」に続き巻頭論文「人民の現実の大海の中へ」を掲載、「社会主義文学の最も本質的な特色は、昔レーニンが論した如く、無数の労働人民に奉仕すること」と謳い上げた。奇妙なことに、よりによってこの号に莫言の「花束……」が掲載され、莫言は二年ぶりの文壇復活を遂げるのであった。教条的スローガンと黙示録的小説が共存するという現象は、当局の唱える反動的文芸政策が事件後二年で空文化しつつあることを、象徴的に示すものであったと言えよう。この年の末には莫言の短編集『綿の花』も刊行されている。同書には文化界の長老であった夏衍（シァー・イエン、かえん、一九〇〇〜九五）が近代中国文学における文芸の改革・開放の伝統を強調した序文を寄せ、解放軍とのつながりが深いと言われる華芸出版社が同書の版元となっている点は、多分に意味深長である。

このように天安門事件後の中国の政治と文学は複雑な状況を呈していたが、日本ではフランス文学者で文芸評論家の菅野昭正氏が「花束……」日本語訳発表直後に、新聞文芸時評欄で簡潔ながら次のように指摘している点は興味深い。

今月読んだ短編小説の中では、莫言「花束を抱く女」が奇妙な幻想の感覚をしだいに強めてゆく特異な味わいによって、もっとも強く記憶に残っている。莫言の作品はすでに何編か紹介されているが、ガルシア・マルケスの影響を感じさせる中国ふうマジック・リアリズムが、この小説ではやはり大きな効果をあげている（中略）この若い中国作家は、現実世界を脅かすぶきみな力を象徴的に凝縮する方法を、たしかに発見しているようである。(30)

「花束……」が「現実世界を脅かすぶきみな力を象徴的に凝縮」する際に、大きく作用しているのが『アンナ・カレーニナ』なのである。これについて詳しくは前述の拙稿「莫言が描く中国の村の希望と絶望」（本書第一部第二章）を参照して頂きたい。

それにしても、村上春樹の「眠り」もまた「現実世界を脅かすぶきみな力を象徴的に凝縮」した小説である。一九八九年六月の天安門事件前後に、村上春樹と莫言とが共に『アンナ・カレーニナ』を手掛かりとして、それぞれ現実世界への復帰を目指し創作していたことは、現代東アジア文学の密接な共時性を物語るものと言えよう――二人が属する現実、二人が目指す世界は大いに異なってはいたのだが。

村上春樹が二〇〇九年二月の「エルサレム賞」受賞講演で語った“Between a high, solid wall and an egg...”という「壁」と「卵」との比喩は、イスラエルのパレスチナ自治区ガザ侵攻を批判したものと考えられている。ところがその三年前に村上はすでに中国のリベラル派週刊新聞『南方周末』のインタビューに対し、「基本的に僕は個人の自由を大変重視し尊重します。ちょうど硬くて高い壁があり、この壁にぶつかって砕ける卵があるとしたら、僕はしばしば卵の側に立つのです」と語っているのだ（二〇〇六年九月七日第一一七八期）[31]。

「眠り」で「自分がこの世界に生きて存在しているという状況そのものが、不確かな幻覚」と語り、天安門事件に際し「世界のはしっこに一人で取り残されているような気持ち」（『遠い太鼓』）と語った村上春樹は、一七年後に、そして二〇年後にも再び「卵の側に立つ」と力強く宣言しているのである。世界から孤立した〝デタッチメント〟から、現実参与の〝コミットメント〟に至る過程には、短篇小説「レキシントンの幽霊」によるアメリカの対アジア戦争批判の視点の確立が必要であった[32]。その際に孤独な村上春樹を支えていたのは、あるいは天安門事件の犠牲者への共感であり、現実を転覆する『アンナ・カレーニナ』由来の力であったのかもしれない。

【注】

（1）詳しくは拙著『村上春樹のなかの中国』（朝日選書、朝日新聞社、二〇〇七年）を参照。

（2）【二〇一二年诺贝尔奖】莫言说　来源：南方周末　作者：南方周末记者　朱强　发自：山东高密（二〇一二年一〇月一八日）。http://www.infzm.com/content/81987（二〇一二年一〇月二七日アクセス）

（3）村上春樹研究会編『村上春樹作品研究事典』鼎書房、二〇〇一年、一五五頁。

（4）村上春樹「「自作を語る」新たなる胎動」XI頁、『村上春樹全作品一九七九〜一九八九⑧』（以下『全作品一九七九〜⑧』と略す）（講談社、一九九一年）の付録。

（5）『村上春樹全作品一九九〇〜二〇〇〇①』（以下『全作品一九九〇〜①』と略す）講談社、二〇〇二年、二九四、二九五頁。

（6）加藤典洋『村上春樹の短編を英語で読む』講談社、二〇一一年、四二〇、四二三頁。

（7）前掲注（6）『村上春樹の短編を英語で読む』四三〇頁。

（8）『文學界』一九八九年一一月号、三九二頁。なお同号の辛口匿名コラム「コントロール・タワー」には、ベストセラー『ノルウェイの森』に対する「マイナー作家」の複雑な心境を次のように茶化している。ノルウェイの音羽の森の音にだに人の知るべく我が書かめやも／解釈「ベストセラーなんか書くものか！（売れなくても、純文学一本で行く）」。

（9）前掲注（4）『全作品一九七九〜⑧』一九六頁、『TVピープル』（文藝春秋、一九九〇年。文春文庫版は一九九三年）

一四九頁。なお初出誌『文學界』（一九八九年一一月号、二九頁）では「明りをつけて捜したのだが、夫は身動きひとつしなかった。」は「明りをつけて探したのだが、夫はぴくりとも動かなかった。」と記されている。

（10）原卓也「トルストイ」『世界文学大事典　三』集英社、一九九七年、二四六頁。

（11）『アンナ・カレーニナ』の日本語訳については川戸道昭・榊原貴教編著『図説翻訳文学総合事典　第三巻』（大空社、ナダ出版センター、二〇〇九年、七九六〜七九九頁）を参照。

（12）村上が一〇代に河出書房版『世界文学全集』を愛読していたことは、前掲注（1）『村上春樹のなかの中国』一二頁を参照。

（13）『村上春樹全作品一九九〇〜二〇〇〇③』講談社、二〇〇三年、二一二頁。

（14）沼野充義「村上文学へのアプローチ」『英語で読む　村上春樹』二〇一四年二月号、NHK出版、二〇一四年、一一〇頁。

（15）『文學界』一九八九年一一月号、三〇頁。前掲注（9）『TVピープル』一五二頁。前掲注（4）『全作品一九七九〜⑧』一九八頁。アンナは『世界文学全集一一　アンナ・カレーニナ』（中村白葉訳）では六九頁に、岩波文庫『アンナ・カレーニナ』（中村融訳）旧版では第一冊一一七頁に登場する。

（16）前掲注（4）「「自作を語る」新たなる胎動」X頁。

（17）前掲注（5）『全作品一九九〇〜①』二九二、二九四頁。

（18）村上春樹『遠い太鼓』講談社文庫、講談社、一九九三年、四五五頁。「眠り」のヒロインが読む『アンナ・カレーニナ』、そして彼女の大学時代の卒論がキャサリン・マンスフィールドであったことを念頭に置くと、ロードス島で村上が読んでいた「フローベル」の小説とはフロベールの『ボヴァリー夫人』かどうか気になるところである。

(19) 前掲注(18)『遠い太鼓』四六〇頁。
(20) 前掲注(4)『全作品一九七九〜⑧』一八二頁。
(21)「お下げ髪」(原題：辮子)は、台湾の文芸誌『聯合文学』一九九二年三月「莫言短篇小説特集号」が初出で、その後、短編集『神聊』(北京師範大学出版社、一九九三年)に収録された。
(22) 中国には全国に人口数十万規模の県が約二〇〇〇あり、日本の郡に相当する行政単位。
(23) 莫言、藤井省三訳『透明な人参　莫言珠玉集』朝日出版社、二〇一三年、一五〇、一五一頁。莫言『与大師約会』(莫言諾貝爾奨典蔵文集)百花文芸出版社、二〇一二年、一三、一四頁。
(24) 莫言、吉田富夫訳『転生夢現』下巻、中央公論新社、二〇〇八年、一六〇頁。莫言『生死疲労』(莫言諾貝爾奨典蔵文集)百花文芸出版社、二〇一二年、三九一頁。
(25) 前掲注(23)『透明な人参　莫言珠玉集』収録の「花束を抱く女」九一頁。莫言『懐抱鮮花的女人』(莫言諾貝爾奨典蔵文集)百花文芸出版社、二〇一二年、八七頁。
(26) 莫言『懐抱鮮花的女人――莫言小説近作集』(中国社会科学出版社、一九九三年)三八頁の主題作篇末に「一九九一年三月於高密」と記されている。
(27) 私が「花束を抱く女」を日本語訳して翌年四月に発表するに際しては、『人民文学』版に改めて莫言自身が加筆・復元した原稿を底本に用いた。「花束を抱く女」はインタビューと共に『海燕』(福武書店)一九九二年四月号に掲載された。この間の事情については、拙訳「花束を抱く女」収録の莫言インタビューを参照されたい。「花束を抱く女」は現在では前掲注(23)拙訳『透明な人参』に収録されている。その後、中国で刊行された前掲注(26)『懐抱鮮花的女人――莫言小説近作集』等の単行本は末尾の一節を除いて、日本語版底本とほぼ同じ原稿を採用している。

(28) 莫言、長堀祐造訳『変』明石書店、二〇一三年、九五〜九七頁。
(29) 前掲注（28）『変』一四一頁。
(30) 菅野昭正「文芸時評」『東京新聞』一九九二年三月二六日。
(31) 村上春樹に対する中国の新聞『南方周末』によるインタビューについては、参照「東アジアと村上春樹と私」『熱風』二〇一〇年三月号、スタジオジブリ、二〇〜二七頁。
(32) 詳しくは参照拙稿「「レキシントンの幽霊」におけるアジア戦争の記憶——村上春樹〝デタッチメント〟時代の終わりをめぐって」（本書第三部第九章）。

III

第三部　村上春樹における家族の不在と戦争の記憶

第八章　中国の村上チルドレンと村上春樹小説の「家族の不在」
——衛慧、アニー・ベイビーにおける「小資」文学の展開をめぐって

（一）中国のなかの村上

中国・香港・台湾における「村上春樹現象」には四つの法則がある。第一に台湾↓香港↓上海↓北京と時計回りに展開し、第二に台湾であれば八九年、上海であれば九八年と各地で高率の経済成長がほぼ半減する時期に発生しているのだ。

また中国語圏では（韓国も同様だが）八〇年代末に民主化運動が勃発した。無血の改革により民主化を実現した台湾（および韓国）と、あの悲惨な一九八九年六月四日天安門事件（または「血の日曜日」事件）で民主化の展望を失った中国と明暗を分けたものの、この民主化運動後に大きな疲労を覚え深い挫折を味わった各地の青年たちが、『ノルウェイの森』（一九八七、以下『森』と略す）に癒やしを求めたのだ。この三点を私は「時計回り」「経済成長踊り場」「ポスト民主化運動」の三法則と呼んでいる。

そして第四の法則が「『森』高『羊』低」である。日本では『ノルウェイの森』をきっかけとして村上ブー

ムが起きたが、英訳はむしろ『羊をめぐる冒険』（一九八二、以下『羊』と略す）が先行して一九八九年にアルフレッド・バーンバウム訳が出ており、『森』は二〇〇〇年の刊行である。『羊』高『森』低の傾向はフランス、ドイツ、ロシアでも同様で、それぞれ『羊』の一九九〇、九一、九八の各年刊行に対し、『森』のほうは一九九四、二〇〇一、二〇〇三と四年から一〇年遅れで刊行されているのだ。

これに対し台湾・香港や韓国での村上ブームは、一九八九年に「100％純情率直」（台湾版のコピー）と称される『森』翻訳版の大ヒットから始まった。そのいっぽうで『羊』の翻訳は遅れて、台湾では頼明珠訳が一九九五年に、中国では林少華訳が一九九七年（韓国語訳も同年）刊行と『森』よりも数年あと回しにされたうえ解説も省略されるなど、冷遇されている。

中国語圏の村上受容には四大法則が共通するいっぽうで、明らかな相違点も見いだせる。台湾ではお洒落なカフェ「ノルウェイの森」や「海辺のカフカ」が若者の人気を集め、高級マンション「リッチ村上」が中年の購買意欲をそそるなど、村上ブームは文学の枠を超えて社会現象となっている。香港ではウォン・カーウァイ（王家衛、一九五八年上海生まれ）が『森』を読んで名作『恋する惑星』（原題：重慶森林、一九九四）を撮りアート系監督へと脱皮するなど、映画界への影響が顕著なのである。

以上は二〇〇七年に刊行した拙著『村上春樹のなかの中国』（朝日選書）の中の台湾・香港・中国のなかの村上に関する三章の概要である。本書では同著では論じなかった村上春樹および中国の村上チルドレン作家における家族という問題をとりあげたい。

（二）魯迅賞ネット文学部門の学生受賞作家

中国の国民作家である魯迅を記念して、官立団体である中国作家協会が一九九七年に設立したのが魯迅文学賞である。同賞は三年ごとに短篇小説から中篇小説、詩にエッセー、文芸批評に翻訳など各分野から優秀作を選定しており、二〇〇七年一〇月には二〇〇四年から二〇〇六年までの作品を対象として、第四回魯迅文学賞が韓少功（ハン・シャオコン、かんしょうこう、一九五三〜）のエッセーや許金龍訳『さようなら、私の本よ！』（大江健三郎作）などに授与された。

この年の魯迅文学賞には「魯迅精神の発揚のみならず、ネット文学の促進」を図って、現代大学生ネット文学コンクールも付設され、全国千余名の大学生から寄せられた作品一四四五篇から、小説・エッセーなど三部門で一等三作、二等一四作、三等二六作が選ばれた。その小説部門の二等入選作の一つが、北京外国語大学日本文学科学生の于壮（ユイ・チュアン、うそう）君の作品「カブト虫とクワガタ」である。

私がこの作品を読んだのは、北外大の日文科専任講師（現在は副教授）で村上春樹研究を行っている楊柄菁《ようへいせい》氏が、于壮君は村上春樹を愛読し、作品も村上の雰囲気を漂わせている、新世代の村上チルドレンではないでしょうか、という注釈付きで同作を添付ファイルで送ってくれたからである。短篇「カブト虫とクワガタ」とは次のような小説だ。

主人公の宋民は北京のB大外国語学部フランス語科の二年生、北方某省省都C市の出身で、とにかく北京に来たくて、受験の年に名門B大仏語入学定員の某省への割り当てが前年の二倍の四名となったので、合格率も高かろうと思い受験したまでのこと、特にフランス文化が好きなわけでもない。とはいえ文芸クラブの部員で、英語科学生のガールフレンドと最初に会った時の話題がカミュの『異邦人』であった。文芸クラブの副部長は同じ高校の出身者、長身でファッショナブルだが農民出身の身分を隠し、要領よく立ち回るので、宋民は俗っぽいと思い好きになれない。大学生は卒業後には老人ホームに直行すべし、大学にいると老化が早いから——というのが学内で全寮生活を送るおっとりタイプの宋民の実感だったが、ささいなことで喧嘩していたガールフレンドと仲直りし、フランス語の論文が有名雑誌に掲載されて数百元の原稿料をもらい、T大との五目並べ戦で相手チームのキャプテンを破るなど好運が続く。期末試験では真ん中程度の成績だったのに百元の三等奨学金を貰えたのは、最上位の二人が条件のより良い外部の奨学金を授与されたからで、俗物Zも成績こそ中の上程度だったが、文芸クラブ部長としての活躍が評価され総合成績で全学年二番となり、共産党党員候補であるため一番の学生を飛び越えて、アメリカ企業の奨学金三千元を得たという。

こんな于壮君の小説「カブト虫とクワガタ」には『風の歌を聴け』のような喪失感もなく、『羊をめぐる冒険』のような探求もなく、『ねじまき鳥クロニクル』のような歴史の記憶の回復もない。そもそも二〇歳前後の学生さんに村上作品に匹敵する創作を求める方が酷というものであろう。楊炳菁氏の于壮君は村上春樹を愛読し……というコメントを念頭に置いてこの小説を読めば、専門学校の教師をしていた親戚が炭鉱経営を請け負って年収二〇〇万元を得ると、いままでこの親戚の娘を「臭球《チョウチウ》（臭いボール）」と呼んでいた人々が、「桜桃小丸子（ちびまる子ちゃん）」と呼び始めるとはなんと俗物な……といったエピソードなどに「村上の雰囲気」が感じられようというものである。于壮君はブログに載せた「『ノルウェイの森』が好きなわけ」というエッセーで、次のように述べている。

……村上のほとんどの作品は大衆文学だが、『ノルウェイの森』は文学性の強い純文学である……高度な総合性を備えているからである。その中に僕たちは現実の影を探し求め、現実の中に小説の影を探し求め得るのだ……渡辺は孤独だ……大学に入ってもいっそ一人でやっている。革命にしても全共闘、サークルにしても、まったく関心がない。……『ノルウェイの森』を僕は七回読んできた。最後の読書の時に初めて自分が緑子と多くの共通点を持つことに気づいた……緑子は非常に愛を渇望している。わがままで、わざとボーイフレンドを困らせるのが好きで、ボーイフレンドには彼女の言う通りにさせ、その後にたいへん真剣に愛するのだ。……わずかに持っている負けず嫌いと楽観で自分を支えているのも、僕と緑子との最も似ている点なのだ。

「渡辺」とは『森』の主人公ワタナベの、「緑子」とは同じく主人公緑の中国語訳で、拙著『村上春樹のなかの中国』の第五章「にぎやかな翻訳の森」では、中国・香港・台湾の中国語訳各版における名前の変容を詳述してもいる。それはともかく、于壮君の短篇とは、舞台を北京に移しワタナベのガールフレンドとなる以前の緑の学生生活を想像しつつ、現代中国男子学生を描いたものと考えることもできるだろう。

（三）村上作品における家族の不在

これまで多くの批評家が村上作品における父の不在を指摘してきた。だが不在なのは父だけでなく、母も兄弟も不在なのだ。たとえばデビュー作『風の歌を聴け』（一九七九、以下『風』と略す）は、一九七〇年八月に東京の大学から故郷の街に帰ってきた「僕」を主人公とするのだが、帰省先の家には誰もいない。「僕」が「生まれ、育ち、そして初めて女の子と寝た街」について語るところによれば、「前は海、後ろは山、隣りには巨大な港街がある……人口は七万と少し。この数字は五年後にも殆んど変わることはあるまい。その大抵は庭のついた二階建ての家に住み、自動車を所有し、少なからざる家は自動車を二台所有している」という（『村上春樹全作品一九七九〜一九八九①』講談社、一九九〇、八二頁）。典型的な中産階級の衛星都市であり、「僕」の家もまたそのような中産階級に属しているのだろう。

「僕」は「8時にジェイズ・バーで」という「小指のない女の子」との約束に遅れた理由を、「子供はすべからく父親の靴を磨くべし」という「家訓」があり、「親父は毎晩判で押したみたいに八時に家に帰ってくる」ので「僕は靴を磨いて、それからいつもビールを飲みに飛んで出る」ように今夜も出てきた旨を説明する（同前、六一頁）。デートの一週間前にも、「僕」は彼女と出会った日のことを「僕は午後じゅうプールで泳いで、家に帰って少し昼寝をしてから食事を済ませた。八時過ぎだね。それから車に乗って散歩にでかけた」と説明している（同前、二八頁）。夜の八時を境として「僕」と彼の父とはすれ違いの暮らしをしており、父の肉体・肉声が物語に登場することはなく、二人の唯一の接点である父の靴も「僕」と「小指のない女の子」との会話において登場するだけなのだ。

デートに誘おうとして、「小指のない女の子」が勤務先のレコード店から掛けてくる電話を、「僕」は自宅の居間で受けている。一九七〇年当時は携帯電話などはなく、中産階級の家でも居間に一台黒電話があるのがふつうで、子供部屋に子機を置いて居間の親機から切り替え可能となっていたとしたら、それは些かぜいたくな設備であった。大学生ともなれば、居間にいるのはテレビを見るか食事をするためであり、居間の電話番とは主婦の仕事であった。息子に女の子から電話でもあれば、当時の母親は、彼女なの？　どんなお嬢さん？　今度家《うち》に連れてらっしゃい、とお節介を焼いたものである。庄司薫の芥川賞受賞作『赤頭巾ちゃん気をつけて』（一九六九）において、主人公の男子高校生が「ぼくは時々、世の中の電話という電話は、みんな母親という女性たちのお膝の上かなんかにのっているのじゃないかと思うことがある。特に女友達にかける時なんかがそうで、どういうわけか、必ず『ママ』が出てくるのだ」（『芥川賞全集第八巻』文藝春秋、一九八二〜二〇〇二、九一頁）とモノローグした通りの状況である。

だが「僕」の家では息子が居間で昼間は読書し、「七時一五分」には夕食代わりなのだろうか、「ひっきりなしにチーズ・クラッカーをつまんで」ビールを飲み、電話番をしているのだ（同前、四五頁）。「僕」は夕食も自炊しているのではないだろうか。このように「僕」の家の母は、電話で象徴されることさえなく、靴と共に言及される父ほどの存在感もない。兄もまた二年前に「部屋いっぱいの本とガール・フレンドを一人残したまま理由も言わずにアメリカに行って」しまい不在である（同前、八〇頁）。

それればかりでなく、祖母も「暗い心を持つものは暗い夢しか見ない。もっと暗い心は夢さえも見ない」（同前、一〇頁）と口癖のように言いながら、七九歳で亡くなっており、三人の叔父たちも一人は「終戦の二日後に自分の埋めた地雷を踏ん」で上海の郊外で、もう一人は「僕」が高三の時に腸癌で「体中をずたずたに切り裂かれ」てそれぞれ死んでいる。「ただ一人生き残った三人目の叔父」も手品師になって全国の温泉地を巡っている（同前、九頁）。このように親戚たちもみな不在なのである。

「小指のない女の子」の家に至っては「お父さんは五年前に脳腫瘍で死んだの……家族はクタクタになって空中分解……〔お母さんは〕何処かで生きてるわ。年賀状が来るもの……双子の妹がいるの……三万光年くらい遠くよ」と不在を通り越して崩壊している（同前、六三頁）。

このような主人公「僕」の故郷の街を舞台にした小説『風』における「家族の不在」は、東京を舞台とする『羊』や『ねじまき鳥クロニクル』（以下『ねじまき鳥』と略す）ではいっそう顕著である。『羊』では「鼠」の元のガールフレンドに彼の手紙を届けに帰郷した「僕」は、「もう自分の家じゃない」と言い捨てて家に帰ろうとはしないし（『村上春樹全作品一九七九～一九八九②』一一四頁）、『ねじまき鳥』では「母が死んで、そのあと父親が再婚して以来、僕は父親とは顔を合わせたこともなければ、手紙をやりとりしたこともなければ、電話で話したこともない」（『村上春樹全作品一九九〇～二〇〇〇④』講談社、二〇〇三、二六八、二六九頁）と書かれている。

そして『森』もまた「家族の不在」の物語である。語り手の「僕」ことワタナベの家族については、第二章で「僕は十八で、大学に入ったばかりだった。東京のことなんて何ひとつ知らなかったし、一人暮らしをするのも初めてだったので、親が心配してその寮をみつけてきてくれた」（『村上春樹全作品一九七九～一九八九⑥』一九頁）と語られるのと、第四章で緑から「あなたの家はお金持なの？」と問われて、次のように答えるのみである。

「うち？　うちはごく普通の勤め人だよ。とくに金持でもないし、とくに貧乏でもない。子供を東京の私立大学にやるのはけっこう大変だと思うけど、まあ子供は僕一人だから問題はない。仕送りはそんなに多くないし、だからアルバイトしてる。ごくあたり前の家だよ。小さな庭があってトヨタ・カローラがあって」（同前、九三頁）。

東京都豊島区で小林書店を経営する緑の家では、母はすでに病死し、父は難病で入院生活を送っており、解体過程にある。直子の家族はワタナベの手紙を療養所の阿美寮に転送するなど、それなりの役割を果たしているものの、直子自身が家族にも心を閉ざしているのだ。

二〇〇七年の時点で北京で大学生をしながら『森』を繰り返し読んでいるという于壮君の小説が村上作品と共通している点とは、まさにこのような「家族の不在」なのである。大都会での一人暮らしの自由と孤独に于壮君は共感を覚えているのであろう。そしてそれは于壮君ら現代中国の学生たちの村上読書の傾向であるばかりでなく、一九九八年に第二次村上ブームが生じて以来、一貫した傾向であったといえよう。

（四）中国の村上チルドレンが描く三角関係と「家」——衛慧のばあい

すでに述べたように、台湾・香港における村上ブームは、一九八〇年代末に「経済成長踊り場の法則」と「ポスト民主化運動の法則」とがほぼ同時に働くことによって爆発した。ところが中国での村上受容は、「血の日曜日」事件が勃発した一九八九年の比較的小さな第一期ブームと、一九九八年以後の桁違いの第二期ブームとの二つの段階に分かれている。先に「ポスト民主化運動の法則」が観察され、約一〇年後に「経済成長踊り場の法則」が機能したといえよう。二つのブームに関して詳細は拙著『村上春樹のなかの中国』第四章「中国のなかの村上春樹」をご参照いただくとして、本稿では第二期村上ブームの中から現れた村上チルドレンについて述べたい。

「血の日曜日」事件は鄧小平体制および共産党にとって最大の危機であったが、一九九二年に入ると、事件発動の責任者である鄧自身が、再び改革・開放路線へと傾き始め（南巡講話）、政治・経済・文化の各分野での改革・開放の再加速が決定的になった。とりわけ鄧は経済成長政策の最後の切り札として上海再開発の号令を発し、それに先んじて九〇年四月には黄浦江をはさんで旧上海租界地区（浦西）の対岸約三五〇平方キロ（旧租界の約一一倍）に、一大産業地帯である「上海浦東新区」の建設が決定されていた。その後の上海の急速な発展は周知の通りであり、こうして上海は台湾・香港での村上ブームを最初に受け止めるべき中国の都市として浮上し、「時計回りの法則」が完成に向かって一歩近づいたのであった。

改革・開放政策再加速後のGNPの伸び率は、一九九二年にはいきなり一四・二％を記録し、その後も一〇％台を維持したが、九六年に九・六％と一〇％の大台を割り込み、九七年には八・八％、九八年と九九年には公式発表でそれぞれ七・八％と七・一％と陰りを見せ始めている。そのいっぽうで、全国一人あたりのGNPは一九七八年の三七九元から九九年には六五四六元にまで増加してきた。しかも上海と北京に限って言えば、それぞれ三万八〇二元（三七二一US$）と一万九八〇三元（二三九二US$）にまで達している（国家統計局編『中国統計摘要二〇〇〇』北京・中国統計出版社、二〇〇〇）。上海のばあい、すでに六〇年代末、『ノルウェイの森』の時代の日本経済レベルに近づいていたのだ。

こうして鄧小平時代の改革・開放政策により上海・北京などの大都市では、学歴エリートが中産階級を形成し始め、民間マンション、コーヒーショップ、バー、高級レストラン、私的旅行など人民共和国で初めての都市文化が出現したのである。一九九七年鄧小平没後に始まるポスト鄧小平時代の九〇年代末には中産階級の中からさらに「小資《シアオツー》」とか「中産《チョンチャン》」（中産階級の意味）、「布波《プーポー》」族などと呼ばれる人々が登場した。二〇〇二年九月二九日に香港紙『星島日報』は「内地にすでにBobos あり、我々は？」という記事で次のように報じている。なお「小資」とは「小資本家《プチブル》」の略称である。

「小資」が流行してからすでに五年以上になり、早くから都市のホワイトカラーの呼び名となった。……「小資」にはいくつか公認の基準がある。たとえば高学歴でホワイトカラーか自由職業で、ポケットには小遣いがあり、ほとんどが独身で、ブランドには特別の愛着を持ち、趣味の良い暮らしを重んじ、スターバックスの常連客で、最も流行の歌を聴き、張愛玲と村上春樹を読み、時には『書城』か『読書』（大陸のハイブラウな人文誌）をめくり、ホットな話題を語り、旅行好きである等々。

続けて「布波」族についても二、三年前に中国の大都市に出現した「小資」の一種で、「布波族」（Bobos）という新語はブルジョワ（布爾喬亜 Bourgeois）の「布」とボヘミアン（波希米亜 Bohemians）の「波」との二つの言葉を合成したもので、アメリカの社会学者 David Brooks の著書 *Bobos in Paradise: The New Upper Class and How They Got There*（セビル楓訳『アメリカ新上流階級ボボズ——ニューリッチたちの優雅な生き方』光文社、二〇〇二）を典拠とする、と解説している。そして「小資」と「布波」族との「最大の相違」を布波族が「自由と反逆、独立思考で消費的コマーシャリズムにあって、彼も豊かな収入があり、ブランドを愛好するが、自分の考えがあり冷静である」と説明している。「布波」族とはより洗練された「小資」と考えて良いだろう。第二期村上ブームの担い手とは、「小資」や「布波族」であったのだ。やがてこの「小資」「布波族」から村上チルドレンの作家たちが登場する。

村上チルドレンとしてはまず衛慧（ウェイ・ホイ、えいけい、一九七三〜）を挙げられよう。彼女が一九九八年南京の文芸誌『鍾山』に発表した中編小説『衛慧みたいにクレイジー』（泉京鹿訳、講談社、二〇〇四、以下『クレイジー』と略す）は、おそらく第二期村上ブームが始まる前に執筆されたものであろう。小説の舞台は九〇年代後半のまだポケベルが最先端だった上海であるが、高度経済成長下ですでに「天地を覆い隠すほどに十分な自由」を享受する登場人物たちにとって「結婚なんてものはもはやなんの権威もない」。

阿碧《アーピー》という銀行の国際部で働く女性は学生時代から流暢な英語を話し、既婚男性たちとの不倫を重ねた挙げ句、コンピューター・ビジネスで億万長者にのし上がった老人と結婚してイギリスに移住する。上海市の国際部門所属の媚眼児《メイイエンアル》という美青年は「金持ちの奥さんをつかまえるという志」を抱いて「北欧の女性にうまく取り入る」が、その女の前の恋人である「卑劣な黒人の手にかかって」刺殺されてしまう。

こんな両極端の親友を持つ主人公の「私」は「小さな町」で育ったが、一〇歳の時、すなわち改革・開放政策が始まったばかりの八〇年代初頭に汚職容疑をかけられた父が自殺し、継父にセクハラを受け、一四歳で流れ者のギター弾きを狂ったように愛し、そして裏切られてトラウマを負っている。今では「過去から、そして記憶から逃れて」上海にたどり着き、北東部の虹口区にある墓地跡に建つニュータウンの買い手を待つ内装未完の荒涼としたマンションで自伝的小説を書くうちに、「八年前にシュルレアリスムの詩を焼き捨てオーストラリアのビール工場で二年間不法就労」して一財産を作った文化イベントがらみのブローカー馬格を愛するようになるが……

人民共和国では農村戸籍を持つ農民を除いて、すべての就業公民は何らかの〝単位〟に属し、給与から住居・退職金など社会福利はいっさい〝単位〟が供与し、〝単位〟内部の者は失業の恐れがないかわりに自由な流動は不可能で、誕生から死までの一切の面倒を〝単位〟に仰ぐ——このような状況が九〇年代半ばまで続いていた。

九〇年代に入り上海の急速な発展が始まって以来、社会主義中国特有の都市生活の基本的組織である〝単位〟は音を立てて崩れ始め、上海は「白領《ホワイトカラー》階級」の街へと大変貌を遂げた。衛慧は現代上海の転換期を「私」の「クレイジー」な視点で描き出しているのである。父の自殺、継父のセクハラと過剰までの家族の物語と共に、趣味と実益とを兼ねたような恋愛を語る『クレイジー』は、若い力に溢れてはいるが、一見堅実な中産階級の子供たちを描く村上作品とは大きく異なる。

ところが九八年村上ブームの洗礼を受けたのちの小説『上海ベイビー』（一九九九年作、桑島道夫訳、文春文庫、二〇〇一、以下適宜『ベイビー』と略す）は、中産階級の主人公たちといい、三角関係といい、村上作品を彷彿とさせる小説に変じている。

語り手兼主人公「ココ」は復旦大学中文系卒業で一時出版社で編集者となったが、作家を志して辞職しコーヒーショップでアルバイトを始め、高等遊民の若者天天《ティエンティエン》と恋をして彼の高級マンションで同棲生活を始めるが、天天は性的不能でやがて薬物中毒で死ぬ。そのいっぽうで、ココはドイツ商社駐在員のマークと肉の愛を貪っていた……

『村上春樹のなかの中国』ですでに紹介したように、『森』の直子と『ベイビー』の天天との類似性について、中国では丁琪《ティンチー》という研究者が詳細に分析している。丁琪による『森』と『ベイビー』との比較文学論を、両者の三角関係に注目して私なりに再整理すれば、『ベイビー』のココ、天天、マークという三角関係は、『森』のワタナベと直子・緑の関係をほぼ踏襲しつつ男女の性を転倒させて成り立っているといえよう。

そのいっぽうで『ベイビー』ではココや天天の家族も重要な役割を演じている。ココの両親は歴史学の大学助教授とその妻で、ココが名門大学中文系卒業後に入社した出版社を辞める際には絶望し、さらに天天と同棲を始める際には縁も切らんばかりに激怒したが、やがて一人娘との親子関係を復活し、ココを見守る役に回っている。天天のばあいも母や祖母との関わりがそれなりに描かれている。

衛慧が村上チルドレンとなる以前の『クレイジー』では崩壊家庭の娘を主人公としていたのに対し、村上チルドレンとなった以後の『ベイビー』では中産階級の娘と両親とが良好な関係を続ける物語を書いているのは興味深い。村上作品のように「家族の不在」ではなく「家族の常在」となっているのだ。

二〇〇四年の作品『ブッダと結婚』（泉京鹿訳、講談社、二〇〇五）は、ニューヨークと上海とを舞台にしながら、今や国際的女性作家となったココと東洋的神秘主義の閨房術を使う日本人男性Ｍｕｊｕ、そして大金持ちでハンサムなプレイボーイのアメリカ白人男性ニックとの三角関係を描いている。最後にＭｕｊｕの子ともニックの子ともわからぬまま妊娠して未婚の母になろうとするココが帰っていく先は、上海の両親の家なのである。大都会での自由恋愛・性愛・三角関係、そして新しい家族関係という『上海ベイビー』のテーマを、グローバルに展開した作品といえよう。同作におけるヒロインと中産階級の両親との良好な関係は『ブッダと結婚』に継承され、さらにココと彼女の赤ちゃんとの母子関係へと展開し始めているのだ。

（五）アニー・ベイビーと「家」

衛慧が第二期村上ブームの幕開け直後に単行本『上海ベイビー』で中国のみならず世界の注目を浴びていた頃、インターネットの文芸サイトに上海を舞台とする短篇小説群を掲載して話題を呼んでいたのがアニー・ベイビー（安妮宝貝、Annie Baby、現在は慶山に改称、一九七四〜）だった。その作品群は二〇〇〇年一月に北京・中国社会科学出版社より『さよなら、ビビアン』（泉京鹿訳、小学館、二〇〇七）として刊行され、五〇万部を超えるベストセラーとなった。訳者の泉京鹿氏によれば、海賊版は一〇〇万部以上出版されたと推定されるという。その翌年、彼女は専業作家を志し故郷寧波での銀行勤務を辞めて上海に転居、その後『彼岸花』（二〇〇一）、『蓮花』（二〇〇六）などの長編小説も続けてベストセラーとなる中、二〇〇五年に北京に転居したのである。

アニーのデビュー作『さよなら、ビビアン』は、その文体といい、上海の「小資」として豊かだが孤独で物憂い暮らしを送る登場人物たちといい、登場人物名を漢字ではなくローマ字で表記するなど、村上春樹の影響が色濃い。ところが二〇〇六年刊行の『蓮花』は一転してチベットを舞台とし、不治の病のため一人高原で死を待つ若い女性慶昭と、名声と利益を追い続ける騒がしく虚しい暮らしから逃れてきた中年の男の善生とが、ラサの旅館で知り合い秘境の街へと旅立ち、善生の少年期のクラスメートにして魂の生涯の伴侶である内河を訪ねていく、という物語である。『さよなら、ビビアン』の登場人物たちも大都市において身と心を病んでおり、自ら死を選ぶ者もいたが、『蓮花』に至ってこれら都会の男女はチベットの霊と自然とによる癒やしを得たのだ。もっとも徐子怡《じょしい》氏の論文によれば、この『蓮花』においてこそ登場人物の設定から物語の構造、内容、さらに装丁によって読者に伝えているメッセージなどの面までが村上春樹の『ノルウェイの森』に酷似しているという（「『ノルウエイの森』から墨脱《メド》の『蓮花』へ――中国の村上チルドレン作家、安妮宝貝の村上春樹受容を中心に――」『東方学』一二七輯、二〇一四年一月）。

このように『蓮花』は表層的には「家族の不在」という村上文学主要テーマの一つを継承し、深層においては『森』の全面的展開となっているのだが、二〇〇七年刊行のエッセー＋中編小説の『素年錦時』は一転して祖父母や父母の思い出を語り続けている。もっともそれは毛沢東時代に確立された〝単位〟社会の「家」ではなく、人民共和国建国以前の地域共同体、血縁共同体の内にあった伝統的な「家」である。その意味では、アニー・ベイビーはポスト鄧小平時代を迎えて、本格的都市文化を享受するいっぽうで、高度経済成長下で〝単位〟社会という「社会主義中国」的大家族制度の崩壊にともなう孤独感、疲労感を描き出し、その救済としての霊や自然・伝統的家族を語る作家へと成長していったといえよう。

二〇〇四年一〇月に来日した衛慧は私との対談で、「いつどの村上作品を初めて読みましたか」という問いに対し、「一九九九年に『ノルウェイの森』を読みました」と答えるいっぽうで、「非常に素晴らしい作家……言語といい構造といい、テクニックのようなものが素晴らしいと思います。だけど私は……彼に対する〔作家と作家としての〕接点みたいなものが、何か欠けている」と直接の影響関係については留保してもいる（「対談、新上海の〝感性〟を描く――『衛慧みたいにクレイジー』をめぐって」『東方』二〇〇五年一月号、八頁、東方書店）。またアニー・ベイビーも二〇〇六年一二月に私が北京で行ったインタビューで、上海転居後に短篇小説集『象の消滅』を読んでおもしろいと思ったが、『森』などほかの村上文学は読んでいない、と答えている（「人気作家・安妮宝貝の素顔」『北海道新聞』二〇〇七年二月二七日夕刊）

代表的な中国の村上チルドレンである二人の女性作家が、ともに村上文学からの影響を限定的に語っているのは興味深い。衛慧は村上から愛の三角関係を学ぶことにより、広い選択肢とそれにともなう苦悩をも学び、アニー・ベイビーは高度経済成長下での〝単位〟社会崩壊にともない出現した大都会の「小資」「布波族」の孤独と疲労とを、「家族の不在」の村上文学に一時の共感を寄せたのち、自らの世界を切り開いていったといえよう。

現在北京で日本文学を学んでいる于壮君もまた、このような中国の村上チルドレンの系譜に連ならんとしている学生作家であったのだろう。

第九章　「レキシントンの幽霊」におけるアジア戦争の記憶
――村上春樹〝デタッチメント〟時代の終わりをめぐって

（一）ガルシア・マルケス「八月の亡霊」の影

村上春樹は短篇小説「レキシントンの幽霊」ショート・バージョンを文芸誌『群像』一九九六年一〇月号に発表後、同作ロング・バージョンを同年一一月三〇日刊行の短篇集『レキシントンの幽霊』に収録している。本稿では約八三〇〇字の前者を「ショート版」、一万五九〇〇字の後者を「ロング版」と呼ぶことにして、まずはショート版にあってロング版にない記述およびその逆の記述のいくつかを検討してみたい。その作業の前に両作共通のプロットを辿ると以下のようになるだろう。(1)

語り手「僕」は「これは数年前に実際に起こったことである。人物の名前だけは変えたけれど、それ以外は事実だ。」と私小説風に前置きしてから、以下のような回想を始める。「僕」はマサチューセッツ州ケンブリッジに二年ばかり住むあいだに、五〇歳過ぎのハンサムな趣味人の建築家（名前は仮にケイシーとされる）と知り合う。彼はボストン郊外のレキシントンにある父親から相続した古い屋敷に、三〇代後半のピアノ調律師ジェレミーと同居しており、半年後にジェレミーの母の病気見舞による帰郷とケイシー自身の出張のため、一週間ほどの留守番を「僕」に依頼してくる。

「僕」はケイシーの父譲りの古いジャズ・レコードの見事なコレクションに惹かれ、留守番を引き受けるが、初日の夜中に二階の客用寝室で目を覚ますと、階下の居間で音楽を鳴らしてパーティーが開かれている様子に気付く。「僕」は居間の扉の前まで進んでから、「あれは幽霊なんだ」と思い当たり寝室に戻り、翌朝目覚めた後に居間に入ってみると、パーティー開宴の形跡はまったくなく、二日目以後はパーティーは開かれず、やがてケイシーが帰宅するが、「僕」は「その夜の出来事については口にするまいと心を決めていた」。

半年後ケイシーに偶然出会うと、彼はたいへん「老け込んで」おり、ジェレミーが母の死後に人が変わりもう戻ってこないこと、自分が一〇歳で母を亡くした時、父が三週間眠り続け、一五年前に父が亡くなった時には自分が二週間眠り続け、現実の世界とは色彩を欠いた浅薄な世界であることを知ったことを語り、「つまりある種のものごとは、別のかたちをとるんだ。それは別のかたちを取らずにはいられないんだ」と父と自分の体験を解釈した後、「僕が今ここで死んでも誰も、僕のためにそんなに深く眠ってはくれない」と微笑むのであった。「僕」は「ときどきレキシントンの幽霊」と「二階の寝室でこんこんと深く眠り続けるケイシー」らのことを思い出すが、「僕にはそれがちっとも奇妙に思えないのだ」。

ショート・ロング両版はこのようなプロットの中に、いくつもの小道具やエピソードを巧みに配しているのだが、著名な作家と作曲家の三人がショート版で重要な役を演じながら、ロング版からは消されている点は興味深い。作曲家に関しては階下のパーティーで鳴らされる古い楽しげな音楽を耳にした「僕」が、「聞き覚えのある曲だったが、題名は思い出せなかった」ものの「コール・ポーターとか、ジョージ・ガーシュインとかその類の作曲家が、遥か昔に作った曲だ」と語っている。コール・ポーター（Cole Porter、一八九一〜一九六四）もジョージ・ガーシュイン（George Gershwin、一八九八〜一九三七）も共にアメリカを代表する作曲家で、前者の「さよならを言うたびに」「ミス・オーティスは残念ながら」、後者の「誰にも奪えない」などの作品は村上のお気に入りである。(2) それにもかかわらず、ショート版で「その類の作曲家が、遥か昔に作った曲だ」と突き放したように語られているのはなぜだろうか。村上は「僕」とスタンダード・ナンバー作曲家とのあいだに、ある種の距離感を設定したかったのではあるまいか。

そしてロング版で消された小説家とは「その夜、僕はケイシーが用意してくれたモンテプルチアーノの赤ワインを開け、居間のソファに座ってガルシア・マルケスの新刊を読んだ(3)」というマルケスである。ショート版はこれまで二社の高校国語教科書に収録されているが、(4) 各教科書のマルケスに関する注は主な作品として『百年の孤独』を挙げるのみで、「僕」が読んでいた「新刊」については何も触れていない。村上が「レキシントンの幽霊」を「これは数年前に実際に起こったこと」と私小説風に語り出しているからには、彼がケンブリッジに二年ばかり住んでいた時期、すなわち一九九三年七月から九五年五月までのタフツ大学滞在中に刊行されたマルケスの「新刊」に言及すべきであろう。

この期間に出版されたマルケス文学の英訳にはPenguin Booksの*Strange Pilgrims: Twelve Stories*（一九九四年九月。邦訳『十二の遍歴の物語』旦敬介訳、新潮社、同年一二月）があり、この短篇集収録の一二の小説は、さまざまなラテンアメリカ人のヨーロッパにおける亡命や漂泊および方向感覚喪失の体験を描いている。そのような短篇の一つが「八月の亡霊」であり、「私」が妻子同伴で訪ねて行く物語である。ベネズエラ人作家の友人が購入したイタリア・トスカーナにあるルネッサンス期の城を、語り手の「私」が妻子同伴で訪ねて行く物語である。その友人は「大いなる学芸と戦争の主、自らの不幸の現場となるこの城を建てた人物」ルドヴィーコについて「彼が心の狂気の瞬間に、愛する貴婦人を、愛を交わしたばかりの寝床の上で刺し殺し、それから自分の飼っていた獰猛な闘犬を自分自身にけしかけ、ずたずたに嚙みちぎられた……真夜中を過ぎるとルドヴィーコの亡霊が、愛の煉獄での平穏を求めて家の闇を徘徊しはじめるのだ、と本気になって」「私」たちに語る。その夜は一階のひと部屋に「私」と妻が、その隣の部屋に子供たちが寝たのだが、翌朝目覚めると、「私」と妻は三階にあるルドヴィーコの寝室で、「呪われたベッドのまだ暖かい貴婦人の血に濡れたシーツの中」にいたのであった(5)。

　語り手が友人の古い家を訪ねて怪奇な出来事を体験する、という語りの構造において、「八月の亡霊」と「レキシントンの幽霊」とは共通しており、村上はショート版執筆に際しマルケス作品からヒントを得たため、マルケスへのリスペクトとしてショート版で特に「ガルシア・マルケスの新刊」を小道具として登場させたのではあるまいか。そしてこの小道具により、「僕」が聴く幽霊たちのパーティーとは、寝がけにイタリア産高級ワインを飲みながらマルケスの魔術的リアリズムを読んだために見た夢、と解釈する余地が残されていると言えよう。ちなみにモンテプルチアーノとは「八月の亡霊」の舞台トスカーナの銘酒である。またショート版の「僕はケイシーが用意してくれたモンテプルチアーノの赤ワインを開け……ガルシア・マルケスの新刊を読んだ」という一文は、ワインと共に新刊書もケイシーが用意し、「僕」を幽霊の夢に導いた、と解釈する余地をも残している。

村上がケンブリッジ転任前の一九九一年初頭から約二年半を過ごしたプリンストン滞在記に『やがて哀しき外国語』（以下『やがて……』と略す）がある。その第六章「スティーブン・キングと郊外の悪夢」は、「平和なるサバービア（郊外地）」であるプリンストンに住む「写真で見るかぎり……どこにでもいる普通の中年のおばさん」の女性が、ホラー作家スティーブンが彼女の家に押し入って『ミザリー』という小説の原稿を盗んだ、と訴え出たという新聞記事の紹介から始まり、自称彼女の甥がキング邸に偽爆弾を持ち込む騒ぎに発展したことまでを語る。そして村上は「郊外の悪夢」について「一軒一軒の敷地が広いぶんだけ、そこには何かしら深い孤独感、孤絶感のようなものがうかがえる」と語り、「そういう〈一見平和でソリッドな普通の場所がその足元に含んでいる恐怖〉こそが、スティーブン・キングが長年にわたって書きつづけてきたこと」とまとめている。[6]

村上はマルケス「八月の亡霊」にヒントを得て、まずは村上版アメリカ東部「郊外の悪夢」としてショート版を構想していたのではあるまいか。ところが「悪夢」は次第に深刻化して、ロング版に至ってマルケスの名を消し「買ってきたばかりの新刊の小説」と修整したと推定されるのである。これによりケイシーが用意したワインと新刊書により「僕」が幽霊パーティーを夢見たという解釈は消滅し、ワインはケイシーの贅沢な趣味を、新刊小説は「僕」の作家らしい趣味をそれぞれ示唆する小道具となったのである。

それではロング版はマルケスの名前と一つの解釈の可能性とを抹消することにより、どのような解釈を新たに生み出したのだろうか。この問いに答える前に、「僕」とケイシーとのあいだに横たわる価値観の差違について指摘しておきたい。

（二）「僕」のフォルクスワーゲン vs. ケイシーのＢＭＷ

「レキシントンの幽霊」は「僕」によって語られる怪談であるが、これを霊能者とも称すべきケイシーの立場から再構成すると、どのような物語になることだろうか。

「全国的に有名な精神科医」の父と「美しく聡明な人で誰からも好かれた」母との三人の幸せな暮らしは、ケイシーが一〇歳の時に母が事故死することで突然終わり、父が母の葬儀後「三週間眠り続け」たため、ケイシーは「広い屋敷の中で、まったくひとりぼっちで、世界中から見捨てられたように感じた」。ショート版は古屋敷の居間の壁に掛かったいくつかの「ニューイングランドの海岸を描いた愛想のない油絵」により、母の死後のケイシーの孤独を暗示しているが、ロング版はその後の父が再婚せず「母を愛したようには、もう誰のことも愛さなかった」と加筆することで、ケイシーが父の愛に欠乏感を抱いていたことをより明確に語っている。それと共に油絵の描写も「どこかの海岸を描いた油絵……どの絵にも人の姿はまったく見えず、ただ寂しげな海岸の風景があるだけ」と加筆修整して寂寞感をはっきりと描いている。その父もケイシーが三五歳の頃に亡くなり、ケイシーは母を失った父の長期入眠を追体験する。ケイシーは「僕」に「〔自分は〕精神的にも感情的にも深く父に結びついていた」と語っているが、彼は長期入眠の追体験後にそれを実感し、母の死以来続いたであろう父からの疎外感を克服し、父との和解を果たしたのであろう。

やがてケイシーはジェレミーという友人、あるいは同性愛の恋人を得て同棲を始める――おそらくかつて父が母を「自分の手で獲得」して「深く愛し」たように。だがジェレミーは自分の「母親の具合が悪い」ためウェスト・ヴァージニアに帰り、母の死後も戻ってこない。ケイシーが電話で話しても、ジェレミーは「母親の死んだショックで人が変わってしまった……星座の話しかしない」。ロング版ではジェレミーの話の内容がさらに具体的に「今日の星座の位置がどうで、だから今日は何をしてよくて、何をしてはいけないとか、そんなこと」と加筆されている。ケイシーや彼の父と同様に、ジェレミーも最も愛する人の死に異常なまでに深く反応するという霊能者であり、そのためにこそケイシーは彼に対し愛情を持てたのであろうが、ジェレミーはまさにその霊能者的気質のため自らの母の死に深く反応し、ちょうどケイシーの父が妻の死後「誰のことも愛さな」くなったように、ジェレミーもケイシーを愛さなくなったのであろう。

このようなジェレミーとの別れを予感していたのであろうか、ケイシーは「一人暮らし」の「僕」に親近感を懐いて自宅に招き、留守番を口実にして「僕」の霊との交感能力を試してみるが、「僕」はパーティー会場である居間の両開きの扉の前で立ち止まって深い交感を避け、その後はケイシーを訪ねようとはしなかった。ケイシーは「僕」と偶然再会した機会に、霊能者父子の秘密を明かし、自分の孤独死を予言するのであった。

それにしても、なぜ「僕」はパーティー会場に入らなかったのか。人懐っこいケイシーの飼い犬マイルズがキッチンのねぐらにいなかったのは、パーティー客たちがケイシーとも親しい人々――おそらく時々この屋敷に降霊するケイシーの父母や親戚たち――だったので、そのお供をしてパーティー会場に入っていたから、と「僕」は解釈したことだろう。一人残された「僕」は、「もちろん怖かった。でもそこには怖さを越えた何かがあるような気がした。」と回想するだけで、居間の扉を押さなかった理由を明確には語っていない。

ロング版のこの一文への加筆でも「それは何か妙に深く、茫漠としたものだった」と述べるに留まるのだが、すでに述べたように、幽霊たちが楽しむスタンダード・ナンバーに対する「僕」の距離感が、ショート版の「その類の作曲家が、遥か昔に作った曲」からロング版の作曲家名の抹消へと拡大されている点を想起したい。またロング版が、最初の古屋敷訪問時に「僕」が「緑色のフォルクスワーゲン」で出かけたところ「ドライブウェイには新しいBMWのワゴンが停まっていた」、と二つの車種をめぐる対比的描写を加筆している点も指摘しておきたい。『やがて……』は村上がプリンストンでフォルクスワーゲンを買った理由を「アメリカ車を買おうと思ったのだが、残念ながらデザインが趣味に合わなくて……それでヨーロッパ車を買うことに決めたのだが……プリンストン大学に属して生活している人が高価な目立つ車を運転したりするのは「あまり褒められたことではない」……ぴかぴかのBMWを停めたりしたら、目立ちすぎていささか具合が悪」かったから、と記している。(7)

ロング版が「僕」のフォルクスワーゲンとケイシーの新しいBMWを対比的に加筆したのは、二人のあいだの生活感覚上の距離を示すためであったろう。二人が使用するコンピューターにも同様の配慮がなされている。ショート版ではケイシーは「コンピューターを使って建築設計の仕事」をしており、「僕」は留守番時に「ポータブル・コンピューター」を持参するのだが、ロング版ではケイシーのコンピューターの前に「大型の」の一句が加筆され、「僕」のポータブルは「マッキントッシュ・パワーブック」に修整されている。いずれにせよパソコンにおいても、「僕」のノート型とケイシーの大型との差違が示されているのだ。ちなみに『やがて……』で村上はプリンストンで買った数少ないアメリカ製品の優れものとしてマッキントッシュを挙げている[8]。なお小山鉄郎氏は村上の長篇『ダンス・ダンス・ダンス』をめぐり、登場人物たちの生死の分かれめと彼らの愛車の車種との関係を指摘している（「村上春樹を読む」『琉球新報』二〇一五年二月二六日）。

幽霊パーティーに「僕」が参加しなかった理由を、ショート版が「怖さを越えた何か」と曖昧に説明していたのに対し、ロング版は音楽から車、パソコンに至る「僕」とケイシーの趣味や価値観の差を加筆して説明している。しかし「僕」の「何か妙に深く、茫漠とした」感覚は、そのようなライフ・スタイルの差違だけでは説明できないであろう。二人の暮らしの価値観の背後には、歴史の記憶が潜んでいるのではあるまいか。

（三）姉妹編としての「トニー滝谷」

ケイシーを主人公として再構成した「レキシントンの幽霊」のプロットからは、霊能者父子の関係およびその息子とパートナーたちとの別れ、というテーマが浮上してくるであろう。実は短篇集『レキシントンの幽霊』の中には同様の構造を持つ作品「トニー滝谷」が収録されているのである。同作は青春期を戦時中の日本占領下の上海でジャズマンとして送った父の滝谷省三郎と、戦後の高度経済成長期の東京で美大生からイラストレーターへと成長した息子のトニーという芸術家父子、およびトニーと妻やアシスタントとの別れの物語である。同作も「レキシントンの幽霊」と同様に、幾度も加筆修整されて複数のバージョンが存在しているが、本書では紙幅の関係で説明は省略したい[9]。

省三郎という名前は、『論語』の「吾日三省吾身（吾《わ》れ日《ひ》に三《み》たび吾が身《み》を省《かえ》りみる）」という言葉に因むものだが、彼はその名に反して日中戦争という「歴史に対する意志とか省察」をまったく欠いた人間であり、戦時中は日本占領下の上海で浮かれて暮らし、戦後はアメリカ占領下の日本でお気楽に生きていた。省三郎のような父を持ったトニーもまた、六〇年代末の学園紛争期に「まわりの青年たちが悩み、模索し、苦しんでいるあいだ、彼は何も考えることなく黙々と精密でメカニックな絵を描き続けた」のである。戦中戦後の歴史に対し意志も省察も持とうとしなかった父、学園紛争期に「何も考えること」のなかった息子、この父子は経済的に豊かではあっても「心」を失っており、父が戦犯として上海の刑務所で処刑寸前に至る孤独な体験をしたように、トニーも妻も父も失ったのち監獄のような空っぽの亡妻の衣装室で「本当にひとりぼっち」にならねばならなかった。

戦争体験の忘却という罪を犯した父を持つ息子が、再び社会に対する無関心という罪を犯して孤独という罰を受ける、という父子二代の因果が「トニー滝谷」の物語なのであるが、母不在の中での心の通い合わぬ父子関係、買い物嗜癖の妻との死別、妻と体型を同じくするばかりでなく妻の孤独を感受できるアシスタントとの別離、という人間関係の構造は「レキシントンの幽霊」とほぼ一致する。滝谷父子がケイシーとその父に、買い物嗜癖の妻が占星術を信仰するジェレミーに、そしてアシスタントが「僕」に相当するのである。その意味では「トニー滝谷」と「レキシントンの幽霊」は姉妹編的な関係にあると言えよう。そして「トニー滝谷」において日中戦争の記憶が重要な意味を持っていたように、「レキシントンの幽霊」には日米戦争の記憶が散りばめられているのである。[10]

(四) 日米戦争およびアメリカの対アジア戦争の記憶

村上は『やがて……』第一章「プリンストン――はじめに」で、一九九〇年の湾岸戦争から九一年の太平洋戦争開戦五〇周年記念時期におけるアメリカの好戦的雰囲気について「愛国的かつマッチョな雰囲気はあまり心楽しいものではなかった。プリンストン大学のキャンパスで学生がガルフ・ウォー何たらかんたらというプラカードを持ってデモをやっていて、「おお、懐かしい反戦集会」と思ってよく見たら、これはなんとプロ・ウォー（戦争支持）のデモだった」と記している。このようなアメリカの愛国主義は、やがて日米戦争の記憶へと転じたという。

しかしなんとかその戦争も終結し、これでやっと一息つけるかと思ったら、今度はパールハーバー五〇周年記念にむけてアメリカ全土でアンチ・ジャパンの気運が次第に高まってきた……アメリカ経済の長期的な不調に対するフラストレーションのはけ口をみんなが求めていたという要素もあった……実際にその中に身を置いて暮らしているとこれはかなりきつかった。どうも何となく居心地が悪いというか、まわりの空気の中に刺のようなものをちくちく感じることがよくあった。とくに十二月に入ってからは、必要な買い物以外にはあまり外にも出ず、家の中でじっとしていることが多かった。[11]

全米で高まるアンチ・ジャパンの気運の中で、「あれこれと気の張る一年」を過ごした村上は、一九九三年七月にケンブリッジに転勤したあとも、日米戦争について考え続けていたことであろう。前述のとおり、ロング版はショート版の約二倍の長さであり、多くのエピソードや小道具が加筆されている。「僕」の作品がアメリカの雑誌に翻訳され、ケイシーが知的なファンレターをくれ、亡父のジャズ・レコードのコレクションを聴きに来ないかと「僕」を誘った……という出会いの一節については、佐野正俊氏がこの加筆により「僕」が作家で非アメリカ人であることが明確になった、と指摘している。[12]そしてこの加筆が「僕」とケイシーとの出会いと別れの時間的経過をより明確にしようとして、却って半年間もの時間的錯覚を生じさせた点を、中野和典氏が指摘している。ロング版は「僕」が初めてケイシーの屋敷を訪ねる日時を「四月の午後」と記し、ケイシーの人柄にも魅了された「僕」がその後も「一月に一度は彼の家に遊びに行」くようになり、「知り合ってから半年ばかりあと」、「仕事の都合でどうしても一週間ほどロンドン」に行かねばならないケイシーが「僕」に留守番を頼み……と語っていくのだが、留守番の二日目の朝に降る「静かな細かい雨」を「春の雨」と回想しているのである。留守番をしたのが最初の訪問から半年後であるのなら、幽霊体験の時期は一〇月であるべきだろう。のちに村上もこの矛盾に気付いたのであろう、二〇〇三年刊行の『村上春樹全作品一九九〇〜二〇〇〇』第三巻では最初の訪問日を「初秋の午後」に変更している[13]。

それにしてもロング版執筆に際し、なぜ半年もの時間的錯覚が生じたのか。それは加筆がさまざまな時間と共に、一つの地名にも及ぶ些か複雑な作業であったからであろう。ショート版に比べてロング版は、ケイシーに母の死をめぐる記憶も「父よりも十歳以上年下……美しく聡明な人で……とても綺麗な歩き方をする人だった。背筋を伸ばして、少し顎を前に出して、両手を後ろで組んで、いかにも楽しそうに歩くんだ。歩きながらよく歌を唱っていた」とより詳細に語らせている。このようなケイシーの母は社交ダンスに興じるパーティーではさぞや人気者であったろうが「ある年の秋の初めに、ヨットの事故で死んだ」。このように両親の年齢差や事故死の季節が明示されるのと同時に、「夏の朝の鮮やかな光を浴びながら、ニューポートの浜辺の道を歩いている母の姿」と地名の記憶までもが加筆されているのである。

そもそもショート版にはケイシーの古屋敷のあるレキシントン、ジェレミーの母が住むウェスト・

ヴァージニアの地名が登場し、ロング版ではさらにニューポートが加筆されたのだ。なぜこの三地が登場するのか。ケイシーが村上も以前エッセーで話題にしたことのあるサウス・カロライナ州チャールストンの幽霊旅館(14)の住人ではなく、古屋敷の同居人ジェレミーの母が南北戦争開戦までウェスト・ヴァージニア州を所属させていたヴァージニア州に住んでいないのはなぜなのか。ケイシーの母が散歩した海岸——おそらく彼女が海難事故死した地——は、なぜ他所のビーチであってはならないのか。マルケスやスタンダード・ナンバー作曲家の名前が消去され、フォルクスワーゲンやＢＭＷ、そしてマッキントッシュの名前が加筆されていることを考慮すれば、これらの地名にも注目すべきであろう。

レキシントンはアメリカ独立戦争において最初の銃声が放たれた土地であり、マサチューセッツ州はこれを記念して四月一九日を祝日に定めている。ロング版で「僕」の古屋敷初訪問が四月と錯覚されたのも、あるいは村上自身がこの祝日に全米各地の観光客に混じってレキシントンを見物した体験を持つためであろうか。

だがロング版に登場するケイシーらに関わる三地は、日米戦争の記憶を喚起する名称でもあるのだ。レキシントンとは太平洋戦争で活躍したアメリカ海軍航空母艦の名前で（USS Lexington CV-2）一九二七年に就役、太平洋戦争開戦後の一九四二年五月珊瑚海海戦で日本空母祥鳳を撃沈し、同翔鶴に大損害を与えたが、自らも日本軍艦載機の攻撃で魚雷二本、爆弾二発を受け大火災を起こし、米軍駆逐艦の魚雷により処分されており、日本海軍が撃沈した最大のアメリカ空母であるという。

このレキシントンの艦名は四三年二月就役の新空母が継承し（USS Lexington, CV-16）、同艦は四四年六月のサイパン攻撃などで活躍、「ブルー・ゴースト」の愛称で知られたという。戦後は訓練空母となり、村上滞米中の九一年一一月に退役、翌年六月に博物館として寄贈され、テキサス州コーパス・クリスティで公開された。この空母レキシントンは映画『トラ・トラ・トラ！』（一九七〇）に出演して日本海軍空母「赤城」を演じ、映画『ミッドウェイ』（一九七六）でもアメリカ海軍空母艦を演じている。映画好きの村上がこの二作品を見た可能性もあるだろう。

またジェレミーの母が住むウェスト・ヴァージニアも戦艦名であり（USS West Virginia, BB-48）、日本海軍による真珠湾攻撃により大破しており、同艦が一九二〇年四月に起工したのはヴァージニア州ニューポート・ニューズの造船所においてであった。もっともケイシーの母が散歩した浜辺とはロードアイランド州のニューポートであろう。同市はボストンの南約一〇〇キロに位置し、港湾のほか保養地・別荘地としても名高く、アメリカ海軍戦略大学（United States Naval War College）など海軍訓練施設があるほか、一八五三年に黒船を率いて日本に開国を迫ったマシュー・ペリー提督の出身地でもある。(15)

そして「僕」が古屋敷二階の寝室で聞いた幽霊パーティーの「シャンパン・グラスかワイン・グラスがふれ合う、ちりんちりんというかろやかな音」と類似の響きを、かつてベトナムの山中をパトロールしていたアメリカ兵も耳にした、とティム・オブライエンは短篇小説「本当の戦争の話をしよう」で次のように記している。

ちょっと先の霧の奥でちゃらちゃらちゃらしたヴェト公のカクテル・パーティーが開かれてるみたいな

んだよ、実に。音楽とかおしゃべりとか、そういう奴さ。あほらしいとは思うけどさ、シャンパンのコルクを抜く音まで聞こえるんだぜ。マーティニのグラスが触れ合う音も実際に聞こえるんだ。(16)

オブライエンのベトナム戦争短篇集が村上春樹訳で刊行されるのは、村上渡米直前の一九九〇年一〇月のことであった。「僕」がアメリカ東部の古屋敷で、幽霊パーティーと扉一枚で隔てられた時に感じた「何か妙に深く、茫漠としたもの」とは、太平洋戦争から九一年のアンチ・ジャパン現象に至る日米関係史により惹起されたアメリカに対する違和感ではなかったろうか。それは太平洋戦争後も続くベトナムから湾岸までのアメリカの対アジア戦争に対し、あたかも滝谷父子のように無反省・無関心でいるケイシー父子的人々への批判であったかもしれない。

ショート版発表の約一年前に行った河合隼雄との対談冒頭で、村上は「日本に帰ってきていちばん強く感じているのは、日本を出る前といまとでは、ぼくのなかでいろんな問題がずいぶんかわってきてしまったということ……とくにアメリカに行って思ったのは、そこにいると、もう個人として逃げ出す必要はないということ……それと、コミットメント（関わり）ということについて最近よく考える……以前はデタッチメント（関わりのなさ）というのがぼくにとっては大事なことだったんですが。」と語っている。そして〝デタッチメント〟から〝コミットメント〟への移行に際し、村上が追及しようとしたものが西洋とは異なる「日本における個人」であり、彼は「歴史という縦の糸を持ってくることで、日本という国の中で生きる個人というのは、もっとわかりやすくなるのではないか(17)」と考えたという。「レキシントンの幽霊」がショート版からロング版へと改稿される過程とは、まさに村上が〝デタッチメント〟時代を終了するための通過儀礼ではなかったろうか。

ところでレキシントンの古屋敷で悪夢から目覚めた「僕」が最初に聞くのは、青カケスの鳴き声である。青カケスとは英語でBlue Jay、それは『風の歌を聴け』から『羊をめぐる冒険』まで「僕」の良き理解者であった在日中国人、朝鮮戦争からベトナム戦争までを在日アメリカ軍基地で働きながら体験したあのジェイと同じ名前の鳥なのである。

【注】

（1）単行本『レキシントンの幽霊』は一九九六年一一月に文藝春秋から刊行され、九九年一〇月に同社文春文庫に収録された。なおショート・ロング両版からの引用文頁数および両版における細かな差違については、紙幅の関係で注を省きたい。

（2）村上春樹、和田誠著訳『村上ソングズ』（中央公論新社、二〇〇七年）九七、一二六、一七四頁に収録。また和田、村上共著『ポートレイト・イン・ジャズ』（新潮文庫、新潮社、二〇〇四年）五六頁でも村上はガーシュインに触れている。

（3）ショート版『群像』一九九六年一〇月号、一八二頁。

（4）『精選現代文』大修館書店、二〇〇四〜二〇一〇年。『新編現代文』三省堂、二〇〇四〜二〇一〇年。

（5）ガルシア・マルケス、旦敬介訳『十二の遍歴の物語』新潮社、一九九四年、一一一〜一一五頁。

（6）村上春樹『やがて哀しき外国語』講談社、一九九四年。講談社文庫、一九九七年、九五、九六、一〇〇頁。

（7）前掲注（6）『やがて哀しき外国語』講談社文庫、講談社、一三九頁。

（8）前掲注（6）『やがて哀しき外国語』講談社文庫、講談社、二三七、二三八頁。
（9）「トニー滝谷」について詳しくは拙著『村上春樹のなかの中国』（朝日選書、朝日新聞出版、二〇〇七年）第一章を参照。
（10）山根由美恵「絶対的孤独の物語」（『国文学攷』第二〇五号、二〇一〇年三月）はジェンダーという視点から「トニー滝谷」を論じており興味深い。
（11）前掲注（6）『やがて哀しき外国語』講談社文庫、講談社、一六、一七頁。
（12）佐野正俊「村上春樹における小説のバージョン・アップについて――「レキシントンの幽霊」の場合」『国文学　解釈と鑑賞』二〇〇八年七月号、八〇頁。
（13）この点については　中野和典「物語と記憶――村上春樹「レキシントンの幽霊」論」（『九大日文』第一三号、二〇〇九年三月）が一三〇頁注1で指摘している。
（14）中野和典は村上春樹が『村上朝日堂はいほー！』（文化出版局、一九八九年）でチャールストンの幽霊旅館について語っていることを指摘している（前掲注（13）「物語と記憶――村上春樹「レキシントンの幽霊」論」一三一頁）。
（15）米国海軍に関しては *Jane's fighting ships* (London, Sampson Low, Marston, 1953–54) および Wikipedia（http://ja.wikipedia.org/wiki/%E3%83%AC%E3%82%AD%E3%82%B7%E3%83%B3%E3%83%88%E3%83%B3_（CV-2) 二〇二〇年八月八日アクセス）を参照した。
（16）ティム・オブライエン、村上春樹訳『本当の戦争の話をしよう』文藝春秋、一九九〇年。文春文庫、一九九八年、一二四頁。
（17）河合隼雄・村上春樹『村上春樹、河合隼雄に会いにいく』岩波書店、一九九六年。新潮文庫、新潮社、二〇〇五年六月一三刷、一四～一八頁、五六頁。

第一〇章　村上春樹の中の「南京事件」
――『騎士団長殺し』における中国

村上春樹における歴史の記憶という文脈において、長編小説『騎士団長殺し』（新潮社、二〇一七）は大いに注目すべき作品である。そのあらすじについては二〇一七年三月四日の『日経電子版』の記事を引用しよう。

主人公の「私」は肖像画家。妻と別れ、今は認知症が進み養護施設に入っている日本画家・雨田具彦の旧宅に一人で暮らしている。

ある日、「私」は屋根裏部屋で「騎士団長殺し」と題した日本画を発見する。モーツァルトのオペラ「ドン・ジョバンニ」に材をとり、若者が「騎士団長」を刺殺する場面を描いた作品で、雨田が描き、ひそかに隠していたものだった。

「私」に肖像画の制作を依頼する謎の資産家・免色や、「私」に絵を習っている少女・まりえら多彩な人物との関わりを通じ、主人公は「騎士団長殺し」に秘められた謎を探究することになる。（「村上春樹新作を読む　『騎士団長殺し』三識者に聞く」）

『騎士団長殺し』とは作中に登場する日本画の題名でもあり、その絵とはモーツァルトのオペラ『ドン・ジョバンニ』の一場の主人公ドン・ジョバンニによる騎士団長刺殺を題材とするものである。プレイボーイのジョバンニが未婚の女性に夜這いをかけたところ、彼女が抵抗し、そこに彼女の父親の騎士団長が駆け付けたため、ジョバンニが騎士団長を刺殺してしまうのだ。

このオペラの一場を雨田具彦《あまだともひこ》は日本の飛鳥時代（六世紀末から七世紀前半）の習俗に置き換えている。「騎士団長殺し」の絵に「秘められた謎」とは何か？　それは第二次世界大戦前に画学生だった雨田具彦と、その弟で音大でピアノを専攻していた継彦《つぐひこ》とが、それぞれ留学先のウィーンと徴兵され動員された南京における悲惨な体験であった。

兄の具彦は一九三八年三月のアンシュルス（独墺合邦、ナチス・ドイツによるオーストリア併合）当時、オーストリア人の恋人と共に対ナチス抵抗組織に属し、要人暗殺計画に関わって逮捕され、恋人らは処刑され、具彦自身も「サディスティックな拷問」を受けた。

そして弟の継彦は一九三七年の南京攻防戦で上官に軍刀による中国人捕虜の斬首を強制され、この体験のトラウマに耐えきれず、復員後に遺書を残して自殺したのだ。具彦はウィーンから帰国後、弟の遺書を読み、自らの対ナチス抵抗の挫折体験とあわせて、密かに日本画「騎士団長殺し」を製作し、これを厳重に梱包して自宅の屋根裏に隠した。この政治と芸術との対立、国家と個人との矛盾を描いた秘密の絵を発見したことにより、「私」は不思議な事件に遭遇し……と物語は展開していく。

『騎士団長殺し』における南京事件に関する記述は深刻である。「私」の不思議な隣人である免色《めんしき》は、「南京虐殺事件」について「私」に向かい次のように説明している。

日本軍が激しい戦闘の末に南京市内を占拠し、そこで大量の殺人がおこなわれました。〔中略〕正確に何人が殺害されたか、細部については歴史学者のあいだにも異論がありますが、とにかくおびただしい数の市民が戦闘の巻き添えになって殺されたことは、打ち消しがたい事実です。中国人死者の数を四十万人というものもいれば、十万人というものもいます。しかし四十万人と十万人の違いはいったいどこにあるのでしょう？

南京事件における中国側被害者数は、日本の歴史学者である秦郁彦の推定によれば、不法殺害が兵士三万と一般人八〇〇〇～一万二〇〇〇をあわせて合計三万八〇〇〇～四万二〇〇〇、強姦二万である（『南京事件――「虐殺」の構造』中公新書、中央公論新社、二〇〇七）。また笠原十九司の推計によれば「二〇万人近いかあるいはそれ以上」となる（『南京事件』岩波新書、岩波書店、一九九七）。免色の言葉を読みながら、私は数年前に東京で開かれた南京事件関係の日本製作ドキュメンタリー映画上映会での、ゲストの右翼思想家の発言を思い出した――殺されたのがたとえ一万人であっても大問題なのです。村上春樹は免色の言葉を通じて、現代日本人の良識を描いたのであろう。

しかし日中戦争期の日本では弟の継彦の自殺は「徹底した軍国主義社会だから」、継彦の遺書も「焼き捨てられ」てしまう。それでも雨田画伯は後年、彼の息子の政彦に継彦の遺書の中味を漏らしたことがある。政彦は父から聞いた叔父継彦の遺書の凄惨な内容を、親友の「私」に次のように語っている。

叔父は上官の将校に軍刀を渡され、捕虜の首を切らされた。〔中略〕帝国陸軍にあっては、上官の命令は即ち天皇陛下の命令だからな。叔父は震える手でなんとか刀を振るったが、力がある方じゃないし、おまけに大量生産の安物の軍刀だ。人間の首がそんな簡単にすっぱり切り落とせるわけがない。うまくとどめは刺せないし、あたりは血だらけになるし、捕虜は苦痛のためにのたうちまわるし、実に悲惨な光景が展開されることになった。

継彦叔父はこの虐殺体験により「神経をずたずたに破壊され」、「髭剃り用の剃刃をきれいに研いで、それで手首を切」って自殺し、「自分なりの決着」をつけたのだ。日中戦争期の日本軍による残虐な行為に関しては、戦時中には石川達三（一九〇五～八五）がルポルタージュ小説『生きてゐる兵隊』（一九三八）で克明に描いている。戦後生まれで戦争体験を持たない村上春樹が、『騎士団長殺し』で南京事件をここまで克明に描いた点は注目すべきことである。

実は村上はデビュー作の『風の歌を聴け』（一九七九）の中で、主人公の「僕」に「〔叔父の〕一人は上海の郊外で死んだ。終戦の二日後に自分の埋めた地雷を踏んだのだ。」と語らせている。〝満州国〟やノモンハン事件をテーマにした村上の長篇小説には、『羊をめぐる冒険』（一九八二）と『ねじまき鳥クロニクル』（初出一九九二、単行本一九九四～一九九五、文庫本一九九七。文庫本化の際に登場人物の一人「トニー滝谷」の一節削除）とがある。日中戦争が村上文学の原点の一つであることは、私は拙著『村上春樹のなかの中国』（朝日新聞社、二〇〇七）で詳しく述べた。『騎士団長殺し』とはこのような村上自身のデビュー以来の中国のテーマを新たに展開したものなのである。

あとがき

一九〇二年日本留学生となった魯迅は、二年後に仙台医学専門学校（現在の東北大学医学部）に入学、そこで出会った担任教授を回想した作品が「藤野先生」（一九二六）です。当時医学校では講義用に幻灯写真を用いており、授業時間が余った時に日露戦争の「時局幻灯」を映していました。ある日魯迅は、ロシア軍スパイ容疑の中国人が中国人観衆の見守る中で日本軍兵士によって銃殺される場面に遭遇、処刑される者も見守る者も、魯迅の同胞たちはすべて体格は屈強だが顔つきはうすぼんやりとしていました。魯迅は「藤野先生」では一言「考えは変わった」と述べるだけですが、彼の第一作品集『吶喊《とっかん》』（一九二三年八月刊行）の「自序」（後述の河出書房版『世界文学全集』には未収録）の言葉で補えば、「愚弱な国民」はたとえ健全な体格であってもなんの意味もない見せしめの材料かその観客にしかなれない、まず彼らの精神を変革すべきでありそのためには文芸を選ぶべきだと考えた、というのです。また「自序」では「銃殺」ではなく「斬首」と語られています。

魯迅が医学校をやめたいと申し出ると、藤野先生は裏に「惜別」と記した自分の肖像写真を与え、魯迅にも写真をくれないかと頼みますが……この作品は「記憶」違いあるいはフィクション化された部分もあり、エッセーというよりは自伝的小説と呼ぶ方がふさわしいでしょう。

魯迅は自分が仙台を去って東京に向かうに際して、先生の期待を裏切り嘘を言った、と記しています。

「僕は生物学を勉強するつもりなので、先生が教えて下さった学問は、また役に立ちます」実は僕は生物学を勉強するつもりなどまったくなかったが、先生の悲しそうな顔を見て、慰めようと嘘をついたのだ。

「医学のために教えた解剖学など、生物学には大した助けにはならんでしょう」と先生は溜め息をついた。〔中略〕僕は仙台を離れた後〔中略〕今に至るまで、一通の手紙も一枚の写真も送ったことがない。

ひとりで赴いた遠隔地の学校で異国の先生に出会い、先生の期待、希望を裏切ってしまう生徒の回想……こんな「藤野先生」のような物語を村上春樹も書いています。彼の最初の短篇小説「中国行きのスロウ・ボート」（一九八〇）は語り手の「僕」が小学生時代、大学時代、そして二八歳で出会った三人の中国人に関する「1」から「5」まで全五章の物語で、第2章は小学生の「僕」が模擬テスト受験のため、会場の「世界の果ての中国人小学校」へ「おそろしく暗い気持ち」で出かけて行くと、「監督官」は中国人教員だったという回想です。教員は教壇から「中国と日本は、言うなればお隣り同士の国〔中略〕努力さえすれば、わたくしたちはきっと仲良くなれる」と諭しながら、机に落書きされたりしたら嬉しいですか、と「僕」を指さして問うが、「僕には口を開くことすらできず」、「監督官」は「顔を上げて胸をはりなさい」と督励し……二〇年後の現在では試験の結果は忘れたが、中国人教師とその言葉だけは思い出せる、と「僕」は回想するのです。

「藤野先生」は十代の村上が愛読していた河出書房版『世界文学全集』の魯迅の巻に収録されていること、村上は「中国行きのスロウ・ボート」を初出誌から単行本に、単行本から全作品集に収録する際、二度も大幅に書き換えており、削除された部分では先生に対する裏切りの記憶も語られていたことなどは、『村上春樹のなかの中国』（二〇〇七）で詳述したので、ここでは繰り返しません。

村上が最初の短篇小説「中国行きのスロウ・ボート」の第一の物語を「藤野先生」と同じテーマと構成で執筆したのは、魯迅に対するリスペクトであったのでしょう。そして数ある魯迅の回想的作品の中でも、村上が特に「藤野先生」のテーマと構成を反復したのは、同作の中の日本兵による中国人処刑に深い印象を受けていたからではなかったでしょうか？

『文藝春秋』二〇一九年六月号は「特別寄稿　自らのルーツを初めて綴った」という見出し付きで村上が父親の生涯、特に日中戦争期における従軍体験を語るエッセー「猫を棄てる　父親について語るときに僕の語ること」全二七頁を掲載しました。これを村上は翌年四月に『猫を棄てる　父親について語るとき』（以下『猫』と略す）と改題し単行本として出版しています。村上は『猫』冒頭で小学校時代に父と猫を棄てた思い出（約五頁）を記した後、「もうひとつ父に関してよく覚えていること。」と前置きして、父の日中戦争従軍をめぐる記憶と調査を八〇頁余りにわたって語り始めます。この前置きとは以下の記憶です。

それは毎朝、朝食をとる前に、彼が仏壇に向かって長い時間、目を閉じて熱心にお経を唱えていたことだ。〔中略〕彼は言った。前の戦争で死んでいった人たちのためだと。そこで亡くなった仲間の兵隊や、当時は敵であった中国の人たちのためだと。父はそれ以上の説明をしなかったし、僕はそれ以上の質問をしなかった。おそらくそこには、僕にそれ以上の質問を続けさせない何かが
——場の空気のようなものが——あったのだと思う。

これに続けて村上は父の生涯を丁寧に紹介して、彼の父は京都市の浄土宗の寺の次男として一九一七年に生まれ、戦前から戦後にかけての暗い時代を生きねばならなかったとまとめ、さらに村上の祖父と戦争に翻弄された父の兄弟たちの人生を簡単に紹介した後、父の日中戦争体験を語り出します。村上は父が所属したのは南京攻略戦に参加した第一六師団輜重兵第一六連隊と思い込んでいたせいで、父の軍歴について調べようと決心するまでに長い期間がかかっており、その理由は「父親がこの部隊の一員として、南京攻略戦に参加したのではないかという疑念を、僕は長いあいだ持って」いたから、というのです。「南京攻略戦」とは一九三七年一二月の日本軍による中華民国の首都に対する総攻撃で、その際に中国兵の捕虜や一般市民に対する虐殺と暴行が行われ、死者は数万から数十万に達したとされており、この南京事件は日本の対中国侵略戦争の象徴的事件と言われています。村上は幼少期から父がこの事件に参加したのではないか、という恐れを抱き続けていたのでした。

そして村上は父の中国兵虐殺体験を次のように記しています。

一度だけ父は僕に打ち明けるように、自分の属していた部隊が、捕虜にした中国兵を処刑したことがあると語った。〔中略〕僕は当時まだ小学校の低学年だった。父はそのときの処刑の様子を淡々と語った。中国兵は、自分が殺されるとわかっていても、騒ぎもせず、恐がりもせず、ただじっと目を閉じて静かにそこに座っていた。そして斬首された。実に見上げた態度だった、と父は言った。彼は斬殺されたその中国兵に対する敬意を――おそらくは死ぬときまで――深く抱き続けていたようだった。

同じ部隊の仲間の兵士が処刑を執行するのをただそばで見せられていたのか、あるいはもっと深く関与させられたのか、そのへんのところはわからない。僕の記憶が混濁しているのか、あるいは父がもともと曖昧な語り方をしたのか、今となっては確かめるすべもない。しかしいずれにしても、その出来事が彼の心に――兵であり僧であった彼の魂に――大きなしこりとなって残ったのは、確かなことのように思える。（『猫』四七、四八頁）

さらに父の体験が村上自身において擬似体験化され、彼により引き継がれたことも語っています。村上が『風の歌を聴け』から『騎士団長殺し』に至る長篇小説に、「トニー滝谷」「レキシントンの幽霊」などの短篇小説に、父から継承した戦争の記憶を刻み込んでいくとき、彼が深い共感を寄せていたのが魯迅文学における贖罪のテーマであったと私には思えてなりません。（魯迅の贖罪に関しては本書第三章「俯く女たちの〝家出〟」で略述しましたが、詳しくは『魯迅と日本文学』第二章「魯迅恋愛小説における空白の意匠――「愛と死（原題：傷逝）」と森鷗外「舞姫」との比較研究」と第四章「芥川龍之介と魯迅（2）――「さまよえるユダヤ人」伝説および芥川龍之介の死」をご覧下さい。）

第三部「村上春樹における家族の不在と戦争の記憶」の補説が長くなってしまいました。あとがき本来の主旨に戻りましょう。

本書収録の第一、三、六の三章は、私が二〇一八年三月の東京大学文学部退休後に、南京大学、南京師範大学開催の国際学会で発表するために執筆したものです。両大学の学会主宰者および同三章中国語訳の労を執って下さった林敏潔南師大教授に深謝いたします。

本書は『魯迅と世界文学』という題目を掲げながら、韓国語文学についてはは触れておりません。私は韓国の魯迅研究者との四半世紀の交流を通じて、朝鮮半島における広く深い魯迅受容と韓国における高水準の魯迅研究について鮮やかな印象を受けておりますが、不勉強にして韓国語も習得できず、今日に至っております。韓国の中国文学研究者および日本・中国の朝鮮半島文化に通じた東アジア文学研究者たちのさらなる活躍に期待する次第です。

二年前の前著、現代中国飲酒文化エッセー『魯迅と紹興酒』に続けて本書を刊行して下さった東方書店、そして両作を名編集して下さった和泉日実子さんにお礼申し上げます。

コロナ禍と猛暑の二〇二〇年八月二〇日　東京都多摩市寓居ベランダの北京アサガオ棚の影で

藤井省三

■第六章　車中の裏切られる女
——張愛玲「封鎖」におけるモーパッサン「脂肪の塊」の反転
『東方』470号、東方書店、2020年4月
■第七章　莫言と村上春樹——あるいは天安門事件の『アンナ・カレーニナ』
『れにくさ＝*Реникса*現代文芸論研究室論集』第5号〔特集　北アメリカの文学：柴田元幸教授退官記念号〕、東京大学大学院人文社会系研究科・文学部現代文芸論研究室、2014年3月

第三部　村上春樹における家族の不在と戦争の記憶

■第八章　中国の村上チルドレンと村上春樹小説の「家族の不在」
——衛慧、アニー・ベイビーにおける「小資」文学の展開をめぐって
『ユリイカ』〔特集＝新しい世界文学〕2008年3月号（第40巻第3号）、青土社、2008年3月
■第九章　「レキシントンの幽霊」におけるアジア戦争の記憶
——村上春樹〝デタッチメント〟時代の終わりをめぐって
田中実・須貝千里編『文学が教育にできること——「読むこと」の秘鑰』教育出版、2012年
■第一〇章　村上春樹の中の「南京事件」——『騎士団長殺し』における中国
日経中文網、2017年3月20日掲載
中国語版：「老外汉学家的车轱辘话（6）村上春树中的“南京大虐杀”——新作《刺死骑士团长》中的中国」翻译 林敏洁 https://cn.nikkei.com/columnviewpoint/column/24257-2017-03-20-04-59-39.html?start=0
日本語版：「「老外漢學家」の繰り言（6）村上春樹の中の「南京事件」——新作『騎士団長殺し』における中国」https://zh.cn.nikkei.com/columnviewpoint/column/24257-2017-03-20-04-59-39.html?start=1

初出一覧

第一部　魯迅と世界文学

第一章　東アジアのミステリー／メタミステリーの系譜
——松本清張『眼の壁』と莫言『酒国』および魯迅「狂人日記」
『文學界』2020年4月号（74巻4号）、文藝春秋、2020年3月

第二章　莫言が描く中国の村の希望と絶望
——「花束を抱く女」等の帰郷物語と魯迅および『アンナ・カレーニナ』
『文學界』2014年5月号（68巻5号）、文藝春秋、2014年4月

第三章　俯く女たちの〝家出〟
——張愛玲「傾城の恋」と魯迅「愛と死」
およびバーナード・ショー『傷心の家』との系譜的関係
ショート版：『東方』455・456号、東方書店、2019年1・2月
ロング版（中国語版）：「女主人公的形象转换：从《伤逝》到《倾城之恋》——兼谈萧伯纳的文学影响」林敏洁译、『南京大学学报』2019年第2期、南京大学、2019年3月

第四章　魯迅と劉吶鷗
——〝戦間期〟上海における『猺山艶史』『春蚕』映画論争をめぐって
中国語版「鲁迅与刘呐鸥：“战间期”在上海的《猺山艳史》、《春蚕》电影论争」燕璐译・王志文校《现代中文学刊》第22期、全国高等教育自学考试指导委员会文史专业委员会；华东师范大学、2013年1月

第二部　恋愛世界——紐約《ニューヨーク》の恋から東亜の『安那《アンナ》・卡莱尼娜《カレーニナ》』まで

第五章　胡適とニューヨーク・ダダの恋
——中国人のアメリカ留学体験と中国近代化論の形成
『東方』180～182号、東方書店、1996年3～5月
沼野充義編『多分野交流演習論文集——とどまる力と越え行く流れ』（東京大学大学院人文社会系研究科スラヴ語スラヴ文学研究室、2000年3月）にも修整稿を収録

藤井省三（ふじい・しょうぞう）
1952年生まれ。東京大学大学院博士課程修了。1991年魯迅研究により文学博士。桜美林大学助教授を経て、1988年より東大文学部助教授、同教授、2005～14年日本学術会議会員。2018年に定年退休後、東大名誉教授。現在は南京大学海外人文資深教授および名古屋外国語大学教授。専攻は現代中国語圏の文学と映画。著書に『魯迅と日本文学　漱石・鷗外から清張・春樹まで』（東大出版会）、『中国映画　百年を描く、百年を読む』（岩波書店）、『村上春樹のなかの中国』（朝日新聞社）など。訳書に魯迅『故郷／阿Q正伝』、張愛玲『傾城の恋／封鎖』（以上、光文社古典新訳文庫）、莫言『酒国』（岩波書店）、李昂『夫殺し』（宝島社）、鄭義『神樹』（朝日新聞社）、董啓章『地図集』（河出書房新社、共訳）ほか多数。

魯迅《ろじん》と世界文学《せかいぶんがく》
藤井省三

2020年11月30日　初版第1刷発行

発行者　山田真史
発行所　株式会社東方書店
〒101-0051　東京都千代田区神田神保町1-3
電話 03-3294-1001／営業電話 03-3937-0300

印刷・製本　株式会社平河工業社

　ISBN978-4-497-22022-6　C1098